T0285708

LA RONDA

LA RONDA

Francisco Bescós

es una colección de
RESERVOIR BOOKS

Papel certificado por el Forest Stewardship Council®

MIXTO
Papel procedente de
fuentes responsables
FSC® C117695

Penguin
Random House
Grupo Editorial

Primera edición: mayo de 2023

© 2023, Francisco Bescós Menéndez de la Granada
Esta edición se ha publicado gracias al acuerdo con Hanska Literary&Film Agency, Barcelona, España
© 2023, Penguin Random House Grupo Editorial, S. A. U.
Travessera de Gràcia, 47-49. 08021 Barcelona

Penguin Random House Grupo Editorial apoya la protección del *copyright*.
El *copyright* estimula la creatividad, defiende la diversidad en el ámbito de las ideas y el conocimiento,
promueve la libre expresión y favorece una cultura viva. Gracias por comprar una edición autorizada
de este libro y por respetar las leyes del *copyright* al no reproducir, escanear ni distribuir ninguna
parte de esta obra por ningún medio sin permiso. Al hacerlo está respaldando a los autores
y permitiendo que PRHGE continúe publicando libros para todos los lectores.
Diríjase a CEDRO (Centro Español de Derechos Reprográficos, http://www.cedro.org)
si necesita fotocopiar o escanear algún fragmento de esta obra.

Printed in Spain – Impreso en España

ISBN: 978-84-19437-18-1
Depósito legal: B-5.769-2023

Compuesto en M. I. Maquetación, S. L.
Impreso en Liberdúplex
Sant Llorenç d'Hortons (Barcelona)

RK 3 7 1 8 1

A Che, Pe y Jota. A ver si sirve

Exagero porque vivo en Madrid, y en las calles solo se adivinan toneladas de cemento.

Elvira Navarro

PRIMERA PARTE
DOS POLICÍAS

1

—Te toca a ti, Dulce —dijo Pollito.

Y Dulce O'Rourke se quitó la chaqueta. Notó el frío de la madrugada en el abdomen. Su top de camuflaje dejaba el ombligo descubierto, mostrando la cicatriz de la cesárea. También había decidido ponerse unos pantalones de vinilo tan apretados que no podía ni deslizar una mano con la que acomodarse la ropa interior. Le daban aspecto de chica dura.

«Y, además, me hacen buen culo».

Eso podía ver en las caras de los chavales que rodeaban la pista. Aquellos tíos, en su mayoría menores de veinte, vestidos con pantalones de chándal *skinny*, parkas pesadas y gorras de béisbol, babeaban ante ella. Era su MILF; el polo opuesto de esas niñatas del instituto con las que no hay más que complicaciones y whatsapps bochornosos a las cuatro de la mañana. Causaba justo la impresión que quería causar. Porque era la hora de correr.

Dulce O'Rourke había visto algunas películas de Hollywood sobre carreras ilegales en las que competían coches de ciencia ficción. Sin embargo, en el asfalto desierto del polígono La Atalayuela, al sur de Villa de Vallecas, solo podía identificar turismos sacados a escondidas del garaje de papá, o coches de *car sharing* que luego acabarían abandonados en un descampado. Incluso

13

había un chico que pilotaba la furgoneta de reparto del jefe, y que en unas horas tendría que estar colocando barras de pan en los chinos de Villaverde. A O'Rourke aquello le parecía grotesco. Ella estaba acostumbrada a competir en un entorno ensordecido por los escapes sin silenciador, con el olfato saturado por la goma quemada y las fugas de carburante. Allí, en Vallecas, solo olía un poco al embrague forzado del idiota ese que se había cargado la caja de cambios de un Focus.

Se acercó hasta su vehículo: un triste Skoda Octavia blanco, un coche de taxista, que se mimetizaba a la perfección con tanta mediocridad mecánica. En la salida la esperaba su rival, Uve. Se había ganado el apodo por el modelo que conducía: un Honda Civic con motor VTEC. Solía llegar a las carreras abriendo gas, presumiendo de coche caro, para luego lanzarse a encandilar al personal con su historia de chico de barrio obrero, al que la falta de recursos le había impedido ser el nuevo Carlos Sainz. Aquella impostura no ofendía a Dulce, le parecía hasta tierna.

—Que tengas suerte, Dulce. Eres la caña —dijo Uve.

A ella le emocionaron sinceramente las palabras del chico. Lo vigilaba de cerca desde que empezó a frecuentar las carreras. Sabía que era el mejor piloto, pero también el peor de los machistas. Ese que cree que le debes un agradecimiento por tratarte con una décima parte del respeto que exigiría para sí. Pero esa noche se iba a tragar todo el polvo que le cupiera entre el pecho y la espalda. Y luego le daría un fuerte abrazo y lo mandaría a su casa a tomarse un colacao y a dormir.

En torno a la rotonda donde se había fijado la línea de salida se congregaban unas doscientas personas, chicos y chicas de los barrios de los alrededores. Algunos entrarían a trabajar en Mercamadrid en apenas unas horas. Ante ellos se expandía un terreno yermo, que llevaba esperando años a que alguien levantara las primeras naves industriales. Los espectadores se encontraban muy apretujados, como el ganado en el campo, buscando de manera involuntaria el calor de los cuerpos ajenos.

El joven del pelo amarillo pollo era el que manejaba los horarios. Tiempo atrás, las carreras acontecían de forma espontánea. Un chico conseguía un coche y retaba a otro chico, que tenía otro coche, a través de Telegram o de cualquier otro canal. Pero cuando el del pelo teñido apareció en escena las cosas cambiaron. Si querías correr, tenías que decírselo a él. Le mandabas un mensaje de WhatsApp, te apuntaba en una lista y te daba una hora.

Por supuesto, el Pollito (así lo llamaba Dulce, aunque él se presentaba como Abraham) no era el mandamás. Tan solo un encargadillo que daba la cara sin saber lo que se estaba jugando. Repartía los turnos de las carreras, entregaba los recibos de las apuestas, los cambiaba por dinero contante y sonante y, si querías speed o eme, te indicaba quién vendía. No se sabía qué te podía pasar si ibas a correr por libre: nadie se había atrevido a hacerlo.

Durante los primeros días, Dulce observaba el ambiente. Apostó unas cuantas veces por los pilotos que parecían tener la victoria en el bolsillo y aprovechó para entablar conversación con Pollito. Le pareció buen tío. Alguna vez le pilló un gramo de éxtasis, «para luego». Consiguió caerle bien. Aprovechó cada roce y cada sonrisa para ganarse su confianza.

—No hay muchas chicas entre los pilotos —dijo O'Rourke una noche.

—Ninguna —contestó Pollito—. Esto es una plantación de nabos, prima.

—¿Y si yo quisiera correr?

—¿Seguro? Ten en cuenta que aquí la peña no tiene ni puta idea. Te arriesgas a darte una hostia si se te cruza un pringado.

—Pues entonces déjame competir contra alguien que sepa —le dijo—. Con Uve, por ejemplo.

—¿Con Uve? A ese no le ganas ni de coña.

—Me da igual ganar o no. Es solo por correr. Por saber qué se siente. Y, como él conduce bien, no habrá peligro.

—¿Tienes coche?

—Me traeré la mierda del Octavia de mi hermano. Si se abolla, no perdemos nada.

—Tú misma. Yo te hago el favor. Si es por correr… Pero solo una vez, no nos conviene nada que las carreras sean tan desiguales, no anima las apuestas.

Dulce ya había conducido el Skoda hasta la línea de salida, donde se emparejó con el Civic. Cruzó una última mirada con Uve. Él le devolvió una sonrisa que pretendía ser seductora. Ella también le mandó una sonrisa, como la que te dedicaría tu abuela al ofrecerte un bizcocho recién salido del horno. Algo repiqueteó en el cristal. Pollito golpeaba la ventanilla con su anillo de acero inoxidable. Dulce abrió solo una rendija, no quería que Pollito viera el interior del coche.

—Me dijiste que te apuntabas solo por correr. Hay un tipo ahí que no he visto en mi vida —dijo él—. Acaba de apostar trescientos euros por ti. Las apuestas están diez a uno. Si ganas la carrera, se llevará tres mil *lereles*.

Dulce trató de hacerse la sorprendida. Apreciaba de verdad a Pollito, era un tío auténtico. No escondía que aquello era todo un burdo montaje para sacarles la pasta a los más flipados del sur de Madrid. Ya eran amigos y lamentaba tener que decepcionarlo. Ante la mirada suspicaz del chico, ella frunció el ceño fingiendo sorpresa.

—Ese tío delira, Abraham. Para que yo gane, Uve tendría que estamparse contra una farola.

—Me da igual —dijo Pollito—. He aceptado la apuesta. Pero si hay algún truco de por medio, a mis jefes no les va a gustar.

—¿Qué truco va a haber?

—Estás avisada.

Dicho esto, Pollito, el hombre para todo, también comisario de carrera, se colocó a la derecha de la línea de salida. No había semáforos ni pistoletazo ni bandera. Tan solo un gesto con la mano hacía que los pilotos soltasen el embrague y pisaran a fondo el acelerador. Dulce había visto correr a Uve en otras ocasiones

16

y sabía que saldría antes de la señal. Allí no había detectores te-lemétricos capaces de demostrar una trampa. Pero qué importaba. Dulce respetó los tiempos. No reaccionó hasta que Pollito bajó el brazo. Para entonces, Uve ya le sacaba diez metros de ventaja.

Los pies de Dulce iniciaron el baile. Le gustaba el sonido, como de zapatos de claqué, que producían los pedales cuando los accionaba. Al pilotar sin casco, sin tapones en los oídos y con el escape silenciado, descubría que había un mundo de percep-ciones sonoras ocultas bajo el motor de explosión. En cuanto el Skoda se puso en marcha, Dulce empezó a dedicar bendiciones a Frankie. El coche no había levantado sospechas, lo que confir-maba que allí la gente solo entendía de alerones de plástico, llantas cromadas y pegatinas. Frankie le había subido las suspen-siones, le había montado un silenciador y le había retirado los faldones de competición. Pero conservaba sus entrañas.

En 2015, se produjo un revuelo entre el pequeño círculo de entendidos en el motor de competición. Una página web ponía a la venta el Octavia del equipo Skoda Motorsport con el que Luis Climent había logrado un octavo puesto en el Rally Safari de Kenia, en 2000. Tenía miles de kilómetros de carreras sobre el chasis, pero había terminado en las mejores manos: a Frankie le sobraba destreza para hacer que aguantara otros tantos. Lo ha-bía cuidado con mimo, como su juguete más preciado, hasta que O'Rourke le pidió el favor. ¿Y cómo iba Frankie a negarle un favor a O'Rourke? Un coche de rally, sin aquellas cosas que le hacen parecer un coche de rally, sin la suspensión baja, sin el petardeo de los escapes, sin las pegatinas, sin los faldones, en poco se diferencia de un taxi que lleve veinte años recorriendo la ave-nida de los Poblados. Pero el Octavia aún tenía su motor tur-bopropulsado de casi cuatrocientos caballos.

—Es la primera vez que me piden que un coche de rally pa-rezca un turismo, y no al revés —había comentado Frankie.

Medio kilómetro antes de llegar a la rotonda donde debían dar la vuelta, Dulce ya se veía impulsada por la aspiración del

Honda de Uve. El chico estaba aterrado. Ningún otro piloto se le había acercado nunca tanto. El morro del Octavia rozaba su parachoques trasero. Si pisaba mínimamente el freno, el Skoda se empotraría hasta los asientos. Dulce contaba con ello. Uve entró demasiado rápido en la rotonda. La fuerza centrífuga lo expulsó hacia el exterior del giro. Por el interior se abrió un pasillo para Dulce. Introdujo en él el Skoda, derrapando, sacrificando la valiosa tracción. Las ruedas chirriaban como cien cerdos arrastrados al matadero. Mantuvo las revoluciones arriba, hasta que comprobó, en las mismísimas plantas de los pies, que los neumáticos volvían a agarrarse al asfalto. Entonces enderezó la dirección y aceleró. Se paseó por la recta final a ciento ochenta kilómetros por hora.

Tras cruzar la línea de meta, tuvo tiempo para bajarse del coche antes de ver llegar a Uve con la cara descompuesta. Se notaba que aún le duraba el susto de la rotonda.

—Uy, cariño —le dijo Dulce, con aquella mirada maternal—. Fíjate que yo creía que ganarías tú seguro. Pero oye, lo importante es participar. ¡Y lo has hecho fenomenal! ¡No te desanimes!

Se dio la vuelta. Pollito ya la esperaba.

—La Madrastra quiere verte —dijo.

—Pero, Abraham, si ha sido potra. A Uve se le ha ido el coche. He ganado de milagro.

Pollito levantó el teléfono móvil para mostrar el vídeo que proyectaba la pantalla. Era la maniobra de la rotonda en la que el Skoda le había robado la cartera al Honda con tan sorprendente facilidad. Dulce ya sabía que las carreras se grababan.

—¿Potra? Y una polla, prima. Tú conduces mejor que cualquiera de estos parguelas. Te avisé: nada de engaños. Creía que éramos amigos. Vamos.

Dulce lo acompañó hasta la puerta de un reluciente BMW X7 que aguardaba aparcado en la misma plaza de siempre. Era el coche de la Madrastra. Sus ocupantes solo hablaban con Pollito.

Él iba y venía, contando lo que pasaba, llevando dinero en efectivo, reclamando nuevos blocs de recibos de apuestas numerados y sellados.

Junto al coche esperaban los dos jabalís que se atribuían las funciones de seguridad. Dulce sabía que no necesitaban armas de fuego. Aquellos guardaespaldas retenían al hombre que había apostado trescientos euros por la chica. El rehén mantenía la boca cerrada y la cabeza gacha. La Madrastra de la Villa rozaba los sesenta años y decían que padecía insomnio desde que tenía recuerdo. Llevaba el largo pelo negro recogido en una coleta, sin una maldita cana. No permitió que Dulce subiera al BMW. Se limitó a bajar la ventanilla y observarla como si se la fuera a comer.

—Mira, bonita, te voy a decir una cosa —exclamó, con un marcado acento madrileño—. A mí no me importa que vengas a ganar dinero. Todo el mundo tiene que velar por su familia —dijo mientras señalaba la cicatriz de la cesárea de Dulce—. Pero escucha: aquí no se hace nada sin que lo sepa la Madrastra. Porque la Madrastra es la que consigue que las cosas pasen, y eso tiene un precio. Así que la próxima vez, si quieres timar a un primo, por mí no hay problema. Pero me lo dices, porque implica unos gastos, ¿se me entiende?

Dulce respondió con tono de absoluta e innegable inocencia.

—Pero… Yo creía que era Abraham el que organizaba todo esto.

Notó un breve fulgor de indignación en los ojos de la Madrastra.

—¡Aquí la única que manda soy yo! Y si no lo sabes, pregúntale a cualquiera, que te van a temblar las piernas.

—Por favor, no me malinterprete. Yo no quería faltarle a nadie al respeto. Es solo que me sorprende… para bien… que una mujer esté al mando de esto. ¿De verdad que es usted?

—¿Te hago un croquis? Soy yo, y ya sabes que conmigo no se chulea. Todo el mundo me conoce.

Dulce amplió aún más la sonrisa. Y cuanto más la ensanchaba, más le hacía perder los nervios a la Madrastra de la Villa.

—Pues nada, que sepa que me hace mucha ilusión. Es usted un ejemplo para inspirar a las mujeres a la hora de reclamar su cuota de poder. Casi me fastidia tener que decirle que está usted detenida. Y no se enfade tanto. Sonría, mujer, que la estoy grabando.

Cuando la Madrastra asimiló el significado de aquellas últimas dos frases y se percató de que no eran una broma, el comisario Juanjo Bazán, el hombre que había apostado por Dulce, ya había desenfundado el arma y encañonaba a los guardaespaldas. La identificación de la Policía Nacional había surgido rápidamente de su chaqueta y le colgaba del cuello. Al mismo tiempo se abrían las puertas de una furgoneta blanca. Varios agentes salieron de ella y no tardaron en controlar la situación.

Se dio la señal de alarma. Los espectadores empezaron a correr en la dirección que les dictaba el instinto. Algunos coches de la Municipal hicieron entrada. Aunque solo perseguían a los implicados, detuvieron a Uve. Quería escapar en su coche, por no abandonarlo, pero los zetas le cerraron el paso fácilmente. Era el segundo error al volante que el chico cometía aquella noche. Cuando Dulce se pasó a verlo, estaba esposado en una lechera.

—¿Qué pasará con mi Honda? —preguntó el chico.

—Oh, nada. Estará bien. Te lo inmovilizará el juez; como prueba, supongo yo. Nada, poco tiempo: igual un par de años. Cuando recuperes tu carné de conducir, a lo mejor ya te lo puedes llevar.

Uve tragó saliva. Dulce se giraba ya para marcharse. Él la llamó.

—Dulce… —dijo—. Cuando todo esto pase, ¿podemos quedar?

El rostro de la inspectora se ruborizó. Las palabras se le atascaron en la garganta.

—¡Oh…! ¡No…! ¡No, por Dios! Vamos, es que ni de broma.

Y se alejó para no tener que contemplar el gesto lívido de ese chico ni un solo minuto más en lo que le quedase de vida. Cuando llegó a la altura de Juanjo, ya se había puesto en las orejas los pendientes de perlas que escondía en el bolsillito de sus leggins de vinilo y se había colgado la medallita de san Cristóbal allí donde siempre solía estar. También se había borrado la cicatriz de la cesárea. Había aprendido a pintársela con maquillaje mediante un tutorial de YouTube impartido por caracterizadores de Hollywood. Había sido una idea brillante; aquel complemento le aportaba una imagen de fragilidad y desesperación perfecta para tender la trampa.

—Te dije que te iba a conseguir una grabación de la Madrastra de la Villa incriminándose y aquí la tienes. Solo le ha faltado decir «patata». La pena es que sea por esta chorrada de delito, y no por los otros que acumula.

—Te has jugado la vida.

—Ese coche ha corrido el Rally Safari. Podría empotrarme contra un roble a cien kilómetros por hora y salir monísima.

Le entregó a su jefe la microcámara que había ocultado en el escote durante todo ese tiempo. El plan de O'Rourke había resultado. Esa grabación les abría la puerta para negociar. Aquella gente no llevaba bien lo de ir a la cárcel, aunque fuera solo unos meses.

—Buen trabajo, O'Rourke.

—Estaba hecho para mí.

—Y esos pantalones te quedan muy bien.

Dulce alzó la mirada y apuñaló con ella al jefe. Habría mandado a Juanjo a la mierda. Sin embargo, nunca, ni siquiera vestida con unos pantalones de vinilo y un top ajustado de camuflaje (cosa que no volvería a suceder jamás), se permitía decir palabrotas.

—Eso está mal. Pero gracias.

2

Juan Luis Seito abrió la ventanilla de su SEAT y estiró el cuello cuanto pudo. La interminable fila de vehículos embotellados en la M-30 parecía alcanzar el puente de Ventas. No localizó la causa del atasco. A su lado, el ocupante de un Mercedes se hurgaba en la nariz con la uña. Seito pensó que aquella escena podía resumir sus últimos años: asomarse a la vida en busca de respuestas y encontrar a un tipo sacándose un moco.

El informativo de la SER contaba las mismas noticias de siempre. Jueves, 19 de enero de 2023. Crisis en el seno de instituciones. Consecuencias de una pandemia que se negaba a extinguirse. Guerra en Ucrania y precio del gas. Resoluciones que se tomaban en Bruselas sobre asuntos muy rimbombantes. Nada que fuese a beneficiar a Seito ni más ni menos que el moco de aquel conductor. En ese momento escuchaba una noticia sobre el reciente plan urbanístico de Nuevo Goloso. En unos terrenos recalificados al norte de Madrid, un consorcio de empresas iba a levantar edificios de pisos, oficinas y todo un *tech hub* (eso habían dicho: *tech hub*) de aceleradoras e incubadoras y campus tecnológicos. Pero Seito tenía ya cuarenta años y sabía que, en Nuevo Goloso, los constructores harían viviendas de lujo inaccesibles para el sueldo medio español, que los especuladores las acapararían, que los edificios de oficinas permanecerían vacíos porque ninguna empresa de verdad querría ocuparlos y que el *tech hub* se mantendría en marcha tanto tiempo como durasen las subvenciones públicas.

Reparó en que la presión en la boca de su estómago empeoraba. Llevaba más de dos décadas sin sufrir ataques de ansiedad. Los había padecido al llegar a Madrid para ejercer de policía, desde aquel pueblecito de su Asturias natal en el que no había ni un semáforo. Pero había aprendido a dominarlos tan rápido como se acostumbró a la capital. Lo que en ese momento sufría apenas se podía llamar angustia. Para aliviarla, palpó la bolsa de bollos de aspecto apergaminado que llevaba en el asiento del copiloto. Unos tacos de pan seco, intragables, pero insustituibles. Mientras siguieran horneándolos, en aquella panadería de Hermanos García Noblejas, los compraría al menos una vez por semana.

Alcanzó por fin la cabecera del atasco, bajo el puente de Ventas. Un coche patrulla bloqueaba el carril de la derecha. Varios trabajadores de mantenimiento de la empresa Calle 30 colaboraban en el dispositivo. Seito observó que uno de ellos estaba llorando y otro le colocaba una mano en el hombro. Pasado el puente, ya a cielo abierto, trabajaban algunos compañeros de la Policía Científica, junto al muro de cemento que delimitaba la rampa de incorporación. Entre ellos reconoció a Bastero. Seito agradeció que estuviese acuclillado, buscando evidencias. No le apetecía saludarlo. Quiso seguir avanzando, como cualquier otro conductor, hasta dejar atrás la zona acordonada, donde el tráfico volvía a fluir.

Pero no llegó a hacerlo. De repente, unos metros más adelante, vio algo.

«No te metas donde no te llaman», se dijo.

A fin de cuentas, ¿qué había allí pintado? Nada. Un detalle nimio. Una desafortunada coincidencia. Solo eso. Lo mejor era continuar y olvidar. Pero allí estaba él, atascado bajo el puente de Ventas. Y, a su derecha, sobre el muro, aquel indicio mínimo.

Entonces Bastero se levantó. Miró por casualidad al coche de Seito y sus ojos se encontraron. Le hizo un gesto amistoso.

«Bueno —se dijo Seito, devolviendo el saludo—, si estabas esperando una señal divina, aquí la tienes».

El inspector giró el volante a la derecha y se introdujo en la zona delimitada. Bastero lo ayudó, apartando un cono. Seito se apeó del SEAT y aceptó el vigoroso apretón de manos de su compañero.

—Inspector Seito, vaya coincidencia.

—Paso por aquí todos los días a esta hora. No es casualidad.

—Ah, cierto. Se me había olvidado que ya no vives en Lavapiés.

—Ya no era divertido. ¿Con qué estáis?

—Un fiambre —respondió Bastero. Pero luego se volvió rápidamente para observar de reojo. Seito comprendió al instante que a Bastero le preocupaba que los operarios de Calle 30 lo oyeran hablar de ese modo.

—El muerto es alguien de mantenimiento vial, ¿verdad?

—Exacto —siguió Bastero—. Se lo han llevado hace un rato al Anatómico Forense. Un atropello. Hacía el turno de madrugada. La cámara del puente de Ventas se estropeó y fue a ver si podía repararla. Un par de horas después descubrieron el coche mal aparcado, arriba, y su cuerpo atropellado aquí abajo.

—Un atropello involuntario con fuga —elucubró Seito—. El conductor se habría tomado unas cervezas y no querría joderse la vida.

—Es lo más seguro. El caso es que, como la cámara no funcionaba, el accidente no se grabó. Probablemente la víctima estuvo trasteando en el cajetín de conexiones, que está sobre el puente, y al ver que no había nada estropeado, intentó localizar la cámara para comprobar si la avería estaba en ella.

—¿Y estaba?

—Eso es lo más irónico, que unos segundos después recuperó la imagen por sí sola. Si el operario no hubiera acudido, no habría pasado nada. Seguiría vivo, y la cámara emitiendo.

Seito le echó un vistazo a aquello que había detectado sobre el muro y que había llamado su atención. Ahora estaba convencido de que no tenía nada que ver con el asunto. Una ridícula coincidencia.

—En fin, pues si no puedo ayudar, sigo adelante. Ya voy bastante tarde.

—No te preocupes —respondió Bastero—. Si quieres, le digo al jefe que has estado aquí un rato conmigo. Para justificar el retraso.

Seito volvió a su coche. Antes de montar, lanzó una última mirada en derredor y hacia el puente.

—Oye, Bastero, ¿dónde está la cámara que la víctima iba a arreglar?

—En el pretil del puente. Desde aquí no se ve.

—¿Qué?

—Que desde aquí no se ve.

—¿Y qué coño hacía aquí abajo el pobre hombre si no podía ver lo que iba a arreglar?

—Quizá solo trataba de hacer un examen visual para comprobar si algo obstruía el objetivo y estaba buscando el ángulo correcto. También pudo caer desde arriba, ¿entiendes?

Bastero señaló y Seito siguió el dedo con la mirada. Apuntaba la rampa que descendía desde el puente para permitir que los coches accedieran a la autovía de circunvalación M-30. La había recorrido millones de veces.

—O sea, ¿quieres decir que sufrió el atropello arriba?

—O que se cayó él solo. Se asoma a la barandilla de la rampa de incorporación buscando la cámara, resbala, se precipita al vacío y, por si fuera poco, queda tendido en el asfalto y un borracho lo atropella. La posición del cuerpo no aclara nada, pero quizá el examen forense pueda explicarlo.

—¿Habéis analizado huellas de frenada en la rampa, o golpes contra la barandilla?

—Claro, Seito, coño. A ver si ahora vas a reinventar el trabajo pericial. Esto es la M-30, compañero. Hay tantos restos de goma, roces, marcas de pintura, que es imposible determinar un carajo. No puedo decirte aún si bajó por su propio pie o si voló desde allá arriba.

Seito volvió a mirar aquello que había inscrito en la pared y que lo había llevado a detener el coche.

—¿Quién dio aviso al operario de que la cámara no emitía?

—Los del Centro de Control de Calle 30.

—Dime una cosa, Bastero. De cero a diez, ¿cuántas posibilidades crees que hay de que esto sea un homicidio?

Bastero dejó escapar una risotada.

—Cero patatero, inspector.

Seito se esperaba aquella respuesta. No había nada que hiciera pensar en una muerte premeditada, pero no podía dejar de observar lo que había en la pared a pocos metros: un grafiti. Ya lo había visto antes. Tenía forma de letra eme minúscula, como el boceto de una sierra montañosa cuyos tres picos estuvieran coronados por rombos. La pintura de espray azul parecía fresca.

En aquel tramo apenas había otras pintadas. No debía de resultar fácil bajar hasta allí para hacerlas sin que la policía te detectase. Nadie asumiría ese riesgo solo para trazar un garabato de mala calidad. Seito conocía bien a varios grafiteros, y no era así como funcionaba su mente. Las únicas muestras de arte urbano que podían contemplarse bajo el puente de Ventas eran aquella minúscula firma de color azul y un dibujo mucho más trabajado. Una imagen de Marilyn Monroe hiperrealista en la que la actriz dejaba volar su vestido blanco mostrando una entrepierna desnuda de la que colgaba un enorme pene con sus testículos y su vello. A Seito le sorprendió el nivel de detalle del grafiti. ¿Cuánto tiempo tenía que emplear un artista callejero para pintar algo así? Mucho más que para garabatear aquella eme minúscula de espray azul.

3

A las nueve en punto de la mañana, la pared empezó a vibrar al ritmo de una música atronadora que sonaba al otro lado del tabique. Sus párpados se abrieron de inmediato y su nuca se despegó de la almohada. Estaba en pie antes de que su corazón volviera a latir. Miró a su alrededor. Percibía algunas sensaciones vagas: la camiseta adherida a la espalda por el sudor, las ganas de orinar abriéndose paso.

La música contaminaba toda la casa haciendo tintinear los vasos de la alacena. Se oían voces, risas, gritos; habrían vuelto de una fiesta larga y querrían alargarla aún más en casa con unos cuantos amigos. En otras circunstancias, se habría quejado. Y la habrían quitado.

Entró en el baño. Se miró un buen rato al espejo. Estaba en forma. Todos los días, desde hacía más de un mes, cruzaba el puente de Ventas y corría diez kilómetros por los alrededores del cementerio de la Almudena, donde observaba entrar y salir a los allegados de los muertos, recientes o fosilizados.

Desplazó la puerta corredera de la terraza y salió a cielo abierto. Enseguida empezó a emanar vapor de su boca y los ojos se le irritaron por el aire seco y frío de la mañana. Desde allí se veía solo una sucesión anárquica de tejados cuyos colores despertaban a la luz del amanecer. De un poco más allá provenía el incesante murmullo de tráfico rodado de la M-30.

Había sido una madrugada intensa. Conectó el ordenador sin esperar más. Había estrenado aquel portátil casi al mismo tiempo que la casa, y aún lo sentía ajeno. Tuvo que insertar la contraseña en tres ocasiones antes de acertar. Por fin encontró una notificación. Se apresuró a leerla.

—Volver —dijo en voz alta, con una sonrisa—. Y entonces verán. Entonces verán.

4

JUEVES, 9.30 H. JEFATURA SUPERIOR DE LA POLICÍA NACIONAL DE MADRID

Seito estacionó el coche en el aparcamiento subterráneo de la Jefatura Superior de la Policía Nacional de Madrid. Tras conseguir el traslado desde la comisaría de Leganitos, hacía ya cuatro años que tenía allí su puesto de trabajo. En comparación con el Distrito Centro, donde era fácil confundir la noche con el día y la realidad con una pesadilla, la Jefatura aparentaba orden y civismo.

Al entrar confirmó que era el momento propicio. El Atleti había ganado al Levante y, si esa noche el Real Madrid superaba al Villarreal, el miércoles siguiente habría derbi. Junto a la máquina de café, los compañeros más enervantes de Seito, fanáticos de uno y otro equipo, discutían a gritos. Parecía un anticipo de los insultos y las patadas que los jugadores se dedicarían en el campo. Entre ellos se encontraba el inspector Carlos Callés. Su vozarrón se oía desde la puerta; aún no se había quitado su ridícula gabardina al estilo Colombo y ya explicaba a toda la Unidad de Delincuencia Especializada y Violenta, la UDEV, que el Madrid no tenía modelo de juego, que le faltaba fichar a un nueve, que ya podía Florentino centrarse más en el equipo y menos en el hormigón… Se encontraba tan concentrado en la arenga que Seito

29

pudo acercarse a su escritorio sin que nadie le viera. Rebuscó entre las cosas de Callés y encontró lo que quería: la bolsa de bollos de pan que llevaba consigo a casi todas partes; bollos secos e insípidos, sin gluten, para celiacos. Seito extrajo las cuatro piezas de pan que contenía la bolsa de Callés y las sustituyó por las que él había traído, de la panadería de Hermanos García Noblejas. No había ninguna diferencia, ni en el aspecto ni en el sabor. Pero Callés acabaría por notar el cambio. Vaya que sí.

Abandonó esa zona de la oficina en el momento en que Callés explicaba al inspector Román Sevilla que hoy, sin Modrić, al Madrid le tocaba sufrir.

—No tienen banquillo.

—¿Te has vuelto a pasar la noche leyendo a tus cuñados de defensacentral.com? —preguntó Román, con sorna.

—No le hagas caso a este, que no tiene ni puta idea —respondía Callés, dirigiéndose a Sara Márquez, la novata.

Seito ya estaba en su puesto de trabajo. Apenas saludó con una inclinación de la cabeza a Laura Rodrigo, la subinspectora con la que compartía escritorio. Ella no contestó. Se hallaba inmersa en la pantalla de su ordenador, observando el libro de cuentas de un negocio. La subinspectora Rodrigo tenía un instinto inigualable a la hora de identificar una casilla concreta entre mil de una hoja de cálculo, o un ticket de caja, o un correo electrónico que contuviera el dato incriminatorio definitivo. Por eso el jefe la tenía entre algodones. Para que no se fuera a trabajar al sector privado; a una gran empresa de auditorías, por ejemplo. Seito también la apreciaba, a su manera. Hasta él era capaz de admitir que cada vez más crímenes se resolvían desde un ordenador, y no pateando la calle. Además, a la subinspectora tampoco le gustaban los corrillos en los que Carlos Callés era el centro de la atención. Ambos mostraban una absoluta incompatibilidad de caracteres. Lo cierto era que pocos caracteres se creían compatibles con el de Laura Rodrigo.

Seito oyó un repiqueteo cercano. Era Joaquín Álvarez-Marco, el jefe de la Brigada de Delitos contra las Personas de la UDEV. Tenía la manía de llamar a sus subordinados golpeando con su gruesa alianza de boda la mampara de cristal de su despacho. Una vez captada la atención de todo el departamento, señalaba a la persona cuya presencia requería. Lo señaló a él.

—He estado echándole una mano a Bastero —dijo Seito, nada más entrar al despacho.

—¿Qué?

—Que he llegado tarde porque he estado echándole una mano a Bastero. Tenía un operativo montado debajo del puente de Ventas y yo pasaba por la M-30. Entonces él...

—Nadie te ha preguntado por qué has llegado tarde. Ni siquiera me había dado cuenta. ¿Tú te crees que lo primero que hago al despertar cada mañana es pensar en ti?

—Yo pienso en ti.

—Vete a la mierda, Seito. A ver, dime, ¿has estado llamando de madrugada a casa de Carlos Callés?

—¿Tengo yo motivos para llamar de madrugada a casa de Carlos Callés?

—Se me ocurren unos cuantos —respondió el jefe.

—Pues ahí lo tienes: claro que he sido yo. Y seguiré haciéndolo.

El jefe tomaba largos tragos de ese café tan fuerte que lo ponía de muy mal humor y no lo dejaba dormir por las noches. Un texto en la gigantesca taza decía: NI SOY EL MEJOR JEFE DEL MUNDO NI ME IMPORTA. Cuando se la regalaron por su cumpleaños, tiempo atrás, Álvarez-Marco leyó la inscripción y exclamó: «Tiene gracia porque es verdad».

—Seito —dijo, mirándolo con severidad—. Esta pelea que os traéis Carlos y tú termina aquí y ahora.

—Yo no la empecé.

—Me da igual. No eres consciente de lo mucho que te he ayudado a tener una vida medianamente ordenada, para atender las necesidades de tu hijo. Con solo chasquear los dedos, podría cambiarte el turno, el distrito o lo que me dé la gana. Odio amenazarte con esto, Seito, pero la paz en el departamento es demasiado importante ahora mismo.

En esa ocasión, Seito se mantuvo en silencio. Álvarez-Marco le lanzó una carpeta de plástico transparente. Contenía unas fotos de una chica muy guapa y muy joven.

—Isabella Fonseca —leyó en voz alta el inspector—. ¿Desaparecida?

—Sí.

—¿Quién la busca?

—¿No lo sabes?

—A juzgar por esa reacción, intuyo que quien la busca es alguien importante. ¿Cuánto se ha llevado?

—Venga, Seito, ¿no crees en el amor?

Seito dejó escapar una carcajada. Álvarez-Marco insistió:

—Como yo digo siempre, el amor es eterno hasta que se acaba.

—Eso no lo dices tú, jefe. Eso lo decía Gabriel García Márquez.

Álvarez-Marco sonrió y volvió a darle un interminable trago al café. No era mal jefe. Un poco cínico, tal vez. Por eso había llegado tan alto.

—En serio —volvió a preguntar Seito—, ¿cuánto se ha llevado esa chica desaparecida?

—Ni idea. Pero ha tenido que ser una pasta. Su ex está que trina. La evasión de capitales no consta en la denuncia, por supuesto. Si no fuera quien es, esto no se investigaría.

—¿Y quién es?

—Lorenzo Anduiña.

—¿El de la promotora? ¿El viejo esquelético ese? Pues lo que tiene delito es que la chica no se hubiera largado antes. Venga, Joaquín, endósale esto a otro.

—¿Y tú qué vas a hacer? ¿Sentarte a tocarte los huevos?

—No, no. Quiero seguir con lo de Fuente del Berro, con el muerto del parque.

Al jefe de brigada se le escapó un gesto de sorpresa que incluía cierta decepción.

—Venga, Seito. Tú y yo sabemos que eso no va a ningún lado.

—¿Por qué no?

—Una semana sin un indicio, ni una imagen en una cámara, ni un testigo, ni un arma… Y encima la víctima…

—Supongo que así es como se alcanza la jefatura de brigada. Si la desaparecida es la novia de Lorenzo Anduiña, hay que remover medio mundo para encontrarla. Si la víctima de un asesinato es un inmigrante que vive en la indigencia, pues ya veremos.

Álvarez-Marco era demasiado listo para dejarse ver ofendido por sus subordinados. Puso cara de póquer, pero Seito se la sabía. Había llegado al límite permitido por la confianza y no podía ir más allá.

—Seito —dijo, rebajando mucho el tono—, ni siquiera ha venido nadie a reclamar el cadáver. No hemos encontrado familiares, ni aquí ni en el extranjero. Así que déjame que coja tu demagogia y me limpie el culo con ella.

Seito tragó saliva. ¿Era aquel el momento de revelar lo que había visto en una pared bajo el puente de Ventas? La prueba no parecía sólida. Pero si se encontrase una correlación, eso podía implicar algo gordo. Además, no le apetecía pasarse la semana hablando por teléfono con la policía colombiana para acabar confirmando que la ex de Anduiña había vuelto a su país con una valija llena de billetes de quinientos. Decidió arriesgarse.

—¿Y si te digo que podríamos tener un asesino en serie en la zona?

El jefe de brigada expulsó un chorro de café por la nariz. Tosió hasta que consiguió aclararse la garganta.

—Seito, vete a tomar por el culo.

—¿Y si fuera verdad?

—Seito, otra vez no. ¿Quieres montar un cristo como en la cuesta de San Vicente?

—Estoy hasta los huevos de que lo de la cuesta de San Vicente me persiga a todas partes. Creo que merezco recuperar la credibilidad.

—Escucha, compañero: no hay un asesino en serie actuando en Madrid.

—De acuerdo, no lo hay. Casi seguro que no. Pero ¿y si lo hubiera? ¿Asumimos el riesgo?

—¿Tienes indicios?

—Sí… Bueno, no están claros. Pero hay un hilo del que tirar.

—Ya. Pues vamos a hacer una cosa, Seito. Tú encuentra a Isabella Fonseca y, si en los descansos que te tomes para ir a cagar, das con un asesino en serie, me lo dices y ya me pensaré qué hacemos. De momento, al teléfono. Hay unos cien números colombianos a los que tienes que llamar.

—Jefe…

—Al teléfono, cojones.

5

Pollito miraba la superficie del escritorio. Cada vez que levantaba la vista y encontraba a esa mujer, vestida con una discretísima rebeca beis, tocada con unos pendientes de perlas y una medalla de san Cristóbal, se hundía en una sima de consternación.

–No te sientas tonto, Pollito –dijo Dulce O'Rourke–. No eres el primero ni el último al que se la cuelo.

–Pero –se atrevió a preguntar–, ¿y la carrera?

–¿Qué pasa con la carrera?

–¿Quién pilotó el Skoda?

Dulce tragó saliva. Apenas había dormido.

–Mira, Pollito… Perdón… Mira, Abraham. Te voy a contar algo personal. ¿Sabes una cosa que nunca hago?

Pollito negó con la cabeza.

–Nunca digo palabrotas –siguió Dulce, con voz cálida–. Mi trabajo me cuesta, ¿entiendes? Trabajo en la policía, en un distrito complicado. Veo cosas a diario que te desgarran el pecho. El otro día tuvimos que intervenir en un piso donde un chiflado amenazaba con degollar a su novia. Al entrar, les soltó dos puñaladas a los compañeros. Javier le disparó a las piernas, con tan mala suerte de que le seccionó la femoral y lo mató. Él está aún en la uci recuperándose de la cuchillada, y recibiendo atención psicológica. Y eso a una le hace blasfemar. Mis compañeros sí dicen palabrotas constantemente. Pero yo no lo hago. ¿Sabes por qué?

—No, no lo sé.

—Porque cuando a una persona como yo se le escapa el primer «coño», no le cuesta un... un pijo... lanzarse luego a soltar cagamentos. —Ahora Dulce ya no hablaba con voz cálida—. Y de los cagamentos se pasa a las blasfemias, cosa que no sabes lo que me jode, porque mi padre era irlandés, me educó como una buena católica, y no me apetece ir al infierno. —Dulce golpeaba la mesa con la palma de la mano—. ¡Y después de las blasfemias empiezas a dar hostias en esta puta mierda de mesa! —Dulce gritaba—. Y eso está cerca..., mucho más cerca que tu culo de tu espalda..., de clavarle este boli en el ojo al gilipollas que no hace las preguntas adecuadas. Así que por eso no digo palabrotas. ¿Lo entiendes?

Pollito contenía la respiración. Se había agarrado al asiento de la silla.

—Lo... entiendo.

—¿Te queda claro quién conducía el Skoda?

—Me queda claro. Sí.

—¿Quién?

—Tú.

—¿Recuerdas cómo rompió Luis Moya el parabrisas trasero con el casco, cuando a Sainz se le paró el Toyota? Yo hice lo mismo. Solo que no era un parabrisas, eran los dientes de uno que hizo una pregunta muy parecida a la tuya. No me dejaron volver a competir.

O'Rourke cerró los ojos y contó hasta diez. Recuperó la compostura como si no hubiera ocurrido nada. Consultó la pantalla del ordenador. Leyó la ficha que le había abierto al chico durante la investigación. No es que fuera una joya, pero tampoco se podía decir que fuera un caso perdido. No se drogaba. Entrenaba duro cuatro días por semana en un gimnasio de boxeo. Estudiaba un módulo de electrónica. Apoyaba a los artistas de la comunidad. A saber por qué se había metido en aquel jaleo. Quizá porque su familia, como tantas otras del barrio de San Diego, necesitaba toda la ayuda posible para salir adelante. O simplemente porque, para las personas como Pollito, cumplir la ley no siempre significaba hacer el bien.

—De acuerdo, Pollito. Tu nombre completo es Abraham Castro Granados, ¿verdad?

—Mi abogado está a punto de llegar —comentó Abraham Castro Granados con voz tímida.

—Por supuesto, Pollito, por supuesto. Pero, solo para que lo sepas, tengo que decirte dos verdades. La primera es que me caes bien. Tratas a la gente con educación. No me interesa cargarte nada. Y cuanto menos tiempo te pases en la cárcel, por mí, mejor.

—De acuerdo, lo entiendo.

—La segunda verdad es que al juez le da lo mismo lo bien que me caigas. Esto tiene muy mala pinta. Hay una buena lista de cargos contra ti. Tráfico de drogas, sin ir más lejos. Si no me ofreces nada para conseguir que te rebajen la condena, te van a hacer añicos. Además, esa gente, los que están en los calabozos, la Madrastra, sus guardaespaldas, en fin… Es el tipo de escoria que te carga el mochuelo en cuanto se ve entre la espada y la pared.

—No puedo decirte nada sobre ellos.

—Ya lo suponía, porque eres muy buen tío. Pero yo soy una persona positiva, ¿sabes? Llevo años entrenando mi inteligencia emocional. Mira este libro: *Los siete hábitos de la gente altamente efectiva.* —Dulce señaló una estantería donde conservaba un puñado de publicaciones de autoayuda, motivación y crecimiento personal—. Creerás que es un libro tonto, pero algo de poso deja. Por eso sé que cuando una puerta se cierra, otra se abre. Esta te la estoy abriendo yo. Dime lo que sepas.

—No sé nada de esa gente. Me reclutaron en el gimnasio. Me ofrecieron pasta por hacer de comisario de carrera. Les propuse algunas ideas que les gustaron, como el chat de Telegram…, o registrar las apuestas en hojas de cálculo en Drive, para que ellos pudieran seguirlas en tiempo real…, no sé…

—¿Hiciste todo eso por ellos? —preguntó Dulce, con preocupación.

—Sí, eso hice.

—¿Las cuentas de Telegram y de Drive se abrieron con dispositivos tuyos?

Como única respuesta, Pollito tragó saliva.

—Pero hombre, ¿cómo se te ocurre? ¿No ves que les has dado motivos para acusarte de ser el instigador? Tienes que darme algo.

—No puedo. —El chico contenía las lágrimas a duras penas—. No sé nada.

—Pollito, me he jugado la vida para conseguir una grabación de la Madrastra confesando y, ahora, por tu torpeza, podrán decir que se estaba tirando un farol y que el verdadero cerebro era un chaval que se cayó en un lavadero de agua oxigenada cuando era pequeño. ¿Cómo funcionaba lo de las drogas?

—No lo sé. No sé dónde las guardan. Las pasa Edgar. Cuando Edgar se queda sin material, yo aviso a la Madrastra. La Madrastra dice que así me protege.

—Lo que hace es protegerse ella, alma de cántaro. En un cara a cara, podría negarlo todo y no tendrías ninguna prueba. ¿Algo más? ¿Palizas? ¿Intimidaciones? ¿Robos? ¿Adónde iba el dinero?

Pollito lo negaba todo con desesperadas sacudidas de cabeza.

—Así estamos en el hoyo, amigo.

Abraham se encogió en la silla. De pronto empezó a boquear como un pez. Parecía querer decir algo, pero no encontraba las palabras adecuadas. Al final, consiguió componer una frase:

—He visto un asesinato.

Dulce O'Rourke dejó las manos quietas sobre la mesa y se esforzó muchísimo por evitar una palabra malsonante.

—Vaya, vaya… Pues eso sí me interesa.

Tomó papel y el boli con el que antes había amenazado el ojo de Pollito.

—Pero no han sido ellos. Nada de la Madrastra.

La inspectora arrojó el boli sobre el escritorio con desprecio.

—Venga ya, Pollito.

—Fue el miércoles de la semana pasada. Salí a correr al amanecer y...

—No me fastidies, Abraham.

—Está bien, está bien. No salí a correr. Tenía que ir a recoger una cosa.

—¿Una cosa?

—Una bolsa.

—¿Una bolsa de qué? ¿De pipas?

—No importa.

—¿Cómo que no importa? ¡A mí me importa!

—Pero no tiene nada que ver con el crimen. Fui a recogerla junto a unos contenedores, al fondo de la estación de Abroñigal.

—¿La estación de mercancías? ¿Cómo llegaste allí?

—Tengo una ruta. Me cuelo por el mirador de Entrevías, a la altura de los talleres de Santa Catalina. Hace tiempo que me abrí paso cortando las concertinas del muro con una cizalla. Y tengo una escalera de mano escondida para saltar la primera verja que te encuentras dentro. Luego cruzo las vías por una zona ciega, hasta llegar a la estación. Aquello es grande, no sé si lo has visto alguna vez.

Dulce solo había estado en una ocasión en la estación de mercancías más grande de Madrid, para investigar un accidente laboral. Doscientos treinta mil metros cuadrados en los que todo se amontonaba: cobre, hojalata, cemento, gravilla, barro, maleza y polvo.

—Aquel día serían las seis y pico. Caminé hasta el lugar donde se apilan los primeros contenedores —siguió Pollito—. Los que parecen abandonados. Me escondí detrás de uno, por si había algún vigilante. Entonces me llevé el susto. Se abrió la puerta de un retrete químico que parecía que llevaba mucho tiempo sin usar. Salió un tío con pinta de indigente. No me vio de milagro. Y entonces, de detrás del mismo retrete apareció otro pavo. Iba a cara descubierta. Tenía el cráneo totalmente pelado y estaba muy fuerte, aunque no era joven. Agarró al indigente por detrás, del cuello. El pobre ni lo vio. Empezó a sacudirse nervioso. Convulsionaba. Pero, de pronto, dejó de hacerlo. El calvo sujetó al indigente para que no cayera a plomo. Y entonces me di cuenta de que en la otra mano tenía un estilete bastante largo. Apenas había salido el sol, pero pude ver la sangre gotear.

—Muy cinematográfico, Pollito.

—¡Te lo juro! ¡Es verdad!

—Vale, ¿y qué hicieron luego? ¿Tomaron un tren a China?

—No lo sé. Me fui corriendo.

—¿Y la bolsa que habías ido a buscar?

—No la cogí.

—De acuerdo. Está bien. Me interesa. Mira, haz una cosa. Dibújame el camino que recorriste, desde el mirador de Entrevías hasta los contenedores.

O'Rourke imprimió el mapa de la zona que aparecía en Google. Le tendió el folio a Pollito y le prestó el boli. El chico trazó el itinerario que había seguido y señaló los puntos importantes: el escondite de la escalera, el vado de las vías, una antena, un camino... Hasta que colocó una equis sobre el lugar donde había visto el crimen.

—Así que vas a recoger una bolsa oculta en la estación de Abroñigal. Y ves a un señor misterioso que sale de hacer caca. Y entonces aparece otro señor más misterioso aún y lo apuñala.

—Así es.

—Muy bien. Parece creíble. Se me ocurre una pregunta más.

—Te escucho.

—¡Que qué había en la bolsa!

40

En ese momento irrumpió en el despacho de la inspectora un hombre barrigón con un traje que le venía pequeño y un maletín que le venía grande. Tenía un gesto malhumorado. A punto estuvo de tirar la puerta al abrirla.

—¡Abraham Castro Granados! ¡No conteste nada más!

—Anda, mira —dijo O'Rourke—. Tienes suerte, Pollito, te ha tocado un abogado competente. Me alegro por ti. ¿Qué tal estás, Ramiro?

—Pues muy bien. Pero ya sabes que estas cosas no me gustan una mierda.

—Ramiro, si dices palabrotas y vas por ahí con tanta prisa, te va a acabar dando un infarto. ¿Por qué no te planteas en serio lo de adelgazar? Mira —le dijo la inspectora mientras le ofrecía un libro muy fino que había sobre su escritorio—, esto ayuda: *El método de los 7 pasos para cumplir cualquier objetivo que te propongas.* Yo lo he leído, y aquí me ves: cumplo cualquier objetivo que me propongo.

6

Seito había sido el tipo al que todo el mundo pregunta si baja a tomar una caña después del trabajo. Ahora protagonizaba silencios incómodos cuando coincidía con otros compañeros en el baño o en el ascensor. Se había acostumbrado a comer solo en su escritorio, un sándwich o una triste ensalada. Aquel día se había llevado una bandejita de *sushi* de supermercado y engullía las piezas en silencio. Sin embargo, aún conservaba unos cuantos amigos de los buenos tiempos. Algunos no sabían que se le había avinagrado el carácter. Y unos pocos le debían favores, como el detective privado Emmanuel Ospina, un colombiano a quien había librado de un buen muerto. Se había acordado de él tan pronto como imaginó que Isabella Fonseca se habría fugado a Bogotá con los caudales de su novio. Consciente de que en Colombia no eran más de las siete de la mañana, le escribió un e-mail en lugar de telefonear.

Terminó el último *nigiri* de salmón. Ya solo quedaba informar a Joaquín Álvarez-Marco.

–Estoy totalmente centrado en lo de Isabella Fonseca –mintió descaradamente Seito tras entrar en su despacho–. Necesito visitar a los familiares que tiene en Madrid. Cabe la posibilidad de que

42

haya abandonado el país con el pasaporte de su hermana. Si es así, le apretaré un poco para que me diga dónde ha ido.

Álvarez-Marco asintió.

—Jefe, tú sabes que desaparecer voluntariamente no es un delito, ¿verdad? Espero que los importantes amigos de Anduiña nos cubran las espaldas.

—Anda —contestó Álvarez-Marco, ocultando los ojos tras su taza de café—, deja de hacer comentarios que no te convienen. Y haz las paces con Carlos.

Para dejar la Jefatura tenía que pasar cerca del puesto de Carlos Callés. Este también se disponía a comer. Siempre se llevaba un tomate y una tortilla francesa sin sal en un táper, comida de divorciado hipertenso. Se tenía que quitar el hambre a base de pan. Su pan. Estaba muy sonriente, a punto de introducirse uno de los bollos en la boca. Seito llegaba a tiempo de impedirlo; el jefe lo agradecería. Sin embargo, al verlo aparecer, el veterano inspector alzó la voz para hablarle a Román Sevilla, su eterno comparsa, de forma que toda la oficina lo oyese.

—¿Qué tal tu pequeño, Román? ¿Ha dado ya los primeros pasos?

Sobre todo, que Seito lo oyese.

—Ha empezado a caminar bien pronto —respondió el otro, mirando a Seito de reojo—. Ya va que se las pela por el pasillo.

—Estarás muy orgulloso. ¡Es una maravilla verlos progresar!

Juan Luis Seito fingió no oír nada, pero sintió la aguda laceración que le provocaba el ataque de Callés. Pasó de largo ante el escritorio sin decir ni pío. Luego se detuvo junto al perchero para recoger su trenca negra. En el último momento, se echó las manos a los bolsillos y los palpó. El gesto de quien ha olvidado algo. Regresó a rápidas zancadas hacia su puesto de trabajo. Pero en cuanto hubo perdido de vista a Callés y a Sevilla, cambió de dirección. Se metió rápidamente en los lavabos. Fue retrete por retrete: retiró todos los rollos de papel higiénico. Luego forzó la puerta del armario de mantenimiento y sacó también los rollos de recambio.

Los lanzó por la ventana. Salió del baño y caminó con prisa, mirando el móvil. Al pasar de nuevo junto a Callés, detectó que lo contemplaba con gesto burlón, mientras le metía un inconmensurable bocado al bollo de pan, con rumbo directo a sus intestinos.

Abandonó la M-30 en el puente de Ventas, la inmensa construcción circular que flotaba sobre la autovía como un platillo volante. Dejó el SEAT mal estacionado para echar un vistazo. Lo había cruzado mil veces, pero aquella era la primera que lo observaba atentamente. Coches y peatones entraban y escapaban de él como sangre bombeada por un ruidoso corazón. Se acercó a la zona del atropello. Quería comprender los pasos de la víctima. Había acudido a reparar la cámara situada sobre el puente, pero, por alguna razón, terminó en el arcén de la M-30. Solo había dos maneras de llegar hasta allí: o bien descender diagonalmente por la rampa, como un coche, o bien caer verticalmente desde la barandilla de la misma rampa, como una piedra.

Aquella barandilla era azul, tubular, tan baja que más que barandilla habría que llamarla antepecho. Se asomó por ella y vio el tráfico que circulaba a toda prisa, emitiendo nubes tóxicas. Observó el punto exacto donde había aparecido el cuerpo. Si el operario acudió ahí por su propio pie, tendría que haber recorrido una buena distancia: toda la rampa hasta la autovía, girar ciento ochenta grados y caminar por el arcén hasta volver casi bajo el puente. Seito no entendía qué necesidad había de hacer ese camino para examinar una cámara que resultaba invisible desde allí. La hipótesis de la caída le parecía mucho más verosímil. Quizá el operario se asomó demasiado para comprobar si la cámara estaba obstruida y perdió el equilibrio.

El inspector se pegó cuanto pudo a la barandilla y avanzó rampa abajo. Varios pasos después, creyó encontrarse en el punto desde donde se había precipitado el operario. Miró hacia el puente: desde ahí tampoco se veía la cámara. Si el objetivo del trabajador era realizar una inspección ocular, aquel no era el sitio en absoluto adecuado.

«¿Qué hacías tú aquí?», se preguntó.

Imaginó que un coche podía haber golpeado su cuerpo, lanzándolo hacia delante, por encima del antepecho, para hacerlo caer en el punto donde apareció.

Pocos minutos después, Seito aparcaba su SEAT a un kilómetro de allí, en la Colonia de Fuente del Berro.

Ante él se extendía una urbanización de casitas con tejados a dos aguas, chimeneas y jardín. El cercano Pirulí proyectaba una gigantesca sombra alargada hacia el este, como un ciprés en el mayor cementerio del mundo. Entró en el parque de la Quinta de la Fuente del Berro y se dirigió a un rincón oculto, un estanque entre árboles pelados. La superficie se encontraba cubierta de hojas amarillas de Ginkgo biloba, con forma de abanico. El ruido de motores y rodaduras de la M-30 arruinaba la armonía del lugar.

A pocos metros de la fuente, sobre un lecho de cartones, la semana pasada se había hallado un cadáver. El sintecho se refugiaba al abrigo del muro de cierre del parque, una pantalla de hormigón diseñada para amortiguar, con poco éxito, los ruidos de la autovía. Se llamaba Alejandro Sanz, como el cantante. Tenía un pasaporte caducado entre sus escasas pertenencias. Había llegado a España desde Ecuador en el año 2003. No había un solo registro sobre él. No había aparecido ningún testigo que hubiera compartido con él un empleo, ni una vivienda, ni tan siquiera un café. Nadie requería su cuerpo al otro lado del Atlántico. No se le reclamaban deudas. Alejandro Sanz era un fantasma. Los vecinos de la Fuente del Berro lo veían de vez en cuando vagabundear por las calles. Se colaba en la Quinta, cerrada al público de once a ocho, por una brecha que había en el muro. Allí podía dormir más tranquilo.

Lo que le preocupaba a Seito era la forma en que lo habían matado. Y no porque fuera cruel o sádica. Todo lo contrario. A Alejandro Sanz se lo había llevado al otro mundo un único disparo, limpio, efectuado por una pistola con silenciador y cargada con munición subsónica. Un trabajo sigiloso propio de profesionales. El homicidio se produjo por la noche, no despertó a ningún vecino. Los jardineros encontraron el cuerpo junto al muro al amanecer. Que un crimen combinase una víctima tan insignificante con un *modus operandi* tan profesional asustaba a Seito. En la brigada se barajaban varias teorías: que un asesino a sueldo se había equivocado de persona; que Alejandro Sanz había pagado por alguna atrocidad por la que se escondía; que había sido testigo, en la noche, de algún delito... Hipótesis irresolubles.

El inspector temía una teoría adicional: la del psicópata que, después de mucho imaginar, equiparse y planear, habría tratado de hacer realidad la clásica fantasía del crimen perfecto. Solo por probar si podía hacerse. Todo parecía frío, calculado. Pero infantil. Un asesino de vagabundos que utiliza un arma con silenciador y munición subsónica. Le recordaba a un chiquillo sin conciencia probando un juguete muy caro. Y lo que es peor: se trataría de un narcisista que firmaba sus acciones con espray de pintura azul, trazando una pequeña eme minúscula coronada con tres rombos.

La primera vez que Seito vio la pintada que luego encontraría en el puente de Ventas fue allí mismo, en la Quinta de la Fuente del Berro. Estaba a menos de un metro de la cabeza hendida de Alejandro Sanz, sobre el muro antirruido que separaba el parque de la M-30. Se fijó en ella por pura suerte; podía haberla pasado por alto, como habían hecho todos sus compañeros. La pintada se sumergía entre el *horror vacui* de otros grafitis más grandes, coloristas, caóticos, y firmados por gente que se llamaba Farlopa, Okel o Gata. Esos tipos eran inasequibles al desaliento. El consistorio limpiaba sus garabatos de los muros y ellos los reponían al día siguiente. Seito los conocía, había aprendido sus reglas y rituales en algunas correrías nocturnas, y conservaba el vicio de fijarse en los grafitis. Gracias a eso, reparó en la pequeña eme minúscula.

Había sido trazada sobre un grafiti más artístico y fresco, muy reciente, de un autor bastante conocido en el mundillo:

Bennyman. Estropear la nueva creación de un compañero estaba peor visto que ensuciar la fachada del Palacio Real. Se les solía permitir unas semanas de exposición en limpio antes de ser cubiertas de nuevas inscripciones. Solo un novato pintaba sobre otro grafiti. Pero aquella eme minúscula tenía unos trazos muy estilizados, muy propios de la estética grafitera clásica. Quien la había ejecutado estaba acostumbrado a dibujar. A Seito tan solo le generó curiosidad, no le dio más importancia. Hasta que se encontró con la misma eme bajo el puente de Ventas, a pocos metros de otro cadáver.

Seito se arrodilló una vez más junto a la pintada del parque. Abrió la galería de su teléfono móvil y miró la foto que le había hecho al grafiti de la M-30. Sin duda, era el mismo símbolo. Podía apostar su sueldo a que lo había ejecutado la misma mano. Pero eso no significaba que la persona que había matado a Alejandro Sanz fuera la misma que había hecho aquel grafiti. Ni mucho menos que, una semana después, a solo un kilómetro de distancia, hubiera decorado el escenario de un atropello.

Se incorporó. Por los caminos de tierra había hecho aparición una pareja. Tendrían unos veinte años. Él llevaba un chándal muy llamativo, color fucsia, con las tres franjas de Adidas bien visibles. Ella vestía un top tremendamente ajustado y corto que dejaba mucha piel (blanca y tatuada) al aire para ser enero. Parecían el Joker y Harley Quinn. Otro joven los seguía unos metros por detrás bostezando; un chico gordito, mucho menos carismático. Sujetaba una cámara en una mano y una pala de críquet en la otra.

Seito ya los conocía. Les había tomado declaración la semana anterior. Sabía que los tres, y un cuarto joven, compartían un chalé en la Colonia de Fuente del Berro. Eran famosos. Pero no unos famosos cualquiera. Eran famosos de internet; lo que al principio se dio en llamar *youtubers*, luego *influencers,* luego *tiktokers*, luego *streamers* y ahora solo Dios sabía cómo.

Se quedó observando a los chicos. El gordito se subió con la cámara al tobogán de un parque infantil. El del chándal fucsia, que se llamaba Ismael Mata y ejercía de líder de la *troupe*, cogió la pala de críquet. Entonces la chica tatuada sacó de la mochila una docena de huevos. Cuando estuvieron listos, le lanzó el primero. Mata intentó batearlo con todas sus fuerzas. Y vaya si lo consiguió: fue un golpe muy firme. El huevo estalló en plena trayectoria, propulsando una onda expansiva amarillenta y transparente. El chico gordito, desde el tobogán, estalló en carcajadas.

—¡Buah, chaval, no veas cómo queda esto a cámara lenta! —gritó con entusiasmo—. ¡Lánzale más, Rita!

Seito frunció los labios. Pensó que, al menos, mientras hacían esa gilipollez, no estaban gastando bromas telefónicas de mal gusto. Había echado ya a perder una tarde tratando de entender sus cosas. El alias de redes sociales de Ismael Mata era @MataMeCamión. En sus vídeos, lo mismo mostraba un repetitivo videojuego durante horas que hacía llamadas intempestivas al 112 para decir que se les había escapado una zarigüeya.

Seito aguardó a que los chicos dieran muestras de sentirse satisfechos con la última toma de huevos reventando en el aire. Se acercó cuando los tres se inclinaban sobre la pantalla de la cámara. Los saludó con cortesía y pidió disculpas por molestar.

—¿Os acordáis de mí? —preguntó Seito.

—Sí, claro —dijo Mata—. Eres uno de los policías que vino a investigar la muerte de ese pobre hombre la semana pasada.

—¿Podría haceros unas preguntas?

—¿Otra vez? —siguió el chaval—. Ya hemos contado todo lo que pudimos ver y oír.

—Sí, lo sé. Lo he repasado varias veces. Necesitamos conocer todos los detalles posibles, mientras están recientes. Lo que un testigo recuerda a las veinticuatro horas no es lo mismo que lo que recuerda al cabo de una semana o dos.

—Pues ya sabes que Rita y yo estuvimos haciendo un *streaming* de tres horas, con llamadas y todo, aquí con el Gorka. Y que Moncho estaba en su pueblo, todavía no ha vuelto.

—Lo sé, lo sé. La coartada está comprobada.

—¿Y hay algo que no cuadre? —preguntó la tal Rita.

—Hay algo que me ronda la cabeza. ¿Me acompañáis?

Los jóvenes le siguieron hasta el lugar donde había aparecido el cadáver, junto a la barrera antirruido.

—¿Veis esa inscripción hecha con pintura azul?

—¿El grafiti del muro? Sí, lo veo.

—¿Sabéis si es muy reciente?

El trío se miró, dudando. El gordito sacudió la cabeza. Mata se encogió de hombros. Rita, que era la coprotagonista de Mata en casi todos los vídeos, y que presumía de observadora, lo pensó un poco más. Pero al final también tuvo que negar con la cabeza.

—La verdad es que no me había fijado —reconoció Rita—. Pero es que es muy pequeño, y este muro está siempre lleno de pintadas. ¿Cómo nos íbamos a dar cuenta?

Seito mostró un gesto de decepción. Si no era capaz de probar que el crimen y el grafiti se habían ejecutado al mismo tiempo, su hipótesis sobre el asesino en serie no pasaría de ahí.

—Muchas gracias. Que tengáis un buen día.

Cuando Seito ya se estaba alejando, Mata lo llamó:

—¡Espera, espera! A ver si lo he entendido: ¿quieres saber si ese símbolo ya estaba aquí antes de que asesinaran a la víctima?

—Sí, eso es —respondió Seito.

—Déjame revisar mi galería.

@MataMeCamión tenía cientos de miles de seguidores. Su atractivo era tal que las marcas no habían tardado en contactar con ellos para que publicitaran todo tipo de productos. Los cuatro chicos vivían de ello; con los ingresos por la publicidad, pagaban el flamante chalet en el que vivían, la comida y las diversiones. El equipo publicaba casi diez *posts* al día en diferentes redes sociales y ofrecía todas las noches un *streaming*, en la plataforma Twitch. Mata era una de esas personas que compartían todo cuanto ocurría en su vida, desde su primer café hasta una loquísima fiesta en un sótano con media docena de monos capuchinos. Ante la paciente mirada de Seito, el chaval revisó la galería de su móvil en busca de un vídeo en concreto.

—Hacemos muchísimas *stories* y *tiktoks* aquí, en el parque. Chistes, bromas a la peña que pasa... Es una pasada. ¡Aquí está!

El vídeo duraba poco más de un minuto. Arrancaba en el mismo estanque, junto al muro. «Hola, *bros* y *sisters* —se le oía decir—. Hoy os voy a demostrar que el otro día no os mentía, en el *streaming* que hicimos sobre Pokemon Go. Os dije que aquí, en la Quinta de la Fuente del Berro, se puede pillar un legendario, y os lo voy a enseñar». Mientras decía esto, Mata cruzaba el sendero, seguido por la cámara del gordito. En un momento determinado, el chico paró la reproducción. La pantalla mostraba justo el momento en que el presentador pasaba frente al lugar preciso. Exactamente lo que Seito buscaba: el muro antirruido lleno de grafitis. Se veía con total claridad. La pequeña inscripción azul en forma de eme minúscula no estaba allí. Seito lo observó con interés.

—¿Cuándo grabasteis este vídeo? —preguntó.

—El mismo día en que apareció el muerto. A las seis de la tarde.

Eso quería decir que, unas diez horas antes de que asesinaran a Alejandro Sanz, nadie había hecho aquella pintada todavía.

Seito regresó a la Jefatura. Ya no tenía nada que hacer allí, pero quería que el jefe lo viera para dar la impresión de que se estaba tomando en serio la búsqueda de la desaparecida. La oficina estaba mucho más tranquila que por la mañana, ya no había ganas de hablar entre los compañeros. Solo querían irse a sus casas, y aguardaban el final de turno haciendo lo menos posible.

Nada más sentarse, sonó su teléfono. En la pantalla se veía un número largo que identificó como el del detective Emmanuel Ospina, que llamaba desde Bogotá.

—Señor Seito, ¿qué tal va el Real Madrid?

—Supongo que bien, Emmanuel. Si gana hoy a no sé qué equipo jugará la semana que viene con no sé qué otro. No me pidas detalles.

—No esperaba menos. Le cuento. Tenía usted razón: Isabella Fonseca está en casa de sus padres.

—¿Cómo? ¿Ya lo sabes? —se sorprendió el inspector.

—Tan pronto como leí su comunicado me puse a la tarea. Pan comido, carnal.

Emmanuel se había hecho pasar por un mensajero de UPS y había acudido a casa de los Fonseca a primera hora, con un importante paquete de parte del abogado de Isabella. Ella mordió el anzuelo. El detective recogió su firma en una tablet y aprovechó el dispositivo para tomar una foto. Chica localizada, asunto solucionado. Pero el jefe no tenía por qué saberlo tan pronto.

Seito abrió Google y tecleó un nombre: GraFino. El buscador devolvió un puñado de resultados. Seito anotó una dirección y una hora en un papel. Luego cerró su ordenador hasta el día siguiente. Antes de abandonar la Jefatura, fue al baño. Nada más entrar, un pestazo a letrina se apoderó de su nariz. Casi sin respirar, pisó el pedal para abrir la tapa del cubo de basura. Allí había unos calcetines azul marino embadurnados en excrementos. Sonrió. Siempre que tenía ocasión, el inspector Carlos Callés presumía de sus calcetines de hilo de Escocia, solo disponibles en El Corte Inglés. Salió del baño y corrió al escritorio de Callés, que, como era de esperar, estaba vacío. Solo Román Sevilla trabajaba en el puesto contiguo.

—¿Callés ya se ha ido a casa? —preguntó Seito—. ¿Le dolía la tripita? Siendo celiaco, debería tener cuidado con lo que se mete en la boca. Y con lo que suelta por ella.

7

Dulce O'Rourke había estacionado el Octavia en un callejón sin salida, mirando al portón de un garaje situado al fondo del *cul-de-sac*. El desierto callejón corría paralelo a la avenida de los Poblados, conectado a ella mediante una angosta travesía peatonal, llena de sombras y recovecos. La inspectora había reclinado el asiento, y se había quedado dormida casi al instante, sin siquiera cerrar los seguros del coche ni poner a buen recaudo sus pendientes de perlas auténticas ni la medalla de oro de san Cristóbal. Abrió los ojos justo en el momento en el que un hombre subsahariano surgió de la travesía peatonal. El hombre se detuvo ante la puerta levadiza metálica del garaje. Justo al lado de esa puerta había aparcado un coche pequeño; se agachó junto a las ruedas. Se quitó el anorak y se quedó en camiseta a pesar del frío. Lucía un cuerpo atlético, de espalda ancha. De rodillas en el suelo, el hombre se puso a buscar algo tras el amortiguador e introdujo por el guardabarros un brazo en el que se marcaban todos los tendones. Dulce encendió las luces del Octavia. Los focos impactaron en los ojos del subsahariano, y lo cegaron. Ella se apresuró a salir del coche.

—¡Policía! ¡Arriba las manos!

El hombre se irguió. No parecía asustado, ni tentado de hacer el más mínimo caso a la orden.

—¡Vete a la mierda, O'Rourke! —dijo, con una sonrisa.

Se acercó a ella y le dio tal abrazo que podría haberla partido en dos. Aquel tipo era Frankie Aurier. En ese taller, que en tiempos había pertenecido al padre de Dulce, preparaba los coches para la competición. Le gustaba aprovechar las horas tardías, cuando nadie lo molestaba. Solo O'Rourke ostentaba el privilegio de importunarlo en su templo.

—Oye, Frankie, ¿te acuerdas de que tenías miedo de prestarme el Octavia de Luis Climent porque te lo iba a devolver destrozado?

—¿Lo has destrozado?

—No —respondió, mientras le ponía las llaves en la mano—. Aquí lo tienes. Intacto.

Frankie se acercó al Skoda. Abrió la puerta y comprobó su interior. Luego subió y lo puso en marcha.

—Ponerle silenciador a estos motores debería ser delito —dijo al escucharlo.

—Nos ha sido de mucha ayuda, tanto el coche como el silenciador. Y si fuera delito, como dices, no me lo tendrían en cuenta. ¿No ves que soy poli? Por cierto, ¿qué le estabas haciendo al viejo *kit car*? —preguntó Dulce señalando el pequeño coche que Frankie había manipulado.

—Esconderle dentro un saco de droga, ¿qué te crees?

Frankie levantó la puerta metálica. Dentro del taller reinaba un caos armónico. Las piezas cromadas se mezclaban con las oxidadas, unos periódicos viejos cubrían charcos de lubricante, varios pares de neumáticos descansaban en una esquina, tal y como habían caído tras ser pateados por Frankie desde metros de distancia.

—¿Cómo pudo mi padre confiar en ti, con este desastre de taller?

—Porque soy un mecánico de la hostia. Y no me juzgues, que he visto tu casa.

Simon Connor O'Rourke, el padre de Dulce, había tenido siempre predilección por la gente desordenada. Él había sido así: el orden le provocaba ansiedad. «Solo los cementerios están siempre limpios y perfectamente organizados en cuadrícula, como la mesa de un contable», decía. Cuando expulsaron a Dulce de la competición, ella se distanció de él para ingresar en la Escuela Nacional de Policía. Sin embargo, no olvidó esas palabras. En la Academia de Ávila, el orden y la limpieza se imponían como la demencia y hacían que todos esos jóvenes reclutas envejecieran varios años de golpe. No volvió a disfrutar del desorden hasta que conoció bien a Frankie, después de la muerte de Simon. Nadie se explicaba qué golpe de fortuna le había dado la oportunidad a un joven negro, hijo de sin papeles, de demostrarle a Simon O'Rourke su habilidad con los motores. El irlandés decía que lo había encontrado en un Midas, parcheando ruedas. Desde entonces, Frankie llenó el espacio que la hija había dejado.

El caso es que Dulce necesitaba una enorme ración de caos para centrar esfuerzos en mantener en estado impecable las pocas cosas que valoraba en la vida, como su paz mental. O su coche, que en ese momento estaba aparcado en un hueco del taller, bajo el asedio de montañas de repuestos y latas vacías.

–Espero que no le haya caído aceite encima.

–No te preocupes. Tu coche de niña pija está bien. No hay ni una mancha en esa carrocería de color… ¿Qué color es ese?

–Rojo perla veneciano. Eso me dijo el vendedor.

Dulce adoraba su Subaru Impreza STi. Lo más parecido a un coche de competición que se podía adquirir en un concesionario, aunque no en un concesionario cercano, porque no se comercializaba en España. El mismo Frankie se había encargado de mover los hilos para traerlo de importación. Fue un capricho. Tenía unas acciones que había heredado de Simon y no se veía capacitada para seguirles la pista. Todo el mundo le explicaba lo que debía hacer con ellas: algo inteligente, como su hermana, que había encontrado la máxima rentabilidad; pero ella no entendía nada de eso, como tampoco entendía de las otras especialidades de su hermana: maridos, hijos, chalés en Pozuelo… Las acciones estuvieron ocho años inmovilizadas, perdiendo valor. Tras pasar una tarde mirando fotos antiguas de circuitos de karting y categorías amateur, pensó en rendirle un homenaje a su padre, que era, al fin y al cabo, el dueño de las acciones. Simon Connor O'Rourke había competido desde pequeño, hasta que un accidente a casi doscientos kilómetros por hora en la Silver State Classic, la mítica carrera del desierto de Nevada, le había hecho perder el antebrazo izquierdo. Dulce se compraría un Subaru, el coche que Colin McRae había convertido en legendario. Porque es lo que habría hecho su padre.

—Rojo perla veneciano —continuó Frankie—. Manda cojones. Te lo he revisado y te he cambiado el aceite.

—Gracias, Frankie. No sé cómo voy a pagarte tantos favores.

—Se me ocurren unas cuantas maneras —dijo él, agravando la voz y mirándola de forma insinuante.

Dulce enrojeció hasta que su tez cobró el mismo tono que la carrocería del Subaru. Luego se quedó muda. Frankie hizo un gesto para quitarle importancia.

—Perdona. Sé que no te gustan estas bromas… Mis otras amigas son mucho más brutas. No te ofendas, por favor.

—No, no… Claro que no.

—Además, bastantes favores me has hecho ya. No quería incomodarte.

Dulce volvió a darle las gracias. Luego rescató su Impreza STi rojo perla veneciano del rincón del taller y se fue conduciendo despacio. En cuanto giró para tomar la avenida de los Poblados, miró al retrovisor interior. Era una de las manías que más odiaba de sí misma. Cuando una conversación no quedaba bien resuelta (y, tratándose de O'Rourke, eso ocurría a menudo), la terminaba dentro del coche, cuando ya no servía para nada, fingiendo que esos ojos reflejados en el espejo eran los del interlocutor.

—Perdona, Frankie, no me he puesto así porque me hayas ofendido —le dijo al espejo—. Me he puesto así porque no he encontrado valor para hacer lo que estaba deseando hacer… Bueno… Eso…

8

Seito había encontrado un hueco en la barra de Casa Camacho. Había pedido un yayo, un típico cóctel mezcla de ginebra casera y vermut, para celebrar su pequeña victoria moral sobre Callés y el éxito de Emmanuel Ospina. El Casa Camacho había sido su bar favorito de Malasaña, un barrio que había dejado de frecuentar. La fama, los Starbucks, los brunch y los AirBnB habían borrado del mapa aquel libérrimo agujero de Madrid. En sus calles, Seito había pasado de ser el único que se sabía el título de todas las canciones que pinchaban en La Vía Láctea a convertirse en el inadaptado que no tenía Tinder.

Salió a la calle y encendió un cigarrillo. Esquivó cuatro patinetes de *sharing* tirados en la acera. Cruzó la plaza del Dos de Mayo y caminó hasta Daoiz. Un poco más adelante, vio a GraFino. Con un espray dibujaba suaves nubes de pintura en la persiana de seguridad de una franquicia que abriría sus puertas la semana siguiente. Llevaba puesta una mascarilla para proteger sus vías respiratorias del aerosol.

—Ya es casualidad que me hayas encontrado —dijo GraFino, sin saludar.

—De casualidad, nada. En Instagram decías dónde ibas a estar.

Seito observó el dibujo al que GraFino daba los últimos

56

retoques. La efigie de Veronica Lake mirando de manera seductora al paseante con el único ojo que no le tapaba el flequillo.

—Menuda mierda de pintada, GraFino. Supongo que no tendrás los huevos de firmarlo, ¿verdad?

—Me pagan el triple si lo firmo. Cuando ven mi firma, los demás grafiteros no pintan encima.

—O sea, que así acaba tu talento artístico, ¿no? Sirviendo para mantener limpita una tienda de ropa cara.

Hacía años, Seito había tomado largos tragos con Sebas Criado, alias GraFino. Habían compartido juergas y habían discutido sus antagónicas concepciones de la libertad, el civismo, la democracia...

—Hay que pagar la hipoteca —reconoció GraFino—. Si vieras mi nómina en la agencia de diseño gráfico... No cubro ni la cesta de la compra, y tengo dos críos que alimentar.

—Así que ahora ganas más dinero con esto que con un trabajo decente.

—El trabajo decente es el que te permite vivir decentemente.

—*Touché*.

La relación de Seito y Sebas había terminado mal. GraFino se había visto implicado en una agresión muy grave contra un guardia de seguridad del Metro de Madrid, cuando un puñado de grafiteros irrumpió en unas cocheras de madrugada para pintar los vagones. Durante la instrucción, GraFino juró que había tratado de defender al vigilante. Seito lo creyó a pies juntillas y se puso de su lado, pese a que las pesquisas de otros compañeros parecían indicar lo contrario. Al final, las imágenes de la cámara de un cajero automático demostraron que, una vez el vigilante consiguió escapar a la calle, los agresores dieron con él y le propinaron otra serie de golpes. Entre esos agresores podía verse nítidamente a GraFino, martillando la cabeza del guardia con su bote de espray. Seito le retiró la palabra. GraFino fue condenado a catorce meses de prisión.

—Bueno, cuéntame qué quieres. Estoy terminando esto, y tengo que volver a casa para bañar a los críos.

—¿Sigues enterado de todo lo que se dibuja en Madrid?

—No tanto como antes, pero sí. Si un grafiti vale la pena, me gusta tenerlo fichado y saber quién lo hace.

Seito buscó en su móvil la foto del símbolo azul de la eme minúscula coronada por tres rombos. Su amigo lo miró y negó con la cabeza.

—He dicho que solo estoy al tanto de lo que vale la pena. Esto que me enseñas es un escupitajo.

Entonces Seito pasó las fotos hasta hallar el grafiti de la Marilyn Monroe con pene que había a pocos metros del símbolo azul. Al verlo, GraFino mostró un gesto de satisfacción.

—¡Dina! Esa chica es una fuera de serie. Es capaz de pintar en sitios imposibles.

—Es de los pocos grafitis que he visto en ese tramo de la M-30.

—¿De los pocos? Será el único. Dina te dibuja una Marilyn de tres metros, con la polla al aire, en treinta segundos, y consigue salir de ahí antes de que lleguen los municipales. Hoy día, nadie es capaz de hacer algo así en una ubicación como esa.

—No estoy de acuerdo. El que ha dibujado este escupitajo ha hecho lo mismo.

Seito volvió a mostrarle el símbolo azul al grafitero.

—Hombre, Seito. Esto no es un grafiti, esto es basura. Pensaba que ya conocías la diferencia.

—No estoy aquí por amor al arte, Sebas. El dibujo que me interesa es este. Querría saber cuánto tiempo lleva ahí pintado. ¿Crees que esa tal Dina me podría decir si esta basura ya existía cuando pintó su Marilyn?

—Es posible. Dina se estudia bien el sitio donde va a actuar.

—¿Y crees que testificaría en un juicio si vio o no vio este trazo?

—No sé, puede que sí... Dina no es de los nuestros, de los de siempre, la gente de barrio, *old school*... Quiero decir que es de buena familia. Una pija de La Moraleja que se aburre mucho. Una «posmo» con estudios. Es posible que le tenga menos miedo a los jueces y a los polis que yo.

Seito sacó de su bolsillo un pósit con su número escrito a lápiz. Era todo lo que estaba dispuesto a invertir en tarjetas de visita.

—Hazme un favor, Sebas. Aquí tienes mi teléfono. Dame un toque y te reenvío la foto de la pintada. Luego, contacta con la chica y pregúntale si la firma azul estaba o no estaba cuando hizo su Marilyn. Es bien sencillo. No hay nada contra ella.

GraFino se quitó la mascarilla y tomó el papelito amarillo con los dedos índice y corazón, como si fuera un cigarro.

—¿Puedo también usar tu teléfono para llamarte y tomar un café, una caña, lo que sea?

—Claro… Cómo no. Pero, ya sabes, tengo mucho lío.

Seito se volvía ya hacia la plaza del Dos de Mayo cuando GraFino volvió a llamar su atención.

—Seito, ahora que has aparecido, quería decirte que me enteré de lo de tu hijo. Y que siento no haber estado ahí para apoyarte.

Seito se encogió de hombros y evitó mirarle a los ojos.

—No te preocupes. No era necesario.

—No, en serio, me habría gustado poder…

—He dicho que no te preocupes, Sebas —interrumpió secamente Seito—. Si sigues insistiendo en contarme todo lo que te habría gustado hacer y no hiciste, sospecho que voy a acabar poniéndote el hombro para que llores en él. Y no te confundas, el que necesita consuelo no eres tú. No estuviste, vale, no pasa nada porque no podrías haber hecho nada. Porque no se puede hacer nada, ¿sabes? Así que, al menos, no me obligues a intentar que te sientas mejor, cuando ni siquiera me apetece. Si tanto deseas hacer algo por mí, consígueme la información que te he pedido.

Seito siguió caminando hacia la plaza. Hubo que esperar más de un minuto para oír de nuevo el siseo del espray.

9

Desde el mirador de Entrevías, la ciudad parecía un efecto digital en un monitor de plasma: luces rojas, azules, amarillas y blancas. Tras una barandilla de madera descendía una empinada pendiente. Abajo comenzaba un paisaje de vías, catenarias, locomotoras, convoyes y naves. Aquello era solo la esquinita de un área gigantesca en la que se concentraban infraestructuras ferroviarias vitales para Madrid: los talleres de Santa Catalina, los de Cerro Negro, la sede de Alstom y, sobre todo, la estación de mercancías de Abroñigal, especializada en la recepción de containers.

Seguro que Pollito le había mentido. Pero ya tendría tiempo para sentirse estúpida. Tomó el camino que conducía al punto por el que el chico decía que se colaba en el recinto. La senda sorteaba muros llenos de pintadas, coronados por alambrada de púas oxidada. Una vez abajo, se limpió el barro de las suelas en la arista de un adoquín abandonado. Dio pisotones para que le volviera a correr la sangre por las piernas, entumecidas por el frío.

«Mira todo lo que te quiero, Pollito —se dijo—, mira las ganas que tengo de que no me estés contando una trola».

Comprobó una vez más el itinerario que le había dibujado el

chico sobre el mapa de Google. Iluminó el muro con la linterna y localizó el lugar. Alguien había cortado la alambrada que antes había unido dos de los postes que sobresalían del muro. Los restos se descolgaban flácidos sobre la pared. Se encaramó al muro, con cuidado de no enganchar su abrigo nuevo en las púas. Saltó dentro del recinto y, tal y como esperaba, unos veinte metros después encontró una valla rígida. Buscó la escalera de mano en el lugar donde Pollito decía ocultarla. Y la encontró.

«Voy a tener que pedirte disculpas, Pollito».

Tras la valla, debía cruzar las vías para llegar al otro lado del complejo sin que la vieran. Tenía por delante más de un kilómetro de marcha. Aquí y allí encontraba zanjas, montañas de raíles de hierro y varillas metálicas hundidas en hormigón. Un mercancías lleno de contenedores pasó a escasa distancia. El ruido le retumbó en los tímpanos y el reflujo de aire amenazó con absorberla y arrojarla bajo las ruedas. Esperó a que terminara de pasar, sujetándose a un cambio de agujas. Luego reanudó la marcha.

Accedió a un descampado donde se acumulaban más secciones de raíl y traviesas. No tardó en distinguir los paneles publicitarios luminosos que se veían desde la M-30. La autovía de circunvalación estaba allí mismo, al otro lado de una valla.

Antes de alcanzar el depósito de contenedores de la estación, Dulce llegó a su meta, el lugar marcado por una equis en el mapa. Contempló desde allí los containers de doce metros de largo apilados en columnas de la altura de un edificio. También había contenedores donde ella estaba, pero solo unos pocos. Al contrario que los colocados en el depósito principal, estos parecían abandonados. Dulce imaginó que aquel lugar funcionaba como vertedero para los que habían quedado inservibles. Si alguien se dedicaba a sacar fardos de contrabando de los trenes de mercancías, ese era un lugar perfecto para esconderlos y enviar a cualquier idiota como Pollito a recogerlos más tarde.

Por fin dio con la cabina del retrete portátil donde el chico afirmaba que se había cometido el asesinato. Se acercó y apuntó la linterna al suelo. No encontró más que una bolsa de supermercado medio enterrada. Cualquier mancha de sangre habría sido absorbida por el polvo. Lo único que podía hacer era dar con el cadáver. Si el asesinato había sucedido en realidad, el autor no podría haber arrastrado el cuerpo muy lejos. Exploró las proximidades. Comprobó la caja de una furgoneta abierta. Luego caminó hacia el depósito principal. Una valla con candado le cerró el paso; no se sintió con fuerzas para saltarla.

Por último, se acercó al contenedor más cercano al retrete químico. Era un monstruo en el que podrían haberse transportado tres coches como el Impreza de Dulce. Tenía la chapa corroída y perforada. Aún lucía restos del anagrama de la naviera Maersk. Abrió la puerta y un ruido estridente la recibió. Algo que primero se agitó y luego se quedó paralizado. Un ladrido que retumbó en la caja de resonancia del contenedor y que agotó las pocas energías que le quedaban al perro que lo emitía.

Era un animal feísimo. Un chucho pulgoso, flaco, que ni siquiera era capaz de ponerse en pie para defender su casa de una extraña. Tendría el tamaño de un pastor alemán, pero nada de su vigor. Dulce entendió que el perro se había quedado allí encerrado. En el suelo yacía un colchón húmedo, aislado por varios cartones; algunas prendas de vestir estaban tendidas en un cordel que cruzaba el habitáculo de pared a pared, dando una sorprendente sensación de orden. En una esquina, alguien había improvisado una cocina y una chimenea de láminas metálicas que conducía el humo hacia un agujero. También había un palé sobre cuatro ladrillos con una cafetera y varios briks de vino. No encontró papelinas, pero sí tres jeringuillas y una cuchara renegrida y doblada. A pesar de ello, y de los excrementos que el perro no había podido contener durante su encierro, la habitación conservaba cierta dignidad. Seguro que a su dueño le agradó encontrar una casa con retrete, abandonada por los trabajadores de la estación y fuera del alcance de curiosos. Un escondite cómodo donde beber vino, consumir heroína y pasar las horas alejado de miradas humillantes.

Dulce se arrodilló junto al animal. Evitó tocarlo.

—¿Y ahora cómo hago yo para sacarte de aquí?

10

En el Centro de Control de Calle 30, Seito se reunió en una sala con el supervisor de la víctima y dos compañeros. Lucían rostros desgarrados y hundidos por el insomnio. Todos eran empleados de Calle 30, la empresa que gestionaba la autovía de circunvalación. El supervisor se identificó como Sergio Barreda Rodríguez. Estaba a cargo de los equipos de incidencias que hacían guardia la noche del atropello. Lorena Quintana trabajaba ante un monitor, vigilando las cámaras. Por último, Mihai Lazăr era técnico de mantenimiento; había descubierto el cuerpo tirado en el arcén, bajo el puente. Seito le echó un vistazo al informe: «Manuel Nogal Pérez. 45 años. Soltero, sin hijos. Familiares cercanos: un hermano en Vigo».

–Siento mucho su pérdida –dijo–. Estoy seguro de que Manuel era un buen compañero.

La chica sollozó y Mihai Lazăr palideció.

–Muy bueno. Y buen amigo –dijo el supervisor.

Desde la sala se veía una gran pared tapizada de pantallas. Estas emitían frenéticamente imágenes en directo de la M-30, vigiladas por varios operarios desde sus consolas, como en las películas de lanzamientos de cohetes espaciales. En ese centro de control se supervisaba todo el tráfico de una vía que soportaba el paso de un millón y medio de vehículos al día.

—¿Aún no ha venido nadie a tomarles declaración?

Todos negaron con la cabeza. A Seito no le extrañó.

—Bien, me gustaría que me contaran qué ocurrió la noche en que atropellaron a Manuel.

Lorena Quintana apretó los labios mientras asentía.

—Yo estaba de turno de noche. A Manuel le tocaba guardia. En aquel momento hacía comprobaciones en el punto 10-42.

—¿Dónde sería eso? —la interrumpió Seito.

—Dentro del túnel, muy cerca de la salida de Méndez Álvaro.

—O sea, casi aquí mismo.

—En efecto.

—¿Qué pasó entonces?

—Una estupidez. Algo que, de no haber estado aburridos, habríamos dejado para luego. A las tres y dieciséis minutos de la mañana se perdió la imagen de la cámara del puente de Ventas dirección norte.

—¿Dejó de emitir?

—No dejó de emitir. Se fue a negro, pero todo parecía indicar que seguía emitiendo —respondió ella.

—¿Cómo de grave es eso?

—No demasiado. Se puede vivir sin esa cámara.

—Por lo que deduzco, usted se puso en contacto con Manuel para que fuera a comprobar qué sucedía.

—Yo… Bueno… Le pregunté si se estaba tocando los huevos, como siempre. Y él se rio. «A dos manos», me dijo. —A la chica se le escapó otro sollozo—. «Entonces no te importará acercarte a Ventas, que se nos ha ido la imagen», le dije yo. Y él respondió: «Lorena, si tu misión es amargarme la vida, enhorabuena, lo estás consiguiendo». —La chica se deshizo en llanto—. Fueron las últimas palabras que le oí decir.

—Ya sabes que él era así —intervino Mihai—, todo lo decía en broma.

Seito se dio cuenta de que estaba tamborileando con el boli

sobre su cuaderno. Detuvo el grosero tic y se forzó a aguardar. Cuando la chica se recompuso, siguió con las preguntas.

–¿Sabe a qué hora llegó Manuel a Ventas?

–Como había sido un borde, no quise volver a contactar con él. Pero lo vi en el *video wall* al pasar por la cámara del kilómetro siete, a la altura de O'Donnell, a las tres y treinta y tres. Eso quiere decir que unos dos o tres minutos después habría llegado a Ventas.

A Seito le sorprendía la precisión con que Lorena Quintana señalaba la hora y el lugar por el que había pasado la víctima. Parecía haber pensado en el accidente mucho más que ningún otro compañero. Sin duda, creía haber enviado a la muerte al hombre al que amaba y no podía sentirse más culpable.

–¿Con qué frecuencia circulaban los coches por ahí en ese momento?

–A esa hora de un día laborable, poquísima. Una densidad casi nula. Unos dos coches por minuto.

–Muchas gracias –le dijo Seito antes de dirigirse a Mihai Lazăr–. Señor Lazăr, su labor es básicamente la misma que cumplía Manuel Nogal el día de su muerte, ¿verdad?

Lazăr era un rumano de mirada limpia y un bonito acento suavizado por muchos años de residencia en España.

–Así es. De hecho, aquella noche yo también estaba de guardia, pero me había tocado en los túneles. A eso de las cuatro y veinte de la mañana me llamó Lorena para decirme que Manuel no respondía al teléfono desde hacía tres cuartos de hora.

–A las cuatro y veinticuatro, exactamente –precisó Lorena.

–Mihai, ¿qué se encontró al llegar a Ventas?

–El coche de Calle 30 abandonado sobre el puente. Llamé a Lorena y le dije lo que había: los cerrojos abiertos y ni rastro de Manuel por ninguna parte. Entonces me temí lo peor. Busqué por todos lados. Me asomé por la barandilla y por fin distinguí su cuerpo, allí abajo. Eché a correr, bajé, llegué a su lado… No se podía hacer nada. Se le habían quedado las piernas como si tuviera tres rodillas en cada una. Todavía estaba caliente.

Mihai Lazăr no pudo continuar.

—¿Qué ocurrió con la cámara?

—Eso es un tanto extraño, señor Seito —intervino el supervisor—. La cámara volvió a funcionar por sí misma.

—A las tres y cuarenta y siete, exactamente —añadió Lorena.

—¿Alguien entiende por qué?

Sergio Barreda se encogió de hombros.

—Es muy difícil decirlo.

—Me he pasado las últimas veinticuatro horas revisando todos los cables de la caja de conexiones —dijo Mihai— y están en perfecto estado. La única explicación posible es que algo obstruyera el objetivo. Un pájaro o un murciélago que se hubiese posado justo delante. O algo de basura, dado que hacía mucho viento. No encontramos nada. Si fue un plástico, el viento se lo llevó tal y como lo había llevado. Si fue un murciélago, echó a volar.

Seito miró a los ojos al operario. Lazăr tardó poco en retirarlos. También Lorena desviaba la mirada.

—¿Un murciélago? —preguntó Seito, arqueando una ceja y llevándose la mano al incipiente claro de su coronilla—. ¿En enero? Los murciélagos hibernan.

Ninguno de los tres abrió la boca.

—Ustedes sospechan algo.

Sergio Barreda suspiró.

—Queríamos mucho a Manuel y…, bueno…, es todo un poco extraño. No podemos evitar dejar volar la imaginación y…

—No me puedo creer que Manuel acabara allí —lo interrumpió Lazăr—. ¿Para qué bajar a la M-30? Y, si se cayó, ¿cómo? Muy torpe tenía que ser. ¡No iba borracho!

Eso era cierto. El informe forense indicaba que Manuel Nogal no había consumido drogas ni alcohol. A pesar de que Seito tenía más ganas que nadie de dar pábulo a las sospechas de aquellos técnicos, su profesionalidad lo obligaba a mostrar cierto escepticismo.

—La policía no puede iniciar una investigación basada solo en conjeturas. Ningún juez aceptaría ponerla en marcha.

—Por supuesto, por supuesto —dijo Barreda.

En ese instante, el teléfono de Seito vibró. Miró la pantalla. Era el mensaje que esperaba desde el día anterior:

«Sebas GraFino: Dina dibujó su Marilyn hace tres días. No había ni rastro del grafiti de la eme azul. Dice que puede asegurarlo. Y yo de ti la creería».

Disimuló su excitación. Era difícil asimilar que aquellos dos trazos de pintura azul hubieran aparecido en lugares y momentos en los que se habían producido muertes violentas por obra de la casualidad. El grafiti de la Quinta de la Fuente del Berro se había realizado el mismo día del asesinato. El del puente de Ventas, no más de cuarenta y ocho horas antes del atropello.

Pero aún debía buscar la correlación. Si alguien había empujado a Manuel Nogal a la vía, tenía que haber dejado algún rastro. Le parecía difícil convencer a un juez de que firmase órdenes con las que revisar las cámaras de cajeros automáticos y establecimientos de todo el barrio de Ventas. De momento, lo único que podía probar era un atropello con fuga y posible omisión de auxilio. En ese tipo de delitos no se ponían patas arriba todos los sistemas de seguridad de un vecindario. Al menos, tenía ante sí a tres personas deseosas de colaborar.

—Les voy a decir una cosa. Yo también creo que hay algo sospechoso en todo esto. Tengo mis motivos, aunque no los pueda compartir.

—¿A qué se refiere? —dijo Lorena—. ¿Piensa que el atropello de Manuel fue intencionado?

—Si podemos hacer algo para averiguarlo… —se ofreció Barreda.

Seito se puso serio.

—Quiero pedirles las imágenes que la cámara del puente grabó esa madrugada. Desde media hora antes de averiarse hasta media hora después de que empezase a funcionar de nuevo.

—Es complicado —explicó Sergio Barreda—. Son datos sujetos a privacidad. Necesitaríamos una orden judicial y...

—Tome —lo interrumpió Lorena Quintana, lanzando un disco duro extraíble que se deslizó sobre la mesa hasta caer en manos de Seito—. Aquí tiene la grabación de esa cámara, y de las dos más cercanas. Las descargué ayer. Estaba deseando que me las pidieran.

—Procuraremos que nadie se entere —dijo Seito con una sonrisa agradecida.

—Sí, por favor —recalcó Barreda.

11

Dulce se miraba en el espejo del pequeño aseo que había cerca de su despacho. Las grietas que lucía el vidrio, debidas a un cabezazo que había asestado una yonqui, no ayudaban mucho a mejorar su mala cara.

«Pareces un oso panda».

Y todo por un perro.

Cuando O'Rourke encontró a aquel animal, empezó a preguntarse qué hacer. No quería valerse de su placa para pedir ayuda al personal de seguridad de la estación, porque no deseaba levantar la libre: si se corría la voz de que la policía estaba investigando el lugar, el asesino tendría tiempo de alterar pruebas, e incluso de mover el cuerpo. Descartó llamar a los compañeros de la comisaría. Ya los había metido en demasiados compromisos y tenía que aceptarlo: exceptuando a Juanjo, nadie confiaba en ella. No era más que una niña rica que llevaba una vida impostada en un barrio obrero.

Lo intentó ella sola. Rodeó el cuerpo del perro con los brazos y lo alzó. La pelambrera del animal tenía un tacto áspero, como si estuviera encerada. Al rozar su hocico temió que la mordiera, pero el perro ni lo intentó. Dejó un rastro de densa saliva espumosa sobre la manga de su abrigo nuevo. Tras notar el peso, volvió a dejarlo en el suelo. Cogió una de las mantas que se extendían sobre el jergón y enroscó al animal, a modo de hatillo. Nada más ponerse en marcha comprendió que no iba a ser capaz de desandar aquel largo camino hasta el mirador de Entrevías. Así que no le quedaba otra que hacer justo lo que no quería por miedo a lo que podría pasar después. Cogió el teléfono.

—¿Frankie? Necesito otro favor. Es urgente. Tienes que venir a buscar un perro… Sí, ahora tengo perro… Es difícil de explicar. No, a mi casa no, Frankie. Al arcén de la M-30. Ahora te mando la ubicación por WhatsApp.

Dulce sacó al perro echándose el hatillo a la espalda y esperó junto a los contenedores. Frankie no tardó en llegar. Vio la furgoneta acercarse por el ramal de la carretera de Andalucía y detenerse en el arcén, muy cerca de la valla de cierre de la estación, junto a los carteles publicitarios. Frankie saltó el quitamiedos y se acercó a ella con una escalera de mano.

—¿Qué es ese bicho, Dulce?

—No seas cruel. Está medio muerto. Hay que sacarlo de aquí.

Desde lo alto de la escalera de mano, Frankie lanzó una cuerda. Dulce la ató al hatillo con el animal dentro. Luego, él lo izó muy despacio. El perro no era capaz ni de quejarse.

—¿Sabes lo que va a suceder si alguien ve a un negro sacando cosas de este recinto? —preguntó Frankie desde las alturas.

—Si tienes tanto miedo, ¿por qué has venido?

—Por verte dos veces en un mismo día.

Dulce se sonrojó. Él alcanzó por fin el pescuezo del perro y rodeó su cuerpo con un solo brazo. Descendió la escalera sin complicaciones. Dulce se ayudó de la cuerda para superar la valla.

—Me largo antes de que vengan los municipales —dijo él.

—No te pasaría nada. Yo soy policía.

—Tengo miedo de que me disparen antes de que les enseñes la placa.

—Eso no ocurre en este país.

—Claro, claro —respondió con ironía—. Y como no ocurre, no pienso darles la oportunidad de cambiar esa costumbre. Sería una vergüenza para todos, ¿no?

A la luz del interior del vehículo, Dulce se dio cuenta de que tenía el abrigo lleno de barro, pelo y babas de perro, la chaqueta beis hecha jirones y las botas nuevas arañadas.

—Joder, ¿qué te ha pasado? —preguntó Frankie.

—No lo entenderías, porque tú no amas a los animales como yo.

—¿Desde cuándo amas tú a los animales que no te comes?

—Desde que este perro me va a ayudar a resolver un asesinato.

Doce horas más tarde, O'Rourke se miraba en el espejo roto de la comisaría.

Apenas logró dormir después de encontrar una clínica veterinaria abierta. Nada más ingresar al perro, le pusieron una vía de suero y le pidieron a Dulce que fuera a recogerlo en veinticuatro horas. Un caso de deshidratación aguda. Por suerte, Frankie había decidido volverse a su casa tras dejar a Dulce en el Impreza, y no había más que lamentar.

Alguien se puso a golpear la puerta del lavabo.

—O'Rourke, que llevas tres horas. Abre de una puta vez, que estoy tocando tela.

Al abrir, Dulce se encontró con el uniforme azul y el gesto de urgencia de Yoli Setién.

—Vaya cara de mierda que tienes, prima —le dijo Yoli, irrumpiendo en el estrecho lavabo.

—Debo de haber desayunado mucho, Yoli, porque ahora no me veo capaz de tragar tus comentarios.

—¿Noche en vela? ¿No me digas que por fin te has tirado al negro?

—No, Yoli. No te lo digo.

—Por eso estás tan borde. Si no vas a aprovechar esa oportunidad, avisa. ¿Se puede saber qué has hecho?

Yoli empezaba a desabrocharse el cinturón.

—Nada —contestó Dulce—. Una cosa con un perro.

—Puaj, ¿en serio? Mira que eres rara. No quiero ni que me lo cuentes. Bueno, no te quedes aquí, anda, que va a ser peor.

Dulce salió rápidamente del lavabo. Justo en ese momento vio pasar a Juanjo Bazán camino de su oficina. El comisario no necesitaba una noche en vela para lucir un rostro con inmensas ojeras. Bazán era uno de los comisarios más jóvenes del Cuerpo, y eso, claro, lo hacía parecer uno de los más viejos. Dulce solía entrar en su despacho sin tomarse la molestia de llamar a la puerta.

—Juanjo, oye, ya sabes que no me gusta pedirte favores.

El comisario se quedó mirándola con rostro estupefacto. Ella lo entendió.

—Vale, vale, está bien. Algunos favores sí que te pido. Pero son siempre por el bien del trabajo.

—¿Enviar veinte pizzas del Domino's a un narcopiso, a cuenta del contribuyente, era por el bien del trabajo?

—Si me lo hubieras aprobado, te habrías dado cuenta de que sí. Tenía que provocarles.

—¿Y pensabas que provocarles iba a funcionar?

—Qué más da. Nunca lo sabremos. Gracias. Este «gracias» ha sido sarcástico, ¿ves? Al contrario de lo que piensas, no siempre estoy de buen humor.

—Yo no pienso, ni por asomo, que estés siempre de buen humor. ¿Qué te pasa hoy, Dulce? Te veo más trastornada de lo habitual.

—He dormido mal, perdona. Siéntate y te cuento.

Dulce se quedó en pie para contarle a Juanjo cómo le había ido la noche. Sabía que con el comisario no necesitaba omitir ningún detalle. No lo hizo y él le devolvió un gesto incrédulo.

—Supongo que tras una historia tan surrealista vas a pedirme algo aún más surrealista.

—Permiso para investigar la estación. Si hay un cuerpo escondido, me gustaría encontrarlo.

Juanjo Bazán descargó todo su peso contra el respaldo de la silla, que emitió un agudo chirrido.

—Pero qué me estás contando, Dulce. ¿Qué caso crees que tienes ahí? Un chucho abandonado en un cobertizo no prueba que su dueño haya sido víctima de un asesinato.

—Tengo un testigo.

—Tienes a un chaval que se ha inventado una monserga para quitarse años de condena. Y con eso pretendes registrar un perímetro más grande que mi pueblo. Allí se podría ocultar un portaviones sin que lo encontrase ni Marie Kondo.

—No menciones en vano a Marie Kondo, que me da vértigo. Y deberías confiar un poco más en Pollito.

—¿Pollito? Ni siquiera te acuerdas de sus apellidos.

—Es verdad, pero me acuerdo de que es un buen chaval.

—¡Es un tipejo acusado de pertenencia a banda criminal, narcotráfico, agresiones, apuestas ilegales…! ¿Dónde está?

—Ha quedado en libertad con cargos. Pollito es buen chaval, Juanjo. Fíate de mí.

—¡Ah, por supuesto! Si tú me lo dices, me fío de ti, Dulce. Voy a llamar ahora mismo al ministro de Interior para que movilice a toda la Dirección Operativa, que no quede un centímetro de Madrid sin remover. Es más, voy a llamar al ministro de Defensa, que ponga a la Unidad Militar de Emergencias, la UME, sobre aviso.

—Es ministra.

—Me da igual. No quiero que pierdas el tiempo en eso. Toma —dijo, y le entregó un papel—. Es una denuncia por extorsión. Unos pandilleros se han hecho los dueños de las pistas de fútbol de la calle Peñaranda de Bracamonte. Le piden pasta a la gente que quiere usarlas.

Dulce se dejó caer en la silla que había frente al escritorio de Bazán.

—Juanjo, vaya rollo.

—¿Perdón?

—Mira, solo te pido un día. Déjame ir a la estación de Abroñigal a preguntar. Con amabilidad, sin más. No habrá ni que
molestar a ningún juez. Ya me camelaré a los de seguridad.

—La respuesta es no. Ya has tenido mucho lío esta semana.
Por Dios, mira qué cara traes. Hazme el favor de ocuparte de los
pandilleros y déjame tranquilo. Si aparece un cadáver en las vías
o si el Pollito ese te viene con una foto del tipo al que vio, bueno, entonces será otro cantar. De momento, no hay ni muerto
ni asesino ni arma homicida ni nada.

O'Rourke asintió, resignada. Tomó el papel con la denuncia
que el comisario había depositado sobre su mesa y salió del despacho. Justo antes de cerrar la puerta, se volvió hacia él.

—Juanjo, ¿tú querrías adoptar un perro?

—Sal de mi despacho, O'Rourke.

12

De regreso a la oficina, Seito conectó el disco duro a su ordenador y comenzó a descargar las imágenes que Lorena Quintana había copiado en él. Mientras duraba el proceso, se dio un discreto paseo para localizar al jefe. No quería que lo pillase removiendo el caso de la M-30. Por suerte, no se encontraba en las dependencias. Comprobó que Callés tampoco se había presentado, y estuvo tentado de sentir lástima por él. Al regresar a su puesto, sorprendió a la subinspectora Rodrigo sentada en su silla, curioseando en la carpeta llena de archivos que acababa de copiar a su escritorio.

—Laura, ¿qué haces con mi ordenador?

—Discúlpame, Seito, la culpa es tuya. No tienes conectada la pantalla de bloqueo. ¿Sabes que durante la pandemia el crimen informático aumentó en un seiscientos por ciento y que uno de cada seis crímenes ya es cibernético?

Cuanto más voluminosa fuera una carpeta digital, más posibilidades tendría de atraer la atención de Laura Rodrigo, como el queso a un ratón. En cuanto a lo de la pantalla de bloqueo, estaba en lo cierto: era obligatorio tenerla instalada, de forma que nadie pudiera entrar en tu ordenador sin escribir una con-

76

traseña. Pero a Seito le parecía tan incómodo que se había buscado la vida para desactivarla. La gente de informática, por el momento, no se había dado cuenta.

—¿Qué buscas en estos vídeos, Seito?

—Coches.

—¿Podrías ser algo más específico? El cerebro humano solo es capaz de procesar la ambigüedad hasta cierto punto.

«Ya. Y el tuyo no es capaz en absoluto», pensó el inspector. Seito le explicó a Laura Rodrigo parte de sus investigaciones en el puente de Ventas, el atropello, la cámara averiada. Omitió lo de los grafitis y la posible relación con la Fuente del Berro.

—Tan solo quiero un registro de los coches que pasaron por allí en ese momento, para ver si nos lleva a algún lado.

—Déjame hacerlo a mí. Acabo de entregar un informe antes de plazo, como siempre, y no tengo tarea. El jefe me ha dicho que vaya a casa a relajarme. Pero es muy posible que me baje la regla durante las próximas setenta y dos horas. Sufro unas dismenorreas terribles, ¿sabes, Seito? Acompañadas de poliaquiria y cefalea. Mi ginecólogo descarta la endometriosis. En cualquier caso, es complicado concentrarte cuando sufres lumbalgia, cefalea y continuas ganas de orinar. Por eso necesito mantenerme ocupada ahora. De lo contrario, luego me sentiré dolorida, improductiva y arrepentida por no haber aprovechado mi mejor momento en algo más útil que acariciar a mis gatos y escuchar al cantautor que vive en el piso de arriba. Insisto: déjame ayudarte.

A partir de ese momento, a Seito solo se le permitió observar los largos y delgados dedos de Laura Rodrigo moverse por el teclado con elegancia de pianista. Lo primero que hizo la subinspectora, antes incluso de reproducir cualquier archivo, fue crear una hoja de Excel para registrar cada uno de los coches que hubiera captado la cámara. A continuación, comenzó con las imágenes. Después de cinco minutos sin hacer otra cosa que mirar cómo la subinspectora introducía en las casillas de la hoja de cálculo los modelos, las matrículas, los colores y la hora de paso de cada coche, Seito dijo:

—Laura, veo que te arreglas sin mí. Si no te importa, voy a hablar con Bastero.

La subinspectora no se molestó en responder. Seito se levantó y cruzó varios pasillos hasta llegar al espacio que ocupaba la Policía Científica. Bastero contemplaba atento una foto en alta resolución, tan ampliada que no se sabía si mostraba restos de sangre o un cuadro de Miquel Barceló. Llevaba unos auriculares. Seito imaginó que estaría escuchando alguna horterada de estilo AOR: Genesis, Status Quo... Era lo que le pegaba. Para su sorpresa, cuando Bastero se quitó los cascos al verlo llegar, lo que se oyó fue el inconfundible soniquete de una canción de Los Saicos: *Demolición*.

—Coño, Bastero. No sabía que tuvieras tan buen gusto.

—No sé ni qué es esto. Es tu lista de reproducción de Spotify.

Seito se quedó asombrado.

—¿Me sigues en Spotify?

—Claro, ¿no lo sabías? Por cierto, unos cuantos compañeros tenemos una playlist colaborativa a la que vamos añadiendo temitas. ¿Por qué no te animas, tú que sabes tanto?

—No lo sé... No creo que les guste mi música —respondió Seito.

—Seguro que sabes convencerles.

—Las abejas no pierden el tiempo en explicar a las moscas por qué la miel es mejor que la mierda, Bastero. Oye, yo venía por lo del puente. ¿Hay alguna novedad?

El inspector de la Científica se encogió de hombros.

—¿Qué novedades quieres? El asunto no es prioritario.

—¿Ha aparecido alguna pista que pueda indicar que la víctima cayó desde la rampa?

—No. Ya te dije que eso iba a ser difícil.

—¿Y las lesiones? ¿Indican algo?

—Aún no han llamado del Anatómico Forense. Deben de andar liados. ¿Por qué te preocupa tanto esto?

—Estoy buscando evidencias para que Álvarez-Marco me apoye con un tema.

—Pues lo tienes jodido. Antes ha pasado por aquí y me ha pedido que me ponga con otra cosa.

Seito bajó al bar a por dos cafés. Se tomó uno y le llevó a Laura Rodrigo otro en un vaso de cartón.

—Gracias, Seito. Mi consumo de cafeína de hoy ya excede lo recomendado por las autoridades sanitarias: 400 miligramos. Mira, creo que ya podemos ver algunos avances con lo de los coches.

Comenzó a abrir imágenes y a ordenarlas a lo largo y ancho de la pantalla. Se había molestado en hacer pantallazos de los vídeos, para que no ocuparan tanto espacio. Casi todas las ventanas que desplegaba mostraban un plano casi idéntico: la M-30 atravesando el cuadro en diagonal y perdiéndose al fondo. En la parte superior izquierda había un texto: el punto kilométrico donde se encontraba la cámara PK06+000 D (Alcalá) con la fecha y la hora exacta.

—Estas imágenes fueron tomadas justo después de que la cámara volviera a emitir. Durante los diez minutos siguientes, quince coches pasaron bajo el puente de Ventas, por la M-30, dirección norte, que es lo que nos interesa.

Seito asintió. Creía que serían muchos más. Eso simplificaba el trabajo.

—Por lo que has dicho —siguió Laura—, atropellaron a la víctima en el arcén derecho. Considero improbable que, tras el atropello, el conductor cambiase de carril; no había tanto espacio. Por tanto, podemos descartar todos los que circulaban por el carril izquierdo. Esto elimina casi la mitad de los coches. —Rodrigo cerró siete de las ventanas—. Nos quedan ocho.

Seito observaba la exhibición de la subinspectora con absoluto pasmo. Con razón el jefe la tenía entre algodones.

—Esto vale oro, Laura.

—Espera, que todavía hay más. Me he tomado la libertad de

rastrear la trayectoria de cuatro de los ocho coches, pero no he podido hacerlo con todos.

—¿Cómo lo has conseguido?

—En la carpeta también había imágenes de las cámaras más cercanas a la del puente. Fíjate por ejemplo en este Mercedes: está en la cámara de Ventas, que es la del kilómetro 6, y también en la cámara previa, la de O'Donnell; pero en la anterior, a la altura de Conde de Casal, no está. Así que tuvo que entrar a la M-30 en alguna de las incorporaciones que hay entre Conde de Casal y O'Donnell, y luego llegó a Ventas. No sé si servirá de mucho, pero ha sido divertido.

—¿Por qué dices que no has podido hacerlo con los ocho coches?

—Porque no nos han pasado archivos de todas las cámaras de la M-30, solo de las más cercanas al puente. Cuatro de los ocho coches aparecen en todas las cámaras sin excepción, lo que quiere decir que entraron antes del kilómetro 9, pero no sabemos exactamente dónde.

—Podría pedir las imágenes de las cámaras que faltan. Pero descargarlas y rastrear esos cuatro coches nos llevará un buen rato.

—No hay nada en esa frase que no me guste —respondió la subinspectora.

Seito le escribió un e-mail a Lorena Quintana para hacerle la petición. Adjuntó la hoja de Excel en la que Laura Rodrigo había anotado la marca, el modelo, la matrícula, la hora de paso por cada punto kilométrico y el lugar aproximado de incorporación a la autovía de cada uno de los vehículos. Al poco rato, el teléfono móvil del inspector comenzó a sonar. Lo puso en manos libres para que Laura Rodrigo pudiera escucharlo.

—Inspector, soy Lorena. Acabo de recibir tu e-mail y le he echado un vistazo al Excel. En primer lugar, quería decirte que no hay problema. Puedo obtener en el servidor las imágenes del resto de las cámaras para saber dónde se incorporaron los cuatro coches restantes, incluso podemos averiguar por dónde salieron. Pero que sepas que me va a llevar un rato, sobre todo si hay que buscar en los túneles. Hay más cámaras en esos kilómetros soterrados que en el resto de la M-30.

—Te lo agradezco, Lorena. No tenemos prisa.

—Por otro lado, quería indicaros una cosa que me parece muy rara. Y no tiene que ver con esos coches, sino con los otros. Con los que sí sabemos dónde se incorporaron. En concreto, con uno de ellos.

—Dime.

—En la casilla cinco del Excel habéis incluido un Cupra Formentor, ¿no es así?

Seito miró a Laura Rodrigo. Esta asintió y abrió la imagen del modelo al que se refería Lorena. Un Cupra Formentor, un vehículo inusual, muy nuevo, y en apariencia gris, aunque de noche eso era difícil de precisar.

—En efecto —dijo la subinspectora, sin presentarse—. Este ha sido el más fácil de rastrear, porque es el único que solo aparece en la cámara del puente de Ventas. Al contrario que los otros siete, no se le ve pasar por O'Donnell, lo que quiere decir que se incorporó a la M-30 después. Entre O'Donnell y Ventas solo hay una entrada: la de Marqués de Corbera. Por tanto, el Cupra tuvo que acceder por ahí.

Lorena Quintana volvió a hablar. Parecía tan nerviosa que no se preocupó por saber a quién pertenecía la voz femenina que acababa de oír.

—Cualquier otro día os diría que tenéis razón. Pero la noche en que murió Manuel, eso no pudo ocurrir. El Cupra no pudo incorporarse por Marqués de Corbera. Esa entrada estaba cerrada por una obra de mantenimiento.

Seito y Rodrigo se miraron sorprendidos. La técnica de Calle 30 explicó que una construcción cercana había desviado por accidente un cauce de aguas subterráneas, abundantes en esa zona, y amenazaba con deteriorar el firme. El corte de esa entrada los había obligado a reconducir el tráfico hacia el puente de Ventas a través de la calle de Ricardo Ortiz.

—¿No pudo saltarse las vallas de la obra? —preguntó Laura Rodrigo.

—Eso está descartado —dijo Lorena—. Había trabajadores.

—¿Y no cabe la posibilidad de que pasara por O'Donnell sin que la cámara lo grabase?

—Solo si fuera invisible. La cámara estaba operativa, eso lo garantizo.

—De acuerdo —accedió Seito—, el Cupra no pudo entrar por Marqués de Corbera. Entonces, ¿me estás diciendo que apareció como por arte de magia en el puente de Ventas? No quedan más accesos posibles a la M-30.

Seito se quedó unos segundos contemplando el mapa de la autovía que Laura Rodrigo mantenía abierto en su monitor. Tuvo una idea, aunque parecía un disparate.

—¿Y si no se incorporó por una entrada? —aventuró—. ¿Y si se incorporó por una salida?

—¿Por una salida? —preguntó Lorena al otro lado del teléfono—. ¿Como un kamikaze?

—Eso es. El Cupra pudo utilizar el carril de salida del puente de Ventas para bajar a la M-30, a contradirección. Una vez en la autovía, hizo un cambio de sentido.

—Eso es una locura —señaló Lorena Quintana.

—Sí que lo es —convino Laura Rodrigo—. Pero, pensándolo bien, a esas horas apenas pasaban coches. No resultaba tan arriesgado.

—Pero ¿qué chalado iba a hacer semejante cosa? —preguntó Lorena.

Seito, que todavía no le había contado a nadie todo lo que él sabía, respondió a esa pregunta en su cabeza: «El mismo chalado que se detiene a hacer un grafiti junto al cadáver de un tipo al que acaba de atropellar».

13

Seito pensaba en cómo abordar el asunto. Ya no podría ir mucho más lejos sin el beneplácito de Álvarez-Marco. Pero con un coche fantasma y un par de grafitis no habría caso. Necesitaba más. Buscó el número de matrícula del Cupra Formentor en la base de datos.

«Sorpresa», se dijo.

Aquella placa correspondía a un Ford Focus de siete años de antigüedad. Su propietaria, una tal Artemia Fernández Arévalo.

«¿Y quién eres tú, Artemia?».

Introdujo el nombre y obtuvo un único resultado. El de una mujer nacida en 1954 y fallecida en 2021. Tomó nota de su último domicilio conocido. La bola de nieve crecía y crecía. Una matrícula robada indicaba premeditación. En la cabeza de Seito comenzó a tomar forma el relato. Después de manipular o cubrir la cámara, el conductor del Cupra sorprendió al operario en la rampa. Lo atropelló con tanta fuerza que lo impulsó por encima de la barandilla. Al descubrir que había sobrevivido a la caída, quiso terminar el trabajo. La única forma de entrar en la M-30 y alcanzar a su víctima con potencia era tomar la rampa de salida, a contradirección. Luego, una vez en la autovía, trazar un giro de ciento ochenta grados. Y pisar el acelerador.

No le parecía fácil, pero con un poco de pericia al volante tampoco imposible. La clave residía en encontrar a alguien que estuviera lo suficientemente loco, o que se creyera lo suficientemente invulnerable para ejecutar ese crimen y luego detenerse a firmarlo con un espray de pintura azul. Una letra eme. Como la que encabezaba el sobrenombre @MataMeCamión.

«*Tiktokers* —pensó, recordando a Ismael Mata y su *troupe*—, las *rock stars* del siglo XXI».

Abrió Instagram. Buscó la cuenta de @MataMeCamión. Estudió la forma de posar de Ismael Mata, llena de confianza, apuesto, con ese difícil *flow* de andar por casa, estilo ibérico. Tenía casi medio millón de seguidores. El número de reacciones positivas a sus ocurrencias resultaba abrumador. Desde que se levantaba hasta que se acostaba, Ismael Mata no hacía otra cosa que compartir su rutina con desconocidos. Entregaba su intimidad a una miríada de ojos sin nombre que contemplaban pantallas en todos los rincones del mundo.

«Tiene que creerse omnipotente».

A pesar de ello, no encontró en aquel perfil de Instagram lo que había entrado a buscar: el coche. Un patinete eléctrico. Un *kart* empotrado contra una columna de neumáticos. Una *pickup* con unas quince personas en su caja, celebrando una guerra de espray de serpentinas. Pero ningún Cupra Formentor. Por supuesto, eso no significaba nada.

Se armó de coraje. Llamó a la puerta de Álvarez-Marco. Lo encontró de buen humor. Aún no había ingerido más que tres cafés, y eso mantenía a raya su mal genio.

—Jefe, ¿quién está llevando lo del atropello con fuga del puente de Ventas?

—La novata.

—¿Sara Márquez? ¿Por qué no ha solicitado las imágenes de la cámara?

—Le he dicho que lo deje para más tarde. Si fue un atropello con fuga, hay muchas probabilidades de que el conductor se acabe entregando, cuando ya no podamos demostrar que iba borracho.

—Jefe, déjame que te explique una cosa.

Se sentó ante el escritorio y empezó a colocar fotos impresas sobre él. El grafiti azul de la M-30. El de la Fuente del Berro. El perfil de Ismael Mata. Lo recogido por la cámara del puente. El Formentor. La matrícula falsa a nombre de una tal Artemia. Todo lo que tenía. Cuando terminó de explicar su hipótesis, Álvarez-Marco lo contempló de arriba abajo.

—Seito, ¿no te había dicho que dejaras lo de Fuente del Berro? ¿Y quién te ha dado permiso para pedir estas grabaciones? Todo lo que explicas es como abracadabrante.

—Ya lo sé. Pero ¿y si fuera cierto? ¿Qué pasa si mañana aparece un cadáver junto a la plaza de las Ventas, con esta firma adornando la pared? Si actuamos ahora, quizá podamos pararlo. O, en el mejor de los casos, asegurarnos de que no es nada.

Álvarez-Marco lo observó contrayendo mucho sus pobladas cejas. Inhaló el aroma del café que le llegaba de su taza.

—¿Cómo vas con lo de Isabella Fonseca?

—Voy bien. ¿Te acuerdas de Emmanuel Ospina? Aquel detective privado colombiano que íbamos a juzgar por cometer un asesinato de encargo, y que luego pudo demostrar que le habían colocado la *fusca* en la maleta.

—Me acuerdo. Agradeció mucho que le prestaras ayuda.

—Me está devolviendo el favor. Va a encontrar a la chica.

—No me fío un pijo de ese Ospina. Espero que estés haciendo progresos por otro lado.

—Por supuesto, jefe —mintió Seito—. Cuando resuelva este asunto, ¿puedo ponerme con lo de los grafitis?

El jefe agitó la cabeza con aire dubitativo.

—No sé, Seito. Tengo una montaña de casos más claros a los que hay que meter mano. ¿Y si le digo a Márquez que le dé prioridad? Le pido que busque el Focus de la tal Artemia. A ver dónde está, si alguien lo ha manipulado, si hay huellas… Que se ponga a llamar a los dueños de los coches que ha registrado la cámara, para investigarlo como atropello con fuga. ¿Qué te parece?

–Bien –mintió Seito, una vez más–. A mí solo me quedan unos días con lo de Fonseca. Cuando Emmanuel obtenga resultados, me das algo nuevo.

–Debo confesar que la hipótesis de los *tiktokers* me parece bastante atractiva. Pero no sé, llevarlo como un asesinato... Bueno, Juan Luis, escucha. Ya sabes que aquí nos movemos siempre de frustración en frustración. ¿Te toca cuidar a tu hijo este fin de semana?

–Sí. Iré a buscarlo a la salida del cole.

–Pues no le des más vueltas a la cabeza. Ya sabes lo mucho que te necesita.

A Seito no le hacía falta que le dijeran lo mucho que José lo necesitaba. «Lo que necesita mi hijo es que me dejes hacer mi trabajo», estuvo a punto de decir.

14

Llevaba un rato esperando en el aparcamiento del colegio especializado en alumnos con parálisis cerebral. No había salido del coche y no tenía ganas de entablar conversación con los demás padres, así que se había puesto un disco de Fugazi de principios de los años noventa (necesitaba algo ruidoso, triste e incómodo) y se aguantaba las ganas de fumar, por no dejar olor en la tapicería. Había lavado el coche porque Marga y Gabriel iban a quedárselo durante el fin de semana para irse de escapada. Había recogido todas las cosas que habitualmente desparramaba por el salpicadero.

Los conductores de los microbuses adaptados habían comenzado a subir las sillas de ruedas de los niños. Muchos de los alumnos no podían hablar, la mayoría no podía caminar, pero todos sonreían sin trabas cuando acomodaban su silla junto a la de un amigo. Ante esa alegría, los baberos empapados y los aparatos ortopédicos se volvían invisibles.

—Hoy lo vamos a hacer como Dios manda —se dijo en voz alta, mientras Ian MacKaye se desgañitaba en una de sus canciones más enervantes.

Cuando el aparcamiento quedó libre de niños y de padres, Seito bajó del coche. Consiguió reprimir, una vez más, las ganas

87

de encender un cigarrillo. En el gran vestíbulo solo quedaba un muchacho de seis años, muy limpio, muy bien peinado, muy bien sentado en su silla de paseo: José Seito. Se parecía a su padre. Guapo, la tez morena, las cejas bien definidas, la mandíbula afilada. Cuando se acercó a él, el niño reaccionó con unos alegres respingos de pies y manos y una especie de carcajada luminosa. No había sonrisa más sincera. Seito abrazó a su hijo, abarcando también el respaldo de la silla de ruedas.

—Ha trabajado mucho hoy —dijo una voz a su espalda—. Hemos estado ahora con la cámara Tobii. Se las apaña bastante bien para manejar el cursor del ratón con los ojos.

Era Gabriel. Cualquier otro día le habría dicho que llevaba dos años oyendo aquello de la cámara Tobii y no veía que se llegase a nada con ella. Sin embargo, se repitió a sí mismo: «Hoy lo vamos a hacer como Dios manda».

Gabriel llevaba la misma ropa de trabajo con la que lo había conocido: una especie de chándal de pilates de color azul. Nunca lo había visto con otra ropa hasta que acompañó a Marga a firmar los papeles del divorcio.

—Mira, te he traído una cosa —dijo Gabriel entregándole un folleto—. Sabes que los pisos de nueva construcción son cien por cien accesibles. Esto va a estar aquí mismo, a solo cinco minutos por la M-40.

Era un tríptico que explicaba las nuevas promociones residenciales que iban a levantarse en Nuevo Goloso. Viviendas de dos, tres y cuatro dormitorios, pensadas para familias, con piscina, pista de pádel y amplios espacios lúdicos. El folleto invitaba a comprar hoy, sobre plano, a un precio irresistible. Cualquier otro día, Seito le habría preguntado a Gabriel si aquello era una broma pesada. «O eres gilipollas o me tomas por gilipollas, Gabriel». Sin embargo, se repitió otra vez: «Hoy lo vamos a hacer como Dios manda».

—Se está reservando mucho suelo para vivienda protegida —insistió Gabriel—. Si la pusiéramos a nombre de José, podrías vivir tú en ella. Nos tendrías a tiro de piedra, tanto a nosotros como al cole.

—Claro, Gabriel —dijo, porque una cosa era querer tener la fiesta en paz y otra reprimir incluso la ironía—. Todo el mundo sabe que las urbanizaciones pijas del norte de Madrid están llenas de policías con sueldo de policía y vida de policía.

—Bueno, quizá podríamos ayudarte con la entrada.

Gabriel era una persona intuitiva y percibió que este último comentario podría abrir una brecha demasiado grande en la inestable capacidad diplomática de Seito. No insistió. Le intercambió a Seito las llaves de la Volkswagen Caddy adaptada por las del SEAT.

—¿Tienes algo pensado para el fin de semana? —le preguntó.

—Lo de siempre. Pasear por el barrio, ir a los columpios, ver una peli. Estar en casa.

—Suena bien. Para él, estar contigo, en tu casa, ya es una forma de romper la rutina.

Otro día, Seito habría dicho: «Vete a tomar por el culo con tus insinuaciones, imbécil». Sin embargo, se repitió por tercera vez: «Hoy lo vamos a hacer como Dios manda».

—Por cierto, en casa lo he notado un poquito caliente y le he dado un Dalsy. Durante la clase no me ha parecido que le subiera la fiebre, pero te aviso para que estés atento, no le vaya a dar una crisis epiléptica.

—Así lo haré, Gabriel. Hoy, todo como Dios manda.

15

Cuando hace años Dulce decidió mudarse más cerca de su comisaría, encontró un apartamento perfecto en la plaza Juan de Malasaña, de Villa de Vallecas. Estaba en el segundo piso de un edificio muy antiguo, de solo tres plantas, sobre una tienda de ropa para bebés, con vistas a la preciosa iglesia herreriana de San Pedro ad Vincula. Al principio dudó si alquilarlo. Se le pasó por la cabeza que, por mucho que se estuviera yendo a vivir a Vallecas todo lo pijo, todo lo cuqui parecía perseguirla allá adonde fuera. Pero el apartamento estaba recién reformado, era luminoso y disponía de mucho espacio para esparcir ropa interior, zapatos y libros de autoayuda sin leer.

Dulce cerró la puerta sin echar la llave y bajó a la calle. Aquel centro histórico de Vallecas era ladrillo y toldo verde, pero también luz y una especie de alegría de vivir impregnada en cada rincón: ventanas abiertas, voces cantando, tendederos cargados de ropa al sol... Dulce era una pija que usurpaba el rincón más encantador de un barrio obrero. Pero al menos allí no necesitaba excusas para disfrutar de la soledad.

Sacó el Impreza del garaje que tenía alquilado a pocas manzanas. Condujo hacia Ciudad de los Ángeles, donde, la madrugada del viernes, había encontrado el centro veterinario abierto más próximo al mirador de Entrevías: SALUPET. SERVICIO 24 HORAS, 365 DÍAS AL AÑO. Al entregarle el informe clínico, la recepcionista la felicitó por todas las buenas decisiones que habían salvado la vida de aquel perro deshidratado. Dulce se llevó las manos a la cabeza al ver la factura.

—Es adorable —dijo la recepcionista.

—¿En serio? —respondió O'Rourke.

—¿Cómo se llama?

—Chucho —contestó ella, sin pensarlo—. Al menos, hasta que se demuestre lo contrario.

La recepcionista tecleó el nombre, Chucho, en el ordenador, junto con los datos que figuraban en el DNI de la inspectora. Luego, toda esa información fue traspasada al chip que se alojaría permanentemente bajo la epidermis del perro. Aquello sumaba cuarenta euros más a la factura.

—¿Y esto qué es? —preguntó Dulce, mientras señalaba otra cifra en el ticket.

—Le hemos detectado leishmaniosis, un parásito. Es una enfermedad muy grave, pero tiene tratamiento y Chucho no parece demasiado afectado. Creemos que con las cuatro semanas de medicación prescrita bastará.

—Ya. Trescientos euros más.

—Exacto.

Una veterinaria vestida con un uniforme verde salió por una puerta, al fondo del pasillo, llevando a Chucho con una correa. El perro parecía escorarse de forma inquietante hacia uno y otro lado. No ganaría ningún concurso canino. Sufría un prognatismo notorio, que proyectaba su mandíbula como un jabalí. Tenía la pelambrera rizada, de color gris cemento, tan pobre que dejaba traslucir una insana piel rugosa.

—La correa son quince euros —le avisó la recepcionista.

—Me habría gustado tenerlo aquí veinticuatro horas más —añadió la veterinaria—. Dele suero oral y aliméntelo bien. Fíjese en la sequedad de las encías y en el brillo de los ojos. Y si vomita o no recupera el tono, tráigalo de nuevo.

—Por supuesto. Pediré una hipoteca —respondió O'Rourke.

Nada más salir a la calle, el perro decidió que no podía avanzar. Dulce tiró de la correa llamándolo con onomatopeyas que nunca jamás había pronunciado.

—¡*Biss, biss, biss!* ¡Chucho! ¡Ven! ¡*Aaaamosbonito!*

No surtió efecto. Lo tomó en brazos. Debía de pesar unos veinticinco kilos.

—Por favor, guárdate tus parásitos donde no les dé la luz.

Lo arrojó en el asiento de atrás, sobre la misma manta que había tomado prestada en el cubil del indigente desaparecido. Condujo hacia Pozuelo de Alarcón, al oeste de Madrid, despacio para que no vomitase.

Chucho traspasó la doble puerta de entrada del chalé con pasos renqueantes. Más que tumbarse, prácticamente cayó de bruces sobre el azulejo blanco del suelo del vestíbulo. Allí dejó escapar un chorro de orina. Todo ello, ante la horrorizada mirada de María Antonia Fernández de O'Rourke.

—Bueno, si hace pis, eso quiere decir que deshidratado no está —dijo Dulce antes de darle cualquier explicación a su madre.

—¿De dónde has sacado… esto? —preguntó la anfitriona.

—Chucho es el único testigo de un caso que estoy investigando. He tenido que traerlo conmigo porque está deseando morirse y no se lo puedo consentir.

—¿Y no estaría mejor en un hospital?

—¡Claro! Y yo estaría mejor en un balneario, pero aquí nos tienes a los dos, en tu casa. ¿Puedo sacarlo al jardín?

—Sácalo, sácalo. ¡Lali, por favor! —llamó María Antonia.

Enseguida apareció una mujer uniformada con una fregona y un cubo.

María Antonia cogió del brazo a su hija y la condujo hasta el salón. Era una mujer de setenta años, en perfecta forma física. Vestía una especie de caftán de punto, color coral, de un estilo más juvenil que el de Dulce. La mujer se había llevado la mano bajo la mandíbula, haciendo referencia al espantoso prognatismo del perro.

—Vaya cazo… —comentaba—. ¿Sabes que me encontré con Daniel? Me pidió que te saludara. Yo creo que aún le gustas, me dijo que guardaba muy buenos recuerdos de ti.

—Ah… Me cuesta creer que Daniel guarde cualquier tipo de recuerdo, ni bueno ni malo. Teniendo en cuenta que los cinco años que estuve con él no hizo otra cosa que jugar a la Play, ver fútbol y fumar porros.

—¡Porros! Ay, Dulce cómo dices eso, con lo religiosa que es esa familia.

Dulce reprimió una respuesta sarcástica. Habría sido demasiado fácil para ella y demasiado ofensiva para su madre.

En el salón se encontraba Maica, la hermana menor de Dulce. Su avanzado embarazo la mantenía postrada con los pies en alto en el sofá orejero en el que se solía sentar su padre hacía ya ocho años. Cuando entró Dulce, apenas levantó los ojos de la revista que estaba leyendo. Parecía esperar la alabanza que creía merecer.

—¡Maica! ¡Estás estupenda! —gritó Dulce.

Dicho esto, Maica bajó la revista y sonrió.

—¡Muchas gracias! Ay, ya queda muy poco.

—Aquí te he dejado las cosas que venías a buscar —dijo María Antonia señalando una caja de cartón abandonada al lado de la antigua mesa del teléfono.

Dulce comprobó que su madre había hecho caer en ella, sin ningún cuidado, los últimos recuerdos de valor que conservaba en la casa: trofeos de atletismo, voleibol y, sobre todo, automovilismo. Estaban almacenados en un armario desde que el dormitorio de Dulce se había convertido en un cuarto para el nieto, aún no nacido. Las cintas de las medallas se enredaban entre sí, los diplomas se arrugaban. Ante la foto enmarcada en la que Dulce abrazaba a la piloto María de Villota delante de su padre, Simon Connor O'Rourke, se le hizo un nudo en la garganta. En el marco, María Antonia había dejado un folleto que mostraba la toma aérea de un puerto deportivo lleno de yates de lujo. El mar refulgía con un color turquesa inigualable. Un espigón se adentraba en las aguas y un faro daba la bienvenida a los amarres. «Puerto Sherry. Vive el mar, en exclusiva».

—¿Quieres que me compre un yate? —preguntó Dulce, confundida.

Había una tarjeta de visita sujeta al folleto mediante un clip. María Antonia la cogió y se la entregó a Dulce.

—¿Te acuerdas de Alfredo Lavín, que era tan amigo de papá? Es uno de los fundadores de Puerto Sherry.

Por supuesto que O'Rourke recordaba a Alfi Lavín. Había llegado a consejero delegado en una gran empresa de seguridad. Desde la muerte de Simon Connor, estaba empeñado en impulsar la carrera de Dulce para devolver todos los favores que le debía a su padre.

—Buscan un jefe de seguridad para el puerto. Estaría encantado de ofrecerte el puesto.

—Pero yo ya tengo un trabajo, mamá. Soy inspectora de policía en el Distrito de Vallecas.

—Claro, pero supongo que no querrás eso toda la vida.

—¿Y por qué no lo iba a querer?

—No sé... ¿Pasarte todos los días resolviendo los problemas de... esa gente?

Dulce trató de contar hasta diez, tal y como recomendaba uno de los últimos libros de autoayuda que había leído. Cuando llegó hasta cuatro dijo:

—Me cago en la puta.

Dulce abandonó Pozuelo por la M-508, haciendo chirriar los neumáticos en cada rotonda. Chucho sufría las sacudidas en el asiento de atrás. Por primera vez en mucho tiempo, ella tenía muy claro adónde iba.

Conocía a Frankie desde hacía diez años. Primero, entre ambos se había interpuesto su relación con Daniel, el de los porros y la Champions. Después, la oposición y la Academia. Más tarde, la necesidad de mantener las formas tras la muerte de su padre y el traspaso del taller. Y, por último, la falsa certeza de que la química se había enfriado ya, entre oportunidades perdidas. Un convencimiento que, en realidad, no era más que cobardía fruto de la reminiscencia de su educación, que la encadenaba a las buenas apariencias de buenos barrios burgueses. Sin embargo, había bastado una palabra imprudente de su madre para que todo ese dique de contención saltara por los aires. Su madre había hecho la misma labor que una copa de más. Dulce notó que el enfado rompía las cadenas. Se sintió más libre que nunca.

Los pinares y los chalés de lujo de Somosaguas no tardaron en dar paso a los nuevos bloques de viviendas de Ciudad de la Imagen, tras los cuales no tardó en aparecer Carabanchel. Al detenerse ante la puerta del taller de Frankie, pudo ver a su amigo. Charlaba animadamente con una rubia, delgada, alta, perfecta. Estaba tan inmerso en la conversación que ni se fijó en la llegada del coche rojo perla veneciano. Cuando se dio cuenta de que llevaba más de cinco segundos observando, Dulce metió primera y salió de allí a toda prisa. Le dedicó una retahíla de insultos al espejo retrovisor:

—Estúpida, mojigata, gilipollas, tarada, cobarde...

Ya en casa, dejó a Chucho sobre su manta, en un rincón de la cocina. El perro no tardó en orinarse de nuevo allí mismo, pero Dulce no corrió a limpiarlo. Abrió la primera cerveza.

16

Seito miraba como si estuviera tratando de localizar Venus en el cielo. Pero lo que contemplaba era un edificio.

—¿Qué se nos escapó? —dijo en voz alta.

—¿Cómo dices? —preguntó la chica que lo acompañaba.

Habían salido del José Alfredo. Habían bajado Gran Vía. Se cruzaron con hordas ebrias de todas las nacionalidades. Despedidas de soltera con genitales de goma engarzados en las diademas, clubes de balonmano al completo, turistas que no recordarían nada de Madrid. Seito adoraba la Gran Vía. Ni tan grande como para intimidarte, ni tan pequeña como para aburrirte. El inspector cruzó la plaza de España y siguió caminando, sin ser muy consciente de que la chica aún lo seguía. Por fin se detuvo junto a la reja de los jardines de Sabatini. En la acera contraria se levantaba el edificio de la cuesta de San Vicente.

—El único gran error de mi carrera —farfulló Seito— lo cometí investigando un asesinato en este edificio. Yo trabajaba en la comisaría de Leganitos, en el Distrito Centro. Y era el puto amo. Y aquí, en la cuesta de San Vicente, *ciao*, se acabó.

—Un momento, ¿eres policía? —preguntó la chica; era joven y regordeta, y llevaba un abrigo rojo que le sentaba muy bien,

96

lucía una cara felizmente desorientada con unas pupilas más grandes que su alma–. Yo no me lío con policías.

–Te he dicho que soy policía en cuanto hemos empezado a hablar. ¿No te he contado toda mi vida?

–¿Tú te crees que yo escucho a los tíos que me hablan en los bares? Joder, se me ha bajado el pedo. Me voy.

La chica dio media vuelta y comenzó a ascender hacia el único Madrid que para ella merecía la pena. Seito observó su marcha, plantado en el suelo, tratando de encontrar su centro de gravedad, sin comprender muy bien lo que pasaba. Estuvo a punto de gritar: «Pero ¿tengo yo pinta de *tarao*?». No lo hizo. Descubrió que no estaba dolido.

–Hay que joderse –se limitó a murmurar.

A fin de cuentas, aquel era el menor de sus fracasos ese fin de semana. Por un momento, le pareció que la silueta de la chica de rojo regresaba hacia él y pensó que podía haber sido víctima de una broma. Pero cuando consiguió enfocar la vista descubrió que quien lo abordaba era un chino que vendía latas de cerveza. Sacó un billete de cinco, le compró cuatro y le dio el euro sobrante de propina. Abrió la primera y se distribuyó las otras tres por los bolsillos de la trenca. Agradeció poder contemplar el edificio sin que nadie lo molestara.

–¿Qué coño se nos escapó?

Lo que en realidad se estaba preguntado Seito no tenía relación con el caso investigado en aquel edificio. Esa respuesta ya la conocía. Las pesquisas habían sido un desastre. Seito acusó a un inspector de la UDEV de haber ignorado pruebas claras de violencia para poder tratar el caso como un suicidio y cerrarlo rápido, sin esfuerzo. Pero ese inspector de la UDEV, aunque vago, era orgulloso, vengativo y bastante listo. Y había logrado darle la vuelta a la tortilla: promovió una investigación de Asuntos Internos contra Seito por colocar pruebas falsas en la escena del crimen; aquellas pruebas que, según Seito, él había pasado por alto. El inspector en cuestión era, por supuesto, Carlos Callés.

Asuntos Internos no pudo demostrar nada y se retiraron los cargos. Mientras tanto, el caso de la cuesta de San Vicente había terminado por cerrarse como lo que probablemente había sido: un suicidio, para frustración de Seito y de su compañera de unidad en el Distrito Centro.

Y todo podría haber quedado ahí, en una enemistad cronificada entre dos inspectores. Pero Seito, en aquella época, no tenía por costumbre dar su brazo a torcer. Resulta que la víctima de la cuesta de San Vicente era Ana Pacheco, una artista postpunk de segunda fila de la época de la Movida. Durante los años ochenta había estado en todas las salsas; durante los años noventa había sido olvidada hasta en su casa. Nadie había velado su cadáver, pero a Seito se le ocurrió que quizá a algún periodista aburrido le interesase aquella historia truculenta con famosete implicado. Por eso llamó a un redactor de *Sálvame*. El redactor estaba sin temas, así que agradeció el chivatazo. Decidió rescatar la figura de Ana Pacheco hurgando en el archivo videográfico de Televisión Española y tiñendo sus últimos días de misterio y sordidez, y presentando como válida la hipótesis del asesinato que se cierra en falso, para comodidad de los agentes. Solo le dio para un reportaje y algún comentario apático de los famosos tertulianos, pero resultó suficiente para que en la Jefatura empezasen a echar humo por las orejas. Y la cosa aún se torció más cuando, sin que nadie lo esperase, Callés contraatacó de la misma forma: ni corto ni perezoso, se puso en contacto con el mismo redactor para contarle la parte de la investigación de Asuntos Internos que Seito le había ocultado. Los mandos de la policía actuaron a tiempo y presionaron al director del programa para evitar que el asunto pasase a mayores. La información no se difundió. Pero el cabreo contra Callés y Seito alcanzó un punto de ebullición. Los pusieron a trabajar en el mismo departamento, porque a alguien le pareció buena idea condenarlos a entenderse. La condena salió mal: no se entendieron. Y no solo eso. La bola de resentimiento se hacía cada día más grande, y ambos iban abandonando cualquier reparo que alguna vez hubiera tenido en perjudicar al contrario.

Por eso, por mucho que Seito mirase ese edificio al preguntarse qué se le había escapado, lo que en realidad hacía era volver los ojos hacia sí mismo. ¿Por qué siempre se le escapaba algo? ¿Por qué olvidaba lo vital? ¿Por qué había terminado en el José Alfredo consumiendo dry martinis cuando tenía que estar cuidando a José?

Durante el tiempo en que sirvió en la comisaría de Leganitos, sus visitas al José Alfredo habían estado a punto de valerle que pusieran su nombre a un cóctel. Cuando cruzaba sus puertas, se acababa el policía mínimamente recto y comenzaba la persona mínimamente corrupta. Porque así era la vida de Seito antes de que naciera José: un doctor Jekyll de baja intensidad sucedido por un moderado míster Hyde. Por eso, aquel sábado había pensado que, tal vez, un poco de cháchara con los viejos camareros le alegraría. Sin embargo, se encontró con que uno ya había dejado el bar. Que otro se había jubilado. Y que otros dos tenían que atender un local lleno de clientes. Numerosos grupos de chicos y chicas hablaban muy alto y mantenían un frenético ritmo de idas y venidas al lavabo.

Seito tardó un par de horas en entablar conversación con aquella morena del abrigo rojo. Debía de ir colocada con algo fuerte, porque su atención parecía muy errática. Su interés hacia el atractivo cuarentón del taburete en la barra cobró de pronto una intensidad inexplicable. A los cinco minutos ya se besaban de una manera de lo más desinhibida, lo que ponía en entredicho la historia de Seito: no había tenido tiempo de contarle toda su vida. Sin embargo, antes de eso había pasado un buen rato en soledad, pensando en lo que había ocurrido aquel día y bebiendo dry martinis.

Nunca se había preparado tan concienzudamente para pasar el fin de semana con José. Quería conquistarlo, lo deseaba con locura. José era el único ser vivo del planeta que no se quejaba tras escuchar durante tres horas seguidas la música que Seito ponía en su viejo tocadiscos. Y Seito, la única persona que sabía provocar estallidos inesperados de carcajadas en su hijo. A hacer cosquillas no lo ganaba Gabriel.

Habían pasado una estupenda tarde de viernes, escuchando a The Seeds y viendo la tele. Incluso se había tomado la medicina antiepiléptica más fácilmente que otros días. Luego había dormido bien, de un tirón, toda la noche. Sin embargo, con el nuevo día Seito empezó a detectar indicios de que el niño incubaba algún virus: dificultad al tragar, adormecimiento...

Su nuevo barrio era muy distinto a todos aquellos en los que había vivido. Había sido adicto al centro. Cuando trabajaba en Leganitos, llegaba caminando en cuatro minutos desde su calle. Luego, al casarse con Marga, no se habían ido demasiado lejos: encontraron un piso cómodo y amplio en Puerta de Toledo. Al divorciarse, lo primero que le pidió el cuerpo fue recuperar parte de la vida que llevaba cuando era más joven, así que se instaló en Lavapiés, en un pequeño apartamento. Pero no duró mucho. Pronto admitió que el divorcio no era un regreso al pasado, sino una catapulta hacia el futuro, hacia tierra desconocida. Y la parálisis de José seguía allí, no iba a poder escapar de aquella realidad. Solo le quedaba adaptarse a ella.

Necesitaba una vivienda a la que pudiera acceder con la silla del niño, con pasillos amplios que pudiese recorrer con el andador, un baño adaptado y un salón en el que amontonar todos los aparatos ortopédicos. Además, ya no tenía ganas de vivir sometido a los estímulos de Madrid. Era el momento de centrarse en sus deberes, es decir, su trabajo y su hijo.

Encontró un apartamento residencial de nueva construcción en el espacio que abrazaba la M-45 en su cruce con la R-3, al este. No podía estar más alejado de sus gustos, pero todos los edificios eran totalmente accesibles. Las avenidas podían recorrerse con la silla sin tener que dar rodeos para salvar bordillos y escaleras. Desde la ventana de la habitación de Seito se veía un descampado que aguardaba a que llegaran las máquinas para comenzar a excavar nuevos cimientos. Más allá reinaba el páramo manchego. Por la calle no se cruzaba con ningún vecino. Pero no necesitaba nada más. Un bar a una distancia razonable, donde tomar café y comprar tabaco, una farmacia. Y columpios adaptados.

Cuando llegó al parque infantil, por fin se convenció de que la cosa no iba bien. Por lo general, al acercarse a un columpio, José se emocionaba, levantando los brazos y soltando unas carcajadas extáticas. Uno sabía cuándo subía a José a un columpio, pero nunca cuándo iba a poder bajarlo. Jamás se cansaba. Sin embargo, al entrar en el parque, el niño no reaccionó. Miró el columpio para discapacitados y apenas emitió una sonrisa. Seito lo besó en la frente. Notó el calor.

Corrió a casa. Le quitó abrigo, guantes y gorro. Lo tendió en la cama un instante y regresó con una jeringa cargada de Dalsy. Luchó para hacérselo tragar. Le puso el termómetro: 38,2 °C. Aquello se complicaba. José empezó a emitir gemidos con aquella temida frecuencia que Seito conocía: un breve sollozo, un largo descanso, un breve sollozo, un largo descanso, un breve sollozo... Todo hacía prever que, en cuanto José cogiese el sueño, la fiebre detonaría una crisis epiléptica. Tal y como había advertido Gabriel.

Fue al botiquín y tomó una caja que contenía varios paquetitos de plástico plateado. Cada uno de ellos preservaba un enema de Stesolid 5 mg, es decir, diazepam. La fórmula necesaria para detener el ataque en caso de que se prolongase más de cinco minutos. Como decían los profesionales, «el rescate» de José. Seito se quedó mirando un número inscrito en la caja. Y el terror se apoderó de él. El medicamento había caducado dos meses atrás. El Stesolid tiene una vida muy corta. Su eficacia desaparece. Buscó un nuevo enema de Stesolid en la bolsa que Marga había preparado. Pero no había ninguno.

No tuvo tiempo de acudir a la farmacia. La crisis fue fuerte. A las ocho de la tarde, Marga llegó al hospital desde el parador de La Granja, donde pasaba el fin de semana con Gabriel. Aunque Seito insistió en que se quedaran allí, nada impediría que Marga acudiera al hospital. Solo se permitía la estancia de un adulto en urgencias. Por supuesto, Seito le cedió a Marga ese derecho. Imaginó el rostro de alegría de José nada más ver a su madre entrar por la puerta.

–En la guantera de la furgoneta hay siempre dos paquetes de Stesolid de emergencia –dijo ella–. Creía que lo sabías.

Esas palabras resonaban en ese momento en su cabeza, mientras contemplaba el edificio de la cuesta de San Vicente, como si el mismo Carlos Callés las pronunciara con su habitual tono burlón. Seito abrió la segunda lata de cerveza y se bebió la mitad de un trago. Se le había escapado algo en aquel edificio, igual que se le había escapado la fecha de caducidad del Stesolid. Siempre se le escapaba algo en su vida. Pero eso terminaba allí y en ese momento.

Si Ismael Mata tenía un Cupra Formentor, no lo iba a dejar escapar.

17

El taxista ni se despidió. Probablemente agradecía que su cliente no se hubiera orinado dentro del coche. Seito observó la ventana de la casa que ocupaba la *troupe* de Ismael Mata. Un débil resplandor azulado aparecía y desaparecía. Alguno de los chicos del séquito de @MataMeCamión estaba despierto, probablemente viendo la tele o jugando a videojuegos. Los jóvenes ya no salían los sábados por la noche.

Seito abrió la tercera lata de cerveza, encendió un cigarrillo y empezó a caminar por entre las casitas de la Colonia de Fuente del Berro. Lo hacía por en medio de la calzada, en lugar de subirse a las estrechas aceras. No pasaba un vecino ni un coche. Su objetivo era encontrar un Formentor plata estacionado cerca del chalé de los *tiktokers*. No lo logró. Ni siquiera encontró otro modelo de Cupra. En ese momento se sintió cansado. Los pies le empezaban a pesar más de la cuenta. Había un banco allí mismo. Supo que, si se sentaba, no se levantaría hasta un par de horas después. Se terminó la cerveza. Orinó en un árbol.

—A la mierda.

Regresó a la casa de Mata. Cogió un contenedor de basura y lo hizo rodar hasta colocarlo junto a la valla. No reparó en el estruendo que estaba armando. Se subió al cubo y saltó la valla, casi dejándose caer al otro lado, como un barco que zozobra. Logró aterrizar sin lastimarse.

En la parcela de Mata había tres o cuatro patinetes abandonados y otros cacharros para jugar, como un flamante *go-kart* eléctrico. La ventana aún emitía el resplandor catódico y, desde el jardín, oía el estruendo de músicas y explosiones propio de una película de acción o de un videojuego bélico. La puerta de la cochera estaba cerrada. Localizó una pequeña ventana, poco más que un respiradero. Con una navaja suiza desatornilló las bisagras y rajó la mosquitera. Alumbró el interior con su móvil. Se llevó una desilusión: la ventana conducía a un lavadero. Desde ahí no se podía ver qué había en el garaje. Si quería descubrirlo, tendría que entrar deslizándose por esa estrecha abertura. Al colarse se arañó la cara y las muñecas con los restos del alambre de la mosquitera. En el lavadero había una tabla de planchar, una lavadora, una secadora, un tendedero lleno, sudaderas, pantalones de marca. Por una puerta se accedía al garaje.

La linterna del móvil de Seito mostró que allí dentro tampoco había ningún vehículo estacionado. La estancia tendría unos veinte metros cuadrados. Junto a la puerta metálica para el paso de vehículos había otra que conducía al interior de la vivienda. Un saco de boxeo se columpiaba del techo junto a una máquina de abdominales. En otra esquina, una batería, un equipo de amplificación y una mesa de mezclas de DJ. En el centro, un futbolín. En el suelo, revistas desparramadas, unas mancuernas, unas zapatillas, dos latas de bebidas energéticas vacías, un monopatín. Tres armarios se distribuían por el fondo, anclados a la pared. Cuando Seito quiso llegar hasta ellos, la linterna se apagó. El móvil había agotado la batería, tras un día entero fuera de casa.

–Mierda.

Solo una exigua claridad, procedente del alumbrado público, atravesaba el ventanuco del lavadero y alcanzaba el interior de la cochera. Seito caminó a tientas, intentando no tropezar con las mancuernas y las latas. Abrió el armario que tenía más a mano.

Por el tacto, descubrió que estaba lleno de toallas y ropa de cama. En el segundo armario, sin embargo, encontró lo que parecía material de bricolaje. Sus pupilas ya se habían acostumbrado a la oscuridad y distinguían numerosos bultos irregulares. Al palpar con la mano, pudo identificar una taladradora con la broca puesta, brochas, un recipiente de lata, una caja de herramientas... También muchas cajas de cartón, que podían contener tanto tornillos como balas. («Quizá balas subsónicas», pensó Seito).

En un estante un poco más alto localizó un objeto prometedor. Era un cilindro estrecho, de metal, con un tapón de plástico. No era tan alto como un bote de insecticida o de limpiamuebles. Teniendo en cuenta dónde estaba guardado, a Seito solo se le ocurrieron dos posibilidades: o era un 3-EN-UNO o era un espray de pintura.

Si era un espray de pintura, a Seito le bastaría con pedirle a Bastero que comprobase si coincidía con el empleado en las pintadas de la M-30 y del muro del parque. No podía llevarse el bote, estaría retirando una prueba del lugar donde incriminaba a los sospechosos. Pero se le ocurrió extraer una pequeña muestra. Rebuscó en los bolsillos de su trenca y encontró el folleto de Nuevo Goloso que le había entregado Gabriel en el colegio. Quitó el tapón, agitó el bote y apuntó a la octavilla. Accionó el pulsador y escuchó el siseo.

Sobre el folleto se esparció un hilo pegajoso que impregnó también sus dedos, como si se hubieran llenado de gusanos de seda. La puerta de entrada a la vivienda se abrió de golpe y se encendió la luz de la cochera. La bombilla deslumbró a Seito. Cuatro personas se desplegaron rápidamente con la intención de no dejar escapar a nadie. Uno de ellos era Ismael Mata. Sostenía la pala de críquet con la que habían estado reventando huevos. Otro era el camarógrafo gordito, pero no portaba la cámara, sino un mazo. Estaba también la chica, Rita, con un cuchillo grande en una mano y un móvil grabando en la otra. Y un cuarto, que tropezó con la batería, haciendo un ruido descacharrante de caja, bombo y platillos. Este llevaba un palo de escoba. Era la *troupe* de @MataMeCamión al completo. Ninguno portaba un arma de fuego corta con silenciador.

—¡Arriba las manos! ¡Hemos llamado a la policía! —gritó el líder, con un tono bastante más inseguro que el que solía utilizar en sus vídeos.

Seito no había movido un músculo. Ni siquiera el del dedo, que seguía presionando el botón. Como consecuencia, su folleto aún estaba llenándose de esa sustancia agusanada. Con la luz encendida, no le costó identificar qué era: un espray de serpentinas. El mismo que la *troupe* de @MataMeCamión usaba para gastarse bromas los unos a los otros en tantos y tantos vídeos.

SEGUNDA PARTE
REYES LOCOS

18

A las nueve en punto de la mañana, una vez más, la insoportable música del vecino inundó el apartamento y lo despertó. Por instinto, llevó la mano bajo la almohada, donde guardaba la pistola, una costumbre que conservaba desde que tenía memoria. Se calmó al comprender que no había peligro, que lo único que ocurría era que el cabrón que vivía al otro lado de esa pared había vuelto a llegar pedo tras una noche de juerga. El alivio no le impidió sentir impotencia. En otras circunstancias habría salido a la escalera sin dilación. «Respeto —se dijo—. En pocos segundos, esos hijos de puta habrían quitado la música, va». Miró el reloj. Era extraño no tener nada que hacer. Llevaba semanas tan atareado que pensar que ahora solo tenía que esperar no hacía sino minarle la paciencia.

—Ni modo. Unos días más y se acabó.

Salió de la cama. Entró en el baño. Se pasó unos minutos contemplando su rostro en el espejo. Moreno, de facciones proporcionadas. No había nada en él que llamara la atención. Excepto aquella cicatriz, aquella especie de leve quemadura. El único que se había atrevido a preguntarle por ella fue el único a quien se lo habría permitido: el gringo. Tras casi un año sin verlo, cuando se reencontró con él, le señaló la mejilla con desvergüenza.

–¿Te dolió cuando te lo quitaron? –le preguntó.

Él negó con la cabeza. No le había dolido. Pero sí lo había matado. Contra todo pronóstico, cuando le pasaban la máquina para borrarle el símbolo notó una punzada en el orgullo. En el mismo momento en que el tatuaje de su mejilla desaparecía, empezó a sentir el deseo de volver a tenerlo ahí.

Volvería a hacerse ese tatuaje. Volvería a ser el Rey Loco.

19

Dulce O'Rourke había llegado a esa edad en la que una borrachera, en lugar de sumarte horas de sueño, te las resta. La había despertado la luz, y un intolerable malestar de estómago le trepaba hasta la cabeza. Intentó volver a dormir, pero estaba tan inquieta que se rindió. Se puso a recoger los restos del naufragio: tres latas de cerveza vacías y una botella de vino que había volcado sobre la mesa. Alejó el líquido de una montañita de ropa sin planchar que había en el otro extremo.

Cuando se le asentó el estómago, se tragó un café con un paracetamol de mil miligramos que le partió la garganta en dos. Luego se metió en la ducha. Otras veces, al sentir que el agua caliente la envolvía, había fantaseado con las manos de Frankie acariciándola. Pero justo después imaginaba que su madre la censuraba con la mirada desde la puerta del baño.

Ya estaba envuelta en la toalla cuando oyó un sonido similar a unas palmadas. Eran las patas de Chucho impactando contra el terrazo. Llegaba trotando alegremente por el pasillo. Parecía haber renacido. Movía la cola.

—¿Chucho? —dijo ella.

El perro emitió un ladrido. De pronto parecía bien educado.

Esperó a que O'Rourke saliese del baño y, entonces, echó a andar de nuevo, en dirección a la puerta de la calle. La arañó, como diciendo: «Estoy dispuesto a no volver a mearme en el suelo, pero eso exige un compromiso bilateral». Dulce se vistió a toda prisa con unos vaqueros y una sudadera. Se puso su chaqueta de esquí. Antes de salir, echó un vistazo a la cocina: Chucho se había terminado todo el cuenco de pienso que le había servido y había vaciado el de agua hasta la mitad. Le colocó la correa y bajó por la escalera.

En la calle, Chucho regó de orina un árbol y ensució de caca la acera. Dulce miró a izquierda y derecha y decidió hacer caso omiso del excremento, porque no se le había ocurrido llevar bolsas. Se alejó con disimulo. El perro correteó, olisqueó aquí y allá, tiró de la correa, le ladró a un terrier...

—A lo mejor ya es hora de que vayamos a buscar a tu dueño. No tengo mejor forma de pasar el domingo.

Subió a Chucho al asiento de atrás del Impreza. El perro se acomodó con descaro sobre la tapicería del único habitáculo que Dulce se esforzaba por mantener en orden. Condujo hasta la entrada de la estación de Abroñigal, donde una fila interminable de camiones le dio la bienvenida. Cada conductor esperaba su turno para acceder al recinto y aparcar en una playa, junto a las vías. Allí, una grúa de pórtico alzaba contenedores de doce metros y veintiocho toneladas desde los vagones de un tren, los desplazaba por el aire, como cajas de cerillas, hasta depositarlos en el remolque correspondiente. El Impreza parecía un coche de juguete comparado con las máquinas que lo rodeaban. El asfalto estaba resquebrajado debido a la torsión de las ruedas de las grúas y los camiones.

Se acercó a la garita de control de acceso, seguida por el perro. Le mostró su identificación a una mujer vestida con el uniforme de Prosegur.

—Soy la inspectora Dulce O'Rourke. Estoy investigando la desaparición de un hombre. Necesitaría permiso para entrar e inspeccionar la estación.

La guardia jurado observó a Chucho de arriba abajo.

—¿Va usted a rastrear toda la estación con este perro?

O'Rourke contestó con toda la altivez que logró mostrar:

—Pues sí. Con este perro. Será solo un momento.

—¿Será solo un momento?

—¿No me cree?

—Espere, por favor —contestó, y se perdió dentro de la garita.

A los pocos minutos, Dulce se hacía acompañar por otro guardia en una caminata junto a un inmenso muro de contenedores multicolor. Era un chico joven, demasiado motivado.

—Yo quería ser policía, ¿sabe? Pero tenía que ayudar en casa y no podía tirarme años opositando. Aquí no se está mal. Y vigilar esto por las noches es emocionante. Estoy casi yo solo para un área tan grande como El Retiro.

Dulce encontró la explicación a por qué el dueño de Chucho había podido instalarse en aquel lugar. Y por qué Pollito lo recorría como Pedro por su casa cada vez que los hipotéticos contrabandistas se lo pedían.

A medida que se aproximaban al cubil, Chucho comenzó a mostrarse muy inquieto. Tiraba de la correa con tanta fuerza que Dulce temió que la arrastrase. No sabía exactamente qué debía hacerse con un perro en un lugar así. Si lo soltaba, quizá no regresase. O, peor aún, podía causar un accidente. Pero no le quedaba alternativa. Fingiendo convicción, lo liberó de la correa. Chucho salió disparado. Las patas apenas tocaban el suelo. La maleza le arañaba la panza. Dulce corrió tras él, gritando: «¡Chucho! ¡Chucho!».

Lo había perdido de vista por completo. Ni lo veía ni lo oía. Acudió al contenedor abandonado donde había vivido, pero no lo encontró allí. La puerta estaba cerrada, tal y como la había dejado ella cuando rescató al animal. Probó a silbar. Le pareció ridículo. Pero a los pocos segundos, las orejas del perro se entrevieron tras unas tuberías de hormigón semienterradas. Sí, la miraba a ella.

113

Quiso hacer una prueba más. Acudió al cubil y, con la yema de los dedos, cogió una sábana del catre donde había dormido el dueño de Chucho. Se acercó, ofreciéndole la tela. A él no le hizo ni falta olerla. Entendió perfectamente lo que su nueva dueña le pedía. Echó a correr de nuevo, de forma explosiva. Solo que esta vez, antes de perderse de vista, esperó a que Dulce lo alcanzara, seguida del guardia. Sus pies no tardaron en pisar suelo asfaltado. Una carretera en la que se hendían dos solitarios carriles de tren que provenían del entramado de vías. El perro se dirigió a una construcción medio hundida. Parecía desmantelada. A pocos metros de ella, Chucho se subió a una plataforma de cemento. Y allí se quedó, marcando el sitio como si hubiera descubierto un gamo.

Dulce llegó, soplándose las manos. El sol brillante no bastaba para calentar aquel inmenso espacio. Vio lo que el perro señalaba. La plataforma de cemento tenía un agujero, como la bajada a una alcantarilla. La boca se encontraba sellada con una tapa metálica circular. Empezó a entender.

—¿Sabes qué es esto? —le gritó al guardia de seguridad, que se había quedado rezagado.

—La verdad es que no.

Sospechó que encontraría una barra de hierro no muy lejos. Y así fue. La cogió con los guantes, con la esperanza de no borrar las huellas de quien la hubiera sostenido previamente. La introdujo en uno de los huecos que había en la tapa para hacer palanca. Teniendo en cuenta el tiempo que debía de llevar cerrada, se movió con demasiada facilidad. Nada más levantarla, una penetrante peste se le hincó en la nariz.

Dulce se abrazó con firmeza al cuello de Chucho. El animal amenazaba con tirarse de cabeza dentro del pozo. Movía las patas con inquietud, rozando las aristas del agujero.

—Lo siento mucho —le dijo al oído al perro—. Ya verás como te lo pasas bien conmigo. Todo el mundo se lo pasa bien conmigo.

20

Hacía diez minutos que Seito no prestaba atención a los gritos de Álvarez-Marco. No por desdén, sino porque los vértigos se lo impedían. Aún le duraba el dolor de cabeza y el malestar. Había hecho un tremendo esfuerzo por llegar a la oficina antes que el jefe, con una carpeta preparada bajo el brazo. Pero se lo encontró ya esperándolo ante la puerta de su despacho. Estaba al tanto de todo. El suceso de la casa de los *tiktokers* le había arruinado la barbacoa familiar en su finca de Chapinería. No le dio ni los buenos días. Puso en marcha la cafetera y se sentó sin invitar a Seito a hacer lo mismo.

—Un dibujito —dijo—. Un puto dibujito y un coche robado, y empiezas a imaginar asesinatos en serie. Una mierda de garabato.

A partir de ahí, el volumen de la voz de Álvarez-Marco ganó en intensidad. Seito dejó de entender nada cuando oyó por tercera vez la frase «tengo que hacer el pino para cuadrar los recursos del departamento». Parecía que la gran taza de café tenía vida propia. Revoloteaba por el aire, como una nave extraterrestre.

—Ismael Mata no te va a denunciar. Hemos esquivado esa bala de puto milagro, ¡otra vez! Te grabaron borracho como un

115

piojo, jugando con serpentinas. ¿Sabes lo que me ha costado que no suban ese vídeo a redes sociales?

Seito no contestó. Aún conservaba el folleto lleno de restos de serpentina en el bolsillo de su trenca.

—Te vas a disculpar.

—Lo haré en cuanto salga por esa puerta.

—No vas a salir tan rápido por esa puerta. Primero me vas a explicar cómo llevas lo de Isabella Fonseca, porque ya no sé cómo pedirle paciencia a Anduiña.

Seito venía preparado para esa pregunta. De la carpeta extrajo la foto impresa que le había enviado el detective Emmanuel Ospina. Un perfecto primer plano de Isabella Fonseca a la entrada de la residencia de sus padres en Bogotá.

—Esta foto es del jueves —dijo el jefe, al comprobar la fecha inscrita sobre la imagen—. ¿Por qué no me habías dicho nada hasta ahora?

—Quería verificarlo.

—Y una polla. ¿Te crees que soy tonto? Querías tiempo para investigar a esos pobres chavales.

—Jefe, tú mismo ponías en duda la fiabilidad de mi colaborador. Si traía una foto tomada por Emmanuel Ospina y resultaba ser un montaje, no creo que estuvieras satisfecho.

—Ya, entiendo —respondió Álvarez-Marco, con ironía—. ¿Puedes explicarme cómo lo estabas verificando?

Seito tragó saliva, incapaz de disimular que lo había pillado.

—Bueno —musitó—. Estaba haciendo unas llamadas.

—Claro —respondió el jefe—. Mira, Seito. Estoy empezando a pensar que aquí el único psicópata que anda suelto eres tú. Deja todo eso en paz, ¿entendido?

—Entendido, jefe.

—Prepara un informe para Anduiña, para quitármelo de la chepa. No vas a levantar el culo de la silla en todo el día y quiero ver el teclado de tu ordenador echando humo. ¿Queda claro?

Seito salió del despacho. Desde el otro lado de la oficina,

percibió las miradas y las risas de Sevilla y Callés. Este le estaba dando un buen mordisco a un bollo de pan, esta vez sí, sin gluten. En cuanto Seito sintió que las piernas le cedían, cayó rendido en su asiento. Se llevó el puño a la boca para cortar una náusea y evitó así la necesidad de salir corriendo al retrete.

—Arranca mal la semana, ¿verdad? —dijo una vocecita apenas perceptible.

Seito volvió la vista a la izquierda. Ahí estaba la subinspectora Laura Rodrigo. Solo había algo más inquietante que verla permanecer muda y sumergida en su mundo de cifras. Y ese algo era que te hablara sin haberle dicho nada antes.

—Arranca mal —contestó Seito.

—Si te sirve de consuelo, yo estoy exhausta. Por fin me bajó la regla. Ha sido abundante, como esperaba. He tenido unos dolores terribles durante todo el fin de semana.

—Claro, bueno… Si duele es que estamos vivos, ¿no?

Ella respondió con una sonora carcajada que desapareció de repente, como si nunca hubiera existido. Seito agradeció que su móvil empezara a vibrar: «Sebas GraFino». Contestó. Parecía alegre, como quien trae buenas noticias, lo que no ayudó a que Seito se sintiera mejor. Recibir buenas noticias sobre un asunto que le habían ordenado abandonar solo significaba una cosa: problemas.

—¿Qué tal? —preguntó GraFino.

—No es mi mejor día.

—Estoy con Dina, la chica que dibujó la Marilyn. Quiere enseñarte una cosa. Te esperamos en la Cervecería Universitaria.

Seito observó a Álvarez-Marco al otro lado del cristal. El jefe estaba enfrascado en una intensa conversación telefónica. De pronto, vio que colgaba y se guardaba el móvil en la chaqueta. Sin esperar un instante, se levantó y salió del despacho. Le dedicó una mirada torva a Seito y abandonó las oficinas sin mediar palabra. Era el momento de hacer lo propio.

La Cervecería Universitaria era más un bullicioso restaurante de menú diario que una cervecería (ni mucho menos universitaria). En la decoración imperaba la madera de haya, con un barniz tan excesivo que parecía plastilina. La comida era pasable y ocultaba una de las más ricas selecciones de whiskies de todo Madrid.

Al entrar, GraFino lo saludó desde una mesa. Dina era una chica pequeña; habría podido escurrirse entre los barrotes de un balcón. Mantenía los brazos cruzados en torno al cuerpo, como si tuviera mucho frío. Llevaba unas enormes gafas de montura dorada y había apoyado un gran cartapacio en una silla.

—Aunque ya no sé si será necesario, tengo que darte las gracias —le dijo Seito—. Sebas me ha comentado que habrías estado dispuesta a testificar que, cuando pintaste tu Marilyn, el grafiti azul todavía no estaba allí. Por cierto, una obra muy valiente: Marilyn con genitales masculinos… Da que pensar.

GraFino le dio una patadita a Seito por debajo de la mesa. Cuando este levantó la vista, el grafitero negaba disimuladamente con la cabeza: «Por ahí no», parecía querer decirle. Dina mantenía un gesto inexpresivo, pero un leve rictus en sus labios daba testimonio de que Seito, de alguna manera, acababa de meter la pata.

—¿Genitales masculinos? —dijo Dina.

—Eh… Bueno… Una Marilyn con pene.

—Yo soy una mujer, inspector Seito, sin nada que pueda considerarse masculino. Y tengo pene.

—Ah.

—Mi obra, precisamente, intenta demostrar que, más allá de la asignación de género estereotípica, la feminidad de Marilyn permanece intacta, sin importar lo que tenga entre las piernas.

Seito pensó en el grafiti de Dina. No supo hallar el modo de darle la razón.

—Perdona… Los tiempos van demasiado rápido.

—No se preocupe —zanjó Dina, evitando tutearlo.

GraFino le dio un trago a un café con leche y Seito adivinó que ocultaba una sonrisa tras la espuma. Cuando tragó y se limpió el labio superior con una servilleta, tomó la palabra.

—Dina no solo es grafitera. Además es una estudiosa del asunto. Trabaja desde hace años en una tesis doctoral en Historia del Arte. Por eso nos conocemos. Me estuvo entrevistando; ya sabes que soy uno de los pioneros.

—Me interesa mucho cómo se ha utilizado el grafiti como forma de perpetuar el patriarcado entre las clases trabajadoras.

—Exacto —confirmó Sebas—. Y en eso de perpetuar el patriarcado, yo, como grafitero *old school*, soy el macho alfa.

A Dina no le hizo gracia la broma.

—El caso es que Dina ha estudiado la semiótica del grafiti en todo el mundo. Y ha descubierto algo que te interesa.

Dina mostró en su móvil la foto del símbolo azul que había aparecido junto a su Marilyn.

—Supongo, inspector Seito, que no le costará entender la idea de que el grafiti no siempre es un arte de paz y buen rollo.

—No, no me cuesta entender esa idea en absoluto —respondió Seito, lanzando una mirada inquisidora a GraFino.

—Como dice GraFino —siguió ella—, mi especialidad es la semiótica del grafiti. Es decir, desvelar todos los significados posibles de un grafiti, tanto para quienes entienden el contexto como para quienes no. Cuando GraFino me envió por el móvil la foto de esta firma, no me pareció más que suciedad. Quizá un adolescente deseoso de probar ante sus amigos que se había atrevido a descender hasta la M-30. Un comportamiento interesante para estudiar desde la perspectiva de género, pero muy obvio en lo relacionado con la semiótica. Sin embargo, enseguida me di cuenta de que tenía algo que me resultaba familiar.

—Cuéntame —dijo Seito, interesado y pensando que, cuanto antes terminasen, antes podría volver a su puesto sin enfadar a Álvarez-Marco.

—¿Qué es lo primero que ve cuando contempla ese símbolo?

—A mí me parece una eme minúscula con tres rombos.

—De acuerdo, parece una eme minúscula solitaria. Ahora bien, ¿ve usted esta serifa que la eme tiene al final? —preguntó Dina, señalando un pequeño bucle que lucía el último palo de la eme, como si se replegase hacia dentro.

—Sí, lo veo. ¿Tiene importancia?

—Vaya si la tiene. Es una ese. Este grafiti azul dice eme y ese.

Dina mantuvo la mirada fija en Seito.

—Muy bien —dijo este—. ¿Y?

—Que esto no solo es un grafiti. Esto es un placazo.

—¿Un qué?

Dina abrió el cartapacio que llevaba consigo y empezó a desplegar imágenes sobre la mesa, sin importarle que el papel absorbiera salpicaduras de café que había derramado GraFino. En las fotos se veían paredes llenas de pintadas de aspecto pasado de moda y retratos en primer plano de hombres y mujeres con rasgos centroamericanos y tatuados hasta las cejas. Casi todos los dibujos eran tipográficos. Letras y números góticos que inundaban pieles o ladrillos.

—Una de las cosas que más me interesa de la semiótica del grafiti es su función opresora, ¿sabe? Las bandas, primero en Estados Unidos y luego en Latinoamérica, se apropiaron de este arte para consolidar lo peor de la masculinidad tóxica. Posesión. Dominio. Desafío. Violencia. Territorialidad. Allí donde pintaban un grafiti con las iniciales de su banda, reclamaban el espacio exclusivamente para ellos. Da igual que hablemos de una calle o de la espalda de una mujer.

—O de un hombre —murmuró GraFino.

—¿Me estás diciendo que este grafiti representa las siglas de una banda?

—Insisto, esto no es un grafiti. Esto es un placazo. De tamaño muy pequeño, es verdad. Pero es un placazo, me apuesto lo que queráis.

—¿Me vas a contar ya qué es un placazo? —preguntó el inspector.

—Así es como llaman las maras a las pintadas con las que señalan la demarcación de sus canchas, es decir, los barrios de su dominio en El Salvador. Casi todos son azules, como los colores de la bandera del país. Y la eme y la ese tienen una propiedad intelectual vigente en todo el mundo conocido: la mara Salvatrucha.

21

Así que no. No se trataba de un dibujito, al fin y al cabo. Ahora Seito podía entrar en el despacho del jefe y gritarle: «¡Garabato, mis cojones!». Y quizá lo habría hecho, si le hubiese encontrado la gracia. No la tenía por ninguna parte.

De hecho, su primera reacción fue negarse a aceptarlo. ¿Qué iba a estar haciendo en Madrid la mara Salvatrucha, una de las mafias más sanguinarias e irracionales del mundo? La presencia de bandas juveniles de origen latinoamericano se había recrudecido en los últimos años. Peleas, homicidios y ajustes de cuentas entre Dominicans Don't Play y Trinitarios se estaban convirtiendo en una incómoda rutina contra la que combatir. Sin embargo, en nada se parecía al fervor asesino de las luchas de pandilleros en Centroamérica, ni ninguna banda en territorio español se aproximaba un ápice en crueldad a las maras salvadoreñas. Estas habían logrado algo insólito en su país: que el número de muertes violentas fuera más alto en tiempos de paz que durante la guerra civil de los años ochenta.

La mara Salvatrucha había nacido en California, pero creció en las calles de El Salvador cuando sus fundadores fueron deportados a su país de origen. Los integrantes se afiliaban a los doce o a los trece años, y matar era una de sus primeras pruebas de fidelidad. Matar a quien fuera. Sobre todo, a miembros de la mara rival, Barrio 18. Sin preguntas, sin explicaciones. Se tatuaban el cuerpo e incluso la cara con sus siglas (tintarse el rostro estaba reservado a aquellos que contaban con algún asesinato en su currículo) para provocar pánico, para atarse a la banda de por vida y para demostrar que no tenían miedo a ser reconocidos por los enemigos.

Se estimaba que en El Salvador habían alcanzado unos sesenta mil miembros, en una población de cuatro millones de almas. Su actividad había llegado a mantener la tasa de asesinatos en un delirante ciento catorce por cien mil habitantes. Y no solo se mataba a los mareros rivales: cobradores de billetes de autobús, dueños de pequeños comercios y policías eran objetivos habituales. Las violaciones en grupo a chicas adolescentes, la extorsión, las palizas y la tortura también formaban parte de su rutina. Sus canchas se adornaban con el lema «Ver, oír y callar» para amedrentar a los vecinos. La familia de un marero chivato, un peseta, era condenada a muerte, desde los recién nacidos hasta las abuelas. Las cárceles habían sido entregadas a su dominio. Los guardias vigilaban el exterior, pero el interior les pertenecía: unos centros penitenciarios eran para Barrio 18, otros para los «eme eses», como se hacían llamar los integrantes de la Salvatrucha, también conocida por sus siglas, MS-13.

El hartazgo había provocado una brutal represión por parte del nuevo presidente de la República de El Salvador, Nayib Bukele. Este había decretado una guerra abierta en la que las formas dejaban de tener importancia. Asociaciones internacionales en pro de los derechos humanos habían denunciado cómo la policía y el ejército salvadoreño se saltaban todas las líneas rojas para decapitar a las maras. En cuanto a los ciudadanos de El Salvador, estar a favor o en contra de estas nuevas medidas dependía de en qué lado de la vida te había tocado caer.

En cualquier caso, Seito no quería creer que tuviera que

enfrentarse a un problema de semejante calibre. Prefería cien asesinos en serie que un delgado tentáculo de la MS-13 activo en Madrid. Sin embargo, lo que decía Dina cobraba todo el sentido con las pruebas gráficas que había sobre la mesa. Aquellas fotos mostraban tatuajes de diversas facciones de la mara y distintos placazos marcando barrios. La mayoría de las tipografías coincidían en estilo con la del grafiti del puente de Ventas. La represión de Bukele, ¿estaría provocando que la mara buscase escenarios más seguros?

—Y yo hasta aquí llego —sentenció Dina—. Si quieres profundizar, te recomiendo que llames a este teléfono.

Puso en manos de Seito una tarjeta con un largo número de prefijo desconocido para él. «Oswaldo Moraleda, redactor de *El Faro*», decía.

—*El Faro* es uno de los principales diarios de San Salvador. Oswaldo es parte de lo que llaman su «cuarto negro», es decir, la sección de sucesos. Si alguien puede contarte algo más sobre este asunto, es él.

Seito agradeció de corazón el consejo. Se despidió diciéndole a Dina que le debía un favor.

—Si algún día te metes en un lío con esto de los grafitis, ya sabes, pégame un toque e intentaré devolvértelo.

Dina respondió con una mirada estupefacta. Como si jamás se le hubiera ocurrido que su arte callejero e ilegal pudiera suponerle algún problema.

Seito regresó rápidamente a la Jefatura. Comprobó con alivio que el jefe aún no había vuelto. Se sentó ante su ordenador. Ahora tenía la excusa perfecta para pasarse la jornada allí pegado. En El Salvador aún eran las cinco de la mañana, así que tenía que esperar unas horas para poder hablar con el periodista. Abrió un documento de Word y empezó a redactar el informe sobre Isabella Fonseca. Le llevó unos cincuenta minutos explicar el procedimiento y las conclusiones. Añadió la foto que le había enviado Emmanuel y dio el asunto por cerrado.

Luego fue a buscar algo de comida que fuera compatible con el estado, aún inestable, de su estómago. Entró en un Carrefour y dio por buena una ensalada de pasta integral y pollo que iba con un deprimente tenedor de plástico. Consumió su almuerzo ante la pantalla del ordenador. Buscó entrevistas y artículos sobre las maras, su poder, su implantación en Centroamérica y en el resto del mundo. No le dio tiempo a profundizar demasiado. A las tres y media de la tarde eran las ocho y media en San Salvador. Probó suerte. Marcó el número de Oswaldo Moraleda. Una voz áspera le dio los buenos días al otro lado de la línea, luego carraspeó y esperó a que Seito se identificara. El inspector le explicó el hallazgo de los dos posibles placazos.

—Quería que me confirmaran si son auténticos. Y que me dijera si hay constancia de alguna prolongación de la mara en Madrid.

—Ojalá fuera tan sencillo, inspector. ¿Sabe usted algo del funcionamiento de las pandillas?

—No demasiado.

—No me extraña. Este país ha sido la cloaca de Norteamérica. Y las cloacas están pensadas para que nadie tenga que recordar nunca lo que contienen. Uno hace sus cosas en el excusado, tira de la cadena, y no vuelve a pensar en ellas, ¿va?

La voz de Moraleda era dulce y calmada. En ella parecía disolverse todo el miedo que debía arrostrar cada mañana.

—Lo primero que tiene usted que saber es que la MS-13 no es una pandilla estructuradita y con una jerarquía clara, ¿va? La mara Salvatrucha es un inabarcable laberinto, sobredimensionado y desorganizado. Un mosaico de pequeñas pandillas, llamadas clicas, que toman el control de distintas canchas, o barrios, en diferentes ciudades del país, y de otros países de Centroamérica. Siempre en nombre de la MS, pero con cierta independencia.

—Eso había leído.

—Por lo general, la relación entre clicas de una misma mara no es mala. Pero con cierta frecuencia se enemistan. Puede ser por el control de sus canchas, por faltarle al respeto a la familia de un *ho-meboy* de otra clica, por seducir a la chica equivocada... Hay cientos de razones, todas igual de absurdas. En ese caso, la lucha entre clicas puede ser tan sangrienta como la guerra permanente entre distintas maras. Solo responden ante lo más parecido a una autoridad central, la ranfla, en casos de extrema necesidad. Los ranfleros, jefes de la ranfla, son los que dan el pase a una clica, es decir, permiso para existir. Y tal y como se lo dan, se lo pueden quitar, de la manera más arbitraria. De pronto, la ranfla le pone luz verde a toda una clica y esta desaparece en menos que canta un gallo, ¿va?

—¿Luz verde? —preguntó Seito.

—Sí. La luz verde es una condena a muerte. Y se cumple, cabal. Los *homeboys* de distintas clicas pueden ser muy amigos, compartir negocios, espacios en las cárceles, ser incluso familiares. Pero si la ranfla te pone luz verde, ni modo. Ahí te van a matar, y te mata tu amigo o te mata quien sea.

—Entiendo.

—Lo que quiero decirle es que esto es una jaula de grillos. No se trata solo de relacionar el placazo de usted con los eme eses. Se trata de identificar qué clica lo ha hecho. Ante quién responde. De dónde sale... Y que no sea una acción de falsa bandera, ¿va? En ocasiones, las maras se cargan mutuamente los mochuelos. Por ejemplo, la Miradas Locos pasó un buen tiempo extorsionando desde las cárceles y diciendo que lo hacía en nombre de la Salvatrucha, cuando son enemigos mortales. Y luego está la omertá. El miedo a que te tomen por peseta sella la boca de cualquier marero. No es ya que no se echen rata los unos a los otros. Es que no se habla de nada. Así que es difícil interpretar una estructura tan compleja.

—Si le envío la foto del placazo, ¿podría usted decirme si ha visto alguno igual?

—Con mucho gusto. Envíemela a mi e-mail.

Adjuntarlo y presionar la tecla de Send no le llevó a Seito más que unos segundos. Al instante, las fotos de ambas pintadas, la de la M–30 y la de la Fuente del Berro, habían cruzado el Atlántico y se abrían en El Salvador.

—En mi opinión, señor inspector, sí, esto es un placazo. Y sí, de la mara Salvatrucha. Ahora bien, ¿quien lo ha hecho es un verdadero eme ese o alguien que se hace pasar por él? Eso no lo sé. Y tampoco puedo decirle cuál es la clica, dado que no usa sus iniciales. Me explico: por ejemplo, la Sailor Locos es una clica de eme eses y placan con SLMS. Sin embargo, esta solo muestra esos rombos que yo nunca había visto, pero es normal: hay decenas de clicas activas y otras tantas extintas. Y hay otra cosa rara.

—Le escucho.

—Estas pintadas son chiquitas. Parecen hechas para pasar desapercibidas. Si la MS-13 estuviera intentando instalarse en Madrid, lo haría saber a los cuatro vientos. Lo primero que querría sería intimidar a sus competidores, ¿va? Máxime ahora, que no pasa por su mejor momento, con el estado de excepción que ha declarado el presidente Bukele. Quiere tener a las maras bajo asedio, lo que me hace pensar que si alguna clica consiguiera romper ese cerco y extenderse en Madrid, querría hacer saber que está muy viva. Haría un placazo de dos metros de alto en estos muros que usted me muestra, para indicar que le vale verga la autoridad.

—Entiendo.

—Pero no se desanime, inspector. Yo ahorita le voy a enviar estas dos fotos a una conocida. Una jueza especializada, María Luz Toledo. Tengo buena onda con ella. Trabaja con maras desde las primeras deportaciones, en los años noventa. Si ella no puede identificar este placazo, nadie puede.

22

O'Rourke dormía con la cabeza apoyada en su escritorio en comisaría. Ni siquiera había pasado por casa para cambiarse de ropa. A sus pies, Chucho aprovechaba el calor del sol que entraba por la ventana. También dormía, pero abría los ojos y alzaba la cabeza tan pronto como alguien pasaba ante la puerta del despacho. El comisario Juan José Bazán abrió la puerta y se aproximó despacio al escritorio. Llevaba un café con leche y un bollo del bar de abajo. Chucho mostró los dientes y ladró. Dulce se incorporó, asustada.

—¡Joder! —exclamó Juanjo; se le había derramado parte del café—. ¿No puedes decirle que no haga eso?

—Es un perro. No sé cómo decirle a un perro que no haga cosas de perro. —Dulce llamó a Chucho. El animal acudió a ella y se ganó unas caricias en el lomo—. Se nota que hacía de guardián para su antiguo dueño.

—Pues de poco le sirvió al pobre hombre.

—Lo primero que hizo el asesino fue encerrarlo en el contenedor.

Juanjo asintió. Se agachó para acariciar también aquel macilento lomo, pero obtuvo un gruñido como respuesta.

—¿Qué propones?

128

—Investigar cámaras —dijo O'Rourke—. En la estación no hay muchas. Pollito dice que el crimen se cometió en torno a las siete menos cuarto de la mañana. Si en esa franja horaria encontramos algún calvo, se lo mostramos al testigo, a ver si lo reconoce. Y luego miramos en las cámaras que haya por las calles cercanas, cajeros, farmacias...

—No hay nada cercano a esa estación, y lo sabes. Y necesitarás orden judicial. Va a ser como buscar una aguja en un pajar dentro de un laberinto.

—Ya se me ocurrirá algo más. Ahora estoy muy cansada.

La inspectora O'Rourke se había pasado la tarde y la noche del domingo sin salir del recinto de la estación de Abroñigal. Nada más hallar el cadáver, había llamado a Juanjo, quien estaba a punto de entrar al Estadio de Vallecas para presenciar el Rayo-Real Sociedad. El comisario le había dado carta blanca para movilizar el operativo, porque él estaba con su hijo pequeño y a ver cómo le iba a dar el disgusto de dejarlo sin fútbol, justo aquel año en que el Rayo era el equipo revelación de Primera.

Dulce ya estaba al borde de la hipotermia cuando vio aparecer a los primeros compañeros. Eran Yoli Setién y otro agente, uno recién salido de la Academia cuyo nombre no recordaba. Mascullaban palabras que Dulce creyó entender: «¿En qué lío nos ha metido hoy la pija esta?». Los acompañaba un hombre sin abrigo. Se identificó como Félix Domínguez, jefe de gestión de servicios al cliente de la estación. Era el responsable que estaba más a mano, porque vivía a pocas calles de allí.

Poco a poco cayó un goteo de gente y de vehículos, hasta que aquello tomó forma de verdadero operativo. Los bomberos, que iban a descender al pozo para recuperar el cuerpo. Los del Anatómico Forense, que tenían que llevárselo. Los de la Científica, que empezaron de inmediato a tomar fotos a discreción. Todos ellos esperaban al secretario del juzgado para levantar el cadáver. Las conversaciones se veían interrumpidas cada cierto tiempo por la llegada de un mercancías cuyas juntas chirriaban todas al mismo tiempo.

–Aquí había un punto de repostaje para locomotoras diésel –explicó Félix Domínguez–. El agujero es un antiguo depósito de gasoil subterráneo.

–Entre este depósito y aquellos contenedores abandonados –dijo O'Rourke señalando el lugar donde dormía la víctima–, ¿hay alguna cámara?

–No, esta zona no tiene nada de valor, estaba ciega –intervino el máximo responsable de los guardas jurados, un tipo muy delgado, con la barba bien recortada y cuerpo atlético–. Patrullábamos por aquí con frecuencia, pero nunca vimos nada.

Dulce observó a su alrededor. En los muros de cierre y en las superficies de cemento había multitud de grafitis que la llevaron a pensar que la seguridad se veía desbordada por la visita de intrusos.

–¿Dónde empezaríamos a encontrar cámaras?

–Pues… por allí. Tenemos una a la altura de esas agujas –prosiguió el responsable de seguridad–. Y, en la otra dirección, en la puerta de aquella nave. Es donde la Guardia Civil hace las inspecciones de los contenedores, cuando reciben algún soplo de Aduanas. No hay forma de acceder a esa zona sin que nadie te vea.

Al regresar al escenario del crimen, Yoli le anunció que habían hallado una carretilla con posibles manchas de sangre. Le iban a hacer la prueba del luminol. Podría haberse usado para transportar el cuerpo hasta el depósito.

–¿Alguna huella? –preguntó chillando, pues en ese momento pasaba un tren que arrastraba al menos cien vagones.

–¡No! –gritó el inspector Bastero, a quien le había tocado guardia aquel domingo–. Ni en la carretilla ni en la barra de metal que usó para abrir la tapa.

–Este asesinato parece el crimen perfecto –comentó O'Rourke.

–Estas carretillas se encuentran en aquel almacén que ve usted allí –dijo Félix Domínguez–. Si fue a por una, eso significa una cosa.

—Que la cámara de la nave tuvo que registrarlo al cogerla —añadió el responsable de seguridad, en su máximo momento de gloria.

Ya era de madrugada cuando Dulce llegó a la comisaría de Vallecas. Sacó un sándwich de una máquina expendedora y se sentó a comérselo en el suelo, con la espalda contra un radiador. Lo compartió con Chucho, a quien también le ofreció un poco de agua en un brik de leche cortado por la mitad. Le hizo mimos al perro, que se había despedido de su fiel amigo para siempre. Escribió informes para solicitarle al juez todo lo que creía necesitar. Al amanecer se quedó dormida sobre el escritorio.

23

Laura Rodrigo tecleaba las últimas palabras del día. Nunca llegaba a la oficina ni un minuto tarde y siempre se iba a la hora exacta. Seito estaba abandonando toda esperanza de conseguir más información o de procesar la que había obtenido. Ya no tenía cefalea, había superado la resaca física de la borrachera, pero no la emocional. Su mente continuaba sumida en una mezcla de apatía, sueño y tristeza. Antes de irse a casa a cenar una pizza congelada y dormir, quiso llamar a Marga, para saber cómo estaba José. La vibración del móvil se lo impidió. Un número largo y desconocido.

–¿Hablo con el inspector Juan Luis Seito?

El interlocutor tenía acento latino, sin duda, pero algo distinto al de Oswaldo Moraleda, el periodista de *El Faro*. Seito poseía un oído tan dotado para los acentos como para la música, y este le sonaba más a mexicano que a centroamericano.

–Sí, soy yo. ¿Qué desea?

–Un intercambio amistoso de información. Soy el agente especial Herbert del Amo. Del FBI.

Pronunció FBI en inglés: *ef bi ai.*

–Estoy desplazado en San Salvador, en el departamento contra las maras. Supongo que sabrá por qué lo llamo.

132

Seito echó un vistazo tras sus hombros. La subinspectora Rodrigo ya estaba poniéndose su abrigo guateado, gorro, bufanda y guantes, dispuesta a abandonar la Jefatura hasta el día siguiente. Álvarez-Marco no había regresado. Podía hablar.

–Habla usted muy bien castellano para ser del *ef bi ai*.

–Soy emigrante mexicano de segunda generación. Mi padre no habla inglés, aunque vive en Houston desde hace cuarenta años.

–¿Y cómo sé que no se está inventando todo esto?

–Usted ha hablado hoy mismo con Oswaldo Moraleda, redactor de *El Faro*. Todo lo que ha tratado nos interesa.

La posibilidad de dejar vendido al periodista le inquietó. No podía descartar que fuera un impostor quien lo llamaba.

–El único Oswaldo que me suena es el que mató a Kennedy. Por cierto, buen trabajo con eso, señores del *ef bi ai* –respondió Seito.

La entrada en la conversación de una voz femenina cambió las cosas.

–Disculpe, señor Seito –dijo esa nueva voz–. Le escuchamos en un parlante. Yo soy la jueza María Luz Toledo, del Órgano Judicial de la República de El Salvador, Oswaldo me habló a mí de usted y yo informé a Herbert. Quizá se sienta más tranquilo si conectamos en una videollamada y podemos mostrarle nuestras credenciales.

Seito aceptó. Intercambiaron correos electrónicos y a los pocos segundos se veían las caras en la pantalla del ordenador. El agente especial Del Amo vestía un elegante traje, como los que llevan todos los miembros del FBI en las películas. La jueza Toledo llevaba ropa mucho más veraniega. Era una mujer de unos sesenta años, tan seca que podría rasgarse al sonreír. Ambos ocupaban una sala estrecha. Al fondo solo se veían unos estantes llenos de archivadores. El agente especial Del Amo acercó una identificación a la cámara antes de decir nada. Seito había tenido la precaución de buscar rápidamente en Google fotos de la jueza. Los resultados que le ofreció el buscador coincidían con lo que veía en la ventana de la videollamada.

–Discúlpenme. No esperaba una respuesta tan rápida. Tenía miedo de dejar al señor Moraleda colgando de la brocha.

–Hace usted bien, señor Seito –intervino la jueza–. En El Salvador, los periodistas son carne de cañón. Hace unas horas abrí el e-mail de Oswaldo con los placazos de Madrid. Me hallé en el deber de ponerme en contacto con la oficina del FBI. El motivo es irrelevante. Y todo lo que hablen ustedes a partir de aquí no me interesa en absoluto. Así que esto es lo que vamos a hacer: yo voy a abandonar la habitación. Y, si alguien me pregunta por esta llamada, negaré haber estado presente, más allá del saludo y de las presentaciones.

La jueza se despidió, se levantó y abandonó la sala.

–Muy bien, agente especial Del Amo. ¿Qué está pasando?

–Llámame Herb, si quieres. Soy latino, no me van las pendejadas federales.

–De acuerdo, Herb. ¿Qué necesitas?

–Ese placazo que nos has enviado podría ponernos en la pista de una persona a la que llevamos algún tiempo buscando. No nosotros. En lo que respecta al FBI, defendemos la versión oficial: esa persona está muerta. Pero algunas instituciones de mi país estarían muy interesadas en descubrir su paradero.

A Seito se le escapó una sonrisa. Miró al techo como si buscase una cámara oculta con la que le estuvieran gastando una broma. Sin duda, Del Amo estaba refiriéndose a la CIA.

–¿Puedo preguntar por qué?

Herb rio.

–Puedes, claro que puedes. Pero también puedes adivinar la respuesta.

–Claro. Tú no sabes nada, Herb.

–Yo no sé nada, Juan Luis.

–Oh, llámame Seito. No es un formalismo, es que aquí todo el mundo me llama Seito, hasta mi mujer... Bueno, exmujer.

Entonces, ¿qué preguntas con respuesta estoy autorizado a hacer?

—Puedes empezar preguntándome de qué clica es el placazo que enviaste a Moraleda.

—Vale, suena bien. ¿De qué clica es?

—Reyes Locos. Un grupillo de vida efímera integrado en la Salvatrucha. Le dieron el pase en 2003 y le pusieron luz verde en 2006.

Herb colocó ante la cámara una de las fotos que le había enviado Seito, impresa en un folio. Señaló los rombos dibujados sobre la eme minúscula.

—Si te fijas, estos rombos convierten la eme en una corona. Un anagrama bastante ingenioso. Nadie sabe de dónde sale el nombre. Hay quien dice que de la taberna El Rey del Chaparro, donde se juntaban aquellos eme eses que decidieron solicitar a la ranfla el pase para levantar una nueva clica. La historia de los Reyes Locos no es demasiado espectacular. Lo típico, un palabrero al que la ambición le lleva por delante.

—¿Palabrero?

—El palabrero es el jefe de una clica o una mara. Este se llamaba Gustavo Laínez Fernández. Su alias era el Hueco, porque le dijo a un chavala al que iba a matar que no le pidiera clemencia, que se había arrancado y se había comido su propio corazón. La clica funcionó bien durante un tiempo. Daba buen dinero de la extorsión y de los secuestros exprés. No era más sanguinaria que la media y no se metía en pleitos con otros eme eses.

—¿Cuándo cambia eso? Porque por algo le tuvieron que poner esa luz verde que dicen.

—No se sabe muy bien, pero coincide con el ingreso en la clica del hermano mayor de Gustavo. Quédese con este nombre: Javier Laínez Fernández, conocido como Green Beret. Este es licenciado con honores en las Fuerzas Armadas de la República de El Salvador. Sirve en el Batallón Cuscatlán II, de las Fuerzas

Especiales. Se lleva una medalla en 2004, en la batalla de Nayaf, en Irak. No tengo ni idea de qué necesidad tenía este muchacho de brincarse en la clica de su hermano. Pero el caso es que lo hizo. Y ahí empiezan los problemas. Por lo poco que nos han querido contar los ranfleros de la Salvatrucha, intuimos que temían que los Reyes Locos fueran capaces de monopolizar el tráfico de cocaína. Tenían contactos para hacerla salir de El Salvador en barco hacia Estados Unidos. Y yo creo que eso iba de la mano de Javier, que compartió campamento en Irak con norteamericanos de todo tipo. Yo sospecho que conoció allí a algún mercenario de Blackwater con el que entenderse para hacer mucho dinero, pero no puedo confirmarlo. Por eso se licenció tan joven, cuando tenía un buen futuro en el ejército. Regresó a El Salvador dispuesto a aprovechar la estructura que lideraba su hermano y llevarla al *top of the world*.

—Pero a la mara no le gustó.

—A la mara no le gustó y a los Laínez les valió verga. Empezaban a vivir muy bien, ellos y todos sus *homies*. En lugar de tatuarse la eme y la ese, o la garra, en el rostro, todos llevaban el pequeño símbolo de la corona sobre la mejilla. Es decir, que ya le rendían más fidelidad a la clica que a la mara. Supongo que los ranfleros dijeron basta, y le dieron luz verde a Gustavo, el jefe.

—¿Y le ejecutan?

—Rápidamente. A mediados de 2006. Javier, el Green Beret, responde con rabia. Los hermanos tenían carisma y conseguían conservar la fidelidad de muchos esbirros. Pero ahí, claro, la inferioridad numérica era atroz. Sabemos que Javier intentó contratar a pistoleros civiles, es decir, no vinculados a ninguna mara. También que sus amigos de Estados Unidos estaban dispuestos a enviarle mercenarios para defender el negocio. Pero todo esto se trunca cuando la Policía de la República consigue pruebas para meter a Javier en el tavo. Y con eso no contaba nadie. La detención ocurrió en el peor momento. Varios eme eses declaran en el juicio como testigos. Todos sospechan que los crímenes por los que le juzgaron no los cometió él. Cometió muchos otros; pero esos, en concreto, no. Me parece que fue una estrategia oculta de los ranfleros de la Salvatrucha, para quienes sería un deshonor reconocer que acudieron a la policía para no afrontar una guerra que se preveía dura. Con Javier en la cárcel la mara puso luz verde a la clica en su totalidad. A los miembros que se avinieron, les aplicó correctivo y los integró en otra clica, siempre y cuando se borrasen el tatuaje de la mejilla. A quienes no se avinieron, se los mató.

—¿Y qué pasó con Javier?

—Hasta la llegada del presidente Bukele, las cárceles, en El Salvador, pertenecían a las maras. Es cierto que a los reclusos no los dejaban salir, pero daba igual. Desde el interior seguían mandando, organizando, drogándose, asesinando… Los líderes encarcelados tenían más poder que los que estaban en la *libre*. Y vivían más seguros, porque cada pandilla iba a un penal distinto, sin mezclarse. Se pensaba que Javier había cabreado mucho a alguien, porque lo mandaron a Quezaltepeque, un penal de la Salvatrucha. Todos sabían que allí no iba a durar ni tres noches.

—¿Me equivoco si digo que fue la jueza Toledo quien lo envió a ese penal?

Herbert del Amo sonrió.

—Claro que fue la jueza. A petición nuestra. Y, a su vez, teníamos una petición de nuestros servicios de inteligencia. A algún burócrata de Langley le habían llegado muy buenas referencias de Javier Laínez. Su valía en el campo de batalla y esas pendejadas. Había que salvarlo de la luz verde. Se nos dijo muy claro: ayudadnos a que Laínez esté en la prisión de Quezaltepeque. Y ahí que lo hicimos. A las veinticuatro horas apareció con la cara destrozada a puntadas. Irreconocible. El cadáver podía ser de Javier o de cualquier otro de las decenas de miles de pandilleros que pueblan este país. Ni se pararon a cotejar tatuajes. Lo mandaron al incinerador, y aquí paz y después gloria. Pero ¿sabes qué?

—Cuéntame.

137

—Años después me llama un cabrón de Inteligencia: «Herbert, ¿aún tienes cierto control sobre lo que pasa en las calles de San Salvador?» Y yo respondo: «Ninguno, como siempre». Y entonces me dice: «Bueno, ¿recuerdas a ese tal Laínez? Pues se nos ha escapado». Y yo ni siquiera muestro la mínima sorpresa. Solo le pregunto: «¿Queréis que investigue si ha vuelto por aquí?» «Sí». me dice el cabrón. Desde entonces han pasado muchos años. Y no hemos vuelto a tener ningún indicio del paradero de Laínez. Hasta que nos mandaste esas fotos.

—¿Quieres decir que ese tal Javier Laínez es el que está pintando placazos de los Reyes Locos en Madrid?

—Fue el último de los Reyes Locos a quien se vio con vida. Todos los demás, o bien se pasaron a otra clica, o bien fueron asesinados. ¿Quién si no?

—¿Y qué podemos hacer?

—A ambos nos interesa mucho pillarlo. A ti te daría paz mental. A mí me deberían muchos favores.

—Muy bien. ¿Puedes conseguirme una foto?

—Con mucho gusto.

A los pocos segundos, un archivo llegaba al chat de la videollamada. Era la ficha policial de Javier Laínez Fernández. Seito la abrió. La corona de los Reyes Locos lucía en su mejilla derecha con orgullo.

24

Las horas, encerrado, se le hacían eternas. Más aún cuando era tan consciente de su importancia. Pero al cabo de una semana todo habría terminado, Jota se encontraría en la otra punta del planeta. Ahora ya ni siquiera tenía motivos para salir a la calle, a menos que cambiaran las cosas. El ejército le había enseñado la virtud de la paciencia. Ser soldado era, ante todo, soportar el aburrimiento. En las eternas guardias, en la instrucción, en el cuartel, donde fuera. Muchas de esas esperas le habían proporcionado oportunidades. Conocer a Saul White fue la más decisiva.

En la base Al Andalus de Nayaf, gestionada por el ejército español, le tocaba guardia junto a la puerta del arsenal del Batallón Cuscatlán II todos los días a la misma hora bajo el mismo sol. Era el momento que Saul había escogido para una rutina irrenunciable: fumarse un puro. El mercenario de Blackwater prefería acercarse a las instalaciones de los salvadoreños, donde el tabaco cubano estaba mejor visto. Solía llevarse un *drive* de golf, con el que practicaba sin pelota alguna. Dejaba su subfusil encima de una mesa, a pocos metros de Jota, y se concentraba en el sabor de su cigarro y la cadencia de su *swing*.

Saul hablaba algo de castellano porque había vivido en Nicaragua en los años ochenta. Jota hablaba algo de inglés porque su padre, deportado desde Estados Unidos, le había enseñado unas frases sueltas. A los pocos días, ya eran buenos amigos, sin importar que la edad de Saul duplicara la de Jota.

El levantamiento del ejército de Mahdi los sorprendió en posiciones distintas. A Saul, en la azotea de la base española, disparando contra todo lo que se movía en los edificios aledaños. A Jota, a algunos kilómetros de distancia, en el centro de instrucción de las Fuerzas Civiles de Defensa Iraquí (ICDF), donde tuvo que disparar contra chicos a los que veinticuatro horas antes estaba enseñando, precisamente, cómo se disparaba. Jota se guareció tras una columna gruesa que absorbía los impactos de las balas enemigas, pero que no le permitió sentarse, ni siquiera encoger las piernas, durante media jornada.

Cuando terminó la refriega, el mercenario y el salvadoreño se encontraron. Dieron cuenta de sus proezas, a cuántos chiitas había abatido cada uno. Se secaron el sudor, se humedecieron las gargantas. Maldijeron a los cobardes españoles, que ni habían pegado un tiro ni habían compartido su munición. Cuando se ocultó el sol, supieron que verían otro amanecer. A uno le iban a dar una medalla de la República de El Salvador. Al otro, algo más valioso: dinero. Muchísimo dinero.

—Y, hablando de dinero, Javier. Estoy buscando a alguien, de algún país de Centroamérica, para que me ayude con un *business* cuando todo esto termine. ¿Tú no conocerás...?

Y Jota conocía, vaya si conocía.

Dos años después, tras la luz verde, Jota escuchó la sentencia de la jueza María Luz Toledo. Quezaltepeque. Lamentó no haber muerto en Nayaf. Una bala en el cráneo habría sido menos cruel que lo que le aguardaba. Lo condujeron al penal. Lo guiaron a través de un pasillo de miradas de párpados tatuados. Ya estaba ahí. Ya estaba muerto. Entraron en una galería oscura que llamaban isla de seguridad, en la que solo vio un frigorífico roto y el acceso a tres celdas de aislamiento. Lo encerraron en una de ellas. Un habitáculo de cemento desnudo, ni siquiera placazos en las paredes. Jota se sentó en el suelo. No sabía cómo iban a entrar, pero entrarían.

La incertidumbre no duró mucho. La verja metálica que aseguraba la isla se abrió de golpe. Eran tres desconocidos. Uno de ellos arrastraba un frigorífico nuevo en un carro de mudanzas. Abrieron la puerta del aparato. Un cadáver se desplomó sobre el suelo de cemento con un crujido de huesos. Aún tenía las articulaciones blandas y color en las mejillas. Era el Pincho, desertor de los Reyes Locos. Todavía no se había borrado el tatuaje de la corona en la mejilla. No le había dado tiempo.

Los desconocidos se pusieron unos delantales de plástico y abrieron la puerta de la celda de Jota. Arrastraron dentro el cadáver. Sacaron un punzón, una botella rota y un martillo. Empezaron a golpear la cara del Pincho. Por suerte para él, no podía quejarse. Tampoco Jota se quejaba. No decía nada. Suponía que, una vez acabasen con el Pincho, le tocaría a él. La nariz ya era un amasijo de lodo rojo. Los labios ya se habían enroscado, como el telón de un escenario. La frente ya había colapsado, como una cúpula en un bombardeo.

Resultó ser que no: después del Pincho no le tocó a él. Arrastraron el frigorífico nuevo junto a la pared, donde lo enchufaron. Subieron al carrito la nevera estropeada que había visto al entrar. Uno de ellos encañonó a Jota con un arma.

—Entra ahí —le dijo, señalando el viejo electrodoméstico.

Antes de que se cerrase la puerta de la nevera, le cayeron encima dos medusas tibias y húmedas: los delantales de plástico ensangrentados de los desconocidos. Cuando los eme eses lograsen acceder a la celda de aislamiento, encontrarían dos regalos. Un *freezer* nuevo para enfriar sus cervezas y un condenado muerto. Nadie haría más preguntas. No faltaría quien quisiera adjudicarse la ejecución, para ganar prestigio.

—¿Estás vivo? —preguntó Saul cuando abrió la nevera tras dos días de huida—. He tenido que pedir muchos favores y hacer muchas promesas para sacarte de ese tugurio.

—Gracias —farfulló él, empapado en orina y deshidratado.

—No me lo agradezcas, pendejo. Si no me parecieras útil, habría dejado que los eme eses te sacaran las tripas. Tu chapuza de organización me ha costado mucho dinero. Ahora tu vida me pertenece, ¿entendido?

—Entendido.

—En primer lugar, vas a tener que ocuparte tú de devolver esos favores. Tienes un currículo bastante interesante. Formación militar, experiencia en guerrilla urbana, etcétera. Hay unas personas que quieren que les enseñes lo que sabes a otras personas que... Bueno, ya lo verás. No es muy diferente de lo que hacíamos en los años ochenta en Nicaragua. Ah, y tendrás que borrarte esa mierda de tatuaje que llevas en la mejilla.

Solo entonces Jota supo que viviría para contarlo.

25

A Pollito no le sentaba nada bien la libertad provisional con cargos. Él siempre había sido un chico fuerte, con físico de boxeador. Ahora padecía esa flojera que detectan las madres en los hijos que no desayunan correctamente. Su pelo teñido de amarillo se veía aún menos brillante de lo habitual.

—Mira que eres tonto, Pollito. Si te hubieras metido a trabajar en un Midas o en una tienda Aurgi, ahora no tendrías que verme la cara.

Pollito suspiró. Junto a la ventana, en pie, estaba Ramiro Guitián, su abogado, un tipo íntegro. Miró al chico con un gesto que parecía decirle: cuidado con meter la pata. Su cliente asintió y se hundió aún más en la silla. A Dulce le dio pena. Suponía que al chico no le molestaba tanto tener que presentarse allí de vez en cuando. Lo que le aterraba era que los asalariados de la Madrastra se pasaran por su casa.

—Perdóname. No eres tonto. Tampoco puedo decir que seas Einstein, pero, vaya, podemos concluir que apostaste y perdiste. Al menos, el tiempo que estés en mi despacho no lo pasarás en la calle, a merced de la gente de la Madrastra. Bien, ¿sabes por qué te he hecho venir?

—Espero que sea porque encontraron el muerto de los talleres.

—Tienes suerte —dijo Ramiro—. Es por eso.

—Eres el único testigo de un asesinato —siguió Dulce—. Lo que te convierte en una persona muy especial. He estado hablando con Ramiro de lo que podemos negociar de cara al juicio.

A Pollito se le iluminó el rostro. Poder colaborar en una investigación que no incriminase a la Madrastra era una buena noticia.

—Antes tenemos que confirmar dos cosas. La primera, que no lo hayas matado tú.

En ese momento, se le borró la sonrisa completamente.

—¿Sospechan de mí?

—No. Yo, al menos, no. Pero para encontrar al culpable hay que descartar a todos los presentes en la escena del crimen. Será sencillo demostrar que no fuiste tú. Si el forense no encuentra fibras o restos de tus cabellos adheridos al cadáver, se confirmará tu versión. Es casi imposible agarrar y apuñalar a alguien sin dejar alguna huella en él.

Pollito asintió, aliviado.

—La segunda cosa que hay que confirmar —prosiguió Dulce— es que puedes identificar al asesino. Te voy a enseñar unas fotos. Quiero que me digas si reconoces en ellas al culpable.

Le dio la vuelta a la pantalla del ordenador para que Pollito pudiera ver un pase de diapositivas. Cada una mostraba fotos extraídas de la misma cámara de seguridad: la que custodiaba la nave donde el asesino había sustraído la carretilla para transportar el cuerpo. Para asegurarse, había incluido en el pase casi treinta fotos. Todas ellas, excepto una, estaban allí para despistar. Retrataban a miembros del personal de la estación en otras fechas.

Abraham contempló cada una de las fotos. Despachó la mayoría en pocos segundos. Se detenía más en aquellos individuos que tenían poco pelo, o lo llevaban muy corto. Sin duda, la calvicie era el rasgo que mejor había registrado el chico, posiblemente por el reflejo de las lejanas luces artificiales en el blanco cráneo pelado del asesino. Observó durante casi un minuto la foto de un trabajador bajito, con la cabeza absolutamente monda. Pero al final la descartó.

—El asesino era mucho más fuerte —dijo.

O'Rourke había colocado la foto del principal sospechoso en el puesto número veintiséis. Un individuo a quien ningún trabajador de la estación había podido identificar. Pretendía que Pollito llegase a ella ya cansado y lleno de dudas. Sin embargo, en cuanto la vio, chasqueó los dedos.

—¡Este! ¡Es inconfundible! —dijo.

—No puede ser, Pollito —mintió Dulce—. Esta foto es de hace tres meses.

Pero el convencimiento del chico no cedió un milímetro.

—Como si es de hace tres siglos. El asesino es este. Se lo juro por mi madre.

Dulce suspiró y luego sonrió.

—Vale, vale, vale. Te estaba engañando. En realidad, la imagen es la única que fue tomada durante la noche en que tú te colaste en el taller. Enhorabuena. Eres nuestro testigo presencial. Ahora solo tenemos que encontrar al hombre calvo.

26

Lo curioso de Laínez era que, en la foto, tenía una mirada cándida, casi frágil, a pesar del tatuaje. Seito nunca habría relacionado ese retrato con el historial de crímenes que la ficha le adjudicaba. En cualquier caso, debía averiguar con qué identidad había entrado en España. ¿Cómo localizar un rostro entre seis millones de madrileños? Había introducido la imagen en las bases de datos de la Interpol con los resultados esperados: cero. Si allí figurase esa cara con una nueva identidad, los americanos ya estarían al tanto. Seito se desanimó: solo tenía la foto de un hombre invisible de hacía más de quince años y un par de pintadas.

—También tienes el coche —matizó Laura Rodrigo.

En algún momento de la mañana, sin saber muy bien cómo ni por qué, había empezado a compartir todo lo que le rondaba la cabeza con su espigada compañera de escritorio. Por supuesto que Seito se acordaba del Formentor con matrículas robadas. Pero le parecía otro callejón sin salida. Un coche fantasma para un rostro fantasma.

Sin embargo, Laura Rodrigo continuaba poderosamente atraída por la imagen del Cupra que había captado la cámara del puente de Ventas. La tenía impresa sobre su escritorio y había estado

146

comparándola con otras fotos del mismo modelo descargadas de internet. Mientras Seito le hablaba, no paraba de mirarla.

—Ya lo sé —dijo Seito—. Esta mañana he ido a Daganzo, al descampado donde acaban de localizar el Ford Focus al que le robaron las placas que lleva el Cupra en la foto. Se suponía que debía haberlo hecho Sara Márquez, la novata, pero ya sabes.

—¿Hacía frío? —quiso saber Rodrigo.

—Mucho.

—¿Llevas una buena camiseta interior?

—No llevo camiseta interior desde que tenía ocho años.

—Es tu salud. Sigue contándome.

—Fui un poco a la desesperada, a ver qué se podía encontrar: una huella en el barro, un testigo... Nada. Ni siquiera sabemos el día exacto en que se robaron las matrículas, porque el actual dueño del Focus, que es hijo de esa tal Artemia Fernández Arévalo, lo tiene allí abandonado desde que murió su madre.

La subinspectora Rodrigo miró a Seito durante un buen rato sin decir absolutamente nada. Lo tenía por costumbre. Durante esos incómodos lapsos, su actividad cerebral alcanzaba un rendimiento máximo. Por fin, reaccionó.

—Me estaba preguntando una cosa, Seito.

—Pues será bienvenida.

—¿Sufres presbicia?

—¿Qué?

—Tienes una edad. La presbicia afecta a tres de cada diez varones de más de cuarenta años.

—No, Laura, no sufro presbicia.

—¿Cómo lo sabes?

—Sigo leyendo sin problemas.

—Es un oftalmólogo quien debería determinar si lees sin problemas.

—¿Me quieres decir a qué viene esto?

—Me preocupo por tu salud... ¡Ah, perdón! Estarás preguntándote por qué creo que sufres presbicia.

Laura levantó la fotografía del Cupra a la altura de los ojos de Seito y colocó su índice en un punto del costado trasero del automóvil. Seito no vio nada que llamase su atención en absoluto. Entrecerró los ojos cuanto pudo para forzar su visión. Pero nada.

—Laura, ahí no hay nada.

La subinspectora respondió con un gesto incrédulo y preocupado. Volvió la foto hacia sí. Luego abrió el cajón de su escritorio y sacó una gran lupa con mango de marfil, un objeto excéntrico y trasnochado.

—Míralo con esto.

Seito colocó la lente justo en el lugar que Rodrigo le señalaba. Seguía sin ver nada. Luego distinguió una mínima mancha. Un pequeño conjunto de píxeles que formaban un rectángulo un poco más oscuro que el resto de la carrocería. Podía ser un error en la interpretación de la luz por el sensor de la cámara. O un reflejo. O cualquier cosa.

—No te fijes tanto en lo que ves —dijo Rodrigo con tono maternal— como en el sitio donde lo ves. Para asegurarme, he tenido que buscar algunas fotos del modelo Formentor en Google, pero ahora no me cabe ninguna duda. Una pista: ¿te acuerdas de cuando te dejaste el horno encendido y tuviste que salir corriendo a apagarlo?

Seito pestañeó varias veces.

—Laura, yo nunca me he dejado el horno encendido. Es una broma que suelo hacer los viernes, porque no quiero quedarme en el trabajo ni un segundo más. Es un chiste. Ironía.

—¿En serio? ¡Seito, eres todo un comediante! No pasa nada: lo que quería decirte es que la gente es muy despistada. Como tú… En el caso de que te hubieras dejado el horno encendido de verdad.

El inspector suspiró y arrojó la lupa sobre el escritorio.

—Mira, dímelo o no me lo digas. Pero, por favor, no me tengas más tiempo jugando a esto.

—La gente es muy despistada —insistió la subinspectora—. A veces, cuando no conduce su coche propio, puede llegar a equivocarse y echar gasoil en un motor de gasolina.

Seito lo entendió. Como decía Rodrigo, para saber qué era esa manchita oscura que señalaba, lo importante era dónde estaba situada: sobre el cierre del depósito. Se trataba de un adhesivo para indicar el tipo de carburante que utilizaba el coche. Pero una persona que necesita ese recordatorio no suele ser el conductor habitual del vehículo en cuestión.

—¿Estás diciendo que es un coche de alquiler? —exclamó Seito.

—Una conclusión bastante inteligente, Seito. Enhorabuena. ¿Lo ves? Yo también sé utilizar la ironía.

—Pero puede ser cualquier otra cosa. Una mancha en la chapa. Una sombra. ¿Por qué estás tan segura?

—No lo estoy, pero querías un camino por el que seguir y aquí lo tienes. Ahora solo necesitamos llamar a todas las agencias de alquiler de coches de Madrid. Les preguntamos si, entre sus modelos, ofrecen el Cupra Formentor y cuándo los han alquilado. Quizá, y solo quizá, encuentres la forma de localizar a este señor. Y, si no, pues a otra cosa.

Se produjo entonces otra de esas prolongadas miradas silenciosas.

—Suena bastante bien, Laura. ¿Me ayudarías?

—¡Pensaba que no me lo ibas a pedir nunca! —dijo mientras tecleaba en Google la entrada «Alquilar coches en Madrid»—. Tú ve a por café. ¡Nos lo vamos a pasar genial!

Casi instantáneamente, para regocijo de la subinspectora, el buscador devolvió cuatro millones de resultados.

27

Laura Rodrigo buscaba números de teléfono en internet. Los marcaba. Finalizaba conversaciones. Tachaba elementos en una lista, elaborada por ella misma en Excel. Y progresaba en la farragosa investigación de una forma que asombró a Seito. Al ver que en poco podía ayudar, fue a por algo de comer. A su regreso, con dos bocadillos de jamón con tomate envueltos en papel de aluminio, ella parecía haber salido de aquel exigente estado de concentración.

—Tenemos suerte. El Cupra Formentor no es un modelo demasiado común en las empresas de alquiler. Solo en R-Car me han confirmado que hace poco compraron algunos modelos para reforzar su flota en un momento de gran afluencia de turistas. Ahora mismo tienen unos veinte, distribuidos entre todas las oficinas de Madrid.

Seito alegró la cara.

—Si empezamos mañana a visitar las oficinas con la foto de Laínez...

—Me he encargado yo misma de hacerlo.

—¿Ahora?

—La gente de R-Car me ha dado el contacto de las sedes. Han colaborado de muy buen grado. Supongo que no quieren

150

perder un coche. Llamé en primer lugar a las más cercanas al aeropuerto, donde supuse que acudiría alguien recién llegado a España. La de la T-4 tiene tres Formentor. En la T-1 hay otros dos. En la T-2 y la T-3, ninguno. De esos cinco, solo tres estaban alquilados la noche que nos interesa, la del accidente en el puente de Ventas. Otro estaba en taller y el último no tenía cliente. De esos tres, dos han sido devueltos ya y ninguno presenta desperfectos. Además, uno de ellos no coincide en color con el de tu foto. Eso solo nos deja una opción. Un Formentor gris matrícula 3443-GHD. Ese es tu coche.

—Suponiendo que Laínez lo alquilara en el aeropuerto.

—Estoy segura de que lo hizo. Escucha esto: el adhesivo del depósito de combustible no lo lleva toda la flota de R-Car. Lo reservan para algunos casos. Pero en esta oficina del aeropuerto, el director asumió él mismo la decisión de colocarlo en todos sus vehículos, después de que el pasado verano los turistas destrozasen tres motores. Te lo dije: la gente es muy despistada.

Seito asintió, satisfecho.

—Tenemos que enviar la foto de Laínez a la oficina, para ver si algún empleado lo reconoce.

—Ya lo he hecho —se adelantó una vez más Rodrigo—. Me han pasado el número de teléfono del director. Un tipo encantador. Va a mostrarle la foto a su gente. En un rato espero la respuesta. También me he tomado la libertad de llamar al juez, para que esté preparado y nos curse, si le apetece, claro, una orden con la que acceder a los datos de los arrendadores de esos coches.

—Si Laínez ha aportado una dirección, dudo mucho que sea verdadera.

—La dirección no será verdadera, tienes razón. Pero tenemos algo mejor. De un tiempo a esta parte, los coches de alquiler tienen un localizador antirrobo, con GPS. Te dirá la ubicación exacta.

Seito contemplaba a Laura Rodrigo maravillado. Le había ahorrado horas de trabajo, toneladas de papeleo y litros de saliva.

—Todo gracias a la buena educación —dijo la subinspectora, adivinándole el pensamiento—. Ya lo decía mi abuelo: un buen modo lo granjea todo.

Comieron los bocadillos que Seito había comprado en el bar de abajo. A las cinco de la tarde sonó el teléfono. La subinspectora contestó con diligencia. Saludó y comenzó a asentir de manera mecánica. Cubrió el micrófono del teléfono y se dirigió a Seito:

—Al menos dos trabajadores de la oficina de R-Car en la T-4 han reconocido la foto de Laínez: la chica de recepción y el chico que hace las entregas en el aparcamiento. Ambos coinciden en afirmar que Laínez lleva el pelo más largo y que tiene una suave cicatriz en la mejilla, como de una quemadura, donde antes estaba el tatuaje que se ve en la foto.

—Llamaré al juez.

Laura Rodrigo ya había puesto sobre aviso al secretario. Este le dijo que no tendría problemas en cursar la orden para acceder a los datos del arrendador del Formentor, así como al sistema de localización. Tampoco tardaría en redactar la orden de detención contra el supuesto Javier Laínez.

Seito meditó si sería buena idea avisar también a Herbert del Amo. A esas horas, en la oficina del FBI de El Salvador ya llevarían unas horas trabajando. Decidió no complicarse la vida. Primero solucionarían lo suyo y luego ya daría parte a los americanos. Sin embargo, sí que intentó llamar a Álvarez-Marco. El teléfono estaba desconectado. El jefe llevaba todo el día desaparecido.

A las seis de la tarde, las tres órdenes del juez estaban sobre el escritorio de Seito. Laura Rodrigo no tuvo más que reenviar dos de ellas y, de manera inmediata, recibió un e-mail de los responsables de R-Car. La ficha con que Javier Laínez Fernández se había identificado para alquilar el Formentor se abrió ante sus ojos. El salvadoreño había aportado un pasaporte italiano a nombre de Claudio Cardero Marinelli, nacido en Buenos Aires en 1980. Incluía una dirección del barrio de Palermo de la capital argentina. Laura Rodrigo no tardó en comprobar que en esa dirección no existía ninguna vivienda, tan solo un edificio deshabitado que amenazaba ruina. Claudio Cardero Marinelli había dejado la reserva de un hotel como único lugar donde localizarlo, mientras durase su estancia en España. Por supuesto, también era falsa. Por último, Cardero había aportado el número de una tarjeta de crédito como fianza para cubrir posibles daños. A la subinspectora Rodrigo no le costó seguirle el rastro hasta una cuenta bancaria abierta por una sociedad pantalla de Islas Caimán.

—Te dije que iba a ser difícil pillarlo por la documentación —comentó Seito—. Este tipo lleva años dándole esquinazo a medio mundo.

—Queda el recurso del localizador del coche. Llama al director de la oficina.

Seito marcó el número que la subinspectora había apuntado en un papelito, con una letra minúscula, pero perfectamente recta, ordenada y legible.

—¿Francisco Vázquez? Soy el inspector Juan Luis Seito, de la Brigada de Delitos contra las Personas.

—Buenas tardes, inspector. Si tiene usted a mano a la señorita Rodrigo, dígale que ya me acuerdo del nombre del complemento alimenticio: citrato de zinc.

—Se lo diré, no se preocupe. Mi compañera está ahora mismo enviándole una copia de la orden del juez para poder acceder al dispositivo de seguimiento del coche que buscamos. Muchas gracias por su disposición.

—No hay de qué. Por mis cojones me van a robar a mí un coche, vamos. Con las herramientas que tenemos hoy, puedo decirle dónde ha estado el Cupra por última vez con mucha precisión. Pero hace unos años yo habría sido capaz de salir a la calle a buscarlo con usted, y dar las hostias que hubiera que dar para recuperarlo.

—Tengo que advertirle que el tipo que buscamos es una persona que sabe lo que hace. Es muy posible que se las haya apañado para desactivar el dispositivo.

—Joder, inspector, yo también soy una persona que sabe lo que hace. Mire, según R-Car, los Cupra Formentor son alta gama. A mí me parecen una macarrada, pero eso no es asunto mío. Como son alta gama, llevan dos chivatos. Uno, el que se equipa en casi todos los demás coches: un pequeño dispositivo que se conecta al puerto OBD de la cabina. Ya sabe, el enchufe que suele quedar oculto bajo el volante. No es nada difícil de encontrar, pero hay que saber que está ahí. Este antirrobo nos es útil para localizar coches alquilados por jóvenes, que igual se han pasado de kilómetros y no quieren pagarlos, o les han dado un golpe, y los dejan tirados en cualquier sitio. Los recuperamos bien rápido y les metemos un rejón en la tarjeta de crédito antes de que la anulen.

—El perfil de la persona que buscamos no es ese exactamente.

—Entonces habrá desenchufado el puerto OBD. Basta con darle un tirón, y a tomar por culo, se acabó. Pero, como le digo, en los coches de alta gama, que son objetivo de redes más profesionalizadas, ese trasto solo sirve para despistar a los ladrones. Lo encuentran y se sienten tranquilos. Por eso también escondemos, en cualquier otro punto de la cabina, un minilocalizador autónomo, que no necesita alimentarse de la batería del coche, y lleva GPS y una tarjeta SIM. Son diminutos y muy útiles. Para mayor seguridad, te envían una doble posición: la de las redes a las que se conectó la tarjeta SIM y la del GPS. Así hay más posibilidades de ubicarlo, incluso si lo han empacado en un container sin señal y se lo han llevado a Dubái. Y en la memoria de la SIM almacena hasta telemetrías.

—¿Telemetrías? —quiso saber Seito.

—Sí, telemetrías. Si el coche ha sido sometido, en un momento dado, a un frenazo brusco, o a un acelerón, o se ha quedado sin combustible… La memoria te lo dice. Es como en los bólidos de

Fórmula 1. Dan información muy valiosa para cualquier investigación por robo, accidente o conducción temeraria. A las compañías de seguros les encantan, créame.

Seito empezó a hacerse ilusiones. Esas telemetrías podían demostrar que el coche fue sometido a una conducción inusual justo en el momento en que al operario de Calle 30, Manuel Nogal, lo atropellaban bajo el puente de Ventas. Tomó nota de todos los datos que le ofrecía el director de la oficina de R-Car: el acceso a la aplicación de seguimiento, el identificador y la contraseña, además del lugar exacto donde se había escondido el segundo dispositivo, dentro del Formentor.

Al colgar el teléfono, no perdió un segundo. Descargó las apps de seguimiento de los dos dispositivos en su móvil. Intentó mantener la calma. Sabía que localizar a Laínez solo sería posible si alguien tan poco dado a cometer errores había cometido uno. Abrió la primera app, la del dispositivo principal conectado al puerto OBD. Introdujo el identificador y la contraseña. Apareció la interfaz. Un mapa en el que no había ningún elemento activo. Pulsó el botón del menú y seleccionó el historial. La última ubicación databa del sábado 7 de enero. El mismo día en que se había alquilado el coche. Lo situaba a pocos kilómetros de Barajas, cerca del aeropuerto. Esto quería decir que Javier Laínez había desenchufado el puerto.

—Mierda.

—No desesperes, inspector —dijo Laura Rodrigo—. Queda otra oportunidad.

Seito abrió la aplicación móvil del minilocalizador oculto. Número de identificación. Contraseña.

—Que sea lo que Dios quiera.

Un mapa de la ciudad de Madrid se desplegó en la pantalla de su móvil. La ubicación fue concretándose, ampliándose, hasta mostrar un punto rojo en una calle del barrio de la Fuente del Berro.

—Qué hijo de puta —dijo Seito—. Al lado mismo de la Quinta y del puente de Ventas.

Sobre el mapa, un texto en color rojo decía: «Última conexión: Jueves 19/1/2023, 6h23». La misma madrugada del accidente. Laínez había tenido el tiempo justo para atropellar a Nogal, volver a colocar las placas de matrícula originales y aparcar el Cupra. Pero ¿por qué? ¿Por qué tomarse tanto trabajo en atropellar a un simple operario de mantenimiento de una empresa madrileña? Eso se lo tendría que responder Laínez en persona. Porque lo iba a encontrar.

28

A poco más de trescientos metros del puente de Ventas, en la estrecha calle del Maestro Alonso, un trozo de fachada de color azulón demarcaba el acceso a un aparcamiento. La última señal del antirrobo situaba el Cupra en su puerta. Seito penetró por la boca de un túnel. Al final se abría un viejo e inmenso espacio, mal acondicionado. Los coches se apelotonaban como si una riada los hubiera depositado así, al azar. Era uno de esos aparcamientos en los que hay que dejarle las llaves al encargado para que lo haga caber en el poco espacio que pueda encontrar.

«Mejor aún», se dijo Seito.

Si Laínez había guardado allí el Cupra, habría tenido que hablar con el aparcacoches. No perdió tiempo y acudió a la garita que había junto a la barrera de salida. Un hombre muy delgado, con un bigote muy rubio, estudiaba en silencio el manual de una autoescuela. Seito se identificó. El hombre se puso en guardia.

—Oiga, que yo soy de Rumanía, comunitario, tengo trabajo y...

—Tranquilícese, hombre. Estoy buscando un coche. Es posible que esté en este aparcamiento.

El encargado se relajó. Se presentó como Dennis. Cuando oyó el modelo y la matrícula del vehículo que buscaba Seito, maldijo en su lengua.

—¡El Cupra! Lo tengo atravesado. El dueño me lo dejó la semana pasada y no paro de moverlo para dejarles sitio a los demás. Ha terminado en el fondo del todo, y como ahora me pida sacarlo voy a tener que quitar siete coches, por lo menos.

Seito sacó de su bolsillo la foto de Javier Laínez y la colocó contra el cristal de la garita.

—¿Es este el hombre que lo ha traído?

—¡El mismo…, pero más viejo! Un tipo silencioso. Muy sonriente. No tenía ese tatuaje en la mejilla.

—¿Una cicatriz en su lugar?

—Exacto.

A través de un rudimentario registro que Dennis tomaba en una libreta, Seito supo que el coche había entrado y salido varias veces, entre el sábado 14 y el miércoles 18. Luego, el conductor lo había vuelto a guardar allí, a primerísima hora del jueves 19, justo después de la noche del atropello. Y no había vuelto a saber nada de él.

—¿Dejó un teléfono, una dirección…?

—Aquí solo se les pide un teléfono. Pero cuando llamo para saber cuándo viene a recoger el Cupra, me contesta una señora de Tarazona.

—¿Me enseñaría usted el coche?

—Claro.

Dennis tomó unas llaves de un casillero y salió de la garita. En una esquina remota, entre un Mini y un Prius, estaba el famoso Formentor. Tenía las matrículas legales, no las robadas. Laínez se había molestado en volver a cambiarlas por precaución. El inspector se aproximó al frontal. La abolladura apenas resultaba perceptible, pero puede ser que se encontrasen fibras o restos orgánicos que pudieran relacionarlo con el atropello.

—¿Ha lavado usted el vehículo?

—No tenemos lavadero.

—Y, cuando ha entrado en la cabina, ¿ha visto algo raro? No sé, quizá en la guantera.

—Yo no revuelvo en bienes ajenos.

—Solo quiero saber si ha visto algo fuera de lo común a la vista.

—No, nada. Un coche normal. Bastante limpio. Me sacudo los pies antes de entrar para que luego no me diga el dueño que le lleno las alfombrillas de polvo. ¿Quiere verlo?

Si Seito accedía y entraba en el coche sin una orden judicial, luego podía tener ese tipo de problemas que acaban con un asesino en libertad por defecto de forma. Así que le pidió al encargado que subiera y echara un último vistazo, por si veía algo que pudiera ser de utilidad. Dennis abrió la puerta del conductor y, alumbrándose con la linterna del móvil, buscó bien por el suelo. Luego se atrevió a levantar una de las alfombrillas. Allí debajo había un pequeño papel, blanco y fino. El ticket del menú del día de un restaurante.

—Este sitio lo conozco —dijo el rumano—. Está aquí mismo, en el barrio, a un par de calles.

Seito escuchó complacido. Había pensado que Laínez se habría deshecho del coche en ese aparcamiento y habría escapado sin dejar rastro. Pero el ticket implicaba una nueva posibilidad: que el salvadoreño se hubiera asentado en la zona.

—Es posible que en un rato lleguen unos compañeros de la Policía Científica a tomar huellas del coche —advirtió Seito.

—No hay problema. Como decía mi madre, si no has hecho nada malo no tienes nada de lo que preocuparte. Aunque ella hablaba con ironía, claro, porque vivió toda su vida con Ceauşescu. ¿Y si llega el dueño? ¿Intento detenerlo?

—Solo si quiere usted acabar bajo tierra.

—Ya estoy bajo tierra.

—En serio, no lo haga. Es peligroso. Dele el vehículo y deje que se vaya.

Al salir al exterior, Seito llamó de inmediato a Laura Rodrigo.

—Tengo el coche. Y es posible que Laínez viva por este barrio.

—Genial.

—Llama otra vez al secretario del juez y pide una orden para examinar el coche. Luego se lo dices a Bastero. Que mande a alguien a tomar huellas al garaje. Dile que lo pido yo. ¿Se sabe algo del jefe?

—Aún no ha venido.

El ticket hallado en el Cupra condujo a Seito al Royla, un deprimente barucho con un comedor claustrofóbico donde, de lunes a viernes, media docena de comensales ingerían garbanzos en soledad mientras veían el telediario a todo volumen. A esas horas, no había mucha gente. Un par de ancianos tomaban anís junto a la tragaperras y tiraban huesos de aceituna al suelo. Uno de ellos llevaba una mascarilla FFP2 colocada en la calva, como una boina. Seito sacó la foto de Laínez y se la mostró a la única camarera, una chica latina con camiseta negra y delantal blanco.

—No me suena —dijo ella.

Seito le preguntó quién servía las mesas el día en que Laínez había comido allí, según el ticket.

—Yo misma. Pero no me suena.

En ese instante entró otra mujer por la puerta, también de rasgos latinoamericanos, pero algo más gruesa. La que estaba tras la barra la miró con odio.

—Vaya, mira a quién tenemos aquí. La princesa se digna a aparecer.

La recién llegada entró al trapo.

—¡Anda, mami, vete con la vaina a quien te la escuche y no me aburras!

—¿A quién le dices tú mami? ¡Desvergonza...!

La camarera refrenó el insulto como si se acabase de acordar de una cosa y, de inmediato, adoptó un tono suave y amistoso.

—Gabriela, aguanta un momento, mira tú si reconoces la foto que trae este señor.

La recién llegada aparcó también los malos modos para examinar la foto que le mostraba Seito.

–Pues sí. Ha venido a buscar comida un par de veces, pero siempre la pide para llevar.

–¿Está usted segura de que es él? –volvió a preguntar Seito. Gabriela asintió sin dudarlo.

–Lo sé porque me fijé en la cicatriz de la mejilla. Y luego lo he visto en el Carrefour de la plaza de Manuel Becerra, comprando un paquete enorme de rollos de papel higiénico… Lo cual no me extraña, porque necesitará mucho papel si se come la bazofia que cocino yo. Pero no sé dónde vive.

–Raro que no lo sepas, que eres una sabelotodo y una bocazas.

–¡Que no me interesa! ¡Que la vaina te la lleves a la cama de ese que tienes! ¿Me oíste?

Seito dio las gracias y salió del bar mientras las empleadas subían el tono bajo la atenta mirada de los ancianos que apuraban el anís.

«Nadie cruza Madrid con un gran paquete de rollos de papel higiénico», pensó. Laínez vivía en las inmediaciones. Corrió al Carrefour de Manuel Becerra que había mencionado Gabriela. La enorme rotonda se alimentaba del tráfico de las calles de Alcalá, Francisco Silvela y Doctor Esquerdo. A esas horas, las luces rojas de los coches lucían como ascuas en una barbacoa humeante, extrañamente helada. Al llegar al supermercado, abordó al guarda de seguridad. No recordaba haber visto a Laínez. Luego preguntó a las tres cajeras que en ese momento ocupaban su puesto. Nada.

«Vamos, Seito –se dijo–. Lo tienes demasiado cerca para rendirte ahora».

Al salir casi tropieza con una señora que llevaba dos bolsas repletas de alimentos. Al verla cargada con tanto peso tuvo una revelación. Laínez no comía en casa. La camarera le había visto comprar papel higiénico, no alimentos. Pero en el Royla solo pedía comida para llevar. Nunca se había sentado a consumir el menú en el establecimiento. Eso le hizo pensar a Seito que Laínez cocinaría lo mínimo posible, pero tampoco le gustaría demasiado dejarse ver en restaurantes. A fin de cuentas, era un prófugo de la CIA. Así que solo le quedaban dos opciones. La primera, comprar menús para llevar, en restaurantes como el Royla. La segunda, pedir comida a domicilio. Ubicó en su móvil los restaurantes de comida para llevar más cercanos. En un radio de trescientos metros había varios.

«Como en los viejos tiempos», se dijo, dispuesto a caminar.

La noche de enero era gélida, pero con el ir y venir Seito apenas sentía el frío. Uno por uno, se acercó a preguntar a los camareros y repartidores que se acodaban aburridos en barras y mesas. Su trenca se impregnó de los olores de las comidas que servían en cada establecimiento: kebab, pizza, hamburguesas. Cuando ya iba a darse por vencido, observó un grupo de *riders* de Glovo sentados en un banco de la calle, cerca de un Burger King. Se acercó a ellos, saludó, les ofreció tabaco al tiempo que él se encendía un cigarrillo, y les mostró la foto.

—A ese hijo puta lo conozco —saltó uno gordito, de nariz afilada—. La noche del pasado miércoles me pegué un hostiazo monumental con la moto, aquí mismo, a pocas calles. Pillé una placa de hielo. No había nadie que me ayudara. Estaba todavía flipando, en cuclillas, apoyado en un coche, cuando ese tío pasó por delante de mis narices. Me miró y siguió caminando como si nada. Ni siquiera preguntó qué tal. Un par de días después me tocó llevar un pedido para la calle Ramón de Aguinaga. ¿Y quién me abre la puerta? Él mismo. De haberlo sabido le habría echado un escupitajo en la comida. No me acuerdo del piso, pero puedo indicarte el portal.

Seito abrió Google Maps en su móvil. La calle Ramón de Aguinaga se encontraba a un centenar de metros. Le mostró el plano al repartidor.

—Aquí mismo, en esta plaza —dijo, apoyando un dedo sobre

la pantalla—. Está justo al lado de un gimnasio de CrossFit. La entrada tiene escaleras y bastantes plantas.

Seito tiró el cigarrillo e intentó correr cuanto pudo. Llegó a la pequeña plaza a la que se refería el repartidor. Localizó el gimnasio de CrossFit y el portal con las plantas. Se detuvo jadeando. El sudor le había empapado la nuca y ahora se le congelaba. Desprendía vaho como una croqueta recién salida de la freidora.

No parecía haber ningún portero en la finca. Decidió esperar a que apareciera algún residente. Tras un rato, el frío traspasó la fina suela de sus botas pisamierdas y ascendió hasta las rodillas. Por fin, las luces del portal se encendieron. Un joven con barba y gorro de lana morado salió a la calle. El inspector se identificó y le mostró la foto del salvadoreño.

—Joder, claro. Es el del séptimo D. Justo al lado de mi piso. ¿Es peligroso?

—No. Lo estamos buscando por un asunto de falsedad documental —mintió Seito.

—Pues lo parece. Nosotros somos de poner la música bastante alta, y no es que nos haya dicho nunca nada, pero el otro día coincidimos en el ascensor y la cara con la que me miró me dio hasta miedo.

Seito agradeció la ayuda del chico. Le pidió que le abriera la puerta y dejó que se fuera. El inspector se quedó prácticamente solo en la plaza. Se abrió la trenca y echó mano a la USP Compact, de nueve milímetros. Comprobó su estado. La guardó en un bolsillo más a mano. Llegó al séptimo por las escaleras. Era un rellano ancho, con una gran claraboya que durante el día iluminaría bien la escalera. Localizó la puerta D. Se aproximó sin hacer ruido hasta que vio un fino hilo de luz que se colaba por la rendija de la puerta. Laínez estaba en el interior.

De vuelta en la calle, Seito tomó el móvil para avisar a Laura Rodrigo. Descubrió que tenía varias llamadas perdidas de la subinspectora.

—Laura, he localizado a Laínez. Sé dónde vive.

—¿En serio? —respondió ella, emocionada.

Una voz irrumpió en la conversación para arrancarle el protagonismo a la subinspectora. Era Álvarez-Marco.

—Seito, soy Joaquín. ¿Dónde coño te metes?

Seito respiró, aliviado. No estaba muy seguro de poder continuar sin la aprobación del jefe de brigada.

—Es por el caso de las pintadas, jefe. Perdona que no haya podido informarte, pero las cosas se han complicado mucho en las últimas veinticuatro horas y no estabas en la Jefatura. ¿Por dónde empiezo?

—No hace falta que empieces, sino que termines bien. Laura me lo ha explicado todo. Buen trabajo. Dime dónde estás.

—La dirección es Ramón de Aguinaga, 15. A medio camino entre los dos escenarios del crimen. Laínez vive en el séptimo D. Ahora mismo subo a detenerlo.

El tono de Álvarez-Marco cambió de inmediato.

—¡Seito, que ni se te pase por la cabeza! Tengo prevenido al Chanclas.

—Pero, jefe, lo tengo a tiro, no se lo espera…

—¿Quién te crees que eres, Seito? ¿Spiderman? Ese tío ha cometido dos asesinatos a sangre fría, sabemos que tiene entrenamiento militar y un historial de sabe Dios cuántas balas en cuántos cráneos ajenos. Te esperas al Chanclas o te vas a tomar por culo, coño ya.

El Chanclas, Domingo Ortiz, dirigía una de las mejores unidades de los Grupos de Operativos Especiales de Seguridad, los GOES. Ortiz era campeón de España de *muai thai* y tenía fama de resolver las cosas bien, rápido y limpiamente. Su reputación estaba tan consolidada que podía permitirse el lujo de vestir de la forma más estrafalaria. No llevaba tatuajes porque, según él, eso lo hacen los chavales que quieren parecer peligrosos; por el contrario, quienes son peligrosos de verdad, como él, están deseando parecer normales, porque eso los hace más peligrosos aún. Por esa misma razón vestía prendas tan poco intimidantes como blusones floreados, pantalones de yogui fucsias y, por supuesto, sandalias durante nueve meses al año. Por eso todo el mundo lo llamaba Chanclas, cosa que le daba igual; si no le diera igual, ya les habría roto la cara. La unidad de GOES del Chanclas era garantía de que una detención arriesgada iba a salir como la seda.

—Vale. Me parece bien que venga el Chanclas —dijo Seito—. ¿Cuánto tardará?

—Está desplazado en Toledo. Vuelve a última hora. Le hemos mandado la información que necesita su equipo. La subinspectora Rodrigo ha conseguido un plano del edificio en el catastro. Haremos la detención de madrugada.

—De acuerdo. Esperaré aquí mismo y haré guardia hasta el momento adecuado.

—Voy a enviar a dos agentes a hacerte compañía. Bastero ya está llegando al garaje para tomar huellas del Cupra Formentor. El tal Laínez está acorralado. Si asoma la cabecita, nos echamos encima. Pero, mientras se mantenga a resguardo en su madriguera, yo no me la juego sin un hurón. Y el hurón es el Chanclas y sus doce GOES.

Seito esperó hasta que una pareja de policías jóvenes, Fernández y Alonso, aparcó un Citroën camuflado a la puerta de Ramón de Aguinaga, 15. No parecían molestos por tener que hacer la «troncha» muertos de frío. Se llevaban bien, tenían café, tabaco y gominolas, e iban a escuchar no se sabe qué pódcast sobre Minecraft. A Seito le sonó extraterrestre que unos policías hechos y derechos tuvieran interés en aquello, pero qué iba a decir. Fue a un bar a comprar unos pepitos de ternera. Se comió uno, se fumó un cigarrillo y se acomodó en el asiento de atrás. Se durmió mientras escuchaba palabras como *farmear, gankear, ping o Ward*.

29

Dulce O'Rourke descartaba sistemáticamente las fotos que aparecían ante sus ojos en el interminable archivo digital de la Interpol. Era la tercera vez que revisaba la misma búsqueda. Los resultados apenas cambiaban cuando introducía una variable nueva en los parámetros. Por desgracia, en el vídeo de la estación de Abroñigal no se veía otra característica que la calvicie del asesino. Ni tatuajes, ni cicatrices, ni marcas de nacimiento.

La inspectora había recurrido a esa base de datos masiva en un intento desesperado. Llevaba horas anegada en imágenes. Los vídeos de las pocas cámaras de vigilancia que habían solicitado a Adif y a los negocios de las inmediaciones de la estación no habían dado ningún fruto. Tampoco es que encontrar al asesino calvo en alguno de ellos hubiera servido para mucho más. Pero al menos habría conocido la trayectoria aproximada que había tomado para escapar del escenario del crimen.

En cuanto a la víctima, también conducía a un callejón sin salida. La habían conseguido identificar como Samuel Pozo, un hombre viudo, sin familia, con graves problemas de depresión, alcoholismo y otras adicciones, tal y como había podido constatar Dulce al encontrar aquellas jeringuillas y la cucharilla quemada en su cubil. Samuel Pozo se había dedicado a la organización de eventos en su juventud, pero el suicidio de su mujer, que también había tenido serios problemas de drogodependencia, lo había incapacitado para continuar con aquella vida. Esto lo averiguó O'Rourke llamando a distintas oficinas de Cáritas y albergues de la zona de Puente de Vallecas, donde conocían al solitario y taciturno Samuel.

Parecía que Chucho era la única razón por la que encontraba fuerzas para lavar y secar al sol su propia ropa. Algún voluntario le había dicho a O'Rourke que, desde que al indigente lo acompañaba el perro, se le veía mejor, más saneado, bien alimentado, y conversaba de forma más fluida con quienes querían ayudarlo. La desgracia, la soledad, la adicción... La mierda que se presenta de repente y que uno no tiene por qué estar capacitado para superar, pensaba O'Rourke. En ese sentido, su asesinato había sido como un corte limpio. Lo más limpio de la vida vulgar de Samuel.

Yoli Setién abrió la puerta del despacho de O'Rourke. Estaba ya lista para marcharse a casa.

—Llevas ahí tres años —dijo—. No sé si estás buscando sospechosos o una cita por Tinder.

—Parece tan imposible una cosa como la otra, Yoli. Estoy en un callejón sin salida. No tiene buena pinta. Mañana hablaré con Juanjo y que me asigne otro asunto.

—Vale, como quieras. Pero, a ser posible, que ese asunto que te asigne no acabe por convertirse en «mi asunto». Estoy un poco harta de que me salpiquen tus mierdas.

30

Apareció el Chanclas. Aún no se había puesto el uniforme negro del GOES. Probablemente querría examinar en vivo el escenario, y eso no podía hacerlo con la ropa de asalto. Sin embargo, tampoco se cuidaba mucho de no llamar la atención. Como era una madrugada de enero no calzaba sandalias, pero se había puesto unas mallas de correr malva y unas zapatillas Nike muy ligeras, verdes fosforito. El Chanclas medía un metro noventa, y debía de rondar los ciento veinte kilos de peso, con un cero por ciento de grasa. Despertó a Seito golpeando la ventanilla con los nudillos. El trabajo de Toledo se les había complicado y no habían llegado a Madrid hasta la una de la madrugada. Le había costado explicarle al resto del equipo que tenían un par de horas para disponerse a actuar, por directo requerimiento del jefe de la Brigada de Delitos contra las Personas.

—Buenos días —le dijo a Seito con tono antipático—. Ya puede ser importante.

Seito carraspeó, luego tosió y escupió. Cosa de fumadores recién levantados. Localizó la Mercedes Vito camuflada del GOES ya aparcada en el lugar más apropiado. El Chanclas lo observaba sin disimular la mueca de asco. Luego el inspector comenzó a explicarle quién era Javier Laínez y por qué había que detenerlo.

—No hace falta que me metas rollos —respondió el GOES—. Ya me lo ha dejado todo claro Laura Rodrigo. Está acostumbrado a matar, tiene armas sofisticadas... Por cierto, ¿qué le pasa a Rodrigo? ¿Siempre está como si fuera fumada, incluso a estas horas? Me ha recomendado una infusión para el estreñimiento como si estuviera anunciándome que va a tener un hijo.

El Chanclas desplegó un papel ante Seito. Era el plano del edificio que Rodrigo le había solicitado de urgencia al catastro. Solo había tenido que señalar dos puntos sobre el croquis para que todos sus hombres entendiesen dónde tenían que colocarse. Ahora se lo explicaba a Seito. Cinco GOES entrarían en el apartamento, tirando la puerta con un ariete. Otros tres descenderían desde la azotea hasta la terraza para cortar esa única vía de escape. Los cuatro restantes aguardarían a pie de calle.

—Mis hombres están agotados. Espero que esto no se complique.

El Chanclas se encerró en la Vito. Los dos agentes de guardia se fueron y Seito se quedó solo en mitad de la plazuela. A esas horas el silencio era total, ni siquiera se oía el rumor permanente del tráfico. Sentía un nudo en el estómago cada vez más enmarañado que no le dejaba darse cuenta del frío que hacía. El termómetro apenas superaba los cero grados. Por fin, el Chanclas se apeó de la furgoneta. Ahora vestía su ropa de asalto: uniforme negro, casco de policarbonato, pasamontañas, chaleco blindado, subfusil. Le entregó a Seito un antibalas y un auricular. Miró al cielo; en el tejado del edificio, una silueta oscura respondió a su señal: «Equipo dos. Azotea despejada. En posición», se oyó en el auricular. Se abrieron las puertas laterales de la Vito y bajaron cinco agentes con sus respectivas armaduras. Otros cuatro se apearon de un coche aparcado a pocos metros. Se desplegaron y se perdieron entre las sombras de la calle.

Entraron en el edificio. Seito era el único que había estado ya en el interior. Encabezó la marcha del equipo uno escaleras arriba. «Equipo tres. Calle despejada. En posición». Alcanzaron el rellano del séptimo piso. Solo faltaba situarse y arremeter con el ariete. Cada paso, cada movimiento, cada roce de una manga con un chaleco y cada respiración rompían el silencio como un bombardeo. Se oyó el timbre de un teléfono móvil en alguna casa; una llamada de emergencia o de amor en la noche. Seito se adelantó dos pasos para señalar la puerta correcta. Mientras apuntaba con el dedo, la puerta se abrió desde dentro. El inspector quedó mirándose cara a cara con Javier Laínez.

31

La puerta del séptimo D tronó al cerrarse de nuevo de golpe. Seito se quedó atontado frente a ella, incapaz de procesar lo sucedido a la misma velocidad que Laínez. El Chanclas tuvo la gentileza de reaccionar por él. Recorrió en dos zancadas los metros de rellano que los separaban.

—Equipo dos, luz verde —decía al mismo tiempo por el intercomunicador—. Equipo dos, luz verde.

Se lanzó de cabeza contra las piernas de Seito, que se desplomó como un muñeco de trapo. Dos milésimas de segundo después, un granizo de plomo atravesaba la puerta e impactaba contra la pared del rellano. Una bala rebotada hirió al inspector en la mano. Otra se desvió al rozar el casco del Chanclas. El fuego fue corto, una breve ráfaga. Lo suficiente para ralentizar el asalto del equipo uno. El Chanclas gritaba:

—¡Automática!

Se oyeron dos disparos más y el estruendo de una gran superficie de vidrio al romperse. El equipo dos había tirado contra el ventanal de la terraza para acceder al salón. Llegó el ariete y reventó la puerta. Los GOES del equipo uno irrumpieron en el recibidor. Seito permanecía pegado a la pared del rellano, sin levantarse del suelo, sujetándose la mano ensangrentada. Por el auricular oía voces que apenas podía interpretar.

—¡Despejado!

—¡Despejado!

—Pero ¿dónde coño…?

—¡Ha desaparecido!

Entonces, se oyó una frase un poco más extraña que las demás.

—¡Aquí equipo calle! ¡Nos acaba de caer un ordenador del cielo!

—¿Qué cojones dices, Martínez? —respondió el Chanclas.

Seito se olvidó de su propio instinto de conservación y se levantó para entrar en el apartamento, pistola en mano. Los GOES aún apuntaban a diestro y siniestro, tratando de explicar la evaporación de Laínez. El inspector solo tuvo que mirar a la izquierda para entenderla.

—¡Por aquí! ¡Por la cocina! —gritó.

Un cable conectaba el lavadero con la azotea del edificio adyacente, más bajo. Parecía una instalación telefónica, pero era una cuerda por la que deslizar un arnés. Sin tiempo para fijárselo a la pelvis, Laínez había cruzado sujetándose con una sola mano, como si fuera una tirolina.

—Pero ¿quién coño es este tío? ¿Batman? —se quejaba el Chanclas.

Vieron a Laínez desaparecer por la puerta de la azotea contigua. Llevaba un viejo subfusil Ingram al hombro. Miraron hacia abajo y encontraron al equipo de calle, que se reagrupaba.

—¡Equipo tres, va hacia vosotros! ¡Cubrid las salidas del edificio! ¡Equipo uno y equipo dos, todos abajo!

Se oían las sirenas de las unidades que aguardaban a poca distancia. Seito bajó las escaleras varios pasos por detrás de los GOES. Al salir al aire libre, vio que unas luces rojas y azules habían invadido la oscuridad de la pequeña plaza: los zetas de la Policía Nacional. Se miró la mano. Tenía una buena brecha en el dorso, por la que no paraba de manar sangre. Se dirigía hacia la uci móvil, a la que alguien había tenido el buen tino de avisar. Pero oyó otra ráfaga de subfusil, que esta vez encontró respuesta de un MP5-A5 del GOES. Seito corrió hacia allí. Se vio en la calle Demetrio Sánchez, paralela a Ramón de Aguinaga. En el suelo había tendido un GOES, mientras otro lo socorría taponándole con el dedo, literalmente, una fuerte hemorragia en la ingle.

Seito dio la vuelta sobre sus pies y se puso a gritar para llamar la atención del equipo sanitario de la ambulancia. Luego volvió adonde estaba el agente herido.

−¡Ya vienen! −dijo.

El herido parecía mantener la calma, pero no se atrevía a abrir demasiado los ojos.

−El hijo de puta saltó desde el balcón del primer piso. No sé cómo habrá llegado hasta ahí. Nos pilló desprevenidos.

−¿Por dónde se fue?

−Por allí −respondió el herido, señalando hacia el este.

−¿Le has dado?

−Tiré contra él, pero no lo sé. Si le he dado, es superficial. Se fue corriendo.

Seito oía órdenes contradictorias por el auricular. La noche ayudaba a aumentar la confusión. Cualquier silueta era identificada con el fugitivo. Un zeta parecía haber visto a alguien que respondía a la descripción dirigiéndose hacia la calle Alcalá. La mayor parte de las unidades se desplazaban hacia allí, mientras otras corrían a bloquear la plaza de Manuel Becerra. Seito se metió la mano en el bolsillo de la trenca para no verla sangrar. Echó a correr en la dirección que había indicado el herido. Llegó a la calle Sancho Dávila. Le pareció que una silueta doblaba la esquina entre los edificios.

Estaba en la Quinta de la Fuente del Berro, el lugar donde había comenzado todo. Hasta ese momento no se había percatado de lo cerca que se encontraba la casa del sospechoso del primer sitio donde había asesinado. No vio a Laínez. Empezó a pensar que el zeta que lo había localizado en Alcalá tendría razón. Luego se percató de un débil rastro de gotas de sangre sobre la estrecha escalera que se adentraba en el parque. Corrió tras él. Los escalones, entre un angosto pasillo de vegetación, descendían en pendiente hacia la M-30, como si esta fuera un río, y el parque el valle por el que discurría. Laínez podría haber escogido cualquier sombra, cualquier arbusto, cualquier tronco de árbol para ocultarse y emboscarlo. Afortunadamente, el asesino no debía de considerar que esa fuera una buena idea. Seito lo avistó a unos cien metros. Laínez cojeaba. Trataba de cruzar la pasarela peatonal que conducía al otro lado de la autovía.

—¡Lo tengo aquí! ¡Está en el parque de la Quinta de la Fuente del Berro! ¡Envíen unidades al otro lado de la M-30! —gritó Seito por el intercomunicador, con el poco aliento que le quedaba.

Una bala le rozó el flequillo. El perseguido lo había visto. Seito respondió con dos disparos imprecisos de su USP. Se resguardó detrás de un árbol. Sabía que en esa batalla tenía todas las de perder. Solo podía retrasar la huida del fugitivo y rezar para que algún agente lo esperase al otro lado de la pasarela. Pero ni siquiera sabía si le habían recibido por el intercomunicador. Repitió y repitió la indicación. Por fin alguien pareció escucharlo.

—¡Recibido! ¡Vamos para allá!

Aquella respuesta dio alas a Seito. Ahora no podía permitir que el asesino escapara. Lo tenía cerca. Tan solo había que aguantarlo el tiempo suficiente para que le cerrasen el paso al otro lado de la autovía. Y por eso Seito hizo lo que hizo.

Se atrevió a abandonar el resguardo del árbol. Corrió tras Laínez. Empezó a cruzar la pasarela. Avanzó casi diez metros. El puente era estrecho, endeble. Seito tenía la impresión de estar sobrevolando la M-30 en la cesta de un globo aerostático. Laínez ya casi había llegado al otro lado. A Seito le entraron las prisas. Echó la rodilla al suelo.

—¡Alto! ¡Policía!

Laínez hizo caso omiso. Seito abrió fuego. Era un blanco fácil, pero no acertó. El balazo rebotó en el pasamanos, a medio metro de Laínez. El salvadoreño se detuvo. Se giró. Vio a Seito a unos treinta metros de distancia, agazapado contra el pretil de la pasarela. Eso sí que era un blanco fácil. Mucho más fácil que cualquiera de los que le habían valido una medalla en Nayaf. Laínez extendió la culata del subfusil, hasta ese momento plegada. Apuntó al policía. Seito se tendió a lo largo y se apretó aún más contra la barandilla. Notó una bala que le pasaba cerca. Otra se estrelló contra el suelo metálico. Seito disparó su arma, casi sin mirar, hasta agotar el cargador. Cuando oyó que el percutor golpeaba la recámara vacía, el miedo le impidió huir. Se limitó a cubrirse la cabeza con las manos, boca abajo. Se oyó un nuevo disparo lejano.

Y entonces, se acabó. El tiroteo cesó. Pasaron unos segundos hasta que el inspector se atrevió a retirar las manos que le cubrían el rostro. Laínez yacía con el cuerpo cruzado, bloqueando la pasarela a unos diez metros del final. Seito aún no se atrevía a levantarse. A los pocos segundos, todo parecía indicar que el salvadoreño no estaba en disposición de pegar un tiro más. Miró en derredor. Asombrado, comprobó que el lugar seguía desierto. Los compañeros todavía no habían llegado. Trató de hallar algo que le diera sentido a la escena. ¿Un francotirador del GOES? Quizá él mismo le había acertado con alguno de esos disparos hechos al azar. O Laínez se había desmayado por la hemorragia.

A unos metros del final del puente, en el otro extremo, una persona salió de la oscuridad al pasar bajo la luz de una farola. Fue solo un instante, como el fogonazo de un flash, porque caminaba muy rápido. Esa persona llevaba una sudadera roja con capucha. Un cuerpo delgado, pequeño. Una mujer. Tenía el cabello gris, una larga melena peinada con raya al medio, como un nativo americano. Entonces, como movida por un impulso incontrolable, echó la vista atrás. Solo una brevísima mirada instintiva.

Pero suficiente para que Seito registrase unos rasgos muy peculiares. Esa mujer se parecía a Patti Smith. Eso pudo concluir él, antes de que ella se subiera la capucha de la sudadera y desapareciese por la calle.

Pasados unos segundos, el inspector se levantó y corrió hacia Laínez sin dejar de apuntarle con su pistola, aun a sabiendas de que no tenía balas. Al llegar junto a él, comprendió que toda precaución era innecesaria. El salvadoreño tenía un enorme agujero de bala en la sien. Quemaduras en la piel indicaban que le habían disparado de cerca. La Ingram estaba tirada en el suelo de la pasarela. Laínez todavía sostenía en la mano una Glock que hasta el momento no había desenfundado. La pistola humeaba.

TERCERA PARTE
TINNITUS

32

Le gustaba el frío a pecho descubierto. La piel de su cuero cabelludo alcanzaba una tensión máxima sometida a las gélidas noches madrileñas. Él imaginaba que, en virtud del frío, las neuronas de su cerebro se acercaban las unas a las otras, como ovejas a la intemperie, y los impulsos eléctricos fluían entre ellas con mayor libertad y precisión. Había pasado demasiados años bajo el sol ecuatorial, con la piel de la cabeza enrojecida y quemada, desprendiéndose a copos.

Sin embargo, el frío también poseía un reverso menos agradable. En su juventud, una bomba colocada a escasos metros de su posición le reventó los tímpanos. Desde entonces tenía un acúfeno persistente. Un pitido en ambos oídos, síntoma de una alarmante pérdida de audición. Ganaba en intensidad con los años y se acrecentaba en determinadas condiciones: cuando se le disparaba la presión arterial, cuando pasaba días en lugares muy secos y bebiendo poca agua, cuando practicaba deportes extenuantes... Cuando hacía frío. El mismo frío que tonificaba la piel de su cabeza y estimulaba sus conexiones cerebrales aumentaba el volumen de aquel *tinnitus* hasta lo intolerable.

Miró el reloj. Eran las tres menos cuarto. El *piiiiiiii* constante que parecía surgir del centro mismo de su cráneo no le abandonaba. Para intentar hacerle caso omiso, se concentraba en la piel desnuda de su coronilla, que recibía el impacto de la helada nocturna y le conectaba al universo como un tercer ojo místico. Oculto en la entrada de un garaje, vigilaba el portal número 15 de la calle Ramón Aguinaga.

Había detectado a los policías apostados en el Citroën nada más llegar, y a un tercero dormido en los asientos de atrás. Primero le sorprendió su presencia. Se suponía que Laínez era un fuera de serie, canela en rama en lo que se refería a tácticas urbanas de intervención e incógnito. Era difícil que se dejase rastrear por la policía. Sin embargo, pensó en la forma en que él mismo había dado con él. Se limitó a pasear por aquellas zonas en las que consideró más probable encontrarlo. Y lo hizo. El salvadoreño era soberbio y confiado. Solo tuvo que seguirlo hasta aquel portal en el que ahora había coincidido con la visita inesperada e indeseada de los agentes. Daba igual. Aguardaría a que se despistasen y entraría. Una vez dentro, encontraría la forma de hacerlo salir.

En ese momento, una Mercedes Vito negra irrumpió en la plazuela y buscó un aparcamiento estratégico. Sí, estaba claro: iban a por Laínez. La puerta del Citroën se abrió y uno de los agentes se acercó a los recién llegados. Mientras tanto, el otro había bajado la guardia: miraba la pantalla del móvil. Despertaron al que dormía en el asiento de atrás para hablar con un tipo alto con una ropa estrafalaria. El del coche apenas podía abrir los ojos somnolientos. Ahí tenía la ocasión ideal.

Se sobrepuso al entumecimiento de sus pies y salió de su escondite.

—No vayas, Carl —dijo una voz a su espalda—. No creo que te vaya bien sin tu pistola.

Se quedó quieto, maldiciendo entre dientes. Se volvió despacio hasta hallarse frente a frente con las guedejas blancas y desaliñadas de la mujer. Tenía la cabeza cubierta con la capucha de una sudadera roja, pero aquellos mechones blancos se escapaban de su interior, enmarcando un rostro seco, hasta casi tocar sus hombros. Llevaba la mano oculta en una riñonera. La levantó lo suficiente para extraer el arma. Él la reconoció. Se palpó los costados, sorprendido. En efecto, su pistola no estaba allí.

—Todavía tengo mi estilete —dijo él, tratando de ocultar su estupor.

—Oh, adelante, Carl. Ve a por Laínez como un navajero de barrio. Me encantará ver el resultado.

Y sonrió. Carl, el hombre calvo que había estado vigilando a Laínez, sacó las manos de los bolsillos de su abrigo y las mantuvo separadas del cuerpo. Sin levantarlas, para no llamar la atención de los policías de la plaza.

—No es el momento adecuado para matarme. Al Arquitecto no le gustaría.

—No sabes cuánto lamento tener que darte la razón.

Carl entendió que lo decía totalmente en serio.

—¿Cómo lo has hecho? —preguntó.

—¿Desarmarte? ¿De verdad quieres saberlo?

—No. Quiero saber cómo has encontrado a Laínez.

La mujer rio.

—Estás loco si crees que voy a contártelo.

—Estás más vieja —dijo Carl, mirándola de arriba abajo.

—Por supuesto. Me encanta que mis enemigos me vean llegar a vieja. ¿A ti no? Tenemos tantos recuerdos… Aquel «confeti de Belfast», ¿no lo echas de menos?

—Vale, Lana. Tú ganas. Me voy.

33

MIÉRCOLES, 5.30 H. BARRIO DE LA FUENTE DEL BERRO

Cada punto de sutura que recibía en el dorso de la mano le provocaba un relámpago de dolor. Seito lo aguantaba, pero no por hombría. Lo hacía por su hijo José. El niño estaba acostumbrado a soportar sufrimientos mucho mayores que los suyos en sus terapias y citas médicas. Por eso, en la uci móvil aparcada frente a la madriguera de Javier Laínez no se quejaba. Miraba fijamente cómo la aguja penetraba por un lado de la carne y salía por el otro, como si se mereciera semejante castigo.

El edificio se había convertido en un termitero. En primer lugar habían salido los GOES. Luego entró el equipo de la Policía Científica, con sus monos blancos. Los primeros parecían hormigas soldado; los segundos, larvas. Bastero pasó ante Seito con la ventanilla del coche bajada; la música de Phil Collins puesta a todo volumen le resultó casi más lacerante que la sutura. Al ver al herido, elevó un pulgar, como preguntando: «¿Estás bien?». Seito pensó que si al morir iba al infierno, Satán le daría la bienvenida con un pulgar levantado y música de Phil Collins. También llegó la subinspectora Laura Rodrigo. Se acercó a la uci móvil para interesarse por Seito.

–Tienen que asegurarse de usar un buen antiséptico –dijo–. A mi primo le tuvieron que amputar un brazo por una simple

182

astilla clavada en el dedo meñique. Se le infectó con una bacteria devoradora de carne. Fascitis necrosante estreptocócica. Le van a poner la vacuna del tétanos, supongo.

—Señorita —respondió el sanitario—, sé hacer mi trabajo.

—Ya. Eso le dijo el médico a mi primo. Y, ya ve: fascitis necrosante. No volvió a tocar la guitarra. Tampoco es que lo hiciera muy bien, pero...

—Laura, por Dios —la cortó Seito—. ¿Por qué no subes al piso? Si hay algo fuera de lo común, lo vas a ver tú antes que nadie.

—Claro, Seito, a eso iba.

Rodrigo desapareció escaleras arriba. El sanitario acabó de coser a Seito, le aplicó yodo y le colocó un grueso apósito. En cuanto pudo, Seito también ascendió hasta el séptimo. En el descansillo aún olía a pólvora quemada. Se quedó mirando los impactos de bala; estaban a escasos centímetros del lugar donde había tenido apoyada la cabeza. El Chanclas le había salvado la vida.

Álvarez-Marco lo recibió a la entrada de la casa con rostro muy satisfecho. Lo agarró de la muñeca nada más verlo para examinarle la herida.

—Es un buen vendaje —comentó—. ¿Ha dolido?

—Solo al coserlo. Durante el tiroteo estaba tan nervioso que ni lo he notado. ¿Has estado en la pasarela?

—Vengo de allí —explicó el jefe—. El tipo se ha suicidado. No sé cómo, pero lo acojonaste vivo. Prefirió matarse antes de que lo pilláramos.

—¿Suicidado? ¿Que lo acojoné? Venga ya, si el que me acojonó fue él a mí. Yo estaba sin balas, tendido en el suelo con la cara pegada al parapeto y me mantuve así durante un buen rato. No vi nada. Si el tipo no se acercó a pegarme un tiro es porque alguien se lo impidió.

—La pistola que lo mató estaba en su propia mano

—Ya lo he visto. Pero no es la misma que usó para abrir fuego contra mí.

—¿Quieres decir que alguien se acercó a él, por la espalda, mientras disparaba? ¿Y que luego le pegó un tiro en la sien y le puso el arma en la mano? ¿Y después desapareció? ¿Todo eso mientras tú estabas tumbado?

—¿Suena raro?

—¡No tuvo tiempo de hacer todo eso antes de que tú levantaras la cara!

—A lo mejor al asesino le daba igual tener tiempo o no. A lo mejor, si llego a levantar la cara, me habría matado a mí también. Pero, como no lo hice, prefirió alejarse, dado que no había testigos... o incluso me dio por muerto. A fin de cuentas, yo estaba inmóvil, aguantando la lluvia de plomo de un sicario con formación militar.

El jefe le puso una mano en el hombro con aire condescendiente. Ambos sabían que al inspector no le convenía despertar fantasmas del pasado; no podía empeñarse otra vez en negar un suicidio, como había hecho años atrás en la cuesta de San Vicente.

—Has hecho un buen trabajo. Todo esto se ha terminado. No hay nada más. El lugar estaba desierto.

—No es verdad. Vi a una mujer que se alejaba.

—¿Una mujer?

—Sí. Era... rara. Delgada y pequeña. Llevaba una sudadera roja con capucha, pero le colgaban unos mechones grises. Me recordó a Patti Smith.

—¿A quién?

—A la cantante. Icono punk-rock... Joder, a la de *Because the night belongs to lovers*.

Seito reprimió el impulso de tararear la canción. El gesto de pocos amigos de Álvarez-Marco hablaba por sí mismo.

—A ver, Seito, seamos serios. La descripción que has hecho puede corresponder a cualquier yonqui que estuviera escondida entre los coches metiéndose la dosis de irse a dormir. Delgada, pequeña, pelo gris, sudadera con capucha... ¿Crees que una persona así puede convertirse en ninja en un instante?

—Yo qué sé, jefe. Me limito a describir lo que vi.

—Ya conoces la premisa. Vamos a quitar lo imposible y poco a poco irá emergiendo lo cierto. De momento, tenemos un suicidio. Y eso no parece imposible.

Había al menos un perito de la Científica en cada habitación. Tomaban huellas de pomos, encimeras, asas, cubiertos, toalleros y recipientes. Hacían muchas fotos. Medían la huella de un pie estampada en la alfombrilla del baño. Seito no se había parado a mirar alrededor hasta ese momento. La casa de Laínez tenía tanta personalidad como la habitación de un hotel de las afueras. No estaba sucia. Tampoco limpia. Había algunos cuadros, más para rellenar que para decorar. Ni libros ni revistas. Una butaca frente a un aparador, con una tele y una videoconsola, parecía el único punto habitado de la casa. También había una cinta de correr, que parecía recién estrenada.

—El tipo debía de ser un obseso del deporte —comentó el jefe—. Al registrarle han visto que llevaba puesta una banda en el pecho, de esas que miden la frecuencia cardiaca.

—Es un piso turístico, ya me he informado —dijo Laura Rodrigo—. Lo alquiló una empresa pantalla: Aldea Logistics. La misma que estaba detrás de la tarjeta de crédito con que se alquiló el Cupra Formentor. He consultado el registro mercantil. Su estructura accionarial es puro humo. Al final de la cadena, la única persona física titular es un ciudadano indonesio, que seguro que no sabe ni leer.

—Le regalarían un saco de arroz a cambio de firmar un papel —dijo Álvarez-Marco.

Seito torció el gesto. Una vez más, saltaba a la vista que el perfil y los medios del asesino no encajaban con sus víctimas. Por un lado, un criminal con experiencia, una red de empresas pantalla a su servicio, documentación falsa indetectable, armamento sofisticado y un *modus operandi* profesional. Por el otro, las víctimas: un trabajador y un indigente. No tenía ningún sentido. La misma Rodrigo había dedicado varias horas a intentar establecer una conexión entre Manuel Nogal, Alejandro Sanz y el asesino de ambos, Javier Laínez. Nada. Y, si la subinspectora no hallaba ese nexo, era más que posible que no existiera.

Seito se había situado muy cerca del escritorio donde podría haber estado el ordenador. En la pared, ante él, había un tablero de corcho casi vacío. Estaba perforado por docenas de chinchetas, pero solo sostenían un mapa del metro de Madrid.

—Esto es todo lo que queda de los documentos de Laínez —dijo Bastero.

—Oí una voz que decía que estaban lloviendo ordenadores en la calle.

—Es curioso —apuntó el jefe—. Efectivamente, había un ordenador, un portátil. Laínez se lo intentó llevar. Se le debió de caer al cruzar de balcón a balcón.

—¿Lo hemos abierto ya?

—Ahí está lo curioso. Los informáticos dicen que está totalmente muerto. Laínez introdujo un... ¿cómo es, Bastero?

—Un «killer pendrive» —respondió el de la Científica, desde el otro lado de la estancia—. Es un dispositivo con la apariencia de un pendrive normal, pero acumula energía eléctrica, como la batería de un móvil. Cuando lo introduces en el puerto USB de un ordenador, suelta un trallazo y destroza el hardware. Todo lo que almacenas se pierde para siempre.

—A ver si lo entiendo —dijo Seito—. A pesar de que estábamos ante su puerta, en algún momento, antes o después de ametrallarnos, ¿Laínez se paró a introducir un dispositivo USB para destruir su ordenador?

—No solo eso. Además se lo intentó llevar, aun a sabiendas de que no podría utilizarlo más. Como si tuviera miedo de que encontráramos la forma de recuperar los archivos.

Seito parecía confuso. Álvarez-Marco se encogió de hombros, demostrando que el inspector no era el único que tenía dudas.

—Es lo que hay.

—¿Y de verdad vamos a cerrar este caso como si fuera un simple suicidio?

—¡Simple, dices! ¿Tú sabes el follón que tenemos encima? Un criminal mafioso, exmiembro de la mara Salvatrucha, probablemente reclutado por la CIA para entrenar a paramilitares y, posteriormente, desaparecido... ¡Y lo llamas simple suicidio! Seito, amigo mío. Lo mejor que nos puede pasar ahora mismo es que no volvamos a encontrarnos el nombre de Javier Laínez en la vida. Porque si lo volvemos a oír, o lo volvemos a leer en algún lado, va a ser con el ojo del culo. Ahora mismo debo de tener al ministro de Exteriores untando en mantequilla al de Interior. Y el de Interior es nuestro puto jefe supremo, no sé si te has enterado. Así que, muy bien, Seito, buen curro. Has resuelto dos asesinatos y es probable que hayas evitado otros tantos. Pero al mismo tiempo nos has metido en un cenagal del que no sé cómo coño vamos a salir. Si vuelves a llamar a esto «simple suicidio», te voy a dar una simple hostia que va a romper tu simple mandíbula.

34

Había anochecido hacía más de una hora. El hombre calvo contemplaba desde el balcón la entrada y salida de autobuses de la Estación Sur de Madrid. Las rampas de acceso tragaban ruidosamente enormes vehículos, adornados con lucecitas rojas y blancas. Las rampas de salida los vomitaban. Era un ciclo imparable y frenético. Recorrían la escasa distancia que los separaba de la incorporación a la M-30, y allí podían tomar cualquier camino: TODAS DIRECCIONES, decían algunas señales.

«Solo el dinero te lleva a todas las direcciones», pensó.

Tenía que reconocer que le gustaba Madrid. Por suerte, le faltaba mucho civismo para llegar a convertirse en esos parques de atracciones en que se habían convertido las demás capitales europeas. Pero tampoco alcanzaba una cota de caos digna de un país en subdesarrollo. Carl era la persona más peligrosa de cuantas caminaban por sus calles. No podía decir eso de otros lugares que había visitado. Su Sudáfrica natal, Irlanda del Norte, Liberia, Costa de Marfil…

Cerró la puerta del balcón, dejando tras de sí el caos de la avenida Méndez Álvaro. Decidió darle otra pasada de aspirador al apartamento. Repasó zócalos y rincones de difícil acceso. Luego se preparó una cena equilibrada. Los miércoles tocaban dos-

188

cientos gramos de filete de pollo con ensalada y pan integral. Comió en silencio. Mientras masticaba, recapituló por enésima vez los errores que había cometido al permitir que Lana le robase la pistola aquella madrugada. Probablemente lo habría hecho antes, en un choque fortuito a la entrada de la boca del metro, o en la cafetería donde había pedido algo de cenar. Eso sumaba el escarnio de haber permanecido tanto tiempo desarmado sin haberse dado ni cuenta. ¿Y si hubiera subido así a por Laínez? El pitido en el oído parecía burlarse de él.

«Más disciplina y más prudencia», se dijo. Una lección que debería haber traído aprendida de sus tiempos del Servicio Aéreo Especial, el SAS, en Belfast.

Al terminar la cena, fregó escrupulosamente el plato, el vaso y los cubiertos. Los secó y los metió en un armario, separados de todos los demás. Siempre utilizaba los mismos. Una vez estuvo todo recogido, abrió la maleta y extrajo el ordenador portátil. El programa le pidió una contraseña. Introdujo la complicada combinación, llena de mayúsculas, minúsculas, números y símbolos. Luego tuvo que abrir la app de doble verificación en su móvil y puso el dedo en el escáner de huellas dactilares.

La pantalla se quedó casi en negro, con un menú escrito con tipografía blanca. En la zona de notificaciones, había dos avisos nuevos. Los dos con buenas noticias. Al pulsar en la primera, apareció una foto. Había visto antes aquella cara. Conectó la impresora.

35

Seito se había quedado mirando un píxel aleatorio de la pantalla de su móvil. Estaba arrepentido, quizá avergonzado. Había llamado a Marga. Le había preguntado qué tal se encontraba José.

—Bueno, lleva unos días aletargado. Ya sabes que después del tratamiento de choque se pasa una semana poco activo.

Tras responder, Marga guardó silencio. Ya le había dado la información imprescindible. No parecía tener energías para seguir conversando con su exmarido. Más aún cuando Seito no estaba llamando realmente para interesarse por José, sino para que alguien se interesase por él. «¿Que qué tal estoy yo? Bueno, estoy vivo de milagro», le habría gustado tener la oportunidad de responder a esa pregunta que no se llegó a formular.

Colgó el teléfono. Guardó en una caja de cartón todas las cosas relacionadas con el caso que había encima de su escritorio. Las fotos del placazo, la ficha de Laínez, el sobre acolchado que contenía el localizador antirrobo del Cupra Formentor. Bajó a la Cervecería Universitaria. Se fumó un cigarrillo en tres caladas, antes de entrar. Se sentó a la barra, pidió un Lagavulin y se puso a garabatear en un papel con un lápiz. Escribía nombres y los rodeaba con gruesos círculos de grafito. Los unía mediante líneas y flechas.

190

Javier Laínez. Mara Salvatrucha. Alejandro Sanz. Puente de Ventas. Patti Smith. Cupra Formentor. Herbert del Amo. María Luz Toledo... La resolución de Álvarez-Marco, cerrar el caso como un suicidio, era sencilla y hermosa. Pero no le satisfacía.

Para empeorar las cosas, vio entrar a Laura Rodrigo. Parecía contenta, pero eso no garantizaba que trajera las noticias que Seito deseaba. Quizá fuese que su ginecólogo le había confirmado que no padecía clamidiasis, a pesar de los síntomas, o que sus heces tenían buen aspecto aquella tarde, señal de que su microbiota intestinal se encontraba saludablemente equilibrada. La subinspectora pidió un doble de cerveza.

—¿Tú bebes, Laura? —le preguntó Seito, extrañado.

—Llevo una dieta estricta con la que, según la evidencia científica, reduzco las probabilidades de sufrir cáncer de mama, de hígado, de páncreas y de colon. Me puedo permitir el lujo de pedir una cerveza de vez en cuando. Incluso podría permitirme el lujo de fumarme un cigarrillo. Por desgracia, el tabaco me da tos.

El camarero puso una gran jarra de Mahou helada ante ella y un platito con boquerones en vinagre sobre patatas fritas de bolsa. Rodrigo bebió los primeros tragos abriendo mucho el gaznate. Vació casi la mitad del vaso en la primera ingesta. Luego miró a Seito y levantó la jarra a modo de brindis.

—Tenemos algo que celebrar, ¿verdad? Parece que hemos atrapado a un asesino.

Seito asintió tímidamente. Levantó su vaso de whisky y lo hizo chocar sin fuerza contra el de su compañera.

—¿Has intentado llamar otra vez a Herbert del Amo? —preguntó el inspector.

—Sí. Muchas. No contesta.

Él sabía que si Rodrigo decía que había llamado a Del Amo muchas veces, eso significaba que lo había llamado muchas veces. Muchas. El agente del FBI no había respondido a ninguno de los intentos de contactar de los policías españoles. Seito intuía el porqué: a Del Amo ya no le interesaba que lo implicasen en aquel asunto. Se habría limitado a enviar un e-mail a alguno de sus conocidos en Inteligencia con la noticia. Muerto el perro, se acabó la rabia.

«¿Es Patti Smith una agente de la CIA? ¿Habéis sido vosotros quienes habéis liquidado al marero, fingiendo un suicidio? ¿Tenía Laínez información que había que silenciar a cualquier precio? Y, lo más importante, ¿me habríais matado a mí de haber sido necesario?». Sin Herbert, esas preguntas quedarían sin respuesta.

Quien sí le ofrecía un sendero abierto era la jueza Toledo. Pero no lo llevó muy lejos: parecía reforzar la tesis de Álvarez-Marco (que Seito ya denominaba «la tesis simple»). Llamó a la magistrada a eso de las cuatro de la tarde, hora española. En la pantalla de la videoconferencia, la jueza lucía elegante, con un peinado recién hecho y un traje de chaqueta color crema. Bebía café y fumaba con desinhibición.

—Hola, inspector. He recibido la noticia, a través de la embajada. Me alegro mucho de que hayan conseguido atrapar al asesino.

—Me habría gustado interrogarlo.

—Es usted de los míos, inspector. Yo, cada vez que me quejo de no haber podido interrogar a alguien, encuentro la misma respuesta: esos pendejos, mejor muertos. Y lo dicen en serio, esto es El Salvador de Bukele. No creo que le sirva de consuelo, pero…

—Lo que pasa es que su muerte, su suicidio, si es que ha sido eso…

—Ah, ¿es que usted sospecha otra cosa?

—Sí, justo se lo iba a contar, señoría.

Seito le explicó a la jueza Toledo lo que llevaba repitiendo todo el día, sin que nadie le creyera. Que si Laínez se había suicidado, lo había hecho justo cuando tenía pista libre para huir. Que había utilizado una pistola diferente. Y tampoco ocultó lo de la mujer que se parecía a Patti Smith.

—¿Sabe usted si algún agente internacional vigilaba la operación?

—Eso se lo tendría que preguntar a Herbert del Amo —contestó la jueza.

—No responde a mis llamadas.

Ella se encogió de hombros.

—Insista. Le prometo que la oficina para la investigación de las maras tiene bastante trabajo.

—Comprendo.

—Podría proponerle otra cosa, dado que me cae usted bien —añadió, mientras aplastaba el cigarrillo en el fondo de un cenicero—. He estado hablando de este asunto con un ranflero importante de la mara Salvatrucha. Por si no lo sabe, un ranflero es un miembro de una ranfla, que viene a ser como el comité de dirección de una mara. Con este ranflero en concreto andamos en tratos. Con la nueva política del presidente Bukele, los pandilleros ya no van a valer verga, si me permite la expresión, ni dentro ni fuera de los presidios. Antes eran los reyes, ahorita ya son gusanos. Y la cosa va a empeorar. El presidente está preparando un gran golpe de efecto para hacer valer su autoridad, con muchas cámaras y focos. Así que este ranflero nos está ayudando a cambio de que lo protejamos de ciertas decisiones. Nada que deba saberse. Lo matarían. Lo matarán igualmente, me temo. En cualquier caso, estará aquí, en mi despacho, en menos de una hora. Quisiera que usted oiga lo que me ha contado a mí. Podría interesarle.

—Estaré encantado.

Una hora después, volvieron a conectar por videollamada. El rostro de la jueza ya no lucía tan amistoso. Seito supuso que debía mantener la severidad ante quien la acompañaba: un hombre que ya no era joven, gordito. Lo habían sentado a unos metros de ella, con las manos encadenadas. Tenía tatuada en la frente el MS13 que identificaba a la mara. Ahora Seito sabía que los tatuajes en el rostro solo les estaban permitidos a aquellos pandilleros que hubieran asesinado. Bajo esas letras, la mirada del ranflero parecía mansa, incluso cordial. Al fondo, junto a la puerta, también se veía a un policía fuertemente armado. La jueza se refirió a él como «el custodio», y le pidió disculpas a Seito por su presencia.

—Es necesario, aunque molesto —dijo, sin preocuparle que el agente la oyera; luego, señaló con el dedo índice al marero—. Este muchacho es Cornelio Flores. Su taka, su mote, es el Graso. No se deje engañar por su aspecto inocente: tiene una ficha policial más larga que la Biblia. Estaba en una prisión desde donde supervisaba la actividad delictiva de varias clicas de la mara Salvatrucha. Pero ese privilegio se le ha acabado ya.

El Graso escuchaba a la jueza y asentía a todo lo que decía.

—Además de uno de mis dolores de cabeza recurrentes, el Graso también es palabrero de la ranfla de los eme eses y uno de los más respetados. A los diecisiete años ya era un líder destacado. Se acerca a los cuarenta y sigue vivo. Todo un récord. Mi intención es mantenerlo así, con vida, porque conozco a su mujer y a sus hijos. Pero él se esfuerza en desmotivarme.

—Ay, qué dice usted, señora jueza —dijo el Graso con voz aflautada, riendo.

—Graso, cuéntale lo de las fotos.

Seito había tomado un bloc y un boli para apuntar. No intervenía en la conversación para no entorpecer la fluidez, un riesgo habitual en las videollamadas.

—Hola, inspector Seito —comenzó el Graso—, un gusto saludarlo. Pues aquí su señoría, la jueza Toledo, me mostró hace unos días los placazos de la clica de los Reyes Locos que usted le envió. Y le dije lo que le digo a usted ahorita. Que yo recibí esta semana una carta con matasellos de Madrid, ¿va? Sin remitente. En el sobre solo había una cosa: una foto, en papel de folio, del primero de los placazos, el que está en un parque. La foto se había hecho de noche. Y si no he recibido una carta con la segunda foto, la del puente, será que aún está esperando pasar la frontera. Porque cabal que la voy a recibir.

A Seito le costó reaccionar.

—¿Cómo lo sabe? —consiguió preguntar.

—Pues lo sé, señor inspector, porque recibo estas fotos de vez en cuando. Más o menos cada dos años, siempre después de Navidad. Durante un par de semanas me llegan dos o tres fotografías de estas, de placazos de los Reyes Locos pintados sobre distintas paredes, ¿va? Siempre junto a cadáveres. La primera vez que las vi me descompuse. «Pero ¿quién se atreve?», me dije. Luego imaginé que sería de algún *homeboy* de aquella clica que hicimos desaparecer, uno que quiera amedrentarme, ¿va? Es como decir: «Mira, Graso, la clica sigue viva, y tarde o temprano te voy a matar, ¿va?». Pero, siendo sinceros, un superviviente de los Reyes Locos sería el menor de mis problemas. Así que nunca les hice mucho caso. Y, ya ve, se ha solucionado solo. Me sorprende que fuera Laínez: todos lo dábamos por muerto.

—¿Guarda las fotos?

—Tan solo una, inspector. Una de hace dos años, y de purito milagro, porque se me quedó en una chaqueta que nunca me pongo. De normal las tiro según las recibo. Yo le voy a hacer llegar la que tengo, la jueza me ha prometido unas chelas para mis *homies* a cambio. Pero no guarde usted muchas esperanzas, porque no se ve nada en esa imagen.

—¿Y las demás? ¿Recuerda cómo eran?

—Muy poco. Cada una de las remesas parecía estar tomada en una ciudad distinta, como si el que las hiciera visitase un lugar cada dos años, tomase fotos durante un par de semanas, y luego se volviese a su casa a descansar hasta el próximo viaje. Yo juraría que son de diferentes partes del mundo, pero no lo sé, no he viajado mucho. ¡Cabal que no he salido de Sansívar en mi vida! Pero, por ejemplo, en las que recibí una vez recuerdo que se veían letras chinas.

—¿Letras chinas? ¿Qué decían?

—Cómo lo voy a saber, inspector. Yo no hablo chino.

—¿Puedes recordar las fechas aproximadas en que recibiste las cartas?

—Pues, lo que le digo, ¿va? La última remesa fue como hace dos años. La de las letras chinas, quizá hace cuatro. La primera, ya ni me acuerdo. Eso sí: todas las cartas me llegan a principios de año.

—¿Sospechaste que podría ser Laínez quien las enviaba?

—Yo estaba ahí cuando Laínez, el Green Beret, entró en el penal de Quezaltepeque. Y luego vi con mis propios ojos su cadáver, con la cara cosida a puntadas. No podía imaginar que fuera otra persona, me engañaron bien.

—¿Y si hubieras sabido que seguía vivo?

—De haber sabido que andaba vivo y en la *libre*, habría sospechado de él el primerito, cómo no.

—¿Por qué?

El ranflero se turbó, retiró los ojos de la pantalla durante unos segundos.

—Bueno, inspector. Yo… No sé. Digamos que Laínez tenía motivos para vengarse de la mara, ¿va? Supongo que deseaba recuperar el respeto.

—¿Qué motivos son esos?

—Hombre… Yo no los conozco. No sé nada de eso, ¿va? Cosas que dicen, que uno se imagina…

En ese momento, la jueza Toledo interrumpió al palabrero.

—Torturaron y mataron a su hermano Gustavo. —Su voz sonó rotunda, severa—. Le echaron una manta ardiendo encima y, cuando se adhirió a su piel, se la arrancaron con fuerza. Lo desollaron vivo. Decían que así le estaban quitando unos tatuajes que no merecía. A su cuñada, la mujer de Gustavo, le hicieron el trencito, es decir la violaron en grupo. Luego le dispararon a sangre fría. A sus sobrinos los acogió una institución estatal. Javier tenía una novia, Mariela. Cuando se enteró de lo que le habían hecho a su cuñada, salió a buscarla. Sabía que no iba a poder protegerla de semejante deshonra, así que le pegó un tiro. Dentro de los códigos de alguien como Javier, era lo único que se podía hacer con ella. Por su edad, podría haber sido mi hija. Pero yo no puedo decirle mucho a este canalla, porque de nuestra relación depende parte del futuro del país.

El Graso mantenía una sonrisita nerviosa, avergonzada, como si estuvieran hablando de travesuras.

La conversación se había agotado y ahora todos los interlocutores se sentían incómodos. Seito se despidió con un agradecimiento e interrumpió la videollamada. Aquellos hechos explicaban la conducta de Javier Laínez y dibujaban un perfil psicológico que apoyaba la «tesis simple». El asesino quería vengarse de la mara por haber torturado y matado a su hermano, a su cuñada y, de manera indirecta, a su novia. Los sucesos habían resultado ser tan brutales que podían haberlo trastornado. Por eso enviaba aquellas fotos, haciéndoles saber que, tantos años después, seguía vivo, que aún podía matar y que pronto llegaría la hora de la venganza. Fracasado el plan, habría sido perfectamente capaz de optar por el suicidio.

Laura Rodrigo se metió en la boca un boquerón en vinagre. Entornó los ojos para compensar la acidez. Luego se chupó el dedo con delicadeza para eliminar los restos de salmuera. Culminó la operación bebiendo otro largo trago de cerveza. Seito volvió a recordar lo de la cuesta de San Vicente y pensó en lo mucho que se parecía a ese caso. Bueno, en realidad solo se parecía en una cosa: que un policía se negaba a creer en un suicidio, y eso cabreaba a todo el mundo. Ya tenía bastante.

—¿Sabes lo que te digo, Laura? —dijo Seito—. Que a lo mejor tienes razón. A la mierda Herbert del Amo. Mañana no sigas con las llamadas. Quizá me estoy liando demasiado con asuntos que no tienen explicación. Pero hay una cosa que está clara: hemos cazado a un asesino. Sin ti no lo habría conseguido. Buen trabajo.

Rodrigo levantó la jarra y repitió el brindis.

36

Pollito miraba incrédulo el gigantesco panel luminoso que colgaba de la pared. Había perdido el autobús a Almansa por pocos minutos. Con él se iba también la posibilidad de presentarse a tiempo al trabajo que su padre le había apañado en el pueblo.

—Como llegues un minuto tarde donde el primo, no te molestes en volver a llamar —le había dicho.

A su alrededor se movía todo tipo de gente: africanos con petates deshilachados, monjas con maletas diminutas, conductores resignados al comienzo de la jornada laboral. De todos ellos, se sintió el más miserable.

Desde que la policía había desarticulado las carreras del polígono, todo iba de mal en peor. Ya se había convencido de que lo que decía la inspectora O'Rourke era verdad: lo habían elegido como chivo expiatorio y toda la banda de la Madrastra iba a testificar contra él. Además, lo de Abroñigal desembocaba en un callejón sin salida, el asesino había resultado ser un fantasma sin nombre ni procedencia.

—Te prometo que soy la primera interesada en desatascar esto, Pollito —le decía Dulce—. Si no hay caso, mi jefe me va a tener recogiendo caca de perro un mes.

Si no encontraban al calvo, no habría juicio. Si no había

juicio, Pollito no tendría la oportunidad de testificar. Y si no tenía la oportunidad de testificar, habría perdido una mano para negociar. La presión lo estaba volviendo loco. Hacía días que no pisaba el gimnasio, donde solía encontrar paz mental. Las posibilidades de coincidir allí con algún asalariado de la Madrastra le aterrorizaban. Tampoco tenía ocupación alguna, desde que no ejercía de chico para todo de la banda. Por eso recibió como un golpe de suerte la noticia de que un empleado de la gasolinera de su tío, en Almansa, estaba de baja. Él podía ocupar su puesto con un contrato temporal, de un mes, y regresar a Madrid para el juicio. Limpiar parabrisas, manejar el surtidor, abrir y cerrar la caja registradora, ayudar a los conductores a hinchar los neumáticos… Tareas fáciles y monótonas que le ayudarían a soportar la espera. Carretera, campo y temperaturas bajo cero. Eso necesitaba.

Pero había perdido el autobús y su tío era un gilipollas; el triunfador de la familia miraba por encima del hombro a sus parientes proletarios que aún vivían en barrios pobres de Madrid, como el padre de Pollito. «Que Abraham no se moleste en venir, a menos que se presente hoy mismo», había dicho. Y no se iba a presentar. Solo había un autobús al día a Almansa. Eso únicamente le dejaba una opción: comprar un pasaje a Albacete capital y, desde ahí, buscarse la vida para llegar a la gasolinera.

En la taquilla compró un billete de autobús que salía dos horas más tarde. Eso le daba, al menos, un rato para desayunar. Había salido de casa corriendo, sin tiempo para llenar el estómago. Pollito creía haber programado la alarma de su smartphone para sonar temprano, y así tener margen de sobra para levantarse, ducharse, comer algo y llegar a la Estación Sur con calma. Pero el teléfono tenía tantas opciones que se hizo un lío. El despertador sonaría un 26 de enero, sí, pero de 2024. Un fallo de abuelo.

Salió a la calle y entornó los ojos. Una nueva mañana de deslumbrante claridad invernal. El frío le segó la piel. La gente entraba con alegría en la estación y él salía encogido y cegado. Sabía que en la otra acera, un poco más abajo, había un Delixo.

Ocupó una banqueta en una mesa corrida, junto al escaparate que daba a la misma avenida Méndez Álvaro. Dejó la mochila de montañismo en el suelo; al caer armó un buen estrépito con sus correajes y hebillas. Desde allí tenía una buena vista de la entrada a la Estación Sur, lo que le venía muy bien para seguir recordando que había llegado tarde y martirizarse por ello. Se acercó un camarero dominicano muy sonriente; en su placa de identificación ponía PACO. Pollito no estaba para charlas, así que no le dejó ni saludar.

–Un desayuno americano. Patatas fritas. Huevos revueltos. Sirope de chocolate en las tortitas. Y un café con leche.

Al poco rato le sirvieron una ración generosa y empezó a comer en silencio. No tardó más de diez minutos en terminarla. Aún quedaba más de una hora para la salida del autobús a Albacete y no sabía cómo matar el tiempo. Abrió el Fortnite y se puso a masacrar enemigos. No solía jugar mucho últimamente, había tenido que cancelar la tarifa de datos ilimitados por falta de ingresos. Solo conectado a la wifi del Delixo podía matar el tiempo así. Pero estaba tan inquieto, tan enfadado consigo mismo que no conseguía concentrarse, ni siquiera en el juego. Alzó la vista, buscando alguna distracción en la gente que pasaba ante sus ojos, al otro lado del escaparate, por la acera. Y la encontró.

A pocos metros, con absoluta indiferencia e inmerso en sus asuntos, el hombre calvo caminaba calle abajo. El mismo, el inconfundible hombre calvo que dos semanas atrás había acuchillado por la espalda a un indigente en la estación de Abroñigal, sin saber que un testigo lo observaba entre las sombras.

–Joder, joder, joder –maldijo Pollito, mirando aquel cráneo pelado y brillante, como quien ve surgir la luna llena en mitad del páramo.

Pollito dejó el dinero sobre la mesa y salió corriendo del local. Fue a parar a apenas dos pasos de la espalda del calvo. Este caminaba sin prisa. Descendió unos metros por Méndez Álvaro y giró a la derecha en la calle Planeta Tierra. Pollito lo siguió sin dudar. El instinto de oportunidad había borrado toda sensación de peligro de su mente. Ni siquiera recordaba que aquel tipo era un asesino sanguinario. De pronto, la necesidad imperiosa de subirse a un autobús rumbo a Albacete se había esfumado. Estaba dispuesto a seguir al calvo tanto tiempo como hiciese falta, por tierra, mar y aire.

Pero no le hizo falta. Porque el asesino entró en un portal situado en esa misma calle, muy cerca del cruce con Méndez Álvaro. Parecía bastante probable que aquella fuera la casa de aquel hombre. No estaban lejos del lugar del crimen. La estación de Abroñigal se encontraba a un par de minutos de camino, al otro lado de la M-30.

Pollito aceleró el paso. Tropezó en algún escalón. Pero consiguió alcanzar la puerta antes de que se cerrara. El joven se internó en un amplio vestíbulo. Las suelas de sus zapatillas chirriaban contra el suelo pulido como si jugase un partido de baloncesto. Llegó a un cruce de pasillos que conducía a dos escaleras diferentes. Miró a izquierda y derecha. Tras una esquina, alguien esperaba al ascensor. Era el calvo, con la mirada perdida en el infinito. Fue hasta él.

Pollito se fijó en su rostro. De cerca, parecía mucho más viejo de lo que había creído de noche, en la estación. Tenía la cara curtida, salpicada de venitas azules. La nariz era gorda, roja y llena de poros, como una fresa. El calvo no le saludó, pero sí le dedicó una educada sonrisa. Por fin el ascensor abrió las puertas. Ambos subieron a la cabina.

—Voy al último —dijo Pollito.

El calvo pulsó los botones ocho y nueve. El ascensor era lento como una mala semana. El chico mantenía el tipo. Se detuvieron en el octavo piso y el asesino salió, despidiéndose con otra sonrisa. Luego subió hasta el noveno y las puertas volvieron a abrirse. Pollito salió a toda prisa a buscar la escalera. Una vez allí, oyó el tintineo de unas llaves y una puerta que se abría, un piso más abajo.

Descendió los escalones de dos en dos hasta llegar al octavo piso. La luz estaba apagada. Solo una tenue claridad atravesaba el resquicio de la puerta entreabierta de una vivienda. El calvo no la había cerrado al entrar en el apartamento. Pollito recorrió de puntillas los siete metros que lo separaban de aquella entrada. Cuando estuvo lo suficientemente cerca, pudo ver la letra que señalaba la puerta: la E. Entonces, sacó su móvil. Buscó el contacto de Dulce O'Rourke en WhatsApp. Pulsó el botón para grabar un audio y empezó a susurrar al micrófono.

—Hola, Dulce. He encontrado al calvo del Abroñigal. Sé dónde vive. Estoy en su casa, justo al lado de su puta puerta. Está en la…

Sólo cuando el brazo del hombre calvo le rodeó el cuello, fue consciente de que le habían descubierto. Un empujón le proyectó contra la puerta entreabierta. La hoja golpeó la pared. Él se fue al suelo de un pequeño recibidor. Intentó volverse para hacer frente a la agresión. Una bota sobre su columna vertebral se lo impidió.

37

En aquel extremo de la calle Peñaranda de Bracamonte, en el último confín del ensanche de Vallecas, el paisaje parecía abrirse, como si Madrid hubiera encontrado su final. Empezaban allí a sucederse claros en el bosque de edificios, calvas cada vez más extensas y descampados, que culminaban un poco más al sur, una vez traspasada la M-45, en un territorio rústico que ni se sembraba, ni se trabajaba, ni se paseaba. Aquello ya no era Madrid, aunque costase creerlo.

O'Rourke observaba ese territorio extramuros acosado por el viento. Unas terribles rachas la acometían desde el páramo y envolvían sus huesos, ateridos de frío. Aquello le parecía un castigo excesivamente cruel por haber abierto el caso del Abroñigal y no haber sido capaz de avanzar ni un palmo. Al final tuvo que admitir el atasco, y Juanjo le encomendó el asunto de las pistas deportivas.

Llevaba un buen rato en pie, sin moverse, vigilando los movimientos de un tipo corpulento, muy fuerte, tal vez armado con un cuchillo, o quizá algo peor. El joven llevaba un ridículo bigote teñido de naranja, que le descendía por las comisuras de la boca hasta la barbilla. Era Enner Caicedo. Lo habían fichado como sospechoso de liderar una pandilla que extorsionaba a los

203

chavales que iban a jugar al fútbol. Por su culpa, jugar un partido en el Ensanche de Vallecas salía más caro que en el Club de Campo. Ya se habían denunciado agresiones por parte de muchachos que se habían negado a pagar. Pero aquella mañana, Enner parecía aburrirse mucho.

–Enner, campeón –dijo Dulce, hablándole a la nada–. ¿Quién va a venir a jugar con el frío que hace?

O'Rourke estaba sentada en un banco del parque. Fingía leer el periódico. No resultaba en absoluto convincente. El viento precipitaba las páginas contra su rostro, como una vela impulsada por un huracán. Ese aire segaba a guadañazos el poco calor que O'Rourke conservaba en su cuerpo. Tenía los pies entumecidos y le picaban las manos por la sequedad. Pero no podía refugiarse en el coche del Cuerpo, un Opel camuflado que olía a vestuario, porque desde la calle no se veía qué hacía Enner.

Dejó un momento el periódico y sacó su móvil del bolsillo. Entonces vio la notificación del mensaje de audio de Pollito.

«Qué manía tiene la gente con mandar audios», pensó.

Observó la pantalla con pereza. No le apetecía hablar con Pollito porque no tenía nada nuevo que decirle. No le debía nada a ese muchacho, pero no estaba segura de que el otro lo entendiera así. Había tratado de ayudarlo porque le caía bien, pero no podía llegar más allá. Pollito se iba a comer un marrón por su propia responsabilidad y de nadie más. O'Rourke solo había hecho su trabajo. Además, por la torpeza del chico, aquel vídeo de la Madrastra autoinculpándose acabaría en agua de borrajas. Aun así, presionó la tecla de Play.

No se oía nada. El viento acallaba los susurros del chico. Dulce se pegó el dispositivo a la oreja y lo apretó cuanto pudo contra su sien. Subió el volumen a tope. No fue capaz de distinguir ni una sola palabra.

Justo en ese momento, un grupo de chicos muy morenos, con rasgos latinos, que dejaban asomar camisetas del Barça y del Manchester City por debajo de sus forros polares, se acercaron a la puerta de las pistas. Uno de ellos manejaba una pelota con destreza. Enner levantó el culo del poyete de cemento en el que se había acomodado y tomó del suelo una estaca que tenía escondida entre la hierba. Dulce también se levantó.

—Enner, Enner, Enner...

38

Tener ojos en la nuca era una cualidad sin la que no habría sobrevivido en las calles de Belfast, ni en las selvas de Ruanda, ni en las de Costa de Marfil. Por eso, Carl había detectado al joven tan pronto como salió de la cafetería. Alguien tan poco profesional no podía formar parte de los servicios secretos británicos o de una empresa de seguridad privada. Ni siquiera creía probable que perteneciese a la policía española. El chico era como un pez fuera del agua, con ese pelo amarillo y ese rostro enjuto y despistado. No fue capaz de ubicar esa cara en ningún otro lugar, por mucho que tratase de hacer memoria.

Una vez sobre la alfombra del vestíbulo, el muchacho trató de revolverse, pero con una lentitud del todo ingenua. El hombre calvo cerró la puerta. Primero le pisó la columna vertebral. Luego se le echó encima y le aprisionó el cuello con el antebrazo, al tiempo que le inmovilizaba las piernas con las suyas. El chico opuso tanta resistencia como pudo. No fue mucha. Carl estudió el progresivo cambio de color en su rostro. Pasó de rojo a azul. Los labios palidecieron al tiempo que se iban recubriendo de una película de saliva seca. Los ojos se dilataban en las órbitas. Pronto los miembros del chico se relajaron y la lengua le emergió. Aún siguió apretando un tiempo prudencial, el que le dictaba la experiencia.

Cuando se dio por satisfecho, corrió a recoger el teléfono móvil del intruso. Tenía que inspeccionarlo antes de que la pantalla se fuera a negro y le pidiera una contraseña para volver a activarla. Lo consiguió, el smartphone aún emitía luz cuando lo tomó entre sus manos. Carl jadeaba: ya estaba mayor para tareas tan físicas. Lo primero que encontró fue un chat de WhatsApp en el que una tal Dulce O'Rourke había intercambiado escasos mensajes con el chico. El apellido irlandés le despertó una alarma fugaz. «Te espero en mi despacho, di que eres Abraham y vienes a verme», leyó en uno.

—Encantado de conocerte, Abraham —le dijo Carl al cuerpo de cuello amoratado que yacía en su vestíbulo.

«Te llamo mañana a las dos», leyó en otro. «Tengo ya las fotos. Hablamos», leyó en un tercero. Y todos así. Luego estaba el audio que acababa de enviar el chico. El hombre calvo le había impedido terminarlo, pero el sistema de WhatsApp hacía que lo que ya había sido grabado se enviase al levantar el dedo de la pantalla. Carl lo reprodujo y trató de escuchar lo que el tal Abraham tenía que decir a la tal Dulce O'Rourke. Hablaba tan bajito que apenas se entendía nada, todo un reto para su avejentado oído: «Hola, Dulce. He encontrado [susurro ininteligible] del Abroñigal. Sé dónde vive. [Susurro ininteligible], justo al lado de su puta puerta. Está en la». Buenas noticias. No había transmitido la dirección a esa Dulce O'Rourke. Aparte del joven que empezaba a ponerse rígido en el vestíbulo, nadie más sabía dónde vivía.

Carl se sentó a la mesa de la cocina y siguió revisando el móvil de Pollito en busca de información. Abrió todas las apps de comunicación, de redes sociales, llamadas recibidas, correo electrónico. Fue en la bandeja de entrada de Gmail donde encontró un mensaje reciente enviado por d.orourke@cnp.es. Se puso tenso. Sabía que ese dominio correspondía al Cuerpo Nacional de Policía: «He hablado con el fiscal. Lo siento. Si no hay ocasión de que testifiques por el asesinato del Abroñigal, no hay oferta. Sigo con ello. Vamos a ver si conseguimos identificar al autor, aunque no parece fácil. Mira que eres tonto, Pollito».

Así que se trataba de eso. Un testigo. Ahogó una blasfemia. Tuvo que reprimirse para no empezar a gritar.

«Imbécil, imbécil, imbécil», se dijo.

Se acercó al cuerpo tendido en el salón y le hundió las manos en los bolsillos. No era la primera vez que registraba un cadáver. De la cartera extrajo un billete de autobús desde la Estación Sur rumbo a un destino cuyo nombre no le decía nada: Albacete. Se sintió aliviado: parecía que el tal Abraham no lo había seguido hasta su barrio, estaba allí esperando un autobús, se habían topado por casualidad. Y la casualidad es un enemigo imbatible. Lo que sí lo martirizaba era haberse dejado observar por un testigo. Nunca jamás, en su larga (demasiado larga) carrera profesional, le había sucedido eso. Su acúfeno se intensificó en el fondo del oído con la potencia de una alarma antiincendios.

Comenzó a recapitular acerca de sus posibilidades y de sus deberes inmediatos. En primer lugar, tendría que mudarse. Es cierto que el chico no había llegado a transmitir el mensaje con la ubicación. Pero la policía disponía de métodos para localizar un teléfono móvil. Sin embargo, antes de cambiar de apartamento, debía resolver lo del cadáver. Porque había un muerto, allí, tirado en su vestíbulo.

—Mierda —exclamó.

Aquel asesinato no iba a servirle de nada. Lo más prudente era esperar a la noche, descuartizar a Abraham en la bañera, bajarlo en bolsas de basura y hacerlas desaparecer.

«El Arquitecto no tiene por qué enterarse», pensó.

De pronto, oyó algo. A pesar de su acúfeno, percibió un tenue gemido que provenía de la entrada. Tomó la pistola que tenía siempre sobre la mesa. En dos zancadas llegó al vestíbulo. Comprobó que el chico se movía. Buscaba un asidero para las manos. Seguía vivo. Había vuelto a fallar.

«No más descuidos, maldito vejestorio», se dijo, sacándose del bolsillo la navaja automática que le había clavado al indigente de la estación de Abroñigal para acabar el trabajo de una vez por todas.

Entonces se detuvo. Un momento. El chico seguía vivo. Si seguía vivo, aún podía servirle de algo. El enfado se le borró en un instante. Incluso el *tinnitus* pareció perder intensidad. Cerró la navaja.

—¡Hola otra vez, Abraham Castro Granados! —exclamó de nuevo, en perfecto castellano.

39

Carl grababa la pantalla del televisor con la cámara de su móvil. Un reportaje mostraba unos terrenos agrestes azotados por el viento. Al fondo, al otro lado de la autovía M-40, se divisaban los edificios del barrio de Montecarmelo y la torre del antiguo preventorio para hijos de enfermos de lepra. Mientras, una locutora decía:

«Esta mañana se ha aprobado en la Asamblea de Madrid la puesta en marcha del plan urbanístico de Nuevo Goloso. Un espacio urbano que lindará con el barrio de Montecarmelo y el municipio de Alcobendas. El alcalde de Madrid ha destacado la importancia para la ciudad en lo que a puestos de trabajo se refiere. Entre las empresas que ya han confirmado su compromiso de establecerse en este nuevo complejo se encuentra Google, que instalará un edificio dedicado a estudios sobre ciberseguridad. Pero el proyecto no ha podido evitar la polémica. Cercano al espacio protegido del Monte de El Pardo y a la cuenca alta del Manzanares, ha suscitado el rechazo de grupos ecologistas y asociaciones de residentes...».

Mientras la noticia seguía mostrando terrenos, políticos y ecologistas, Carl desplazó el encuadre de la cámara del móvil unos centímetros a la derecha. Junto al mueble donde estaba el televisor había un radiador. Atado a él mediante tres gruesas bridas, se encontraba Pollito, visiblemente consciente. Tenía un trozo de cinta americana en la boca y un feo hematoma en el cuello. Y ahora también lucía un corte sobre la ceja, donde Carl lo había golpeado con el cañón de la pistola.

—Son las dos y treinta y cuatro minutos de la tarde —pronunció el hombre calvo, asegurándose de que la grabación registraba su voz—. Abraham Castro sigue vivo.

Una vez que tuvo la prueba de que el chico aún respiraba en el momento de la emisión del telediario, dejó de grabar. Dejó el teléfono sobre la mesa, junto al plano de Madrid. Tomó la pistola. Se acercó al muchacho.

—Esta pistola tiene silenciador y está cargada con munición especial —explicó en castellano—. Si disparo, en el piso de abajo solo se oirá un leve ruido, como si se hubiera caído una sartén al suelo, poco más. ¿Entiendes lo que te estoy queriendo decir?

Pollito asintió, nervioso. Entonces, Carl le retiró la cinta americana de la boca.

—Muy bien, Abraham. Ahora quiero que me cuentes qué viste en la estación de mercancías.

Pollito no encontraba aliento para emitir sonido alguno. Al buscarlo, tan solo experimentaba un tembleque en los labios. El hombre calvo se dio cuenta de ello. Había protagonizado muchos interrogatorios fáciles en su vida. Y también muchos difíciles. Ambos tenían algo en común: al final, el interrogado siempre hablaba. Abraham no era muy diferente de aquellos niños soldados de Sierra Leona. Bravos, drogados, tarados, pero niños al fin y al cabo. Habrían revelado sus posiciones incluso ante la amenaza de un azote de su madre.

—Está bien, te lo voy a contar yo. Y tú dices sí o no con la cabeza. ¿Me viste matar a alguien allí?

Pollito quería negarlo. Inventarse algo sobre la marcha, enmendar su condición de único testigo para salvar la vida. Pero no le salía nada, ni voz de la garganta, ni ideas de la cabeza. Solo miró a la cara del hombre calvo.

—Voy a entender esto como un sí. Ahora háblame de Dulce O'Rourke. Es policía, ¿verdad?

Pollito asintió.

—¿Le has contado lo que me viste hacer?

Asintió otra vez.

—¿En qué estado se encuentra la investigación? ¿La policía sabe quién soy? ¿Saben dónde vivo?

El chico, en esta ocasión, trató de tomarse unos segundos para pensar qué le convenía responder. Pero Carl no tenía paciencia. Lo demostró estrellándole de nuevo el cañón de la pistola contra el cráneo.

—¡No! —gritó Pollito—. ¡No saben nada! Solo hay una imagen de poca calidad, de una cámara. No han podido seguirle a usted la pista.

Carl agarró a Pollito del cuello, para que recordase cómo había estado a punto de asfixiarlo hacía un par de horas.

—Entonces, ¿por qué me seguiste? ¿Cómo me encontraste?

—Fue solo un golpe de suerte. Yo me iba a Albacete en autobús y usted pasó por delante de la cafetería.

—No, Abraham. No fue un golpe de suerte. Para mí, seguro que no. Pero, para ti, menos. Vamos a hablar otra vez de esa Dulce O'Rourke. ¿Es la única que hay detrás de esto?

—Que yo sepa, sí.

—¿Sabes dónde trabaja?

—En la comisaría de Vallecas. Es solo una poli de barrio.

—Muy bien, Abraham, lo has hecho muy bien.

Ya estaba despegando otro trozo de cinta adhesiva del rollo cuando Pollito volvió a alzar la voz.

—Si me promete usted que me va a soltar, puedo también decirle dónde vive.

—¿Lo sabes?

—Últimamente la he estado siguiendo.

—¿Por qué?

—Porque es mi única oportunidad, y no tengo nada mejor que hacer, joder.

—Está bien. Dime dónde vive.

—En la plaza de Juan de Malasaña, en Villa de Vallecas. Justo encima de una tienda de ropa de bebés. ¿Me va usted a soltar?

Ante esa pregunta, el hombre calvo se limitó a sonreír. A continuación, le selló los labios con la cinta. A Pollito le empezaron a correr lágrimas por las mejillas.

Carl miró el reloj. Solo disponía de dos horas para prepararlo todo. Eso no le dejaba tiempo ni siquiera para comer. Colocó el habitual dispositivo de seguridad en su lugar, ajustando el sedal de pesca que recorría distintas argollas clavadas a la pared. Eso incrementó el rictus de terror en el rostro de Pollito. Lo dejó con la luz apagada. Y salió a la calle.

La tarde iba a ser ventosa. En la avenida Méndez Álvaro miró a izquierda y derecha. Se dirigió al sur, acercándose a la M-30, que estaba a pocos pasos. A esa hora no circulaban tantos coches como más tarde, de cinco a seis. La puesta de sol estaba prevista para las seis y cuarto de la tarde. Eso quería decir que tendría que operar con los últimos restos de la luz diurna, en plena hora punta. Olía a lluvia y las nubes presagiaban tormenta. Miró en su móvil la app del tiempo y comprobó que al atardecer las posibilidades de precipitación ascendían al cien por cien. Un chaparrón reduciría la visibilidad y la presencia de peatones.

Caminó rápido por las aceras de la calle Titán y la calle Retama, en paralelo a la M-30, buscando el lugar idóneo. Empleados del edificio Mahou-San Miguel bajaban a buscar un sitio donde comer. Se asomó a la linde del parque Tierno Galván. No podía ir más al oeste. Volvió sobre sus pasos. Los pinos que crecían junto al carril de acceso a la M-30 no le parecieron un escondite muy seguro.

Al final, casi pisoteando los parterres de los taludes que ascendían hasta la autovía, dio con un lugar idóneo: una reja con un candado bastante débil cubría un orificio que, intuía, debía de servir como conducto de ventilación para el túnel que circulaba por debajo. Durante sus primeros días en Madrid había robado un mono de trabajo del servicio de parques y jardines, juzgando que le podría ser de utilidad. Nadie se detiene a observar qué hace un empleado municipal en mitad de la lluvia.

Las cuatro de la tarde. Entusiasmado, corrió a buscar su coche al garaje del edificio. Condujo despacio, con prudencia, hacia la periferia de Madrid, siguiendo Google Maps. En un polígono cercano al barrio de la Fortuna encontró la tienda que andaba buscando. Un establecimiento de muebles de exterior, enanitos de jardín, accesorios de piscinas, sistemas de riego... Pidió un pedazo de césped artificial de dos metros de alto por dos metros de largo. Lo cortaron con un cúter y lo enrollaron. También compró unos pulpos y una carretilla de mudanza plegable. Al volver al apartamento, se detuvo en una farmacia y pidió jeringuillas hipodérmicas.

El reloj marcaba ya las cuatro y cuarenta y cinco. Había perdido tres cuartos de hora en encontrar el material que requería. El sol seguía iluminando la ciudad y aún no había empezado a llover.

Aparcó en su plaza de garaje y subió el césped y la carretilla en el ascensor hasta el piso. No hizo demasiado ruido. Antes de entrar en el salón, para ver si Pollito seguía en su sitio, corrió al dormitorio. En uno de los cajones de su mesita de noche encontró dos bolitas hechas con plástico de bolsa de supermercado y cerradas con alambre. Cada una contenía un gramo de heroína. Carl no perdía ocasión de guardarse cosas que podían ayudarlo a lograr sus objetivos. Por eso había cogido aquellos dos gramos de heroína, en el contenedor donde vivía Samuel Pozo, el indigente de Abroñigal. Él no iba a necesitar más droga, así que se la había llevado, justo antes de encerrar a su perro.

Entró en el salón y encendió la luz. Se encontró con los ojos de Pollito mirando fijamente el dispositivo de seguridad con su sedal. Al verlo entrar, el chico se asustó. Se agitó. Trató de levantarse. Empezó a sangrar por los cortes que le hacían las bridas en las muñecas. Carl no se lo pensó. Le clavó en el cuello la jeringuilla que acababa de preparar en la cocina. Apretó el émbolo. Se sentó en una silla a observar. Pollito seguía agitándose con terror y emitiendo cuantos gimoteos le permitía su mordaza. Poco a poco entró en calma. Su respiración también se relajó. La cabeza se le empezó a tambalear hacia un lado y otro. Las pupilas se le contrajeron.

Carl se preguntaba si le habría inoculado la dosis adecuada. Abraham era un chaval fuerte. Tenía que administrarle droga suficiente para tumbarlo. Pero, por supuesto, sin matarlo. Volvió a encender el televisor. Volvió a grabar el programa con su móvil. Volvió a cantar la hora: las cinco y cuarto de la tarde. Y volvió a mostrar que Pollito aún vivía. Disponía de menos de sesenta minutos para completar el trabajo.

El pitido en el oído había cobrado una intensidad difícil de digerir. Estaba nervioso. Pegó la espalda a la pared. Inició unos ejercicios de respiración que le había enseñado un teniente del SAS en Sierra Leona. Lo había utilizado para doblegar los nervios durante toda su carrera posterior como mercenario al servicio del tráfico de diamantes de sangre, marfil, esclavos para las minas de coltán y otros bienes que Occidente fingía que no existían.

Cuando exhalaba aire por tercera vez, oyó un repiqueteo en la ventana. Por fin, lluvia. Corrió a asomarse y halló una tremenda nube que parecía pesar tanto como el propio mundo. El sol del atardecer había perdido toda luminosidad. Desplegó el césped artificial en el suelo. Empujó el cuerpo de Pollito, que se desplomó inconsciente sobre él. Le tomó el pulso. Era débil, pero latía. Enrolló el césped en torno al chico. Lo consiguió elevar hasta ponerlo en posición vertical. Deslizó la pala de la carretilla por debajo de los pies y utilizó los pulpos para sujetar el bulto. No parecía nada sospechoso, solo una carretilla de mudanza con un grueso rollo de césped artificial.

Vestido con el uniforme de parques y jardines, salió a la calle por la rampa del garaje. La lluvia caía a chorros por la pendiente hasta desaguar en una sucia rejilla. Se encontró bajo un cielo tan espeso y oscuro que parecía que se estaba metiendo en un sótano. Las escorrentías circulaban rápidas junto a los bordillos de las aceras. El agua saltaba por los aires cuando Carl pisaba baldosas sueltas con su carretilla. Tal y como esperaba, no había nadie. Pasaban muchos coches, pero era difícil que le vieran: el jarreo cubría las ventanillas, los parabrisas se empañaban, los faros deslumbraban los ojos de los conductores. Si alguien dirigía la vista hacia aquel hombre calvo, tan solo veía el mono amarillo fluorescente de un jardinero que se dirige a realizar una tarea de urgencia, en mitad de la lluvia, con un rollo de césped artificial.

Llegó al lugar elegido. Se deslizó tras un macizo de plantas. Quedó oculto de los coches que se encontraban en el carril de salida. Dejó caer la carretilla al suelo empapado. Tomó el cortafrío y, con un golpe seco, partió el candado de la reja del respiradero. Soltó los pulpos que aprisionaban a Pollito en el interior del rollo de césped. Seguía vivo e inconsciente. A escasos metros había cientos de madrileños encerrados en sus coches. Las cinco y cincuenta minutos.

—Vamos, vamos —se animó a sí mismo.

Cogió su teléfono móvil. Necesitaba una última prueba de que Pollito seguía con vida. Encendió la cámara.

—¡Eh, Abraham Castro! —gritó.

Y le propinó un soberano cachete en la mejilla. El chico estaba tan drogado que apenas reaccionó. Entreabrió un poco los párpados, arqueó las cejas y giró unos centímetros el cuello. Luego volvió a su mundo plácido. Suficiente. Carl interrumpió la grabación, no sin antes desplazar la cámara a izquierda y derecha para mostrar el lugar donde se encontraba. Se aseguró de que el GPS del móvil estuviera recibiendo señal en un día nublado como aquel.

Tomó uno de los pulpos con los que había atado el rollo de césped a la carretilla de mudanza. Se lo enroscó a Pollito alrededor del cuello, casi en el mismo lugar que las marcas que había dejado en el anterior intento. Tiró del extremo del pulpo con todas sus fuerzas. En esa ocasión, la agonía de Pollito fue muy diferente. La lengua apareció antes, fofa y amoratada. Los ojos no se abrieron más que una ranura. El gesto de placer provocado por el opiáceo apenas se borró de aquel rostro.

Las cinco cincuenta y cinco. Le tomó el pulso a Pollito. No lo encontró. Por último, volvió a coger su móvil. Abrió de nuevo la cámara. No perdió demasiado tiempo en encuadrar correctamente la escena. Se limitó a apuntar y grabar, logrando que se viera el cadáver de Pollito y se reconociera el escenario sin posibilidad de dudas. Empleó el poco tiempo que tenía disponible en enviar todos los vídeos. Las cinco y cincuenta y nueve.

Respiró aliviado, lo había conseguido.

Pero no se relajó. Todavía tenía mucho que hacer. La investigación. Había que anticiparse al problema. Quería estar en Vallecas de inmediato. Hacerse cargo de todo antes de que llegara a oídos del Arquitecto.

40

La inspectora Dulce O'Rourke llevaba ya un buen rato con el teléfono móvil pegado a la oreja. Empezaba a sentir que el calor del aparato le recalentaba la sien y el cerebro le hervía. Había pasado una tarde muy atareada con la detención de Enner Caicedo, el extorsionador de las pistas de deporte. Primero, porque la cosa había terminado mal para los jugadores que habían acudido a la pista: un chorro de sangre brotaba del cuero cabelludo de uno mientras el otro huía con un brazo fracturado. Dulce fue a por Caicedo, pero, al arrestarlo, este opuso resistencia. Esgrimió contra ella la estaca con la que había golpeado a los jugadores de fútbol. La agresividad de Enner parecía alimentada por una buena dosis de cocaína.

Mientras ella mostraba su arma en la pistolera, sin empuñarla, y trataba de calmar al nerviosísimo Enner, por otra entrada a las pistas se colaba una pareja de nacionales. Al verlos, Enner se puso más nervioso aún y agitó la estaca en el aire, haciendo molinetes.

—Tira ese palo, chaval —decían—. Tíralo y tranquilo, que no te vamos a hacer nada. De verdad, tíralo ya.

Al final, Enner se vio acorralado y soltó la estaca. Un compañero aprovechó para hacerle una rápida llave de judo, mandarlo al suelo e inmovilizarlo. Le pusieron las esposas y lo metieron en el coche mampara.

—Estoy hasta los huevos de jugarme la vida, a ver cuándo aprueban el táser —decía uno de ellos.

A lo largo del día, a la puerta de la comisaría del Distrito de Vallecas se habían ido juntando miembros de la pandilla de Caicedo. La mayoría de ellos eran menores. No decían nada. No protestaban, no gritaban, no mostraban conductas violentas. Pero estaban ahí, y eso era suficiente. Caicedo mantuvo un estricto silencio hasta que llegó un abogado de oficio, joven y bastante inútil. Para ese momento, el efecto de la cocaína había pasado y el detenido parecía abatido y triste. Dulce le explicó al abogado que, si los amigos de Caicedo insistían en quedarse a la puerta de la comisaría, el juez no iba a dudar en decretar prisión preventiva por riesgo de fuga y violencia contra testigos. El abogado inútil le dijo a Caicedo que la inspectora tenía razón, que era un delito de extorsión, dos delitos de lesión agravada y otro de resistencia grave a la autoridad. Enner recapacitó. Salió un momento, en compañía de una pareja de policías, para hablar con los pandilleros.

Los chicos se disolvieron justo cuando comenzó a llover. Tras la declaración, a Caicedo le imputaron los delitos que había anticipado el abogado inútil. Pronto llegó la resolución del juez: prisión preventiva por riesgo de fuga y de amenaza contra los testigos. Tanto Enner Caicedo como el abogado inútil escucharon la decisión con incredulidad.

—¡Pero si nos había dicho que…! —se quejaba el abogado.

—¡Me engañaste! ¡Hija de puta! —chillaba Enner.

O'Rourke miraba a ambos con ternura, pero sobre todo al extorsionador, a quien le decía:

—Ya lo sé, cariño, ya lo sé. Qué injusticia. La vida es dura.

A veces O'Rourke pensaba que esa necesidad de desterrar las palabrotas de su boca envenenaba aún más su lenguaje.

Había vuelto a casa cansada pero satisfecha.

La lluvia había cesado y las terrazas de la plaza Juan de Malasaña estaban llenas. Dulce subió las escaleras del edificio contando cada escalón, para darse ánimos. El apartamento olía a perro. A pesar del frío, decidió abrir la ventana que daba a la plaza. Se había quitado la ropa de trabajo y se había puesto unas mallas de deporte y una sudadera con capucha: el uniforme oficial del paseador de perros. Chucho ya le dedicaba una emocionante mirada de presidiario que sueña con sentir el aire fresco en las orejas. Justo entonces, O'Rourke se acordó del mensaje de Pollito, que no había podido escuchar aquella mañana. Buscó el chat de WhatsApp y encontró el audio. Lo reprodujo: «Hola, Dulce. He encontrado al calvo del Abroñigal. Sé dónde vive. Estoy en su casa, justo al lado de su puta puerta. Está en la...».

Se quedó lívida. El chat indicaba que Pollito ya no estaba en línea. Buscó su contacto en la agenda y llamó. «El teléfono móvil al que llama está apagado o fuera de cobertura». Se puso nerviosa. Llamó a Juanjo, el comisario. Escuchó diez tonos antes de darse por vencida. Volvió a llamar a Pollito. «El teléfono móvil al que...». La que sí contestó fue Yoli Setién. Aún estaba en la comisaría. O'Rourke le contó lo que acababa de suceder.

—Te reenvío el audio —dijo.

—Voy a localizar a sus padres y amigos —propuso Yoli.

—Yo sigo intentando llamarle.

Chucho empezó a ladrar como un loco hacia la plaza. Asomaba las fauces, llenas de dientes, por la ventana que Dulce acababa de abrir.

—¡Calla, Chucho!

—¿Qué? —preguntó Yoli.

—Nada, perdona, no es a ti. Es el perro, que quiere salir. Se está volviendo loco.

Aquella actitud no era propia de Chucho. Él era más diestro con el chantaje. Te miraba con cara de pena, con su patológico prognatismo, y arañaba la puerta. No se ponía a ladrarle a la ciudad como si quisiera darle un mordisco a cada ser humano.

Dulce no le prestó atención. Cortó la llamada con Yoli. Volvió a marcar el número de Pollito. «El teléfono móvil al que…». Probó otra vez. «El telé…». Chucho ladraba como si escupiera metralla por la garganta.

—¡Calla, Chucho!

Se dio cuenta de que no hacía nada en casa que no pudiera hacer en la calle. La desaparición de Pollito no tenía por qué provocar que a su mascota le estallara la vejiga. Dulce se colocó un manos libres inalámbrico, se puso el plumífero de esquiar y descolgó la correa del perchero. Abrió la puerta y el perro se lanzó escaleras abajo con una fuerza que a la inspectora le costó refrenar. Chucho tiraba y se quedaba sin aire, estrangulado por la correa. Dulce casi perdió el pie en el primer escalón. Tuvo que agarrarse con fuerza al pasamanos para que no la arrastrara.

Al salir a la calle, el perro no se dirigió al primer árbol para orinar. Empezó a dar tirones en dirección a la plaza.

—Pero ¿qué estás haciendo?

Justo en ese momento le empezó a vibrar el móvil. Era Yoli Setién.

—Dulce, igual hay motivo de alarma. Acabo de hablar con los padres de Abraham. Salió de casa esta mañana para coger un autobús con destino a Almansa, en Albacete. Allí le estaba esperando su tío. Pero resulta que no ha llegado. O se ha fugado o le ha ocurrido algo.

O'Rourke solo claudicó un instante y solo claudicó un mínimo. Relajó la tensión con que sujetaba la correa. Fue suficiente para que el perro asestase un furibundo tirón que le arrancó el asa de la mano. Quiso escapar con tal rapidez que sus patas perdieron la fricción y derrapó. Cuando recuperó el control, salió disparado. Sus zarpas sonaron como palitos quebrándose al arañar el pavimento.

Entonces Dulce vio el objetivo del perro. En un recoveco, en la entrada a un local abandonado, se agitó una silueta entre las sombras. Solo dos cosas reflejaban la luz: una especie de hoja metálica en su mano y un cráneo pelado y brillante.

El hombre calvo llevaba una hora allí.

Se había apostado en una de las terrazas y había pedido un té. Había soportado el frío con paciencia. Había tenido incluso tiempo para recrearse en la vista de San Pedro ad Víncula. El móvil vibró. Dio dos sacudidas cortas y se detuvo: una notificación. Lo sacó del bolsillo y desbloqueó la pantalla. Comprobó que en la barra de avisos aparecía un icono en forma de anillo. Maldijo en su idioma. Se metió las manos por debajo del abrigo, del jersey y de la camiseta, y toqueteó la banda elástica del pulsímetro hasta situar el sensor sobre su corazón. El icono en forma de anillo no tardó en desaparecer.

Al rato, había visto a Dulce cruzar la plaza y entrar en el número 4. Pagó su consumición y se levantó. Comprobó que se encendían unas luces en el primer piso del edificio y que se abría una ventana. Ya sabía dónde estaba la casa. Ahora solo quedaba aguardar a que ella saliera o a que se fuera a dormir.

Oyó ladrar un perro. Vio que la luz del apartamento se apagaba y que una silueta se movía con agilidad en la ventana. Parecía llevar el abrigo. La chica bajaba a la calle. El hombre calvo se puso en guardia. Tendría tiempo para entrar y registrar la casa. Y, si no lo tenía… Bueno, llevaba su estilete. En cualquier caso, las cosas quedarían solucionadas.

El perro se abalanzó hacia él como un lobo hambriento. Con la poca luz, no podía reconocerlo como el que había encerrado en un contenedor antes de matar a su amo. Estaba claro que Chucho sí que lo había identificado a él. Había detectado su aroma, un olor que su instinto salvaje no le había permitido olvidar. «Ataca para salvar tu vida», le decía ese instinto. El animal se lanzó al cuello del tipo. Este levantó la mano izquierda en el momento adecuado; los colmillos de Chucho le atravesaron la manga del abrigo y la piel del antebrazo. Con la presión arterial en máximos, el pitido del oído se incrementó y anuló todo sonido ambiental.

También algunas personas, en las terrazas de alrededor y tras los escaparates de los bares, reaccionaban con pánico. El sicario estaba entrenado para mantener la sangre fría. Pero aquella pequeña bestia parecía tener fijación por su tráquea. Agitó el brazo apresado y los dientes del perro le desgarraron la carne. Asestó una estocada con el estilete en el abdomen de Chucho. No bastó para tumbarlo, pero sí para que lo soltara. El perro siguió acechándolo. Dulce estaba a pocos metros, sin saber qué hacer. Al acercarse con la correa, Chucho se revolvió y trató de morderla a ella. Lanzó un ladrido que trataba de decir: «No te entrometas».

Volvió a por el asesino, que daba pasos atrás con el estilete en alto y la manga de la parka North Face chorreando sangre. Amenazó al perro con el arma y echó la mano herida a la espalda para intentar desenfundar la pistola. La furia del animal lo hizo retroceder más aún. Tanto que ya rozaba el borde de la acera. Palpó la pistola, pero la mano había perdido fuerza. Quizá las mandíbulas hubieran roto algún tendón. El *tinnitus* pitaba en sus oídos como una sirena antiaérea.

Por eso no oyó a Dulce gritar. Por eso no oyó a la gente de los bares gritar. Por eso no oyó el autobús de línea, que se acercaba a gran velocidad. Justo en el momento en que él invadía la calzada. Justo en el momento en que conseguía desenfundar la pistola. Justo en el momento en que Chucho se desvanecía por la pérdida de sangre. Justo en ese momento, el autobús golpeó al hombre calvo y lo lanzó a casi diez metros de distancia.

Su cuerpo se estrelló contra unas jardineras de bronce. Uno de sus codos se dobló hacia el lado equivocado al chocar contra el tronco de un árbol. Su brillante cabeza, su orgullosa calva que nunca ocultaba, se abrió.

Ya inmóvil, tendido en el suelo, notó que algo se transformaba. El *tinnitus* había dejado de oírse. El ruido de sus oídos se había silenciado para siempre.

41

El inspector Seito se había pasado las últimas veinticuatro horas vestido con un pantalón de pijama de franela y una camiseta de MC5 tan vieja y desgastada que se podía ver a través de ella. No recordaba cuándo había sido la última vez que había disfrutado de un día entero de vacaciones como aquel. No solo por no ir al trabajo. También porque había logrado pasar veinticuatro horas sin compadecerse a sí mismo. Llamó solo una vez a Marga para saber si el niño empezaba a sentirse menos adormilado.

–Hoy está contento. Se ha reído con unos cuentos de *Barrio Sésamo*.

Aquella había sido solo una de las cosas buenas que había tenido el día. Se había levantado tarde. Había bajado al bar a desayunar tortilla y café con leche. Luego había visto unas películas de los años ochenta. Sin tan siquiera pasar por la ducha, había cocinado unas judías verdinas que guardaba en el congelador desde su última visita a Asturias, con alcachofas y jamón. Por la tarde, había bajado al trastero a por un par de cajas que aún tenía cerradas desde la mudanza, dos años atrás. Eran discos de vinilo. La única posesión material que le importaba. Arrancó la cinta americana de la primera caja y la abrió. Apareció un rostro enjuto, de nariz alargada, flequillo y bigote que había pasado mucho tiempo en la oscuridad.

—¡Hola, George! —dijo en voz alta.

Tomó con cuidado el álbum homónimo de George Harrison, cuya imagen de carátula era un retrato en primerísimo primer plano del exBeatle. Le pasó una gamuza empapada en Pronto para quitarle bien el polvo. Sacó el disco; no estaba rayado. Harrison había compuesto ese álbum en 1979, así que, aunque no le gustaba demasiado, lo colocó en la estantería, junto a otros grandes clásicos de ese mismo año, como el *London Calling* de The Clash, el *Lodger* de David Bowie, el *Setting Sons* de The Jam o el *Unknown Pleasures* de Joy Division.

A media tarde, la estantería de los discos había duplicado su contenido. Cada vinilo que limpiaba y colocaba era un argumento para reforzar la única idea que había sacado en claro de su experiencia en la vida: que el tiempo pasa y la civilización respeta la tendencia a irse a la mierda. Puso la tele. En TCM empezaba un maratón de John Carpenter. Aquel día parecía haber sido diseñado por el cosmos como homenaje a su propia persona, a Juan Luis Seito. Por la noche se dejó caer en la cama y leyó hasta quedarse dormido.

Un timbrazo rompió el silencio y le sacó de su sueño. Le costó orientarse. Miró los números luminosos del despertador: las once y cuarto. Arrastró los pies hasta la cocina. La pantalla del portero automático se había encendido, mostrando a la persona que llamaba. Seito no dio crédito a lo que veía.

—Pero ¿qué cojones...? —exclamó. Y, descolgando el telefonillo, añadió—: Sube.

Salió al descansillo y esperó hasta que el ascensor llegó a su piso. Se abrieron las puertas y apareció Dulce O'Rourke. Conocía lo suficiente a la inspectora para saber que no estaba allí por una especie de confusión emocional. El lenguaje corporal de ella también marcó las distancias desde el principio. O'Rourke parecía un palo de escoba, vestida con una ropa de deporte que no le había visto en la vida.

—Así que es cierto. Vives aquí —dijo.

—Pues claro que vivo aquí, no es ningún secreto. ¿Por qué lo dices? ¿Y por qué has venido? ¿Qué ha pasado?

La invitó a entrar y solo cuando la tuvo en el vestíbulo se dio cuenta del estado de desorden en el que se encontraba el apartamento: la bandeja con los restos de la cena en la mesilla, discos esparcidos por el suelo, una silla del comedor enterrada en ropa...

—Por lo general, esto está más decente. No es que me haya vuelto un cerdo con el divorcio.

—La verdad es que me da lo mismo —dijo ella secamente. Aunque sabía que aquellas palabras servirían para señalar el lugar de cada uno, se arrepintió del tono—. Perdóname —se excusó—. Mi perro acaba de morir.

Seito la observó y, por un momento, contempló la posibilidad de consolarla con un abrazo. No tardó ni un instante en determinar que aquello sería raro. Inadecuado.

—Lo siento —dijo, en cambio.

—Llevaba conmigo solo unos días. Pero ya sabes, algunas relaciones, aunque cortas, son intensas.

—Es verdad. Escucha, no quiero ser insensible, pero supongo que no habrás venido hasta mi casa después de tantos años para contarme que tu perro ha muerto.

—Es cierto, no he venido para eso.

—¿Y quién te ha dado mi dirección?

—Es parte de lo que tengo que contarte. Primero, déjame que te pregunte una cosa. Seito, ¿tú has estado metido en algo gordo últimamente? De trabajo, me refiero.

Seito respiró hondo.

—Puede que sí.

—¿Puede?

—Bueno, supongo que sí. Bastante gordo. Un par de homicidios cometidos por un criminal internacional, un tipo misterioso. Fuimos a detenerlo a su casa con los GOES del Chanclas, pero huyó, y luego... Luego se suicidó.

—¿Huyó y luego se suicidó? —preguntó O'Rourke, extrañada—. Entonces, ¿para qué huyó?

—Cosas más raras se han visto.

—Si tú lo dices… ¿Quién investigó el caso?

—Al principio, yo solo. Fue un golpe de suerte. Luego Laura Rodrigo me ayudó a atar cabos.

—¿Esa chalada? ¿Cómo le va?

—Bueno, ya sabes cómo es Rodrigo.

—Sí que lo sé. La temporada que coincidí con ella, solo me hablaba del colon irritable de su padre. ¿Crees que ese tipo, el suicida, podía tener algún apoyo, alguien que se os haya pasado por alto?

—No. Sabemos que estuvo en una pandilla juvenil en El Salvador, una mara. Luego trabajó para la CIA y más tarde desapareció. Pero parece que desde entonces era un lobo solitario. En su huida se preocupó solo por llevarse su ordenador, que no se ha podido ni siquiera abrir.

—Seito, ¡qué cojones! —respondió ella, enojada—, ¿se habría preocupado de su ordenador un lobo solitario que se va a suicidar? ¡Venga ya! ¿Hubo testigos que puedan afirmar que fue un suicidio?

Seito reprimió las ganas de contarle la verdad: él era el único testigo de ese suicidio. Y, no, no había sido un suicidio.

—Yo qué sé, Dulce. Al final he tenido que comprar lo que Álvarez-Marco ha querido que compre. Si por mí fuera…

—Seito —lo interrumpió ella—. ¿Alguno de los implicados en esa operación se llamaba Laínez?

El estupor apareció de inmediato en la mirada de él. Perdió el habla durante unos segundos.

—¿Cómo cojones lo sabes?

—Te voy a enseñar una cosa. Algo que te va asustar y a cabrear a partes iguales.

O'Rourke sacó del bolsillo de su abrigo una funda de plástico transparente que contenía un papel. Lo elevó para situarlo a la altura de los ojos de Seito, que comprendió desde el principio que no debía sacarlo del envoltorio. Por una cara tenía un texto escrito a ordenador. Seito reconoció el formato. Era un informe, de los que escribe la policía cuando hace una investigación. Aquel informe estaba encabezado por una fotografía: la suya. Leyó el texto en diagonal. Identificó palabras como suicidio, juez, ventana, caída a la calle con resultado de muerte, manipulación de la escena del crimen, pruebas falsas, obstrucción a la justicia… Seito lo entendió todo. Se trataba de un documento extraído del archivo de Asuntos Internos, de la investigación a la que lo sometieron tras el caso de la muerte de la musa de la Movida, Ana Pacheco, en la cuesta de San Vicente. También contenía los datos de Seito, pero era su dirección antigua, de cuando aún vivía con Marga.

–¿Quién te lo ha dado? Esto solo lo ha podido conseguir un compañero. ¿Hay alguien intentando resucitar esta mierda?

–No lo creo, Seito. Es bastante peor que eso. Dale la vuelta.

El pliego, por el anverso, estaba lleno de anotaciones a mano. El inspector descifró con dificultad cada palabra:

–Juan Luis Seito (he was at Lainez's).
El Cañaveral. Gales St. #4. Stair #4. 7th floor. Door L.
–José Seito Aguilar (son) (cerebral palsy, highly handicapped).
School (from 9am to 4 pm): Centro Bobbath. Mirador de la Reina St.
–Margarita Aguilar (ex wife) and Gabriel? (unknown surname) (ex wife's boyfriend)
Volkswagen Caddy, grey, 9923 FSD… Towards Herrera Oria??

Las anotaciones se complementaban con un plano, dibujado a boli, del barrio del colegio de José. Quien lo había hecho, había identificado los edificios. También se había preocupado por poner cruces en puntos que Seito identificó como una farmacia, un cajero automático y un ambulatorio; junto a esas cruces figuraban las palabras *security camera*. Seito notó cómo el vigor de sus piernas se disipaba.

228

—Dime que no es lo que creo que es.

—Dímelo tú.

—Es mi dirección actual, el barrio de Marga, la matrícula de su coche… Y el mapa del colegio de mi hijo.

—Entonces sí, es lo que crees que es. Por eso he venido hasta aquí, siguiendo la anotación, y rezando para que no fuera correcta, para que no fueras tú quien abriera la puerta.

—¿De dónde coño…? —intentó preguntar Seito.

—Estaba en el bolsillo del hombre que mató a mi perro —lo interrumpió Dulce—. Vino a mi casa. Me estaba esperando. Creo que quería hacerme daño.

Seito desvió la mirada del papel y la clavó en la cara de O'Rourke. Ella no esperó a decir:

—Nadie ha visto esta nota, aparte de mí. Ni siquiera otro compañero. Porque está claro que este expediente ha salido de alguien del Cuerpo.

Seito señaló la anotación entre paréntesis que había al lado de su nombre: *He was at Laínez's.*

—¿Y cómo han podido saber que yo estaba ahí, en casa de Laínez? —preguntó, furioso—. ¿Y qué importancia tiene?

—No sé qué pasa aquí, pero ambos estamos metidos en algo raro. Primero, yo te cuento mi parte, y luego tú me cuentas la tuya. Si encontramos una relación, trabajaremos juntos para tirar del hilo. Pero antes, llama a Marga y dile, ruégale, que se vaya a un lugar seguro.

CUARTA PARTE
PATRONES

42

El asfalto de la autovía A-5 en dirección Toledo seguía mojado y brillante como la piel de un congrio. Los limpiaparabrisas frotaban la luna delantera con un ruido molesto.

Lo único que Seito veía eran las luces traseras de la Volkswagen Caddy. Quizá el amanecer trajera consigo cierta sensación de seguridad. O quizá no. Seito recordó a las víctimas del Violador Madrugador. Esas chicas también debían de sentirse tranquilas al salir de la discoteca, ya con la luz del día neutralizando el poder sugestivo de las sombras. No sabían que el amanecer aún podía ocultar depredadores. El Violador Madrugador: ese nombre tan tonto se le había ocurrido a O'Rourke, cómo no. Llevaba años sin pensar en él. De pronto, al reaparecer la inspectora, los recuerdos de ese periodo se desataban.

En el Distrito Centro trabajaban a destajo con una compenetración inigualable. Su primer gran éxito fue ese: el Madrugador. Un tipo que se ponía una alarma a las cinco de la mañana para rondar las calles aledañas a Gran Vía. Atacaba a las chicas que salían borrachas de las discotecas. Parecía conocer el barrio mejor que su propia casa. La disposición de todas las cámaras, los rincones oscuros donde arrastrar a las víctimas,

233

los caminos más rápidos para regresar a su domicilio. Pero aquello no bastó para burlar la adicción al trabajo de los dos policías.

Después de ese caso resolvieron otros. Se acostumbraron a salirse con la suya. El asesinato por encargo de un buen hombre a causa de una herencia raquítica. El de los traficantes de burundanga. El de los extorsionadores chinos. Seito no recordaba ya en qué investigación trabajaban cuando empezó a acostarse con O'Rourke. Fue una noche, al salir del José Alfredo. Se paró ante ella, le llevó las manos a ambos lados del rostro y consiguió que elevase la mirada para besarla.

Poco después, tuvo que inventarse mil historias para explicarse a sí mismo cómo había sido capaz de hacerlo. Primero se dijo que hacía mucho tiempo que no mantenía relaciones con Marga. Que los primeros meses de vida de José habían sido un infierno. Las rutinas de la parálisis cerebral, a las que aún no se habían acostumbrado, mantenían al matrimonio en un celibato forzoso. Pronto se percató de que este pretexto no tranquilizaba su conciencia, solo habría tranquilizado la conciencia de un imbécil.

La ruina comenzó. Un día se peleaba con Marga y acudía a O'Rourke como un gatito pidiendo un plato con leche. Otro día pasaba un buen rato con José y trataba a su compañera como una harpía que buscaba destruir su familia. Ella no decía nada. La brecha se ensanchó con lo de la cuesta de San Vicente. En aquella casa, la vida de Ana Pacheco, tan luminosa unas décadas antes, se iba apagando muy despacio. El piso constituía la única propiedad que aún conservaba de todo lo que había ahorrado en los años ochenta. Vivía en soledad, pero no le faltaban compañías. Personas de todo pelaje pasaban la noche bajo su techo tras echar el día al sol, a la entrada de la estación de Príncipe Pío. Ana Pacheco ni siquiera les preguntaba sus nombres. A algunas les cobraba a cambio de sexo. A otras, no.

Un buen día, Ana apareció estampada contra la acera, tras caer desde la ventana del salón. Cuatro pisos. Un hombre se encontraba en la vivienda en aquel momento. Decía que estaba en el baño duchándose. El inspector Carlos Callés, el primero que llegó a la escena, determinó de inmediato que se trataba de un suicidio. No se encontró tanto narcótico en la sangre de Ana Pacheco como para que se hubiera dejado matar sin resistencia y tampoco se encontraron pruebas de violencia dentro de la vivienda. Aunque sí que aparecieron más tarde; curiosamente, justo tras la visita de Seito. Él dio con algo que se les había pasado por alto a los demás. Fragmentos de vidrio bajo la alfombra, de una figurilla que adornaba un estante junto a la ventana. Una chaqueta rota oculta en el fondo de un armario. Lo suficiente, porque el sospechoso tenía antecedentes por graves crímenes, que según él le habían endosado por ser el yonqui de turno que pasaba por ahí.

—A este hombre lo condenaron por dos homicidios propios de un asesino en serie —decía Seito—. Y lo tenemos por la calle, en el centro de Madrid.

Las pesquisas se pusieron en marcha. Pero no apareció nada. «Aquí se nos escapa algo», repetían. No se llegó a imputar al hombre. Los otros compañeros empezaron a pensar que lo que decía Carlos Callés era cierto: aquellas pruebas las había colocado allí Seito, que estaba tan acostumbrado a tener razón que no permitía que la realidad contradijera sus puntos de vista. Parecía algo tan claro que incluso motivó una investigación de Asuntos Internos.

Cuando Seito supo que lo investigaban, acusó a O'Rourke de no apoyarlo. Ella no era capaz de seguirle la corriente. Le parecía imposible que la Policía Científica hubiera pasado por alto aquellos indicios.

—Me preocupa tanto como a ti que ese hombre cause otra desgracia, porque cualquier día lo hará —le dijo O'Rourke—. Pero fabricar pruebas, Seito, ¿cómo se te ocurre?

Seito nunca lo reconocería, pero que su compañera le diera la espalda por primera vez detonó aquella estúpida e infantil decisión de llamar al redactor de *Sálvame*. Una huida hacia delante. Sencillamente, no estaba preparado para pedir perdón, nunca lo estaba. Por suerte para él, la investigación se archivó tras poner al redactor de Tele5 en su sitio. A nadie le interesaba profundizar demasiado en aquel asunto. Pero la carcoma lo había consumido todo. Cuando en la comisaría se enteraron de que estaban liados, Seito no dudó en representar el papel de víctima. Empujó a O'Rourke bajo las ruedas de los cotilleos de los compañeros. La pija. La niña de papá que tiene todo lo que ha querido. Que nunca renunciará a un capricho. Y que ahora ha destruido un matrimonio que necesitaba perdurar, por el bien del niño discapacitado.

El matrimonio no perduró. Seito observó con asombro cómo Marga aprovechaba la oportunidad para abandonarlo por Gabriel, con quien pasaba más horas que con su marido. Pero aquello no resultó ser ningún problema para el bien de José. Por mucho que le doliera a Seito, ahora su hijo vivía mejor atendido, sus necesidades nunca habían estado tan cubiertas. Pasada la turbulencia, Seito se asentó en su nueva realidad. Como en el fondo no era un monstruo sin alma, el remordimiento empezó pronto a aguijonearlo. Tenía mucho perdón que pedir, pero seguía sin saber hacerlo. Y ahora, años después, resulta que O'Rourke llegaba en plena noche y lo ayudaba a salvar a su familia por segunda vez.

La Caddy abandonó la A-5 a setenta y dos kilómetros de Madrid.

Seito la siguió. Se detuvo en un stop, tras la furgoneta. La mano de Gabriel salió por la ventanilla con un pulgar levantado. Todo iba bien. El sol aún tardaría horas en asomarse y la noche no tenía luna. Sin embargo, el cielo rebosaba de estrellas. Creyó ver el impreciso contorno de un castillo en ruinas que se recortaba contra el horizonte en el inmenso llano manchego.

43

Cuando Seito regresó a su casa, encontró a Dulce O'Rourke dormida en el sofá. Se había cubierto con una manta que no recordaba haber lavado nunca. Un exiguo hilo de saliva se le escapaba por la comisura derecha del labio y manchaba el cojín que usaba de almohada. Como en los viejos tiempos. Colocó la mano con suavidad sobre el hombro de la inspectora. Esta abrió los ojos, sobresaltada.

—No quería dormirme —dijo, visiblemente incómoda con el contacto.

—No sé por qué.

—Yo tampoco lo sé, pero no quería. ¿Cómo se lo han tomado?

Seito se encogió de hombros y meditó la respuesta. Ni siquiera él había pensado cómo encajaría Marga la necesidad de escapar de la ciudad.

—¿Gabriel está con ellos?

—Claro. No los dejaría solos por nada del mundo.

—El tío perfecto.

—No te puedes imaginar lo mal que me cae. —Hizo una pausa prolongada—. Dulce, necesito que me lo expliques otra vez. Lo de la estación, lo del calvo, lo del Pollito ese, lo del atropello en la plaza, el perro...

237

—Si aún tienes dudas, ¿por qué te has llevado a tu familia lejos de Madrid?

—No dudo. Quiero entenderlo.

A Dulce no le apetecía repetirlo. Sobre todo, lo de Chucho. Se sentía culpable. Había tenido que escoger entre examinar el cuerpo del hombre calvo o llevar urgentemente al perro a un veterinario. Había optado por lo primero. En los bolsillos del asesino encontró aquel papel: la ficha de su antiguo compañero y la información sobre su familia. Aparte de eso, unas llaves y un teléfono móvil. Llegó el primer zeta de la Municipal. Ella se identificó. Le indicó a un agente dónde había caído el estilete ensangrentado. Le explicó, con palabras atropelladas, que ese cuchillo era importante para resolver un homicidio. Le pidió una funda de plástico. Introdujo en ella la ficha de Seito sin que nadie la viera. Solo entonces levantó el cuerpo del perro y corrió a su coche. Condujo a gran velocidad hasta la clínica veterinaria que la había atendido la última vez. La sangre del animal se deslizaba por la tapicería. Chucho ni temblaba ni convulsionaba. Se había dejado ir, con dulzura. En la clínica le dijeron que no había nada que hacer. La obligaron a aportar sus credenciales, por si era un caso de maltrato animal. Metieron el cuerpo del perro en una bolsa que a Dulce se le antojó pequeñísima para un fracaso tan grande.

En cuanto pudo, regresó a la plaza de Juan de Malasaña, donde ya había un operativo en marcha. Un equipo de la Científica había acudido desde la Jefatura. Habían recogido el estilete y le hacían fotos al cadáver. Los compañeros estaban tomando declaración a los testigos.

—Le vi dar pasos atrás, sin mirar —decía el conductor del autobús—, atacado por el perro chiflado de esa chica —dijo señalando a Dulce—. Y cuando invadió la calzada, no pude frenar.

O'Rourke se había sentado a esperar su turno en un banco. A pesar de que todos estaban pendientes de ella, no les prestaba atención. Nadie la distraía de sus pensamientos, cada vez más inquietantes.

—Fue entonces cuando se me acercó Callés —le explicó a Seito por segunda vez—. Según él, estaba de guardia. Me dijo que Álvarez-Marco quería una explicación, que si podía acompañarle. Al ver a Callés allí, fue cuando pensé que era mejor no mostrar el papel que había encontrado en la chaqueta de aquel hombre. Juanjo, mi comisario, lo ha corroborado todo: el cadáver era del asesino del dueño de Chucho, lo que explica la reacción del animal. Le entregaron el teléfono del muerto a los de informática forense, y el estilete y la pistola que llevaba a los del laboratorio. En cuanto pude salir de allí, consulté otra vez las notas que había tomado el calvo en el papel. Vi tu dirección y corrí a comprobar si era la correcta.

Se produjo un silencio incómodo. A ninguno le apetecía recordar la cuesta de San Vicente.

—Ahora te toca a ti —dijo O'Rourke.

Mientras Seito preparaba café, le contó el caso de Javier Laínez. Desde cómo había relacionado los grafitis con dos delitos hasta cómo habían sacado al marero de su casa para que se acabara suicidando en la pasarela. Insistió en la presencia de una misteriosa mujer.

—Se parecía a Patti Smith.

—¿A quién?

—A Patti Smith.

—¿Quién es esa?

—Joder, O'Rourke, la madrina del punk: *Horses, Because the Night, People Have the Power...*

—Ni idea.

—O'Rourke, coño, que eres medio irlandesa.

—¿Patti Smith es irlandesa?

—¡No! Patti Smith no es irlandesa, pero cualquier irlandés sabe quién es Patti Smith.

—Pues yo no. Y no creo que mi padre lo supiera.

Seito acudió a la estantería de los discos. Tras una breve búsqueda, le mostró a O'Rourke la carátula de *Horses*.

—¡Ah, vale! ¡Ya sé quién es! Tienes razón, mi padre tenía ese disco en casete.

—¿Y nunca te puso a escucharlo?

—Con el ruido de los motores es imposible escuchar música. Vamos a centrarnos. Estábamos con lo del suicidio.

—Pues Álvarez-Marco dice...

—No me digas lo que opina el jefe, que tú no eres así.

Seito suspiró. Le dedicó una última mirada al elepé antes de devolverlo a la estantería.

—Lo que creo es que a Laínez se lo cargó la CIA. No te rías. El tal Herbert del Amo, del FBI, me dio a entender que los servicios de inteligencia habían liberado a Laínez de la cárcel para que les sirviera de agente de campo en otros países latinoamericanos. Pero, por lo que parece, llegó un momento en que le perdieron la pista. Laínez se desvaneció. Yo creo que se volvió chiflado.

—Con esa vida, no me extraña.

—Por lo que me contó el jefe de las maras con el que hablé, le mandaba fotos de asesinatos firmados con su placazo para amedrentarle. Para hacerle saber que iba a regresar a San Salvador e iba a reconstruir su banda y vengar la muerte de su hermano.

—Puedes sacar al chico del barrio, pero no al barrio del chico, ya me sé eso.

—Seguro que la CIA quería eliminar ese problema desde hacía mucho tiempo. Y yo levanté la liebre. Herbert del Amo me cameló para que lo encontrara. Nos utilizaron como a perros que sacan al conejo de la madriguera para que el cazador le pegue un tiro. Por eso Del Amo ni siquiera me coge el teléfono.

—Según esa versión, tu Patsy Smith...

—Patti.

—Eso... Tu Patty Smith sería un agente de inteligencia. Pero entonces, ¿qué papel juega aquí el hombre calvo?

Seito levantó las manos en señal de duda.

—Pues quizá el mismo. Un tipo al servicio de no sé qué gobierno, que me estaba investigando porque hago demasiadas preguntas… O a lo mejor pertenecía a la misma organización criminal que Laínez, si es que pertenecían a alguna.

—Te estás dejando cosas fuera, Seito. Laínez y el calvo. Dos tipos solitarios. Ambos son extranjeros. Las notas del calvo están escritas en inglés. Ninguno tiene pasaporte. Dos fantasmas en un país extraño. Y fíjate en sus víctimas.

O'Rourke despertó el interés de Seito, que clavó la mirada en ella.

—Cada uno de ellos ha matado a un vagabundo. Y Laínez, además, a un técnico de la M-30. Personas insignificantes, víctimas impropias para un agente de inteligencia o para el miembro de una mafia internacional. ¿Cuál es la relación entre esos crímenes? ¿Cuál es el móvil?

Seito guardó silencio. Miró hacia la ventana. Por fin el sol se elevaba sobre el lejano horizonte. Se podía imaginar la luz cruzando el páramo manchego, cayendo sobre el castillo en ruinas de aquel pueblo en que había dejado a su familia.

—¿Y qué pistas podemos seguir? Yo solo tengo la foto que me envió el jefe de las maras.

—Creo que lo más importante ahora es encontrar a Pollito. En el audio que me envió, me decía que estaba junto a la casa del hombre calvo. Me podrá llevar hasta allí.

—Si está bien —precisó Seito.

—Seamos optimistas. Los de informática se pondrán en contacto con la operadora para localizar desde dónde me mandó el mensaje. Además, están abriendo el móvil del hombre calvo. De allí pueden salir números de teléfono, direcciones, whatsapps, contactos… Pronto sabremos quién es. ¡No desesperemos aún!

44

—Del teléfono móvil del hombre calvo no va a salir absolutamente nada —anunció O'Rourke con desesperación—. Me acaban de llamar los de informática forense. En cuanto intentaron abrirlo, se formateó el dispositivo y se eliminó todo el contenido. Dicen que es totalmente irrecuperable. Quien instaló ese sistema de seguridad sabía lo que hacía.

Se encontraban en una sala de reuniones de la Jefatura. Habían conseguido mantenerse lejos de Álvarez-Marco. Sus ojeras desvelaban un cansancio intolerable. Laura Rodrigo los miraba estupefacta. Se sentaba muy erguida. Sostenía entre las manos una taza llena de agua casi hirviendo en la que tres bolsitas distintas hacían infusión.

—Os queda claro —dijo tímidamente— que a mí el trabajo de calle se me da fatal, ¿verdad? Lo mío son las bases de datos y los buscadores. Y mi menorragia se encuentra en su peor momento.

—Si no te necesitáramos, no estarías en esta sala —contestó Seito.

—Pero ¿por qué no se lo has dicho al jefe?

—Porque todo esto es muy raro. Porque el hombre calvo tenía una hoja impresa con información confidencial que solo pudo obtener en nuestros archivos. Una ficha de Asuntos Internos. Y solo conociendo nuestras investigaciones se me puede relacionar con el asunto de Laínez. Por eso O'Rourke no se la ha enseñado a nadie más que a los que estamos en esta sala, porque puede haber un infiltrado.

—¿Crees que hay un topo? Seito, eso es muy serio.

—No tiene por qué haber un topo, Laura —intervino O'Rourke—. Basta con una brecha de seguridad en el sistema informático. Alguien que lo haya hackeado y se haya hecho con esa ficha. Tú entiendes de esas cosas.

—Fueran quienes fueran esos tipos —siguió Seito—, les preocupaba el contenido de sus dispositivos. Laínez dejó frito su ordenador antes de escapar.

—Su móvil no apareció. Quizá se lo llevó Patti Smith.

—Quizá —convino Seito—. Y ahora el móvil del calvo se borra entre las manos de nuestros especialistas. ¿Te han dicho algo de la localización del teléfono de Pollito?

Dulce se había quedado encogida en la silla, con la chaqueta sobre los hombros como si fuera una manta de lana gruesa.

—Lo está llevando el inspector Callés y no suelta prenda. Dice que estoy demasiado implicada.

—Menudo gilipollas —sentenció Seito.

—¿No podrías hablar tú con él?

—¿Con Carlos Callés? —respondió Seito con tono de burla—. ¿Podrías tú, Laura?

Para Laura Rodrigo, Callés era un cantamañanas que justificaba su ineficacia acudiendo a lo que dictaban leyes y reglamentos: el juez no lo va a permitir, eso va contra la protección de datos, ahí no podemos hacer nada... Un hombre en huelga de celo crónica.

—No le caigo muy bien —se limitó a decir—. Se ofendió aquel día en que resolví en diez minutos un asunto en el que llevaba trabajando meses. En cualquier caso, sé que opina que Abraham Castro, a quien llamáis Pollito, finge su desaparición para no tener que presentarse ante el juez. Se van a centrar en meter presión a la familia, para averiguar dónde está.

—Callés es un vago —sentenció Seito—. Defiende la versión que menos trabajo le va a dar. ¿Creéis que podría estar en el ajo? ¿Ser el topo?

—Yo qué sé —respondió O'Rourke—. Vosotros lo conocéis mejor que yo.

—No acostumbro a acusar a compañeros sin pruebas —dijo Rodrigo—. Aun así, en el caso de que solicitaran ya mismo la geolocalización del móvil del testigo, ya se sabe.

—¿Qué se sabe?

—Que se tarda, Seito. Aunque no haga falta una orden del juez, hay que acudir al operador para que nos dé el dato mediante triangulación de antenas, que tampoco es tan preciso. Y si no hay una urgencia…

—Hay una urgencia —interrumpió Seito, malhumorado—. Mi familia está amenazada.

—Pero ¡eso no lo podemos mencionar! —exclamó Dulce—. ¿Qué quieres que les digamos al juez y a tus compañeros? ¿Que tenemos un secretito que no les podemos contar, pero que nos den prioridad, porfa, porfa, porfa? Si Callés se entera de que sabemos que el calvo te buscaba y en el equipo hay un topo, perdemos toda la ventaja.

Seito respiró hondo para atajar un brote de angustia que notó en la boca del estómago.

—La única forma es llegar antes que Callés —concluyó—. Aunque sea saltándonos las reglas.

O'Rourke asintió apesadumbrada. Todo su optimismo se había ido por el sumidero. El cansancio tenía mucho que ver. Pero la ausencia de ideas también.

—Es una pena que ese tal Pollito no pueda darnos las claves de su cuenta Gmail —dijo Laura Rodrigo—. Con ellas podríamos localizar un teléfono rápidamente.

—Llamaré a su familia —dijo O'Rourke—. No lo creo probable, pero puede que Pollito haya dejado las contraseñas apuntadas por la casa.

Dulce marcó el número del domicilio del chaval. Debía de ser una de las pocas viviendas de Madrid en las que aún se daba uso al teléfono fijo. El padre de Abraham era un soldador retirado por incapacidad permanente. No salía mucho a la calle, no tenía demasiados amigos, se pasaba las horas haciendo crucigramas y viendo Teledeporte.

—Dígame.

—Hola, señor Castro. Soy la inspectora Dulce O'Rourke, del Distrito de Vallecas. Seguimos intentando localizar a Abraham. ¿Se sabe algo de él?

—Son ustedes los que deberían saber de él, a mí déjenme en paz. No quiero volver a verle.

—Señor Castro, quería preguntarle si Abraham le dio alguna vez la dirección y la clave de Gmail.

—¿De qué?

—De su correo electrónico.

—No sé nada de eso.

—¿Podría usted comprobar si hay algún papel pegado cerca del ordenador, con algún código?

—No tenemos ordenador. Abraham usaba un portátil. Se lo llevó.

—¿Y no habrá dejado por ahí apuntadas las claves, a la vista?

—En esta casa se limpia, inspectora. Somos pobres pero dignos. No dejamos papeles por ningún lado.

Dulce decidió darlo por imposible. El cansancio le impedía reconducir la conversación.

—¿Y mi mochila? —preguntó de improviso el padre de Pollito—. ¿La tienen ustedes ya?

—¿Cómo?

—Mi mochila. Se lo dije a un compañero suyo.

—Nadie me ha informado.

—Claro, son ustedes funcionarios, con paga y jubilación asegurada. Para qué molestarse en hacer bien su trabajo, ¿no?

—Le pido disculpas, señor Castro. ¿Puede decirme a qué se refiere?

—Ayer me llamaron del Delixo de Méndez Álvaro. Me dijeron que mi mochila estaba allí, que alguien se la había dejado. Era mi mochila, había apuntado en ella mi número de teléfono. Yo la utilizaba para llevar herramientas, hacer algún trabajo extra los fines de semana. Abraham la cogió sin permiso para irse a Albacete. Ya ve usted: desaparece y se deja mi mochila en un Delixo.

—¿Avisó usted al inspector Callés de que esa mochila estaba allí?

—No recuerdo si se llamaba Callés, pero sí, se lo dije. Me contestó que irían a recogerla, por ver si les daba alguna pista.

—¿A qué hora le llamaron del Delixo?

—Serían las nueve de la noche. La guardaban desde poco antes de las doce de mediodía.

O'Rourke efectuó un rápido cálculo. El Delixo de Méndez Álvaro estaba justo enfrente de la Estación Sur. Ese local tenía muchísima rotación de clientes, así que O'Rourke supuso que los camareros habrían encontrado la mochila al limpiar la mesa, nada más irse Pollito. Por tanto, se podía deducir que el chico habría abandonado el restaurante más o menos a esa hora: poco antes de mediodía. O'Rourke había recibido el mensaje de audio a las once y treinta y siete minutos. Eso no le dejaba a Pollito mucho tiempo para alejarse de la cafetería. Lo que quería decir que la casa del hombre calvo tenía que encontrarse muy cerca de aquel Delixo.

—Tiene sentido —dijo Seito.

—Es posible que se encontrara con el calvo allí, por pura casualidad —especuló O'Rourke—. Por eso se dejó la mochila. El muy tonto del haba salió corriendo detrás de él.

Le alcanzó una punzada de culpabilidad. Ella lo había presionado hasta lo indecible para que aportase información sobre el asesino.

—Tú y yo nos vamos a Méndez Álvaro —propuso.

—Vale —contestó Seito—. Laura se queda aquí a trabajar sobre la foto que me envió el líder de los Salvatrucha.

Seito se refería a la única foto del placazo que conservaba Cornelio Flores, el Graso, ranflero de los MS13. La había recibido aquella misma mañana, desde la cuenta de correo de la jueza María Luz Toledo.

—¿Y qué vamos a sacar de esa foto? —objetó O'Rourke—. No se ve nada.

—Yo veo muchas cosas en ella —dijo Laura Rodrigo.

—Ya la has oído —respondió Seito—. La subinspectora Rodrigo ve muchas cosas en ella.

45

En el Delixo de la avenida Méndez Álvaro, O'Rourke se identificó ante un guardia de Prosegur. Un tipo bajo y rechoncho al que la chaquetilla corta del uniforme le confería el aspecto de un picador de toros. La inspectora le contó lo que ocurría en pocas palabras mientras a su lado Seito ponía cara de policía. El vigilante los acompañó al interior y les presentó al encargado. O'Rourke les mostró una foto de Pollito.

—Este es Abraham Castro. Sabemos que estuvo aquí ayer por la mañana, ustedes llamaron a su casa para decir que se había dejado una mochila.

—Ah, sí. Yo mismo se la entregué a los policías nacionales que vinieron a por ella —dijo el guardia—. Me sorprendió que viniera la autoridad a buscarla.

—Digamos que corresponde a una investigación en curso. No podemos darle explicaciones. ¿En qué mesa estaba la mochila?

—No lo sé, yo no la recogí, solo la entregué. Tampoco llegué a ver al dueño. ¿Lo sabes tú, Víctor?

—A mí no me suena de nada —se disculpó el encargado—. Yo ayer libraba. No he visto a ese chico.

Entonces O'Rourke sacó también la foto del hombre calvo. O, más bien, del cadáver del hombre calvo. La única que tenía.

248

Su rostro estaba deformado tras el aterrizaje contra la jardinera. Por suerte, el ángulo no permitía ver la grieta en el cráneo.

—¡Por Dios! —chilló el encargado.

O'Rourke temió que vomitase, ayudado por olor de las patatas fritas, los sándwiches y las hamburguesas, y los *English breakfasts*.

—Discúlpeme, señor...

—Me llamo Víctor Fernández. ¿Quiere mi DNI?

—No será necesario. Lamento haberle enseñado la foto. Solo quería saber si lo han visto por aquí alguna vez.

—No, puedo jurarle que yo no.

—¿Podríamos preguntarle a su personal?

El encargado se mordió el nudillo. No le gustaba la idea de que molestaran a sus camareros con la foto de un muerto, en un restaurante lleno de clientes.

—Si no hay más remedio... Pero, por favor, no les asusten.

Se movieron entre un bosque de asientos de escay carmesí, sillas grises y camareros con uniformes negros y rojos. La mayoría del personal reaccionó con asco al ver la foto del muerto. Alguno se santiguó, otros cerraron los ojos. Nadie recordaba ni a Pollito ni al hombre calvo. Solo un muchacho dominicano, con una buena planta, les dijo:

—A este pobre caballero no lo he visto nunca. Pero el otro, el rubio, fíjense que me suena. ¿No fue el que se olvidó la mochila? Yo creo que se sentó por ahí, por las mesas altas de la entrada, ¿ven?

El camarero señaló un taburete en una mesa corrida, pegada al escaparate. El sitio estaba pensado para clientes que acudían solos, para que pudieran comer entretenidos con las vistas de la calle. Se encontraba muy cerca de la puerta de entrada. Seito echó un vistazo rápido y se fijó en una cámara de seguridad: una especie de protuberancia oscura disimulada entre los plafones del techo. Acudió al vigilante de Prosegur.

—¿Esa cámara graba todo el día? —preguntó Seito.

—Sí, claro. Todo el día y toda la noche.

—¿Y tiene acceso a las imágenes?

—Aquí no hay un dispositivo físico. Se almacenan en la nube, pero sí, yo tengo acceso.

—Necesitaríamos verlas.

—Claro. ¿Tienen orden del juez?

—Ahora mismo no —reconoció Seito—, pero es muy urgente.

El guardia rechoncho y bajito infló los carrillos y dejó escapar el aire despacio, como si estuviera tocando un trombón invisible.

—Ya saben que con la Ley de Protección de Datos, esto… Puf… Sin una orden de un juez… Ya se lo dije a sus compañeros, los que vinieron esta mañana a por la mochila, y no les importó. Ellos no parecían tener tanta prisa como ustedes.

O'Rourke había escuchado el intercambio de frases distraídamente, mientras buscaba algo en su teléfono móvil. Cuando oyó esa frase del vigilante juzgó que era momento de compartir aquello que había encontrado.

—¿Puedo preguntarte tu nombre? —preguntó, tuteándolo.

—Me llamo Pedro. Pedro Alcaraz.

—Pedro, ¿te gusta tu trabajo?

—Hombre, pues hay días mejores y días peores.

—Pero en general, ¿crees que podrías ir a más?

—Bueno… En esta empresa ya no. Somos muchos y está jodido crecer aquí.

O'Rourke asentía con atención.

—Pero ¿qué tiene que ver eso con…? —quiso saber el vigilante.

—Pedro —lo interrumpió la inspectora—, como dice un maravilloso libro que acabo de leer, «el mundo está en manos de quienes tienen el coraje de soñar y corren el riesgo de vivir sus sueños», o algo así. ¿Te suena el nombre de Alfredo Lavín?

—Cómo no me va a sonar de algo. El CEO de SecureIn.

—Pues mira.

O'Rourke le mostró al vigilante un álbum completo de fotografías en la pantalla de su móvil. Una boda, un barco, un encuentro en una ciudad. Todas estaban protagonizadas por dos personas: una era ella misma; la otra, un señor de unos sesenta y pico años, aspecto muy respetable, pelo cano y siempre bien vestido.

—Alfi es un viejo conocido. Está empeñado en que yo me vaya a dirigir la seguridad de un puerto deportivo con el que acaba de lograr una contrata. El caso es que me está llamando cada dos por tres para consultarme cosas: que qué opinaría la policía si hicieran tal cosa, que cómo orientaría yo una investigación de espionaje industrial, etcétera. Bueno, ya sabes que SecureIn está ampliando mucho el negocio. Si le recomiendo cualquier nombre…, cualquiera…, seguro que lo tiene en cuenta.

Pedro Alcaraz observó a O'Rourke con unos pequeños ojos de párpados perezosos. No se lo pensó demasiado.

—Vengan conmigo.

Entraron de nuevo en el restaurante y los condujo hasta un cuartito de mantenimiento en el que había un ordenador. Miraba a izquierda y derecha, por si el encargado los sorprendía.

—Eso sí: no me pidan que les entregue las imágenes. Les dejaré verlas, no llevárselas. Las podrán descargar cuando tengan la orden del juez.

—Ningún problema —dijo alegremente O'Rourke.

46

Laura Rodrigo abandonó la Jefatura en cuanto tuvo oportunidad. Ser el ojito derecho del jefe le concedía ciertas prerrogativas. No quería examinar la foto del placazo en las dependencias, ante la mirada de los compañeros. Seito había sido taxativo: «Esto hay que mantenerlo entre nosotros». Ella no sabía disimular.

La subinspectora vivía en un coqueto estudio en una magnífica corrala de la calle Hermosilla. Los gatos se extrañaron al verla entrar a esa hora. Arrancó el ordenador.

En la foto del ranflero se veía la cabeza del cadáver, boca abajo, en primer plano. Quien la tomó se había colocado a sus pies y había cerrado mucho el encuadre en torno a la nuca del muerto. El placazo, la pintada, era una firma mínima. Más pequeña aún que las halladas por Seito en el puente de Ventas o en la Quinta de la Fuente del Berro. Sin embargo, ocupaba un lugar privilegiado en la composición, demostrando que esa firma era lo que el autor de la foto quería mostrar y que el muerto tan solo añadía el contexto. El placazo aparecía inscrito sobre una superficie curva, en la parte superior izquierda de la imagen. A pesar de su pequeño tamaño, apenas cabía entero en la foto, de lo cerrado que era el plano. Laura hizo zoom sobre él.

Al acercarse, la resolución empezó a romperse. La foto se había tomado con una cámara digital o un teléfono, luego la habían impreso y la habían enviado por carta a El Salvador, ya con una calidad bastante limitada. A continuación, allí la habían escaneado y se la habían hecho llegar a Seito por e-mail, con lo que había perdido aún más resolución. Además, la escena ocurría de noche, de modo que el grano y el desenfoque complicaban todavía más la interpretación. A pesar de ello, la subinspectora se fijó rápidamente en unos relieves que se repetían en la superficie curva sobre la que se había pintado el placazo.

«Un patrón», se dijo.

Se centró en los píxeles más oscuros. Subió el contraste de la imagen tanto como pudo, e incluso remarcó a mano algunos de ellos con la herramienta de lápiz del editor de fotos. Tras una hora, descubrió que aquel patrón respondía a unos motivos vegetales que adornaban la base de la pared curva. Como si hubiera un zócalo ornamentado bastante alto. Luego le llamó la atención el color. Volvió a rebajar el contraste con el editor de fotos y le añadió brillo. Así se dio cuenta de que aquella superficie no tenía por qué ser gris ceniciento como parecía. La impresión y el posterior escaneo podían haber contaminado el color original, que se recuperaba en un mínimo porcentaje al aumentar la luz: verde musgo. No, no exactamente verde musgo. Era un verde azulado, muy opaco. Aquel color tenía un nombre: cardenillo. Era la tonalidad que tomaban las superficies de bronce y cobre al exponerse mucho tiempo a la intemperie, como la estatua de la Libertad.

—¡Metal! —exclamó en voz alta con entusiasmo.

Por tanto, aquella superficie no era el zócalo de un muro, sino la base de algo metálico. Pero es que, además, esa misma textura también se había revelado al aumentar el brillo en el otro extremo de la fotografía, donde descansaba una mano del cadáver, junto a la sien. Tampoco este elemento, la mano, disfrutaba de mucho espacio en la imagen. El dedo anular y el meñique quedaban fuera de encuadre. Pero los otros tres dedos yacían sobre un suelo, aunque plano, también metálico, también verde cardenillo, y provisto de varias rendijas dispuestas en posición radial: tenía que ser algo de forma circular, sin duda, quizá una tapa de alcantarilla, una reja de ventilación, un imbornal...

«No», se dijo Laura Rodrigo. Y luego, en voz alta:

—Es un guarda árbol.

Había visto guarda árboles en muchas ciudades de Centroeuropa y de Francia. En Madrid había algunos, solo en las calles más nobles. Grandes rejas circulares, de forja. Cubrían los alcorques de los árboles, con una apertura en el centro por la que crecía el tronco. Con ello impedían que la tierra donde arraigaba el árbol se llenara de basura o que los peatones sumergieran los pies cuando se inundaba. La subinspectora chasqueó los dedos y señaló la parte de la imagen donde se encontraba el placazo.

—Y si esto de aquí es un guarda árbol, ¿qué es esto otro, mi querida Laura Rodrigo? —Ya pronunciaba las frases a viva voz, como si necesitase escuchar el éxito de sus conclusiones con sus propios oídos. Se respondió a sí misma—: ¡Una columna Morris!

Los gatos comenzaron a maullar de repente. Sus sentidos felinos eran capaces de captar la satisfacción de su ama. Quizá ese día comieran doble ración.

47

El vídeo mostraba con claridad a Pollito sentado en uno de los taburetes altos que había mencionado el camarero. Le daba la espalda al espectador y alternaba la mirada entre la pantalla de su móvil y el escaparate del restaurante. En aquel momento, por la acera de la avenida Méndez Álvaro no circulaban demasiados peatones. Una mujer que paseaba a un perro. Un abuelo que empujaba el carricoche de un bebé. Y, de pronto, un hombre con el cráneo mondo. Pollito se yergue en su asiento y sale del restaurante a todo correr. Se olvida de la mochila.

Contemplaban las imágenes en el cuartito de mantenimiento del Delixo, bajo el control del vigilante de seguridad, que no paraba de mirar con el rabillo del ojo a sus acompañantes. No estaba por la labor de que grabasen el monitor con un teléfono móvil. Una sobreimpresión indicaba la hora a la que el hecho se había producido. Las once y veintiocho minutos de la mañana. Unos nueve minutos después, Pollito le había enviado el mensaje de audio a O'Rourke diciéndole que estaba ante la puerta de la casa del hombre calvo.

—Si no mentía —dijo O'Rourke— y, por lo que parece, no lo hacía, la casa del calvo está aquí mismo. En esa dirección.

—Calle abajo —corroboró Seito—. Lo bueno es que allí hay

poca cosa. Se llega a la M-30 en unos pasos. Si el sospechoso hubiera ido al otro lado de la autovía, habrían tardado más de nueve minutos, entre que cruzaban el túnel y alcanzaban las zonas urbanizadas.

—El edificio tiene que estar aquí mismo, girando a la derecha, por las calles que acaban en el parque de Tierno Galván.

Seito también había oído aquel mensaje. Sonaba como si estuviera grabado en un interior, no se percibían ruidos de tráfico. Además, la voz de Pollito emitía un eco sutil, como si rebotase en las paredes de un portal, una escalera o un rellano.

—En marcha —dijo.

Cuando se volvían para irse, el vigilante de seguridad agarró a O'Rourke del codo.

—¿No vas a tomar mis señas? Para cuando hables con el señor Lavín.

O'Rourke, que se había puesto muy seria, volvió a sonreír. Pero esta vez, a juicio de Seito, la mueca no le quedó tan creíble.

—¡Por supuesto, cariño! —dijo—. Y ya sabes, ¡persigue tus sueños!

Salieron del restaurante en dirección sudeste, por donde Pollito había seguido al hombre calvo.

El tráfico iba a más. La frecuencia de autobuses que escupía la Estación Sur, hacia la M-30, se incrementaba hasta saturar la avenida. Seito no pisaba aquel rincón de Madrid desde su último viaje en Alsa a Asturias, cuando su madre aún vivía y su hermana aún le hablaba.

—¿De verdad conoces a Alfredo Lavín, el CEO de SecureIn?

—Sí —respondió Dulce secamente—. Era íntimo de mi padre. Algo así como mi padrino.

—¿Es verdad que te quiere contratar?

—Claro que es verdad. Quiere que dirija la seguridad de Puerto Sherry.

—¿Y por qué no lo aceptas? Te librarías de toda esa gente del Distrito de Vallecas, que habla de ti a tus espaldas por ser una pija.

—Los cambiaría por otra gente distinta que hablaría de mí a mis espaldas por no ser lo suficientemente pija.

—Lo celebro —siguió Seito, sin ser muy consciente de lo que decía—. Algunos te echaríamos de menos.

O'Rourke se frenó en seco, en mitad de la acera. Se volvió para dirigirle a Seito una mirada de indignación.

—¿Y ahora es cuando me besas? —le espetó.

Seito se sintió avergonzado de inmediato. Bajó la mirada para evitar la de O'Rourke.

—Todo esto me está sirviendo para darme cuenta del mal que me has hecho. El otro día, cuando fui a buscarte a tu casa, ¿sabes cómo me sentía? Como si te estuviera compensando por algo que te debía.

—Dulce, yo...

—No, cállate un poquito por una vez en tu vida. Toda esa mierda que dijiste de mí la repetiste con tanto convencimiento que, ya ves, ¡hasta yo acabé por creerla! ¡Enhorabuena, hijo de puta!

Seito apretó los labios a tiempo de ahogar un comentario que no habría mejorado las cosas.

—Y ahora, volvamos al turrón, por favor —concluyó la subinspectora.

Habían girado a la derecha por la calle Planeta Tierra. Se detuvieron ante la primera entrada a un edificio de viviendas. O'Rourke tomó la palabra para dejar claro que en ese momento pasaba página: al turrón.

—Tiene que ser aquí.

Seito estaba de acuerdo.

—El siguiente portal ya está demasiado lejos.

—¿Cómo lo hacemos? —preguntó O'Rourke.

—No podemos ir a preguntarle al portero con la foto del calvo muerto. Si lo hacemos, se lo dirá a Callés cuando llegue con la orden del juez.

—No te preocupes, no tenemos que preguntar —repuso la

inspectora. Rebuscó en su bolso y extrajo una bolsita transparente que contenía un manojo de llaves–. Tan solo tenemos que probar si el portal se abre.

Seito se quedó paralizado, mirándola.

–¿No solo te llevaste el papel con mi nombre? ¿También cogiste las llaves de su casa?

–En ese momento tenía un cadáver reventado ante mis narices y mi perro se estaba desangrando. No tuve mucho tiempo para pensar. Cogí todo lo que me pareció útil. Nada que tú no hubieras hecho.

–En eso tienes razón.

O'Rourke se acercó a la puerta del edificio. Hizo visera con las manos contra el vidrio. Al encontrar la portería despejada, se puso uno de sus guantes de invierno y sacó las llaves de la bolsita de plástico. Introdujo la que tenía un aspecto más prometedor. Entró sin ningún esfuerzo. La puerta se abrió. Los agentes pasaron dentro.

O'Rourke echó a andar decidida hacia los ascensores. Seito la llamó. El inspector se había detenido ante los buzones.

–Supongo que no querrás ir puerta por puerta, probando todas las cerraduras del edificio –dijo.

–Te recuerdo que no sabemos cómo se llama ese tío. Y, si lo supiéramos, no creo que fuera de los que escribe el nombre en el buzón.

–Claro que no. Por eso mismo. Mejor probar primero en los pisos cuyo buzón no tiene nombre. Mira, solo hay cuatro.

Mientras subían en el ascensor, Seito no pudo resistirse a preguntar:

–¿De verdad pretendías probar todas las puertas de la finca?

–Vete a la mierda.

De los cuatro pisos cuyo buzón no estaba identificado, la puerta del octavo E de la escalera dos se abrió sin oponer resistencia. El interior del apartamento estaba sumido en la oscuridad. Todas las persianas parecían bajadas. Seito empuñó la pistola.

—Esto no me gusta un pelo —susurró.

—Ni a mí —respondió O'Rourke, y se llevó la mano a la funda sobaquera para sacar también su arma.

Seito encendió la linterna del teléfono móvil. Fue el primero en entrar. El apartamento no parecía grande. Todas las puertas estaban abiertas. Desde el recibidor se pasaba al salón, a la cocina, al cuarto de baño y a dos dormitorios. Olía a friegasuelos y ambientador.

—No veo nada sospechoso —dijo O'Rourke.

—No te fíes.

—No lo hago. Digo que no lo veo, no que no lo haya.

Seito avanzó despacio. Evitó pisar una mullida alfombra que cubría parte del recibidor.

—Intentemos no dejar ninguna huella que indique que hemos estado aquí.

Se asomó, en primer lugar, a la cocina, mientras O'Rourke le cubría la espalda. Encontró el fregadero lleno de agua y un teléfono hundido en el fondo. Parecía el Samsung S9 de Pollito.

—El móvil de Abraham ya no va a emitir más señales —dijo—. El audio que te envió fue la última. Siento decírtelo, pero esto no augura ningún buen final. Ahora sabemos que no se ha fugado.

O'Rourke no respondió. Se limitó a tragar saliva.

El dormitorio lucía en perfecto orden. La cama estaba hecha, las sábanas bien ajustadas al colchón, sin una sola arruga. Seito se atrevió a levantar la persiana. No había ni una mota de polvo. O'Rourke abandonó la retaguardia y se dirigió al salón por iniciativa propia.

—¡Para! —gritó Seito cuando iba a entrar.

O'Rourke se quedó inmóvil. Seito, que mantenía encendida la linterna del teléfono, estaba iluminando algo a la altura de su tobillo. Algo muy fino, que apenas proyectaba sombra. Un sedal de pesca que cruzaba el vano de la puerta. Lo habían atado a la bisagra inferior y, al otro lado, se enhebraba por una argolla clavada al marco. O'Rourke había estado a punto de tropezar con él. Dio un paso atrás. Se le había acelerado el pulso.

Seito se acercó con la linterna. El sedal, tras la argolla, se perdía en las sombras del salón. Palpó la pared con la mano hasta hallar el interruptor. Le hizo un gesto a la inspectora, que se cobijó tras el tabique de la cocina. Pulsó. Una lámpara iluminó la estancia. No sucedió nada más. El cuarto de estar era amplio, decorado de forma austera, y se mantenía en perfecto estado de orden y limpieza, como el resto de la casa. Contaba con un balcón que daba a la avenida Méndez Álvaro, pero la persiana estaba bajada.

Cerca de la salida al balcón, en lo que tenía que ser la mesa destinada a comedor, el inquilino había dispuesto un montón de papeles ordenados al milímetro. Había un tablero de corcho, similar al que tenía Javier Laínez. Pero, al contrario del que habían hallado en casa del salvadoreño, el del hombre calvo estaba lleno de mapas y fotos de calles sacadas de Google Street View. Imágenes de la estación de mercancías del Abroñigal, de los talleres de Santa Catalina, del parque de Tierno Galván, del Planetario y de otros lugares no muy alejados.

Con la luz de la lámpara se percibía claramente el recorrido del sedal. Abandonaba la pared con la guía de otra argolla y cruzaba la habitación por la mitad. Iba a terminar en el otro extremo, justo encima de la mesa. Allí, había un cilindro metálico de color verde oliva, algo más pequeño que una lata de refresco. Una bomba de mano. Estaba anclada a la mesa mediante unas abrazaderas. Tenía una anilla en la parte superior, a la cual habían atado la punta del sedal. Una trampa que a Seito le recordó las películas de *Rambo* de su infancia.

—Fíjate, O'Rourke, la bomba no está dispuesta para dañar al intruso, sino para destruir todos esos papeles.

O'Rourke le dio la razón, pero dijo que no pensaba mover un pie con esa bomba allí. Seito se acuclilló. Con sumo cuidado, desató el sedal de la bisagra de la puerta. El nudo era una lazada, como de cordón de zapato, pensado para deshacerse con facilidad.

—Es un mecanismo de quita y pon. Seguro que el hombre calvo la montaba cada vez que salía de casa.

Luego Seito se acercó a la bomba de mano y le ajustó el pin de seguridad. Entonces se quedó mirando los papeles de la mesa. Llamó a O'Rourke. La inspectora no le quitó la vista de encima a la granada hasta que estuvo lo bastante cerca para ver todo lo demás.

El hombre calvo mantenía desplegado un amplio mapa de la ciudad de Madrid, con las esquinas sujetas con cinta adhesiva a la mesa. Con un rotulador negro, grueso, lo había dividido en doce sectores iguales, como si fuera una tarta cortada en doce porciones. En algunos de esos sectores, el hombre calvo había pegado pósits en los que había escrito una o dos letras. Solo en uno de ellos, situado en la parte inferior izquierda, había anotado además una fecha y un signo de interrogación. Junto al mapa había también un folio impreso con una lista de lugares de Madrid.

—¿Qué significa todo esto? —preguntó Dulce.

—Eso quisiera saber yo —respondió el otro.

48

Laura Rodrigo había bajado al restaurante La Daniela, que estaba a la vuelta de la esquina. Había pedido una ración de croquetas de cocido para llevar y se la había subido a su casa. Había completado el menú con una ensalada de lechuga y tomates ecológicos, comprados en el Mercado de Torrijos a precio de oro. Después de comer, se puso de nuevo ante el ordenador y actualizó su cuenta de correo electrónico. Y ahí estaba ya la respuesta de la agente Corinne Subeyrand.

Subeyrand trabajaba en la sede central de la Interpol en Lyon. Antes de opositar a un cargo en ese organismo internacional, había alcanzado el grado de teniente de la Police Nationale francesa, antes conocida como la Sûreté. Le debía un favor a Rodrigo desde hacía tiempo. La subinspectora la había ayudado con una investigación contra la pornografía infantil. Se sospechaba que una repugnante página alojada en la *deep web* podía nutrirse de contenido desde un ordenador de un barrio de Madrid. Eso no significaba que aquellos aterradores vídeos se grabasen en España, pero sí que alguien los estaba compilando desde allí para ofrecerlos en una misma web a cambio de bitcoins. Rodrigo ayudó a la Interpol con lo que mejor sabía: bucear en movimientos bancarios, cotejar IP con nombres reales, detectar sos-

262

pechosos aumentos de ingresos... El tipo había sido detenido, juzgado y encarcelado. La web, bloqueada.

—Es como si hubieras nacido para el trabajo de la Interpol —le decía Subeyrand por chat—. Aquí trabajamos investigando flujos de datos. Tenemos los mejores archivos. ¿Por qué no te vienes a Lyon?

Aunque le habría encantado tener la oportunidad de trabajar en el extranjero, Rodrigo creía que su nivel de conversación de inglés no le alcanzaba ni para recoger chatarra. No era cierto. Rodrigo juzgaba con mayor dureza sus carencias que sus virtudes.

El e-mail de Subeyrand decía lo siguiente:

> Por supuesto que tengo contactos en la Police Nationale en París. Acabo de reenviarle la foto que me mandas a un oficial del 36 Quai des Orfèvres. Me ha contestado rápidamente. Les va a preguntar a todos sus compañeros de Homicidios. Si alguien reconoce algo, se pondrá en contacto contigo de inmediato.

En ese momento sonó el timbre del portero automático. Laura oyó la voz de Seito al otro lado del telefonillo.

El inspector se derrumbó en una butaca; Dulce lo hizo en el sofá, no sin antes apartar un mechón de pelo de gato.

Habían decidido fijar el piso de Laura como centro de operaciones, debido a su discreción. Los agentes habían dormido poco y llevaban horas en pie. La sensible nariz de la subinspectora detectaba, además, que ambos necesitaban una ducha. Mientras ponía la cafetera, les refirió a sus compañeros los progresos que había hecho con la fotografía. No le cabía ninguna duda de que la habían tomado en París.

—Si me escriben del Quai des Orfèvres podremos averiguar más cosas. ¿Y vosotros? ¿Habéis encontrado la casa?

Seito y O'Rourke se miraron.

—¿Tienes impresora?

Un rato después, la impresora de Rodrigo escupía folios frenéticamente. O'Rourke había enviado por DropBox todas las imágenes que había tomado con su teléfono móvil en casa del hombre calvo. Habían estado un buen rato fotografiando papel por papel, a pesar de la amenaza de aquella bomba de mano.

—¿Y dejasteis la trampa montada? —preguntó Laura Rodrigo.

—No, coño, no —respondió Seito.

—Pero entonces cuando llegue la investigación oficial sabrán que alguien ha estado ahí.

—Tampoco queremos que le explote en la cara a Callés. Aunque sea gilipollas.

Por lo demás, habían sido escrupulosos. No habían tocado nada sin guantes. Se habían colocado unas calzas para no dejar huellas. Y habían vuelto a bajar las persianas, tal y como las habían encontrado.

Cuando la impresora terminó su trabajo, Laura Rodrigo empezó a disponer papeles por la pared con pegotes de Blu-Tack. Exigió ser ella quien lo hiciera. Mientras tanto, O'Rourke reproducía un facsímil del mapa hallado sobre la mesa del comedor. Al salir del apartamento del hombre calvo, cogieron uno exactamente igual en una oficina de turismo. Dulce, guiándose por una foto, trazaba las líneas radiales con un rotulador negro y una regla, dividiéndolo como una pizza. Después, pegó los pósits en los sectores resultantes, tal y como lo había hecho el hombre calvo. Colocaron el mapa en el suelo. Laura Rodrigo lo miraba obnubilada, como quien observa por primera vez el *Guernica* en el Reina Sofía.

—¿Habéis llegado a alguna conclusión con respecto al plano? —preguntó.

—Lo evidente. Que si compruebas la lista que había al lado, parece que lo que le importaba al señor calvo no era tanto Madrid como otra cosa: la M-30.

Seito se refería a la lista que habían encontrado en la misma mesa que el mapa, donde figuraban distintos lugares de la ciudad:

1. Betanzos - Castellana
2. Castellana - Cuesta Sagrado Corazón
3. Cuesta Sagrado Corazón - Avenida América
4. Avenida América - Quinta de la Fuente del Berro
5. Quinta de la Fuente del Berro – Avenida del Mediterráneo
6. Avenida del Mediterráneo - Lago Tierno Galván
7. Lago Tierno Galván - Puente de Praga
8. Puente de Praga - Paseo de la Ermita del Santo
9. Paseo de la Ermita del Santo - Puente de los Franceses
10. Puente de los Franceses - Puerta de Hierro
11. Puerta de Hierro - Arroyofresno
12. Arroyofresno - Betanzos.

No habían tardado mucho en darse cuenta de que, sobre el mapa, esos lugares marcaban el punto exacto donde cada una de las líneas radiales dibujadas cortaban la M-30.

–¿Y las letras en los pósits? –siguió preguntando Laura Rodrigo.

–Ni idea.

Había seis pósits. Tres de ellos solo tenían escrito una letra encima:

Uno con una M había sido colocado en el sector que delimitaban la calle Arroyofresno y Puerta de Hierro.

Uno con una L, en el sector que delimitaban el puente de los Franceses y el paseo de la Ermita del Santo.

Uno con una K, entre el puente de Praga y el lago del parque Tierno Galván.

Otros tres de esos pósits, además de una letra, tenían también un pequeño añadido:

Uno con una J tachada y una L escrita a su lado, en el sector de avenida de América y el parque de la Quinta de la Fuente del Berro.

Otro igual, con una J tachada y una L escrita a su lado, en el sector inmediatamente inferior, delimitado por la Quinta de la Fuente del Berro y la avenida del Mediterráneo.

Por último, uno con una L y un día de la semana con una interrogación: «*Monday 30th?*», entre el puente de Praga y el paseo de la Ermita del Santo.

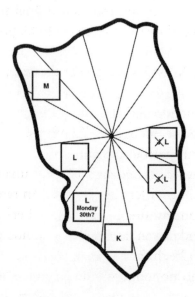

De tanto mirar fijamente el mapa, se diría que Laura quería prenderle fuego con los ojos. Mientras tanto, en el sofá, O'Rourke había cerrado por fin los suyos y su respiración se había vuelto acompasada. Seito, aún acomodado en la butaca, parecía a punto de correr la misma suerte.

—Seito —le preguntó Laura Rodrigo antes de que se durmiera—, ¿te acuerdas del nombre de pila de Laínez, el salvadoreño?

—Sí, claro que sí —murmuró el otro—. Se llamaba Javier.

—Empieza con jota. ¿Te has fijado en que los dos pósits que están señalados con una jota tachada están colocados sobre los lugares donde Javier Laínez cometió sus asesinatos?

Seito quiso incorporarse para observar el mapa que se extendía a sus pies. Pero enseguida lo abandonó el ímpetu y se dejó caer de nuevo sobre la butaca.

—Y la jota está tachada —insistió Laura Rodrigo—. Aniquilada. Como Laínez.

—¿En qué estás pensando, Laura?

—Aún no lo sé. Pero mira, ¿ves esta letra ka aquí abajo? Es el sector donde el hombre calvo mató al indigente, en Abroñigal.

—No, no lo es. La estación está fuera del perímetro de la M-30.

—Bueno, pero está casi al lado de la M-30. Sobre la M-30, casi se podría decir.

Seito suspiró. Volvió a encontrar fuerzas para separarse del respaldo.

—¿Qué estás viendo ahí?

Laura Rodrigo se encogió de hombros.

—Solo busco un posible patrón.

Seito se levantó de la butaca para tener una mejor perspectiva del plano. Intentó observarlo durante un rato.

—En caso de que así fuera —dijo—, se deberían haber reportado asesinatos donde están las dos eles y donde está la eme, ¿no? ¿Sabemos si se ha hecho?

—Ahora mismo no tengo ni idea.

—No te digo que no te crea, Laura. Pero en este momento no estoy en condiciones de pensar.

—Eso déjamelo a mí —le pidió Laura Rodrigo—. Puedes tumbarte en mi cama. Yo le daré un par de vueltas más a esto.

49

—Hola, buenas tardes, ¿es usted la subinspectora Laura Rodrigo? Me llamo Antoine Galthié, soy teniente de Homicidios de la Police Nationale. La agente de la Interpol Corinne Subeyrand nos ha hecho llegar un e-mail suyo al departamento que...

—¡Claro, claro! —respondió Laura Rodrigo—. Sé perfectamente el motivo por el que llama, teniente Galthié. Le agradezco muchísimo la rápida respuesta.

—¿Tiene usted ahora un momento para hablar? —dijo el francés.

—Por supuesto, deme un segundo.

Laura Rodrigo buscó en un cajón unos auriculares manos libres para poder hablar con comodidad. Se encerró en el pequeño cuarto del ordenador, para no despertar a sus compañeros.

—Ya estoy lista, teniente Galthié. Le agradezco de nuevo la llamada.

—No, al contrario. Gracias a usted. Aunque la foto que envía es bastante cerrada y oscura, le aseguro que he identificado la escena a golpe de vista. Ese crimen me volvió loco durante unos meses en 2021.

Antonie Galthié se expresaba en un perfecto castellano, con las erres rasgadas al estilo francés. Esto suponía un alivio para Laura Rodrigo; si ya temía el inglés, el francés le causaba terror.

—Habla usted un fantástico castellano, teniente.

—¡Es usted muy amable! Nací y crecí en Pau, en el Pirineo. ¡Lo echo mucho de menos!

—¿Cómo? ¿No le gusta París?

—Por supuesto, ¿cómo no amar París? Lo que pasa es que aquí sufro afecciones pulmonares, ¿sabe? Tengo una fuerte alergia a los ácaros que crecen con el clima húmedo y la presencia del río Sena. Llega a provocarme asma.

—Es fascinante. ¿Sabe usted que, en realidad, no son los ácaros los que producen la alergia, sino sus excrementos?

—¡Vaya, es usted una entendida! Exacto. Los alérgenos de las deyecciones de los ácaros se me insertan en la mucosa bronquial. Por mucho que limpie la casa, por mucho que la desinfecte... ¡Nada!

—¿Le produce rinitis?

—¿Rinitis? Ah, *rhinite*. ¡Fiebre del heno! *Bien sûr*, por supuesto. Un goteo de nariz constante. No hay antihistamínico que lo detenga.

—¿Ha probado la bilastina? Es muy moderna.

—Sí, pero nada. Lo que mejor me funciona es la clásica combinación de cetirizina y pseudoefedrina. ¡Ah, se lo digo a mis compañeros, que cuidado con las moquetas, con las mascotas, que la alergia a los ácaros puede aparecer a cualquier edad! Pero me miran como si estuviera hablando de física cuántica.

—No sabe usted lo mucho que le entiendo, teniente Galthié. A los que nos preocupamos por la salud se nos ignora de manera sistemática.

—En fin, subinspectora Rodrigo, podría pasarme horas hablando de mucosas bronquiales y nasales. Pero estoy más interesado aún en hablar sobre su fotografía.

No sin fastidio por tener que interrumpir la conversación más interesante que había mantenido en años, Laura Rodrigo recuperó la concentración.

—Dice usted, teniente, que trabajó en el caso durante meses. ¿Cómo se cerró?

—¡No se cerró! Sigue abierto. Nunca encontramos al asesino. Una especie de crimen perfecto, ¿me entiende? Por eso me interesa mucho lo que hayan averiguado ustedes.

Laura Rodrigo le resumió a Galthié todo lo referente al caso de Javier Laínez. Solo ocultó lo relacionado con los servicios de inteligencia estadounidense.

—¡La pintada! —exclamó Galthié—. ¡Se me pasó totalmente por alto! Pero si es pequeñísima, apenas una manchita. Su compañero tuvo buena vista.

—Le enviaremos una copia del informe. Quizá logren confirmar la presencia de Javier Laínez en París. Pero ahora tiene usted que contarme los detalles de ese asesinato.

—Le acabo de mandar el expediente por correo electrónico. En resumidas cuentas, la víctima se llamaba Charles Martin. No era un indigente, pero casi. Padecía un grave alcoholismo, no tenía trabajo. Poseía una pequeña vivienda, pero ya recaía sobre ella una orden de desahucio. Se pasaba los días vagando por la zona donde lo asesinaron.

—¿Qué zona era esa?

—Las inmediaciones de Porte d'Italie. Su cadáver apareció exactamente en el lugar donde los Boulevards des Maréchaux se cruzan con la avenida de Italia. Más o menos frente al portal número 168.

Sentada ante el ordenador, Laura Rodrigo tecleó el 168 del bulevar de los Mariscales en Google Maps. Ante sus ojos se desplegó el majestuoso mapa de París. Una flechita en forma de lágrima roja localizó la ubicación, al sur, en el distrito XIII. Para obtener una visión de contexto, alejó el mapa. Primero un poco. Después, motivada por lo que veía, continuó hasta que su pantalla dio cabida a todos los barrios del centro de la capital de la República. El resultado la dejó sin habla durante unos instantes.

—Teniente —dijo por fin—. ¿Se pudo precisar la hora de la muerte?

–Más o menos. Como ve, el lugar es una avenida bastante concurrida y cuando hallaron el cadáver aún conservaba calor. Por el cálculo de la pérdida de temperatura corporal, y teniendo en cuenta que era un invierno frío, debió de morir entre las cinco y las seis de la mañana del lunes 18 de enero de 2021.

La respuesta obligó a la subinspectora a quedarse de nuevo en silencio.

–Teniente Galthié, desde hace un rato soy incapaz de quitarme algo de la cabeza. ¿Tendría usted acceso a alguna estadística del índice de homicidios de la ciudad de París?

–¡Por supuesto! Tenemos nuestras bases de datos. Adoro bucear en ellas.

–¡Yo también! ¿Es posible saber si en el mes de enero de 2021 aumentó la tasa de asesinatos de forma notable?

–Bueno –se disculpó Galthié–, esto es París, subinspectora. Muchos muertos tendríamos que contabilizar para que la tasa de homicidios creciera de manera significativa.

–¿Y si le pregunto por la tasa de homicidios vinculada a una calle en concreto?

–En fin, si no fuera una calle especialmente conflictiva, y teniendo en cuenta que en 2021 estábamos en plena pandemia, y eso hizo bajar la delincuencia… Sí, supongo que en ese caso unos pocos homicidios harían subir la tasa visiblemente. Pero ¿qué está buscando, subinspectora Rodrigo?

–Un patrón.

–¡Me encantan los patrones!

–¡Los patrones son lo mejor!

50

Seito estaba tumbado boca arriba. Algo le presionaba el tobillo izquierdo. Al mirar hacia ese pie, descubrió a Patti Smith, la Patti Smith del *Horses,* separándolo del resto de la pierna con un serrucho. Curiosamente, no le dolía, pero sí le provocaba un inquietante movimiento de vaivén. Apoyado sobre su pecho, Gabriel le decía:

—¿Ves, Seito? Te dije que no dolía. ¿Eh, Seito? ¡No duele nada! ¡Nada de nada! ¿Eh, Seito? ¿Seito? ¿Eh? ¿Seito? ¿Seito?

Abrió los ojos, sobresaltado. Lo primero que vio fue un enorme gato negro con las cuatro patas sobre su pecho. Recordó haberse ido a dormir la siesta a la cama de Laura Rodrigo. La subinspectora lo agarraba del tobillo y se lo agitaba a izquierda y derecha mientras repetía:

—¡Seito! ¡Seito! ¡Seito!

En cuanto trató de incorporarse, el gato dio un salto y desapareció.

—¿Es normal que los gatos sean tan amistosos?

—Este no suele serlo. Yo creo que trataba de averiguar si estabas muerto. Ya sabes, para comerte —le explicó Laura Rodrigo, totalmente en serio.

—¿Qué hora es?

—Las seis y media de la tarde. Os he despertado porque tenéis que ver una cosa.

Cuando Seito apareció en el salón, la inspectora O'Rourke salía del baño. Se frotaba los ojos como si acabara de lavarse la cara con agua muy fría. Laura Rodrigo había dispuesto sobre una mesa una tetera hirviendo con varias bolsitas de infusiones. En un plato había galletas de avena.

—Perdonad que os haya despertado —dijo Laura Rodrigo—. Mientras dormíais he recibido la llamada del teniente Antoine Galthié, del departamento de Homicidios de la Police Nationale. Ese tío es... ¡Es increíble!

—Uy, a Laura le gusta Antoine —bromeó O'Rourke, con sonsonete infantil.

—Pues claro que me gusta Antoine —contestó la subinspectora, hablando totalmente en serio de nuevo.

Laura Rodrigo les relató a sus compañeros la fructífera conversación telefónica que había mantenido con Galthié.

—Ya se me había metido algo en la cabeza antes de hablar con él. Si me conocéis, sabréis que me gusta encontrar patrones en todas partes. En las facturas, en los ingresos bancarios, en las llamadas a un número a una determinada hora... Supongo que, si hubiera nacido en la Antigüedad, se me habría dado bien mirar al cielo y trazar dibujitos en los mapas estelares; así habría tenido la oportunidad de darle otro nombre a una constelación como la Osa Mayor, que no parece una osa en absoluto.

—Ah, ¿no? —preguntó Seito—. ¿Y qué parece?

—Pues un mapache, Seito, qué va a parecer. El caso es que llevaba yo un rato mirando el mapa del hombre calvo cuando recibí la llamada del Quai des Orfèvres. Y todas mis sospechas empezaron a confirmarse cuando el teniente Galthié me dijo dónde habían encontrado el cadáver de la foto. ¿Conocéis París?

—Yo he estado varias veces —respondió O'Rourke, mientras Seito guardaba silencio.

—¿Sabes qué son los bulevares de los Mariscales, los Boulevards des Maréchaux?

—No, ni idea.

—Son un conjunto de avenidas, dedicadas a distintos jefes militares de la República: Murat, Lefebvre, Kellermann... Estos bulevares se formaron a partir del espacio libre de edificios paralelo a la antigua muralla de Thiers, que rodeaba toda la ciudad. En 1920, más o menos, echaron abajo la muralla, pero quedaron los bulevares. La suma de todos ellos da lugar a un anillo que rodea los veinte distritos centrales de París, los famosos *arrondissements*. Años después, en la década de 1950, se empezó a construir el Périphérique, el bulevar Periférico, que tiene casi el mismo trazado que los bulevares de los Mariscales, pero que, a diferencia de estos, está pensado para los coches, como autovía de circunvalación, en lugar de calle urbana. Tanto los Mariscales como el Periférico alcanzan un perímetro de entre treinta y treinta y cinco kilómetros. ¿Veis la relación?

—La veo —asintió Seito—. Los bulevares de los Mariscales y el Periférico son a París lo que la M-30 es a Madrid.

—Con un poco más de *glamour* —añadió O'Rourke—, como siempre pasa en París.

—Y vas a decir que el cadáver de la foto que envió el palabrero apareció allí, en esos bulevares.

—¡Exacto!

Laura Rodrigo desplegó un folio en el que había impreso el mapa de la capital francesa, obtenido de Google Maps. En aquella imagen se percibía a la perfección el anillo oblongo, achatado por norte y sur, que rodea los veinte distritos.

—El cadáver de Charles Martin, el protagonista de la foto, estaba aquí. —Con un rotulador, Rodrigo pintó una equis en la parte inferior del anillo—. Cerca de la puerta de Italia, que es donde se juntan el bulevar Kellermann y el bulevar Masséna. ¿Sabéis qué hice en cuanto vi su posición? Le pedí a Galthié que investigase qué otros homicidios se habían cometido en la circun-

274

ferencia de los Mariscales durante el invierno de 2021. No tardó ni media hora en darme respuesta. ¡Ese hombre es maravilloso! Primero me envió dos resultados, uno aquí, al norte, atribuido a un hombre con antecedentes a quien sorprendieron en posesión de la cartera del muerto, pero que insistió en su inocencia durante todo el juicio. Cumple prisión por homicidio en La Santé. El segundo, aquí, al este. El caso sigue abierto, al igual que el de Charles Martin; no se encontró ninguna pista que seguir. La víctima era una mujer, Marie Prudhomme. Le pegaron una sola cuchillada con una hoja muy afilada que le entró por las costillas de la espalda y le alcanzó el corazón.

—Como en el asesinato del Abroñigal —apuntó O'Rourke.

Laura Rodrigo asintió, haciendo ver que no se le había pasado por alto. Había marcado dos nuevas equis sobre el bulevar de los Mariscales, donde se habían producido ambos crímenes.

—Está bien, veo las coincidencias. Aun así, no me parecen muy concluyentes —dijo Seito.

—No, no lo son. Pero entonces recordé el caso de Manuel Nogal, el operario de Calle 30 a quien asesinó Laínez. De no ser por ti, Seito, habría pasado por un accidente. Así que le pedí a Galthié que me buscase también todo tipo de incidencias que se hubieran saldado con una muerte en aquellas fechas y en ese entorno.

—Eso es mucho trabajo.

—¡Se mostró encantado de hacerlo! ¿Y sabéis qué? Hace veinte minutos me envió la respuesta. ¡La Police Nationale maneja unas bases de datos envidiables! ¡Todo se registra! En cuanto a esas incidencias, hay unas treinta, pero, según el criterio de Galthié, y me fío mucho de su criterio, cuatro de ellas podrían responder a un homicidio encubierto. —La subinspectora volvió a trazar equis en el mapa—. Un atropello con fuga, aquí, cerca del zoológico, justo en un sitio en el que no funcionaban las cámaras de tráfico. Un suicidio de una persona que jamás había mostrado tendencias suicidas; aquí, al oeste, se ahorcó en un árbol cerca de la puerta Maillot. Otra, en el extremo opuesto, al este. En el *skatepark* de Fougères, un chavalito se rompe el cráneo patinando; ocurre a las tantas de la noche, sin testigos, cuando nadie puede auxiliarle... Con la peculiaridad de que el chico es campeón de *inline skating* de Île-de-France. Esos no suelen caerse. Y, por último, mi favorita, por novelesca: un borracho se precipita al Sena desde el puente de Garigliano, en la madrugada, cuando tampoco mira nadie. El pobre hombre fue incapaz de alcanzar la orilla.

Ahora había siete cruces sobre el mapa. Todas se repartían por el anillo de los bulevares de los Mariscales de manera uniforme, como si las hubieran distribuido a conciencia. Entonces, la subinspectora tomó una regla y empezó a trazar líneas radiales, partiendo del mismo centro del anillo.

—Ahora fijaos. Trazamos las mismas líneas que el hombre calvo dibujó sobre el mapa de Madrid, y las situamos en una posición similar, aproximada, claro está, teniendo en cuenta que la M-30 tiene forma de corazón, mientras que el bulevar de los Mariscales es casi circular. ¿Os fijáis? Si dibujamos los mismos doce sectores, ninguno de los siete cadáveres coincide con otro en un mismo sector. ¿No lo veis? Lo mismo que pasa en el mapa de Madrid con los pósits que puso el hombre calvo. Estoy segura de que cada uno de esos pósits es un asesinato cometido en el sector sobre el que está pegado y cerca de la M-30.

Seito y O'Rourke llevaban un rato sin pronunciar palabra. Ambos miraban estupefactos los dibujos que Laura Rodrigo se sacaba de la manga.

—No lo sé, Laura —dijo Seito con suavidad—. ¿Estás diciendo que unos chiflados andan sembrando muertos de manera uniforme por la M-30? Parece un poco arbitrario.

—¡Pues claro que es arbitrario! —explotó O'Rourke—. ¡Es la fantasía de una persona que afirma que la Osa Mayor es un mapache!

Laura Rodrigo mantuvo la calma como si no hubiera detectado ningún ataque personal.

—Sé que suena difícil de aceptar. Lo reconozco. Pero todavía tengo un par de cosas que compartir. En primer lugar, dejadme que os pregunte algo. De todas estas muertes presuntamente accidentales que me ha reportado el teniente Galthié, ¿cuál diríais que bajo ninguna circunstancia ha podido ser un asesinato?

—Ninguna es un asesinato —respondió O'Rourke, perdiendo la paciencia.

—Está bien, O'Rourke —dijo Laura Rodrigo—. Entiendo que estás cansada y que es mucha información de golpe. Pero, por favor, te pido que escojas una.

—Pues si tengo que escoger una, diría que el accidente del chico de los patines. No sería un asesinato ni en tus delirios más profundos, Rodrigo.

—¡Perfecto! Has escogido sabiamente. Yo misma se lo dije a Galthié: «Antoine, esto no puede ser un asesinato». Y él respondió: «Fíjate en la foto que acompaña al expediente».

Laura Rodrigo recogió de la mesita de centro del salón otro folio que descansaba boca abajo. Era una foto bastante desagradable de unas pistas de patinaje en las que un chico de unos veinte años yacía en una posición antinatural, sobre una gran mancha de sangre, con los patines en los pies. Como en cualquier *skatepark*, las rampas estaban trufadas de grafitis. Pero Laura Rodrigo se había ocupado de redondear con su rotulador uno de ellos, solo uno, uno muy pequeño: el placazo de los Reyes Locos con que Javier Laínez había firmado cada uno de sus crímenes.

—¡Joder! —exclamó Seito, mientras Dulce O'Rourke pensaba cómo responder.

—Está bien, está bien —dijo Laura Rodrigo—. Tomaos vuestro tiempo, respirad, nadie quiere aquí un desbordamiento de cortisol, así que vamos a mantener la calma. Aún falta algo. —La subinspectora cogió el folio impreso del mapa de París y lo depositó en el suelo, junto al de Madrid—. Cuando veis esas líneas radiales que dividen en triangulitos ambas ciudades, ¿qué os parece que es?

Esta vez O'Rourke pensó que sería justo responder sin hacerse de rogar.

–No lo sé. Una tarta, una pizza, quesitos El Caserío... Está claro que aquí la lista eres tú, Rodrigo.

Laura sonrió.

–Esas cosas suelen dividirse en ocho porciones, no en doce. Yo apuesto por otra.

Volvió a destaponar el rotulador y se echó de rodillas al suelo. Con él numeró del uno al doce cada uno de los radios que el hombre calvo había dibujado sobre el mapa de Madrid.

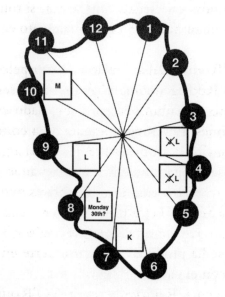

–¿Y ahora qué os parece? –insistió Rodrigo.

–Un reloj –dijo Seito, sin miedo a equivocarse.

–¡Un reloj! –festejó la subinspectora, mientras se levantaba rápidamente del suelo. Corrió a su impresora. En la bandeja de salida se habían acumulado un puñado de folios. Los cogió y se los ofreció a sus compañeros–. Y ahora os invito a que comprobéis con detenimiento las horas a las que murieron todas y cada una de las víctimas acreditadas, tanto de París como de Madrid. Os he hecho una lista con los expedientes que me ha enviado

Galthié. Y, aquí, pensad en la hora a la que el forense determinó aproximadamente la muerte de Alejandro Sanz: entre las cuatro y las cinco de la mañana en el parque de la Quinta de la Fuente del Berro. La hora en la que dejaron de funcionar las cámaras mientras un coche atropellaba a Manuel Nogal: entre las tres y las cuatro de la mañana del puente de Ventas. La hora en la que Pollito dijo haber visto al hombre calvo matar al indigente en la estación de mercancías: entre las seis y las siete de la mañana. ¡Las muertes no solo coinciden en el espacio con cada punto que el hombre calvo señaló en el mapa! ¡También coinciden en el tiempo con la hora que señala cada sector, si tomamos el mapa como la esfera de un reloj! ¡Y eso ocurre tanto en Madrid como en París!

Seito y O'Rourke daban vueltas a los papeles que les había tendido Laura Rodrigo, comprobando estupefactos que cuanto decía era cierto. La subinspectora había dado con uno de sus adorados patrones. Era imposible que tanta coincidencia fuera fruto de la casualidad. Imposible. Allí pasaba algo. Algo demasiado complicado. Y también demasiado grande.

—Tenemos que investigar estos tres pósits que nos faltan por asociar —señaló Seito—. Las dos eles que hay de siete a ocho y de ocho a nueve. Y la eme que hay de diez a once. Tenemos que comprobar si se ha producido alguna muerte en el último mes que coincida con el patrón.

—Dime una cosa, Rodrigo —inquirió O'Rourke—. ¿De verdad has averiguado todo esto mientras nosotros dos dormíamos la siesta?

—Exacto, mientras dormíais la siesta —contestó la subinspectora, con orgullo.

—Me das miedo —sentenció O'Rourke.

—¡Ah, es normal! Le pasa a mucha gente, no te preocupes. Pero si esto te da miedo, espera a ver esto otro.

Laura Rodrigo abrió una cajonera del cuarto del ordenador. De ella extrajo una lámina resguardada en una carpeta de cartón.

Era una imagen prácticamente negra, salpicada de cientos de puntitos blancos, algunos de los cuales habían sido unidos mediante unas líneas trazadas con rotulador rojo.

—Esta es una foto del cielo nocturno, de la declinación 28,30° a 73,14°. Es decir, una foto de la constelación de la Osa Mayor. Y esto, pintado en rojo, es el jodido mapache.

QUINTA PARTE
PATTI SMITH

51

Cuando llamaron al timbre y abrió la puerta, la mujer supo que
no tenía otra opción que obedecer. Ahí había dos tipos de cara
anodina y vestuario insípido. Uno muy alto, con pelo al rape y
rostro córvido; el otro, más bajo, de mejillas rellenas y barba
poblada. No llamarían la atención de nadie. Pero ella conocía sus
nombres, Jacob Zahavi y Andrés Murcia. También conocía sus cu-
rrículos. El primero había sido entrenado por el Mossad. El segundo atesoraba una dilatada experiencia trabajando para el nar-
co colombiano. No había escapatoria posible, así que se limitó a
saludar, a ponerse el abrigo y a seguirlos escaleras abajo.

En la calle esperaba un gigantesco Mercedes GLS de color
grafito, el todoterreno más grande del mercado, un monstruo de
más de cinco metros de largo. En el interior, el Arquitecto la
esperaba con una sonrisa. Le habló en su perfecto inglés con
acento de Chelsea.

—Sé lo que estás pensando, Lana. ¿Por qué, pudiendo escoger
cualquier coche, este imbécil viaja en esta obscenidad de dos
toneladas y media? No me dieron otra opción. Pero no creas que
no estoy concienciado con el medio ambiente. Solo tenemos un
planeta.

—Phil, querido —contestó Lana—. Todos los aquí presentes sabemos que, si tuviéramos dos planetas, tú te comprarías dos coches.

El Arquitecto festejó la respuesta con una larga risotada.

—Algún día vas a tener que contarme cómo has averiguado mi nombre de pila —dijo el Arquitecto.

—Lo siento, Phil. Si te lo dijera, tendría que matarte. A ti y a todos tus capataces, qué cojones.

Zahavi se subió con ellos a los asientos de atrás, dejando a Lana en el medio. Murcia ocupó el puesto del copiloto. Una afroamericana llamada Lauryne Jones iba al volante; Lana también sabía cosas de ella, cosas que no debía saber: había nacido en un gueto de Washington, D. C. y había terminado protegiendo el culo de uno de los mayores millonarios del mundo.

—Oye, Lana —siguió el Arquitecto—, hablando de escoger. ¿En qué estabas pensando cuando escogiste ese apartamento? Sé que en Madrid existen pocas zonas con encanto, pero si las buscas, puedes llegar a encontrarlas.

Lana pensó en su vecindario, la Colonia del Manzanares. Los mismos vecinos opinaban que era una ratonera, ya que estaba encerrado en una lengua de tierra entre la M-30 y el poco caudaloso, poco pintoresco y poco elegante río Manzanares.

—Bueno, Phil, sé que tú no lo entenderías. Eres un hombre de costumbres elegantes, no como nosotros —dijo mientras trazaba un círculo en el aire con el índice, para señalar al resto de ocupantes del vehículo—, que somos profesionales.

—El caso es que no te va mal —concedió el Arquitecto.

—Ahí lo tienes, Phil. No me va nada mal. Y con cincuenta y nueve años. Me alegra que lo digas.

El Arquitecto sonrió. Su rostro lampiño y blanquecino, algo regordete, parecía hecho de pan de leche. Aquellos ojos azules tenían algo cancerígeno. El coche se incorporó a la M-30 dirección norte, a la altura del puente de los Franceses, y avanzó despacio entre el tráfico.

—Hablando de lo bien que te va. Hay personas en las altas esferas, ya me entiendes, que se preguntan cómo posees tanta información, cómo te adelantas siempre a los demás. Y el que insistas en llamarme Phil no ayuda.

—Déjame adivinar qué personas de las altas esferas se hacen esas preguntas. El señor Saul White.

El Arquitecto volvió a mostrar una sonrisa cínica.

—Y esa es otra de las cosas que no deberías saber.

—Tengo ojos para ver, querido. No puedo evitarlo.

—Si encontramos esos ojos, los extirparemos. Ese es el motivo por el que he venido a buscarte: es una advertencia.

Ele consiguió evitar que todo el miedo que sentía se trasluciera en su mirada. Acobardarse suponía un riesgo inasumible.

—Explícame esto, Phil. Explícame cómo el imbécil de Jota, Javier Laínez, el chico de Saul White, se ha dedicado a firmar sus actos con grafitis azules sin que nadie se dé cuenta. Hemos tenido que enterarnos por la policía española. Pero resulta que el problema es que yo averiguo cosas. Aquí hay alguien que tiene las prioridades un poquito equivocadas, ¿no crees?

—Es comprensible. Saul White adoraba a Jota. Javi, lo llamaba. Era su amigo desde que coincidieron en Irak, y sin él no habría logrado montar su imperio.

—Entonces tendría que haber sabido dónde lo metía. Yo no recibí ninguna ayuda para matar a Jota. Los policías lo sacaron de su madriguera sin que yo se lo pidiera. Solo hice una llamada para prevenirle del asalto, porque estaba segura de que lograría escapar de la policía y sabía dónde esperarlo. Cayó en mi trampa. Y, por cierto, no fui la única que averiguó dónde vivía. Ka también estaba ahí. ¿Por qué no le haces a él la misma advertencia que a mí?

—Ka ha muerto —anunció el inglés.

Lana no pudo responder. Clavó en el Arquitecto un par de pupilas inquisidoras que, en la oscuridad de la noche, parecían dos ranuras negras.

—¿No lo sabías? —siguió él—. ¡Ajá! ¡En esta me he adelantado! Y no es nada fácil adelantarse a Ele, a Lana Molowny. Pues sí, tu gran enemigo, Carl John Frazier, murió ayer a última hora del día. Lo haremos saber dentro de unas horas.

—¿Quién ha sido? —preguntó ella.

—Ninguno de los nuestros. Cometió una imprudencia. Intentó ir a por una inspectora que le estaba siguiendo la pista, sin pensar que, si fuera algo serio, lo habríamos avisado. No sabemos muy bien qué pasó en el encontronazo, pero Carl acabó muerto.

Lana se quedó taciturna, mirando las luces de las farolas y el resto de coches que se reflejaban en el parabrisas.

—¿Sabes qué significa esto, Lana?

—Lo sé. Puedo echar las cuentas.

—Pues entonces, escúchame. Nunca lo habías tenido tan cerca. Voy a respaldarte ante Saul White. Pero si me entero de que hay espías ayudándote, nuestro próximo encuentro no se limitará a una charla.

Lana no respondió.

—Solo falta una semana. Termina el trabajo de una vez y vámonos a disfrutar. ¡Estoy harto de Madrid! Aquí todo huele a ajo.

52

Se despertaron y salieron del apartamento de la calle Hermosilla sin hacer ruido. Seito había dormido en el sofá y O'Rourke en la cama de Laura. Dejaron a la subinspectora sumida en un profundo sueño, en un futón que había extendido en el despacho. Había estado trabajando hasta altas horas de la madrugada. Sacaron el Impreza del aparcamiento y condujeron hacia el sur.

Ya no quedaba un solo vestigio de la borrasca que había azotado la ciudad dos días antes. La lluvia había limpiado toda la polución de tubos de escape y calefacciones. Madrid era un cristal. Provocaba el mismo deslumbramiento que se sufre al escapar tras siete meses de encierro en una cueva.

Visitaron de nuevo el Centro de Control de Calle 30. La recepcionista les dijo que tanto Sergio Barreda como Lorena Quintana libraban aquel sábado. Pero Mihai Lazăr estaba en labores de mantenimiento. La misma recepcionista les dio acceso a los partes de accidentes del último mes. Tras revisarlos unos minutos, Dulce miró, en la última página, el único registro que le pareció interesante. Le dio un codazo a Seito para llamar su atención. Este lo observó, lo cotejó con el mapa de Madrid dividido en sectores por el hombre calvo. Y asintió. Un accidente mortal parecía cumplir el patrón descubierto por Laura Rodrigo. Había ocurrido a las nueve menos cuarto de la noche del lunes anterior. Y, si la M-30 hubiera sido la esfera de un reloj, el lugar del accidente se habría situado entre las ocho y las nueve. Aquello coincidía con el pósit señalado con la letra ele del mapa del hombre calvo. La recepcionista no podía darles más información, así que salieron a buscar a Mihai Lazăr en la zona oeste de la autovía.

Comenzaron a recorrer la M-30, primero de sur a norte, sin resultados. Luego hicieron un cambio de sentido en la avenida de la Ilustración y emprendieron el mismo trayecto en sentido inverso. Al trazar una gran curva, el Impreza quedó orientado hacia el sol. Los policías tuvieron que desviar la vista. Era imposible acostumbrarse a aquel resplandor de Madrid cuando la luz de la mañana barre la ciudad. O'Rourke conducía despacio, el sábado a primera hora había muy poco tráfico. Los contornos del Palacio Real parecían evaporarse. En las cunetas de la Casa de Campo se reunían docenas de conejos bajo el sol.

Cuando se acercaban a la entrada del gran túnel que soterraba la autovía en el suroeste, vieron la furgoneta de mantenimiento de Calle 30. Seito le hizo una seña a O'Rourke, quien redujo la marcha y ocupó el arcén hasta detener el Impreza. Mihai Lazăr los miraba encaramado al murete de la cuneta. Llevaba el mono de trabajo. Estaba ocupado en la sustitución de una señal de tráfico. Lo acompañaba otro chico más joven.

—Mihai Lazăr —recordó Seito, y le mostró sus notas a O'Rourke— era uno de los compañeros de Manuel Nogal, el operario atropellado en el puente de Ventas. Lo conocí hace una semana, en el Centro de Control.

Lazăr se bajó del murete y se acercó a la pareja. Tendió una mano para saludar. Parecía contento de ver a Seito. Desde la Jefatura habían informado a todas las personas del entorno de Manuel Nogal de que habían encontrado a su asesino y ya no podría hacerle daño a nadie.

—Mihai, ¿te acuerdas de mí? —dijo Seito, gritando mucho para superar el ruido de una furgoneta que pasaba en ese momento.

—¡Claro que me acuerdo de ti! ¡Muchísimas gracias por pillar a ese hijo de puta! No sabes la alegría que nos llevamos.

—No lo habríamos conseguido sin vuestra ayuda. Las imágenes que nos consiguió tu compañera nos pusieron en la dirección correcta.

—Me alegro —dijo Mihai Lazăr—. Pero yo esperaba que nos dieran alguna explicación más. Aún no sabemos por qué ese tipo mató a Manuel, ni quién era, ni qué quería...

—La verdad es que todas esas preguntas también nos están dando algún que otro problema. No puedo decirte qué línea de investigación estamos siguiendo, pero sí me gustaría que nos ayudaras a aclarar alguna cosa.

—Por supuesto, estoy a tu servicio.

—Venimos del Centro de Control. Nos ha interesado un accidente de moto.

—Hombre, accidentes de moto hay muchos. Cada dos por tres nos avisan, y nos encontramos con cada cosa que te pone el estómago del revés. Esta misma semana ha comenzado con uno muy grave.

—Lo sabemos, el lunes pasado. Ese accidente es el que nos interesa. A las nueve menos cuarto de la noche, más o menos a la altura de la Colonia del Manzanares.

—Exacto. ¡Qué mala suerte tuvo esa chica! Se mató, la pobre. He rezado por ella.

—¿Me puedes detallar qué ocurrió?

—Lo nunca visto. Iba en su moto en dirección norte y se desprendió un trozo de la pasarela que cruza la M-30 desde la Casa de Campo hasta la Colonia del Manzanares... Un momento, ¿me estás diciendo que eso también ha podido hacerlo alguien?

—No, no, Mihai. Que conste que no te estoy diciendo nada.

—Claro, claro. Yo estuve allí, dando cobertura al operativo. Los del Samur no consiguieron reanimarla. Le cayó encima una reja de la barandilla. El lugar está muy cerca, ¿queréis verlo?

—Sería perfecto.

Lazăr le pegó un grito al chico, que aún se encontraba encaramado al murete.

—¡Espérame aquí, Íker! ¡Vuelvo enseguida!

Cruzaron el río por el puente de la Victoria. Entraron así en esa isla sin salida llamada Colonia del Manzanares. Recorrieron las estrechas y tranquilas calles hasta llegar a Comandante Fortea. Aparcaron en una plaza, a la sombra de un bloque de pisos. Desde allí salía el caminito peatonal en dirección a la pasarela que cruzaba la M-30 hasta el parque forestal de la Casa de Campo.

Aquella pasarela amenazaba ruina. Se notaba que no la frecuentaban muchos paseantes. Contaba con dos accesos: rampa y escalera. Pero la escalera presentaba tantos desperfectos que la habían cerrado con precinto. El hormigón se encontraba muy degradado, como madera podrida. Subieron al puente por la rampa sin dejar de fijarse en las tuberías herrumbradas y en el pavimento desconchado. Desde arriba tenían una vista privilegiada de Madrid, con la catedral de la Almudena y el Palacio Real al fondo. Uno de los postes del teleférico de Pintor Rosales se levantaba a pocos metros.

El pretil de la pasarela era de hormigón y tenía unas rejas metálicas encastradas que iban formando ventanas. Sus respectivos anclajes estaban oxidados y el cemento parecía haber estado sometido a mucho desgaste por carbonatación. Algunas de las rejas tenían hasta restos de precinto de la Policía Municipal, prueba de que en algún momento no muy lejano había sido aconsejable no acercarse a ellas.

—Se supone que la chica circulaba en su scooter por el carril derecho —explicó Lazăr—, cuando una de las rejas se desprendió y le hizo perder el control. La moto impactó contra el quitamiedos, rebotó hacia el centro de la vía y allí la arrollaron dos vehículos que no pudieron frenar a tiempo.

Avanzaron por la pasarela hasta encontrarse justo sobre el punto donde se había producido el accidente. Lazăr les mostró la pieza que se había desprendido. En aquel momento, tras su rápida restauración, era la mejor asegurada de todas.

–Nadie se explica cómo pudo caer –dijo, agarrando el metal y dando fuertes tirones hacia sí mismo.

Seito no tenía tanta fe.

–Con la reja restaurada no podemos asegurarlo, pero es posible que alguien se tomara el trabajo de picar el cemento donde se anclaba, con un punzón, o algo así –le susurró a O'Rourke.

–No lo sé. Eso le habría llevado demasiado tiempo, y si tenía que actuar entre las ocho y las nueve, tal y como indica el patrón de Rodrigo...

–Quizá ya tenía el trabajo medio hecho, y solo faltaba dar una patada para desprender la reja a la hora correcta. Luego solo le bastó con esconderse en la Casa de Campo.

En ese momento, sonó el teléfono de Dulce. Era Laura Rodrigo.

–La máquina se ha despertado y vuelve a funcionar a pleno rendimiento –dijo Dulce antes de contestar.

Se alejó unos pasos para hablar con ella. Seito miró en derredor. En todo el tiempo que llevaban allí no se habían topado con un solo peatón. El estado ruinoso de la pasarela mantenía a la gente alejada. Solo desde el monstruoso edificio bajo el que habían aparcado se podría ver a alguien cruzarla. Pero la oscuridad lo habría puesto difícil en el momento del accidente.

–¿No había nadie aquí arriba cuando la chica se cayó? –le preguntó a Lazăr.

Este negó.

–Nadie vio nada. Aunque hay farolas, ninguna ilumina directamente la pasarela, apuntan a la vía. En cualquier caso, los conductores tendrían la vista puesta en la carretera. Pobre chica, pobre chica.

Dulce O'Rourke finalizó la llamada con la subinspectora y volvió a reunirse con Seito. Cuando decidieron que ya no podían sacar nada más en claro, regresaron al Impreza y abandonaron la Colonia del Manzanares.

53

Ele cerró su cuaderno y guardó el lápiz en el bolsillo. Salió de su casa con un trozo de pan en la mano. Se detuvo en mitad del puente de la Victoria sobre el Manzanares. Les lanzó plácidamente el pan a los patos silvestres que se ocultaban entre las algas de la ribera, como una jubilada más. Cuando lo terminó, siguió su camino dejando atrás la Colonia. Había tomado todas las decisiones que tenía que tomar. Ya no necesitaba mantenerse lúcida. Al menos, hasta el lunes. Consultó el reloj. A esa hora podía caminar por la calle con seguridad.

Entró en un bar donde tenían grifo de Guinness. La tiraban de forma sobresaliente, casi como en las tabernas dublinesas de Temple Bar. A veces le gustaba fingir que le quedaba algo de Irlanda en las venas, a pesar de que cuando oía a un compatriota hablar de repúblicas, de la Irlanda unida, de la frontera del Ulster o del Brexit, solo recordaba el vacío de una juventud clandestina. Y eso la llevaba a pensar en el precio que había pagado por salvarse de un alcohólico cementerio para terroristas olvidados.

Sin embargo, aquella no era una mañana para ponerse melancólica. El viento soplaba de cola. Solo necesitaba rematar su actuación y aguantar una semana con vida. Algo que ni Javier Laínez ni el pobre Carl Frazier podían ya impedir. Y luego, a descansar. El camarero le colocó ante sus ojos una pinta de Guinness aún en plena efervescencia. Era tan perfecta que parecía un souvenir hecho de arcilla pintada.

—*Sláinte* —se dijo a sí misma, dando un primer trago largo—. Si te jodió conocerme en vida, espérame en el infierno, Carl. ¡Toda la eternidad para torturarte!

54

—Es la hora de comer. ¿Tienes hambre? Te invito.

O'Rourke aceptó, pues sabía que, hasta que todo aquello hubiera terminado, estaba condenada a relacionarse con Seito. En Puerta del Ángel conocía un restaurante de menú que aún le gustaba, La Fogata. Parecía una estación de servicio de autopista que el viento hubiera traído y depositado junto al puente de Segovia. Pero por el ventanal del piso de arriba se veía un buen panorama: el Palacio Real, la Almudena, las Vistillas... Pidieron ensalada y entrecot. O'Rourke no quería que su conversación se desviara ni un milímetro del caso que les ocupaba. Por eso, nada más sentarse, se puso a hablar de lo que le había dicho Laura Rodrigo por teléfono.

—Ha encontrado otro muerto. Con este y con el de la motorista de la pasarela, ya solo nos falta uno para completar el mapa del hombre calvo.

—¿Qué ha encontrado?

—La letra eme. El viernes 13, hace tres semanas, un suicidio inexplicable. Un tipo de cincuenta años cierra por la mañana un gran negocio. Se va a comer al Club de Golf de Puerta de Hierro y se pasa la tarde haciendo hoyos. Al terminar, se va a tomar

294

unas copas con sus amigos y se le va la mano con el alcohol. De noche, sale a pasear por los jardines para despejarse antes de coger el coche. Son más de las diez. A las pocas horas, unos tipos en bicicleta lo encuentran ahorcado en un árbol junto a la tapia del club, que en esa zona colinda con la M-30. El forense dice que, a juzgar por la temperatura, tuvo que morir en torno a las diez y cuarenta. Coincide con el sector de la M-30 que marcaría esa hora.

—¿Quién lo investigó?

—Los municipales. Lo cerraron enseguida. Parece que el supuesto suicida se colgó con unos pulpos que llevaba en su propio coche y que no había indicio de violencia. El suicida pesaba ochenta kilos, se ha estimado que nadie podría colgarlo de un árbol sin resistencia.

—La mujer a quien vi durante el tiroteo con Laínez no habría sido capaz. Era muy pequeña.

—Ah, sí. La que se parecía a Patti Smith. ¿Te has dado cuenta de una cosa?

O'Rourke sacó de su abrigo el folio donde había impreso el mapa del hombre calvo. Lo desplegó y lo colocó sobre la mesa.

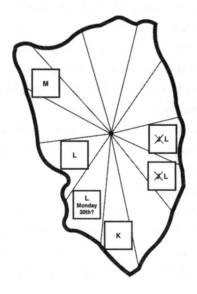

—Fíjate —dijo la inspectora—. Rodrigo insinuó que la jota tachada podía hacer referencia a Javier Laínez, ¿verdad?

—Creía que estabas dormida mientras Rodrigo explicaba su teoría.

—Sí, pero esa mujer es capaz de meterse en mis peores pesadillas. Así que esa parte la escuché. Además de eso, también sugirió que la tachadura podía significar que la jota había sido eliminada. ¿Eliminada por quién? Pues por esta ele que la sustituye.

—Quieres decir que, si la jota era para Javier Laínez, la ele identifica a la mujer que lo mató.

—Exacto, a Patti Smith —confirmó O'Rourke—. Y la ka, al asesino de Madrid-Abroñigal, el hombre calvo.

—Así que de momento conocemos a tres de los asesinos: Javier Laínez, el hombre calvo y Patti Smith. Pero nos falta este —dijo Seito, y señaló la letra eme que ocupaba el sector de las diez a las once—, el que ahorcó al suicida de Puerta de Hierro.

—Ya sabemos algo de él: si levantó un cuerpo de ochenta kilos, tiene que ser un tipo fuerte, muy probablemente un hombre.

—Estás empezando a pensar como Laura Rodrigo.

O'Rourke respondió con una sonrisa. Eso animó a Seito a hablar de asuntos personales. Justo lo que Dulce no deseaba.

—O'Rourke, te agradezco mucho todo lo que estás haciendo por mí y por mi familia. Y te debo una…

—Atraparemos a las personas que amenazan a tu hijo, Seito —lo interrumpió ella, con seriedad, devolviendo la conversación al lugar que sabía controlar.

Él se tomó un instante. Luego centró la mirada en el plato ya vacío.

—Para un policía, no hallar al culpable siempre es un fracaso —dijo por fin—. Pero estoy aprendiendo a aceptarlo. A veces, cuando no identificas al culpable es que el culpable eres tú. Lo que pasa es que la vida te exige heroísmo, y a nadie se le debería pedir eso. El heroísmo es antinatural, atenta contra el instinto de supervivencia. Alguien obligado a ser un héroe necesita ver enemigos en todas partes. Y si ese alguien es policía, peor aún.

Dulce se quedó mirando la ventana con gesto inexpresivo. Vio su Subaru Impreza aparcado bajo un árbol. Reluciente, con su rojo perla veneciano, sin un solo rayón, mimado por el talento y las manos de Frankie, un tipo transparente, sin dobleces. Se preguntó por qué las cosas no podían ser siempre tan sencillas como conducir por un camino de cabras a doscientos cincuenta por hora. Quiso fingir que no entendía nada de lo que Seito le decía. O que entendía que seguía hablando del caso. Pero no supo hacerlo.

—Mira, Seito, he trabajado lo suficiente en Vallecas para saber que mi vida ha sido más fácil que la de la mayoría de la gente. Muchas veces he cometido la tontería de sentirme mal por eso. Sin embargo, ya no estoy dispuesta a cargar con las tragedias de nadie.

Se levantó para ir al baño mientras el otro pagaba la cuenta. Llegaron al barrio de Salamanca a las cuatro de la tarde. Dulce dejó el coche en el aparcamiento del Corte Inglés de Goya. Pasó por el área de floristería. Se le ocurrió llevarle un detalle a Laura Rodrigo, tal y como le habría recomendado su madre. Creía que le debía una disculpa. Rodrigo recibió el regalo con entusiasmo.

—¡Tulipanes! ¿Cómo has sabido que no me dan alergia?

Mientras buscaba un jarrón adecuado y Seito terminaba su cigarrillo en la corrala, O'Rourke compartió su teoría con la subinspectora: que cada letra identificaba a un asesino distinto.

—Me alegra mucho que me digas todo esto, porque es algo que yo ya había pensado. Es más, tengo otra hipótesis.

—Te prometo que esta vez no la pondré en duda —dijo O'Rourke.

—¿Por qué lo dices, O'Rourke? Las hipótesis deben ponerse en duda. De lo contrario, el conocimiento no avanzaría. —Rodrigo acudió al mueble de la impresora. Un par de hojas esperaban en la bandeja de salida. Las cogió y se las reservó para sí—. Me he pasado parte de la madrugada cotejando datos en internet. Me vino a la cabeza algo que Seito contó sobre su conversación con el jefe de la mara Salvatrucha.

—¿Sobre las fotos que Laínez le enviaba?

—Sí, exacto. Por hacer repaso mental: el ranflero recibía las fotos por series. Es decir, durante un mes, siempre enero, le llegaban tres o cuatro fotos y luego pasaban un par de años sin que recibiera ninguna.

—Sí, así hasta en tres ocasiones distintas. Pero él las tiraba todas, excepto la que hemos examinado.

—El ranflero también mencionó una cosa: que en una de las fotos que le llegó en 2019, junto al placazo se podía ver un texto escrito en letras chinas.

—El chino es el idioma más hablado del mundo —objetó Seito—. Nos volveríamos locos si tuviéramos que…

—Recuerda que tenemos la fecha y que no buscamos lugares al azar: lo que queremos es un patrón. Además, Asia es la región del mundo con menor índice de criminalidad.

—Bueno, el Sudeste Asiático tiene una buena tasa de homicidios.

—Pero en la mayoría de países de ese Sudeste Asiático al que te refieres no se escribe con ideogramas chinos, sino con alfabeto brahmánico. O, en algunos casos, en inglés, como en Filipinas. En las grandes urbes de China, Japón, Taiwán o Corea, la tasa de homicidios es de menos de un muerto por cada cien mil habitantes al año. ¿Qué quiere decir eso? Que si en el centro de una de esas ciudades se concentra media docena de asesinatos en solo un mes, se tiene que notar en las estadísticas.

—Aun así, son muchas ciudades.

—Cierto, por eso comencé a investigar aquellas que pudieran encajar con nuestro patrón. París y Madrid son capitales, pero como ciudades resultan muy distintas, tanto en número de habitantes como en extensión o como en urbanismo. Solo hay una característica que las iguala y que hace que cumplan el patrón.

—Tienen una autovía que las circunda.

—Sí, pero no cualquier autovía. Hablamos de una vía más o menos urbana, más o menos circular para poder convertirla en la esfera de un reloj, y más o menos de la misma extensión, unos treinta y cinco kilómetros. También introduje una variable algo arbitraria: la estética. Me dije a mí misma que, si yo practicase el turismo de asesinatos, ¿dónde me gustaría hacerlo?

Seito y O'Rourke se las arreglaron para reprimir cualquier comentario. Laura Rodrigo continuó:

—Estudiando los mapas de distintas ciudades asiáticas, me quedé con cuatro candidatas: Hong Kong, con su Ruta 9, lo sé, lo sé, demasiado larga, setenta kilómetros; Pekín, con su Segundo Anillo; Shanghái, con su Anillo Interior, y Tokio, con la ruta C2. Deseché Seúl, porque utilizan alfabeto coreano o *hangul*, y Sendai, que me parecía demasiado exótico. Al final, por fuerza, también tuve que desechar las ciudades chinas. El Gobierno de la República Popular no es famoso por su transparencia, así que difícilmente iba a poder estudiar tasas de criminalidad en sus ciudades. Pero al mismo tiempo pensé: «Tokio es un lugar perfecto». Con un anillo de circunvalación tan solo un poco más largo que los de París o Madrid. Con mucha población que vive en soledad. Y con un departamento de policía en el que aún pueden encontrarse agentes acostumbrados a dejarse comprar por la Yakuza. Así que busqué las tasas de homicidios en Tokio para enero de 2019. ¿Y sabéis qué? ¡Bingo! En un centro urbano con 0,2 asesinatos por cada cien mil personas al año, de pronto la tasa se multiplicó por diez justo en esa fecha. —De entre los papeles que sostenía en la mano, Laura Rodrigo tomó un pliego con un gráfico y se lo tendió a sus compañeros. En la línea que marcaba el promedio de asesinatos de Tokio en 2019 se apreciaba un notable pico que correspondía a enero. Laura Rodrigo estaba extática y no podía dejar de hablar—. ¿Habéis visto? ¡Sea lo que sea lo que están haciendo ahora en Madrid, no es ni la primera ni la segunda vez!

Seito tuvo miedo de que Laura Rodrigo sufriera un colapso.

—¡Y allí estoy yo! ¡Son las cinco de la mañana cuando acabo de darme cuenta de eso, pero mediodía en Japón! ¿Y qué puedo hacer? Empiezo a buscar directorios de teléfono para llamar a la policía tokiota, pero me cuesta expresarme en inglés… y no digamos ya en japonés. Todos los medios que encuentro en internet están escritos en ese idioma, y ni siquiera soy capaz de utilizar Google Translate para descifrar esos galimatías. Entonces descubro la existencia de *The Japan Times*, un periódico de Japón que se edita en inglés. Me dejo una pasta en la suscripción, pero es que ya no puedo aguantar más la curiosidad. Y en la hemeroteca busco las noticias de los sucesos más relevantes de ese mes y de ese año en la capital. ¡Bingo!

—Si vuelves a gritar «¡Bingo!», me vas a matar de un susto —suplicó Seito.

Laura Rodrigo sostenía en el aire otro de los folios y lo agitaba como si fuera un abanico.

—¡Encontré un reportaje sobre cómo la policía había cercado y abatido a un asesino en serie que había matado a tres personas y se disponía a matar a una cuarta! El redactor, para presumir de detallista, también aportaba los lugares y las horas de los crímenes: todas coincidían con nuestro patrón del reloj, en el Anillo C2, que circunvala el centro de Tokio. Como el asesino murió durante la detención, no pudieron interrogarlo. No encontraron nada de nada en su casa, ni en su ordenador, ni en su documentación, que era falsa. Solo pudieron relacionarlo con los tres crímenes por las fibras de su ropa y restos de ADN. Localizaron su casa y le pusieron vigilancia hasta el momento en que salió a cometer su cuarto asesinato. ¿Sabéis cómo lo llamaban? El Asesino de los Jueves. Había matado a una persona cada jueves desde el comienzo de enero. Entonces me he dado cuenta de que nuestra Jota cometió sus dos crímenes en dos jueves también consecutivos, dejando siete días entre ambos.

—Pero ese patrón no se cumple en todos los casos —objetó

O'Rourke–. Ka, el hombre calvo, mató un miércoles en Abroñigal. Y no ha vuelto a hacerlo hasta el jueves de esta semana, si
es que ha matado a Pollito.

–Sí, ya lo he pensado –respondió Rodrigo–. Pero eso no
quiere decir que no haya un patrón. Quizá solo signifique que
nos faltan datos. Nosotros no sabemos cómo funciona, pero
quienes están implicados en todo esto, sí. Y, como lo saben,
pueden aprovecharlo para el uso más valioso que un patrón ofre-
ce a quien lo descifra: realizar predicciones.

Seito se quedó pensativo, tratando de entender.

–Y por eso, en este otro pósit pone «L Monday 30?» –dijo
finalmente.

–Exacto –continuó Rodrigo–. Estoy convencida de que ese
pósit recoge una predicción del hombre calvo. Creía muy posible que la letra ele fuera a actuar el lunes 30 en este sector del
mapa de Madrid.

–¡Pasado mañana! –exclamó O'Rourke.

55

—Vuelve a explicármelo, pero despacito, Seito, que a lo mejor soy tonto y no lo entiendo del todo bien. ¿Me estás diciendo que habéis dejado una bomba activa en un apartamento de Méndez Álvaro?

—No del todo activa, jefe. Le ajusté el clip de seguridad y retiramos el cable. No tocamos nada más.

A las siete habían llegado a las inmediaciones del Santiago Bernabéu. No había partido, la zona estaba tranquila. La noche se presentaba fría y seca. Las aparatosas obras de remodelación mantenían el estadio rodeado de grúas y andamios, y varios carriles cortados de la avenida Concha Espina. Los muros, anteriormente de apariencia blanda, se cubrían de una cota de lamas metálicas que brillaban bajo las farolas.

Aparcaron en la calle Rafael Salgado. Vieron aparecer a Álvarez-Marco por un paso de peatones provisional, expulsando vaho por la boca, sin abrigo, con el cuello protegido por una bufanda y un libro bajo el brazo. Vivía en aquel barrio. El restaurante José Luis era su refugio. El único lugar de Madrid donde sabían ponerle el café como a él le gustaba. Se lo había dicho a Seito en alguna ocasión: le había costado veinte años educar a los camareros, a base de tomarse el primero de la ma-

302

ñana, todos los días, y de devolver dos de cada tres. Solo así encontraba energías para afrontar la jornada. Al anochecer, repetía esa práctica, pero con el objetivo inverso. Acudía al José Luis con una novela histórica y pedía un Magno: «Lo único que me disuelve toda la cafeína que llevo en las venas, antes de irme a dormir». A Seito le importaban un bledo las liturgias de su jefe, pero gracias a ellas sabía dónde encontrar a Álvarez-Marco en aquel momento.

Aguardaron a que el jefe estuviera sentado a su mesa de siempre, en un rincón solitario, y a que el camarero le sirviese la copa de brandy sin tan siquiera pedirla.

—¿Qué coño hacéis vosotros dos aquí? —dijo, levantando solo un ojo del libro de Posteguillo.

Se lo explicaron deprisa. Seito se lo había preparado mentalmente, porque sabía del amor que el jefe procesaba a la concisión. A Álvarez-Marco le bastaron menos de cinco minutos para asumir que la investigación que llevaba a cabo el inspector Callés no era más que una farsa. Las evidencias auténticas las estaban recopilando aquellas dos personas que se habían plantado ante él, ante su Magno, ante su novelón. No los había invitado a sentarse; aun así, lo habían hecho. Eran culpables de un delito de obstrucción a la justicia, y lo peor era que lo sabían.

—¿Me puedes explicar, Seito, cuál es tu excusa?

—Mi familia está en peligro —contestó este, mostrando de nuevo el papel donde aparecía la ficha de la investigación y las notas de las idas y venidas de su mujer y su hijo que el hombre calvo había tomado a mano, y la evidencia de que sabía quién era Laínez.

—¿Y la tuya? —dijo Álvarez-Marco, mirando a O'Rourke.

—Bueno, yo… Mataron a mi perro.

Habían desplegado sobre la mesa, dejando escaso espacio para la copa del jefe, un abanico de documentos, mapas de Madrid, París y Tokio, gráficos, tablas horarias, noticias del *The Japan Times*, e-mails de la Police Nationale…

—¿Me queréis decir quién es el chalado que se ha dedicado a coleccionar toda esta basura?

—¡He sido yo! —gritó Laura Rodrigo, entrando a trote en el restaurante.

—¿Rodrigo? —susurró Seito—. Se suponía que tú no ibas a venir...

—Ya, pero luego pensé que igual era conveniente —respondió ella, jadeando.

La subinspectora no se confundía. Nada más verla entrar, el gesto de desprecio del jefe se había atenuado. Seito y O'Rourke llevaban una vida dándole tantos buenos resultados como problemas. Sin embargo, Rodrigo era otra cosa. Incluso le había confesado al ministro que necesitaban más Lauras Rodrigo. Y ahora no podía desdecirse.

La subinspectora también se sentó antes de que el jefe la invitara. Arrastró una silla de una mesa vecina haciendo un ruido terrible. Luego, antes de ponerse a hablar, sacó un pañuelo de papel del bolsillo y se sonó los mocos. Entonces volvió a explicar el sentido que ella misma había ido encontrando en las evidencias. No se expresó con mejores argumentos ni utilizó mejores palabras que sus compañeros. Pero, en los oídos de Álvarez-Marco, sonó mejor.

—De acuerdo —convino el jefe, con gravedad—, esta es vuestra hipótesis. Me estáis diciendo que, cada cierto tiempo, una pandilla de chalados escoge una ciudad cualquiera del mundo...

—Una ciudad cualquiera no, jefe —lo interrumpió Rodrigo—. El patrón es muy...

—Si vuelvo a oír la palabra «patrón», me voy a cagar hasta en mis muertos, Rodrigo. No me interrumpas, coño. Escogen una ciudad que tenga una autovía de circunvalación y la utilizan para matar gente por riguroso orden.

—Exacto. Eso parece que sucede.

—Pero ¿por qué?

—Aún no lo sabemos, jefe. Pero lo importante es que si se cumple el patr..., si se cumplen las normas que hemos identificado, es posible que pasado mañana, de siete a ocho, alguien vuelva a matar. Y lo hará en este tramo de la M-30, entre el paseo de la Ermita del Santo y el puente de Praga.

—¿De siete a ocho de la mañana o de la tarde?

—Yo diría que eso no les importa. Con que sea de siete a ocho, para coincidir con el dibujo del reloj, es suficiente.

Álvarez-Marco guardó silencio. Levantó una vez más el mapa dibujado por el hombre calvo, con las anotaciones de Laura Rodrigo. Lo observó sin decir una palabra durante casi un minuto. No permitió ni un comentario. Luego removió los demás papeles. Se centró en el mapa de París, también convertido en reloj por mano de la subinspectora, con los lugares de los asesinatos marcados con una equis y la hora apuntada a su lado.

—Primero, llamáis a los artificieros para que acudan al edificio de Méndez Álvaro y desactiven el explosivo. Luego vais a Callés y se lo contáis todo. Si Callés os dice que saltéis a la pata coja, vosotros saltáis, ¿de acuerdo? Mientras tanto, yo tengo que decidir si esto tiene algún sentido. Y si no se lo encuentro, podéis daros por jodidos.

56

A primerísima hora del domingo, Álvarez-Marco lo había decidido. Después de no haber pegado ojo, claro, ni con todo el Magno del mundo. Ya era más de medianoche cuando recibió el informe de Callés, que había insistido en acudir en persona a la dirección de Méndez Álvaro aportada por Seito y O'Rourke: «A mí no me joden otra investigación. Si están colocando otra vez pruebas falsas, yo sabré verlo antes que nadie». Pero no encontró pruebas falsas, sino una rudimentaria trampa explosiva, hecha con una granada y un cordel, sobre una mesa llena de papeles. Lo que Seito había anticipado. Los artificieros no tuvieron muchos problemas para desactivarla. «¿Dónde se aprenden esas cosas? ¿En África?», se preguntó Callés. Luego habían llegado los de la Científica, a tomar fotos de todo y llevarse los equipos informáticos.

—Escucha, Callés —dijo Álvarez-Marco por teléfono, odiándose a sí mismo por el terremoto que estaba a punto de desencadenar—. Empieza a llamar al personal, a ver con cuánta gente podemos contar el lunes para un asunto de urgencia.

—¿Qué asunto, jefe? ¿Lo del chalado de Seito? ¿De qué va eso?

—Mira, ni yo lo sé. Tú búscame a alguien y me dices. No es nada seguro, solo ponlos en alerta por si acaso.

—¿No podemos avisar a los de Seguridad Ciudadana?

—¿Tú quieres acabar con mi carrera, Callés? ¡Aquí no se avisa a ni Dios!

Álvarez-Marco había hecho sus cálculos: no tenía tanto que ganar si evitaba un crimen como lo que tendría que perder si todo aquello resultaba ser una farsa y trascendía. Por eso se pasó toda la noche dándole vueltas a los papeles que le había presentado Rodrigo. Al final, su conciencia pudo más que sus temores. Llamó a Seito y a Callés a las ocho de la mañana y dio la orden de ponerlo todo en marcha.

—Pero hagámoslo nosotros. No quiero ni una palabra fuera de la brigada. Avisaré al Chanclas, que es discreto.

A las nueve llegó el informe de los informáticos forenses. Habían intentado abrir el ordenador del hombre calvo, pero, tal y como habían anticipado Seito y O'Rourke, no fueron capaces: estaba muerto. Probablemente lo habían formateado en remoto.

Para esa hora, Seito, O'Rourke y Rodrigo ya recorrían todo el sector delimitado en el mapa del hombre calvo, entre el inicio del paseo de la Ermita del Santo y el puente de Praga. Se dividieron para peinar la zona con más agilidad. Pero no tardaron en desesperarse. El área resultaba inabarcable. El parque de Madrid Río. Los túneles de la M-30 bajo tierra. La avenida del Manzanares. La plaza de Marqués de Vadillo. La glorieta de Pirámides... Hicieron fotos, consultaron Google Maps en sus teléfonos móviles, exploraron recovecos y dejaron aflorar mil conjeturas en sus cabezas. Eran conscientes, además, de que aquella soleada mañana de domingo nada tendría que ver con lo que encontrarían el lunes a las siete. El parque estaba atestado de patinadores, de familias con cestas de pícnic y de jóvenes con la música a tope. El único bullicio que hallarían al día siguiente sería el de las cotorras argentinas.

A las tres se reunieron en la Jefatura, hambrientos y con las piernas agotadas. Colocaron una caja de pizza en mitad de la mesa de una sala de reuniones y empezaron a confrontar sus hipótesis.

—No tiene sentido —dijo Seito—. Es una superficie más grande que mi pueblo. No podremos evitarlo.

—Tal vez tengas razón, Seito —replicó Rodrigo—. Pero antes hemos de aplicar una serie de filtros. Pensemos en los asesinatos que hemos visto hasta ahora y preguntémonos cómo se repetirá en este escenario. Y quizá así consigamos acotar la zona.

Siguieron hablando y haciendo llamadas durante horas.

A las siete de la tarde llegó Álvarez-Marco, visiblemente irascible. Notaba sobrevolar el riesgo del ridículo. Reunió a los tres investigadores en su despacho.

—Primero, las noticias —sentenció—. Son malas.

La Policía Municipal acababa de dar aviso de que habían encontrado un cuerpo inserto en un conducto, junto a la M-30, en la zona de Méndez Álvaro. La descripción de la víctima coincidía con la de Abraham Castro. Y allí se acababa la búsqueda.

Dulce O'Rourke trató de reprimir el llanto. Lo consiguió respirando muy hondo. Agradeció estar sentada. Seito lo detectó y le puso la mano en el hombro. Para sorpresa de ella, esa mano la reconfortó.

—Callés se ocupará de todo —siguió el jefe—. Y ahora, disculpad, pero no podemos perder tiempo. Hablemos de lo de mañana.

Empezaron a compartir las conclusiones a las que habían llegado tras su visita al escenario y tras sus conversaciones. Tenían que conformarse con menos de una docena de agentes para vigilar los más de dos kilómetros y medio de autovía que abarcaba el tramo entre el puente de Praga y el paseo de la Ermita del Santo. Además, en aquel punto, al suroeste de Madrid, la M-30 estaba soterrada casi por completo. Circulaba por el túnel del Manzanares, de cuatro carriles para cada sentido. Por tanto, el trabajo de vigilancia era doble: bajo tierra y en superficie. Rodrigo comenzó a exponer su labor de filtrado:

—El túnel está lleno de cámaras, así que no creo que el asesino quiera actuar allí.

—Pero en la superficie puede hacer lo que le dé la gana —repuso Álvarez-Marco—. Vosotros sois los listos. ¿Qué opináis?

—Tras estudiar los asesinatos de Madrid, París y Tokio —dijo Laura Rodrigo—, podemos concluir una cosa: los autores no se arriesgan. Yo diría que escogen a la víctima sobre la marcha, de forma casual, o después de algunos días de observación. Vigilan una zona durante un tiempo y eligen a un indigente a quien nadie echará de menos. O encuentran un sitio desde el que tirar una piedra y salir corriendo.

—No quieren que los capturen —añadió O'Rourke.

—No te jode, ningún asesino quiere que lo capturen —objetó Álvarez-Marco.

Los tres policías se quedaron mirando al jefe en silencio, con la cabeza gacha. Aunque Álvarez-Marco había terminado por entrar al juego, había cosas que aún le costaba digerir. Se puso de pie, apoyó las manos en su escritorio y miró a los tres agentes.

—Vamos a dejar una cosa clara. Me habéis convencido, pero solo lo justo. El operativo que vamos a desplegar mañana responde a la necesidad de evitar un posible crimen. Pero eso no quiere decir que me trague toda esta mierda que me estáis contando. A partir de mañana vamos a aclararlo todo punto por punto, empezando por eso de que hay compañeros del Cuerpo metidos en esta mierda.

—Solo es una hipótesis, jefe —dijo Seito—. El hombre calvo tenía...

—Si algo queda mínimamente borroso —lo interrumpió el otro—, vosotros, los «convenciditos», vais a pagar las consecuencias, ¿de acuerdo?

Asintieron.

—Pues ahora, al tajo. Vamos a hacer recuento de nuestros recursos. En primer lugar, tenemos al equipo del Chanclas.

—Ahora mismo están allí —dijo Seito—, en el túnel del Manzanares. Sergio Barreda, el supervisor del Centro de Control, les está enseñando las instalaciones. Unos se apostarán en el subsuelo, en un puesto de emergencia, y otros arriba, en la glorieta de Pirámides.

—¿Les has explicado a tus amigos de Calle 30 lo que va a suceder?

—Van a tener mil ojos en las cámaras del túnel. Les he pasado un retrato robot de la sospechosa. Bueno, en realidad les he pasado una foto de la auténtica Patti Smith.

—Voy a hacer como si no hubiera oído eso —dijo Álvarez-Marco—. ¿Y los demás?

O'Rourke tomó la palabra:

—Nos desplegaremos por la zona. Iremos solos. Nos haremos pasar por borrachos que han dormido a la intemperie.

—En otras palabras, haréis de cebo. ¿Cuántos agentes habrá desplegados?

—Según nos ha dicho Callés, en total somos once.

—Once agentes para casi tres kilómetros de calle. Seis kilómetros, si contamos ambas orillas del río.

—Pero hemos hecho ya descartes, jefe —explicó Laura Rodrigo.

—Pues explicádmelos. En primer lugar, ¿por qué nos desplegamos a las siete de la mañana, y no a las siete de la tarde?

—Suponemos que a las siete de la tarde el parque estará mucho más concurrido. Además, si no sucede por la mañana, podemos regresar.

—Ya veremos si regresamos. Cuéntame más descartes de esos.

Rodrigo se sacó del bolsillo un papel de tamaño DIN A-3 en el que había impreso un mapa ampliado de la zona. En él ya había marcado con su rotulador rojo los puntos que consideraba más probables.

—Yo no tomaría en consideración la zona de Marqués de Vadillo: siempre tiene mucho tráfico. También pasaría de la calle Antonio López, creo que está demasiado alejada de la M-30.

Eso nos ahorra dos zonas muy difíciles de controlar. –Señaló una calle mucho más estrecha, entre Antonio López y el río–. Por un momento pensé en la avenida del Manzanares. Pero luego se me ocurrió que hay muchos edificios residenciales llenos de gente aburrida, que se asoma a contemplar el río. Así que también la desecharía. –Con la punta del rotulador señaló entonces la enorme área del parque de Madrid Río–. Otra cosa es Madrid Río. Aquí hay árboles, setos, rincones, túneles… Y, por la mañana, la asesina encontrará víctimas solitarias: indigentes refugiados entre cartones, *runners*, jardineros… Parte del equipo debe desplegarse por el parque.

–Es un parque gigantesco, Rodrigo –objetó el jefe–. Difícil cubrirlo entero con once agentes.

–Menos de once. Hay que dejar alguno para esta área.

Rodrigo rodeó con el rotulador la zona vacía donde hasta 2019 se había erigido el estadio Vicente Calderón. En la actualidad la ocupaba una obra faraónica donde se ubicarían unos cuantos edificios residenciales y kilómetros cuadrados de jardines. Para lo cual, también había que soterrar la autovía que antaño pasaba, literalmente, bajo las gradas de la sede del Atlético de Madrid. En ese momento, la calzada de la M-30 trazaba una sinuosa curva provisional que cortaba en dos mitades el área, a cielo abierto, antes de sumergirse de nuevo en el túnel.

–¿Por qué esa zona? –dudó Álvarez-Marco–. Hemos descartado otros lugares por estar demasiado concurridos, y en esas obras hay más gente que en la guerra, trabajando a tres turnos.

–Hemos tenido la misma discusión –dijo O'Rourke–. Como siempre, ha ganado Rodrigo.

–Hay mucha gente trabajando en esa obra –admitió esta–. Pero hablamos de una superficie de cincuenta y cinco mil metros cuadrados. He estado por ahí. Los obreros se concentran en los edificios que se están construyendo en las esquinas. Pero en el centro, en lo que fue el terreno de juego, hay un solar prácticamente desierto, que usan para arrojar los escombros.

–Lo he visto. La montaña ya casi parece el monte Abantos.

–Y luego está el ruido. En una zona de trabajo como esa, las máquinas provocan ruidos ensordecedores y los operarios van a lo suyo. Creo que un asesino podría colarse, escoger una víctima solitaria, apartada, y salir sin que lo detectaran.

Álvarez-Marco se quedó un buen rato observando los rayajos rojos que había pintado Rodrigo sobre el mapa. Al final, asintió.

–Avisaremos al personal de seguridad de la constructora para que anden con ojo –sugirió O'Rourke.

–Con eso tendrá que bastar –respondió Álvarez-Marco–. No hay jubilados en Madrid para vigilar una obra tan grande.

57

Alejandro González tenía veintiocho años. Desde hacía tres temporadas entrenaba a toda la categoría cadete del Club de Fútbol Madrid Río. Se despertaba a las cinco y media de la mañana y dedicaba las madrugadas a hacer deporte. Salía a correr, entrenaba en el pequeño gimnasio que había dispuesto en su salón… Aquel lunes, sin embargo, prefirió acudir al campo del club, justo al lado del puente de Praga. Quería repintar las líneas. Abrió con su llave la caseta de los aperos. Rellenó de cal el depósito del carro marcacampos. Salió al terreno de juego. Aunque el sol empezaba a elevarse, la mañana era gélida. Por eso, se había puesto unos guantes de portero que había encontrado en el vestuario.

El puente de Praga era una de las vías con mayor tránsito de Madrid; conducía a los vehículos que llegaban del centro, o bien hacia la M-30, o bien hacia Toledo. El campo de fútbol se encontraba casi debajo. Pero quedaba protegido de la desagradable vista de los coches por una pared de árboles delgados y altos que tamizaban la luz, convirtiéndola en una nevada de copos brillantes. Cualquier cosa que sucediese dentro de ese terreno de juego, sucedería en ausencia de testigos.

Alejandro escogió una banda. Comenzó a caminar despacio, esforzándose en mantener una trayectoria recta, para que la línea quedase perfecta. La sombra del arbolado no tardó en envolverlo. Allí sintió aún más frío. Empezó a dudar de si sería capaz de terminar la tarea esa mañana. Entonces, se oyó un ruido ensordecedor.

Con gran estrépito, Jonathan Martín, operario del servicio de Parques y Jardines de Madrid, arrancó el motor de gasolina de la sopladora de hojas. Se hallaba justo al otro lado de la línea de árboles que cerraba el campo del Club de Fútbol Madrid Río. Había comenzado su turno a las siete en punto, demasiado temprano para llevar a sus hijos al colegio. No le tocaba pasar la sopladora, pero a su compañera, Belén, le dolía la espalda, y él le ofreció un intercambio de tareas.

Jonathan llevaba unos auriculares para protegerse los tímpanos. El ruido del motor impedía oír acercarse a cuantas personas se cruzaban con él, pero eran pocas. El parque estaba desierto. Se alejó de los campos de fútbol por la pista que le acercaba al río. El chorro de aire que despedía la máquina levantaba hojas, envoltorios, alguna mascarilla usada hasta depositarlo todo en los márgenes del camino, donde un compañero los recogería más tarde. Estaba distraído y ensordecido debido al ruido y a los auriculares. No oyó los pasos de una persona que se le acercaba por la espalda.

Cuando Juan Luis Seito pasó a pocos centímetros de la espalda del empleado de Parques y Jardines que manejaba la sopladora, se tapó los oídos y entornó los párpados para que no le entrase polvo en los ojos. Una vez que se alejó de la nube de residuos suspendida en el aire, miró alrededor. Allí no había nadie más. Caminaba hacia el norte.

Seito se había vestido con sus peores ropas, aunque conservaba su trenca negra. Llevaba un tetrabrik en la mano. La etiqueta indicaba que contenía vino blanco, pero estaba lleno de agua. Oyó un zumbido en el interior de la oreja. Provenía del pinganillo mediante el cual se comunicaba con el resto del equipo. Pero no entendió nada, debido al ruido de la sopladora. Aligeró el paso para alejarse aún más.

—Seito, ¿qué cojones es ese estruendo? —le gritaba Álvarez-Marco.

—Un cacharro de esos que barre la basura con aire —respondió él—. De momento, por esta zona todo está tranquilo.

—¿Tus amigos del Centro de Control de la M-30 siguen al tanto?

—El supervisor, Sergio Barreda, me ha dicho que no le van a quitar ojo a los túneles de este sector. Llamarán en cuanto vean algo sospechoso.

Siguió caminando, a ritmo de paseo. Los agentes se habían desplegado por el parque, desde el puente de Praga hasta el de Toledo. Seito estaba preocupado. En un área tan grande como aquella, un sicario de la misma categoría que Javier Laínez podría matar y desvanecerse. De pronto reconoció el rostro de una mujer.

La policía Sara Márquez estaba asustada y no supo disimularlo cuando el inspector Seito la miró a los ojos. Era la joven promesa del Cuerpo, pero no tan joven para el infantil disfraz que había escogido, de colegiala indefensa. Cargaba con la mochila de *Los Descendientes* de su prima, con un llavero de Among Us colgado de la cremallera. Álvarez-Marco había insistido en que la chica ocupase el lugar menos expuesto. Bajo su grueso anorak, llevaba un chaleco antibalas y una pistola reglamentaria que pesaba más que la mochila.

El veterano Seito trató de dirigirle un gesto tranquilizador, mientras seguía caminando hacia el norte. Sin embargo, no le ayudó demasiado. Sara estaba tan tensa que ni siquiera oyó las estrepitosas pisadas que ganaban intensidad al acercarse a ella.

Lucía Blanco se levantaba todos los días a las seis de la mañana para correr, porque es lo que hay que hacer si una quiere mantener ese culo a los cuarenta. Era muy fácil tener un buen trasero a la edad de esa niña de la mochila ridícula. Pero no le duraría mucho sin sacrificios.

Cada mañana salía de su ático, en la calle Melilla, y se adentraba en el antiguo parque de Arganzuela, para descender por Madrid Río hasta Matadero. Luego regresaba por el mismo camino. Escogía los senderos menos transitados del parque para evitar las miradas de los jubilados insomnes que paseaban a esas horas. Ya tenía que soportar las de sus clientes y las de sus compañeros en el bufete. Estaba tan habituada a los ojos de esos babosos que había desarrollado un sexto sentido para detectarlos. Una especie de sensibilidad en la piel que le hacía saber que alguien la observaba fijamente.

Ya había dejado atrás la zona de los toboganes. Se acercaba al puente peatonal de Arganzuela. Entonces fue cuando su sexto sentido le advirtió de que unos ojos la miraban.

El inspector Carlos Callés se había quedado hipnotizado con el culo de la corredora que avanzaba por el parque a una velocidad envidiable. A pesar de su madurez, esa carne no se movía un ápice. Callés llevaba demasiado tiempo divorciado para no reconocer las cosas que quedaban fuera de su alcance. Pero en fin, al menos se había alegrado la vista. Estaba cabreado desde el inicio de la jornada. Cabreado porque el jefe lo había obligado a prestarse a aquella pantomima, ideada por la chiflada de Rodrigo, con el apoyo del cretino de Seito y la pija de O'Rourke. No entendía cómo había sitio en el Cuerpo para aquellos descerebrados, a los que les faltaba media neurona para no cagarse encima. Llevaba toda su carrera intentando demostrar que eran tan dañinos como los peores criminales. Pero ahí estaba, haciendo el gilipollas.

Se había comido el marrón de visitar a la familia de Abraham Castro Granados para darles la nefasta noticia. Nunca era agradable ver a un tipo duro, como aquel padre, derrumbarse de dolor. Y, para rematar, resulta que Álvarez-Marco se había prestado a poner en marcha ese operativo delirante. Lo había obligado a vestirse de indigente y a empujar un carrito de supermercado lleno de cable de cobre por el parque de Madrid Río. Si todo eso era una estupidez, le estaban haciendo perder el tiempo y la dignidad. Pero, si no lo era, entonces lo estaban obligando a arriesgar su vida como cebo.

Se palpó el pecho para comprobar que el antibalas seguía allí, bajo el abrigo viejo, preparado para detener un disparo. Pero el antibalas no protege la cabeza. Y fue justo allí donde recibió el impacto: en la nuca.

El inspector Román Sevilla llevaba años compartiendo aceras y casos con Carlos Callés. A Callés, trabajar le amargaba. A Sevilla, también. Pero eso no le impedía bromear de vez en cuando. Por eso, cuando, vestido como un pijo que acude a su trabajo en bicicleta eléctrica, se cruzó con su compañero, no pudo evitar la tentación de echar el pie a tierra, recoger una castaña de indias del suelo y lanzársela a la cabeza. Le acertó en el centro de la nuca.

Callés se volvió, con rostro desconcertado.

—¡Hijo de puta! —gritó, furibundo.

Sevilla soltó una carcajada y salió pedaleando a toda velocidad. Por el pinganillo, oyó la voz de Álvarez-Marco.

—¿Qué cojones haces, Sevilla? ¿Eres gilipollas o qué?

Detuvo la bici, muy lejos del alcance de Callés.

—No te preocupes, jefe. Aquí no pasa nada. Está todo tranquilo.

—Te has alejado de tu posición. ¿Dónde coño estás?

Sevilla miró alrededor. Ahí estaba el puente de Toledo a su izquierda, con sus elegantes arcos de granito y sus inútiles tajamares, alzados sobre seco. Lo que no se veía era el vehículo desde el que unos prismáticos lo vigilaban.

El inspector jefe Domingo Ortiz, más conocido como el Chanclas, observaba con sus binoculares desde un falso furgón de Protección Civil que habían aparcado en plena isleta, en la glorieta de Pirámides. En la caja se apretujaban seis GOES que procuraban desentumecer los músculos con movimientos de todo tipo, por si había que intervenir. Su situación les permitiría llegar a cualquier punto del sector en pocos segundos. El Chanclas había localizado a Román Sevilla acercándose con su bicicleta al puente de Toledo. A su lado, en el asiento del copiloto, Álvarez-Marco no perdía ocasión de demostrar un humor de perros.

—Esto es una cagada, Ortiz —confesó—. Vamos a hacer un ridículo como un piano.

Ortiz, el Chanclas, no respondió. Pero pensaba: «No *vamos* a hacer el ridículo, Joaquín. *Tú* vas a hacer el ridículo». Estar callado no lo ayudó a percatarse de aquella otra bicicleta que se acercaba.

Óscar Blades portaba una mochila de Glovo a la espalda desde hacía catorce meses, cuando un ERE lo dejó fuera de la empresa de mensajería para la que trabajaba. Ahora, a las siete y media de la mañana, mientras descendía en su bici por la calle Pontones hasta Pirámides, para llevar media docena de cruasanes a una oficina del paseo de los Melancólicos, no podía parar de maldecir su suerte. El frío del amanecer se clavaba como un punzón en sus nervios. Todo su cuerpo se contraía de sueño. Casi se choca contra un furgón de Protección Civil, aparcado sobre una isleta en Pirámides. Desde su interior, un tipo enorme le lanzó una mirada asesina. «Pendejo», pensó. Tomó la calle de Alejandro Dumas. Grandes vehículos lo adelantaban. No respetaban la distancia de seguridad. Cualquiera podría atropellarlo.

De hecho, en ese mismo instante, una mujer que lo estaba observando desde un coche pensaba exactamente eso: lo fácil que sería acelerar y arrollar aquella bicicleta, dejar a su conductor tendido sobre el asfalto, a merced del tráfico, y darse a la fuga.

La inspectora Dulce O'Rourke vio pasar la bicicleta de Glovo y la juzgó vulnerable; recordó a la motorista de la pasarela y al atropellado de Ventas. Había estacionado su Subaru rojo perla veneciano en el paseo de los Melancólicos, justo donde se ubicara la entrada a la grada este del estadio Vicente Calderón. Ahora esa fachada se había convertido en una escombrera que alcanzaba la altura de una casa de cuatro plantas. Dos colosales torres de viviendas en construcción custodiaban esa montaña de arena y señalaban el paso hacia la incorporación a la M-30.

O'Rourke había dormido mal. La muerte de Pollito la había devastado. Si aquella noche, en lugar de atravesar la valla de la estación del Abroñigal, se hubiera ido a casa, todo habría sido diferente. Pollito estaría vivo en lugar de muerto. Aunque Chucho estaría igualmente muerto... y Seito estaría muerto en lugar de vivo.

«Tienes que aferrarte a eso», se dijo, clavando la mirada en el espejo retrovisor interior.

Entonces oyó una voz de mujer justo a su lado:

—Di adiós.

La subinspectora Laura Rodrigo ocupaba el asiento del acompañante del Impreza. Habían acordado que estarían en la calle, dando vueltas alrededor de las obras del antiguo estadio demolido, pero Rodrigo se había puesto tan nerviosa que había sufrido una crisis. Los golpes de una hormigonera descargando, las alarmas de una retroexcavadora que daba marcha atrás, los gritos de un obrero que manejaba una grúa... Todo la sobresaltaba. Ahora, más tranquila, hojeaba con gesto de disgusto los libros de autoayuda que había encontrado en el coche de la inspectora.

—*Di adiós a tus miedos* —leyó Rodrigo en una de las portadas—. ¿En serio, O'Rourke? ¿Por qué lees estas cosas? ¡Son un insulto al pensamiento crítico!

Dulce intentaba vigilar la calle.

—Esos libros venden millones de ejemplares —murmuró, sin dejar de mirar por la ventanilla—. Saber que existen personas mucho más necesitadas de auxilio que yo, tanto como para encontrar algo de consuelo en esa porquería, me hace sentir mejor. Para mí, esas publicaciones son como una adicción. No es que me sienta orgullosa, pero...

Rodrigo la miró con las cejas fruncidas y la boca abierta.

—¡O'Rourke! ¡Es una de las cosas más inteligentes que he oído nunca!

—Mira, no podemos seguir las dos aquí —dijo la otra—. Te propongo lo siguiente. Tú vigila desde el coche todo este flanco del recinto. Yo salgo y me voy a recorrer el otro.

—De acuerdo.

Dulce se había vestido de *runner* con una chaqueta técnica blanca reflectante. Llegó a la rotonda donde Melancólicos confluía con la calle San Epifanio y giró a la derecha para continuar por la acera de esta, flanqueando la gigantesca construcción en dirección a la M-30. O'Rourke estaba convencida de que se habían equivocado: aquel lugar era como una manzana junto a un hormiguero, todo repleto de hormigas, obreros que ponían o quitaban sus ladrillos. Entre tanta agitación, parecía inimaginable cometer un asesinato sin testigos. Quizá en la gigantesca escombrera o en los profundos tajos que habían cavado en paralelo a la M-30, se encontraran zonas desiertas. Por eso quería intentar llegar hasta allí.

Pasaba justo bajo los futuros edificios que albergarían viviendas exclusivas cuando echó la vista arriba y sorprendió a una cuadrilla de obreros que la miraban sin disimulo. Ella enrojeció. Al estrecharse la acera, siguió caminando junto a las vallas que impedían el paso a la obra. Apenas había espacio para hacerlo con seguridad. A su izquierda, decenas de conductores tomaban el carril de incorporación a la M-30. Los coches casi la rozaban.

Llegó a una entrada que daba paso a una especie de poblado hecho de barracones portátiles que se apilaban unos sobre otros. Eran los vestuarios de la plantilla y las dependencias administrativas. Le recordó al depósito de contenedores de la estación de Abroñigal, pero con unas ventanitas que demostraban que allí había vida. Observó a una pareja de guardias jurados controlando el acceso. Continuar por allí era una pérdida de tiempo: no se podía pasar sin ser descubierto. La asesina no buscaría a su víctima ideal en aquel punto. Dio la vuelta. Y así se perdió el momento en el que una silueta se colaba entre dos vallas y accedía al recinto eludiendo el control de los guardias.

Alberto Fajardo accedió de nuevo a la obra por su entrada secreta. Hacía ya meses que trabajaba allí, y la única tarea que había asumido con interés consistió en abrir un camino por el que entrar y salir sin que lo viera el capataz. Odiaba a aquel hijo de puta. Se la tenía jurada. Por eso, para aliviar esa presión, creía tener derecho a numerosos momentos de descanso, que se administraba a su libre albedrío mientras los compañeros sudaban levantando ladrillos y mezclando mortero. Alberto acababa de citarse con el camello que le pasaba la marihuana en el sitio de siempre, junto a la presa número 7 del parque de Madrid Río. Llegaba hasta allí por un discreto pasadizo entre las vallas. Recogió su paquetito repleto de cogollos y regresó a la obra.

Aquella mañana, el cabrón del capataz le había encomendado un trabajo duro. Tenía que coger unas varillas de hierro de encofrar, de seis metros de largo y doce milímetros de diámetro, y cortarlas en segmentos de metro y medio con la radial. Una labor de principiantes. Alberto no la terminaría. Se le ocurrían mil excusas para dejarla sin hacer. Dolor de espalda, por ejemplo. Bajó a una zanja que tenía localizada, donde a esas horas entraba solecito. Había colocado un adoquín para sentarse. Se puso a liarse un porro. Era un rincón solitario, allí nadie lo veía. Una pistola lo apuntó desde unos metros de distancia.

—¡Me cago en tu vida, Alberto, qué susto me has dado! —exclamó Sebastián Álvarez, uno de los guardas jurado que protegían la construcción.

El obrero se dio la vuelta. Para cuando pudo ver a Sebastián, este ya había bajado el revólver. Alberto nunca sabría que lo había encañonado.

—Pero ¿qué coño haces aquí? —preguntó el vigilante.

—Fumarme un porro, Sebastián, lo que hago todos los días. ¿Quieres?

En otras circunstancias, Sebastián no se habría negado. Había coincidido en más de una ocasión con Alberto y se habían calado el uno al otro. Se buscaban a menudo para echarse sus charlas, fumar, poner a parir a todo el mundo, quejarse de lo injusta que era la vida y volver al trabajo con los ojos vidriosos y la risa floja.

—No, tío —respondió, sin embargo—. Hoy hay que andarse con ojo. Tenemos un aviso de la policía.

Sebastián reanudó la marcha, patrullando los alrededores de la gran escombrera. No le había dicho a Alberto que lo había sorprendido justo en el momento en el que quería orinar. Había comenzado su turno a las seis y ya había tenido que ir tres veces al baño, por los nervios y los problemas de próstata. De haber sido más joven, no le habría importado sacársela delante de todo el mundo. Pero ahora le avergonzaba el corto e intermitente chorro que lo retrataba como viejo decadente desde hacía un par de años.

Como no había podido hacerlo en la zanja que ocupaba Alberto Fajardo, pensó dónde estarían los aseos más cercanos. «Demasiado lejos», se dijo; al llegar a aquellas cabinas de plástico que habían colocado en los extremos del recinto ya tendría una huella de humedad en la bragueta

Por suerte, a pocos metros se abría la brecha. Con ello se refería a una especie de desfiladero por el que una hormigonera podía cruzar la montaña de escombros de lado a lado. Allí nunca había nadie. Además, ocupaba el lugar donde había estado el terreno de juego del Atleti. Cada vez que orinaba en él, sentía que un fiel madridista se meaba en su eterno rival. Se lo contaba siempre a sus amigos con orgullo.

Se introdujo por la brecha. Se tapaba los ojos con la mano, para protegerse del bajo sol de invierno que le cegaba y convertía cada sombra en un escondrijo. A ambos lados se erigían sendas montañas de arenisca suelta, con cascotes del tamaño de un coche y chatarra semienterrada. Por fin se bajó la cremallera y aflojó el vientre. El líquido comenzó a brotar, con el ruido del flujo al chocar contra la arena. Sebastián relajó todo el cuerpo y notó un placentero escalofrío al final. Cuatro balas estallaron contra su espalda. El guardia cayó boca abajo sobre el charco de orina. Consiguió girarse en el suelo, aterrado. No notaba nada, solo cuatro picotazos entre los omóplatos. Si no hubiera llevado chaleco, las balas se habrían alojado en su corazón y pulmones.

–Joder –murmuró.

Junto a la ladera de escombros, una mujer pequeña, con unas guedejas grises descuidadas, lo miraba extrañada por que siguiera respirando. Sostenía una pistola con silenciador. Por eso apenas se habían oído las detonaciones del arma.

–Joder –volvió a murmurar Sebastián, y buscó su revólver en la pistolera.

La mujer empezó a acercarse.

–Joder –murmuró otra vez, y logró desenfundar.

Él estaba a contraluz con respecto a ella: el sol rasante tenía que golpear con dureza en los ojos a la mujer. Convertido como estaba en una sombra negra, cabía la posibilidad de que la asesina no hubiera distinguido el chaleco antibalas.

Cuando Ele vio que Sebastián alzaba el revólver, se echó al suelo tras una columna de palés rotos. El guarda apretó el gatillo a lo loco. Mientras disparaba sin apuntar, pulsó el botón intercomunicador de su walkie-talkie y se puso a gritar:

–¡Socorro! ¡A mí! ¡Socorro! ¡En la escombrera!

Se oyó un murmullo al otro lado de la radio. Lo habían oído. El equipo de seguridad se movilizaba.

Dos compañeros, con las armas desenfundadas, aparecieron corriendo por la brecha. Sebastián había vaciado el tambor del revólver. Se hallaba en estado de shock, pero respiraba. Cuando el humo de la pólvora se disipó, la mujer ya no estaba allí.

Ele, Patti Smith, ocultó la pistola en el gran bolsillo interior de su anorak. Nunca había cometido un error tan grande. Durante toda la semana había vigilado las inmediaciones de la obra. Aquel recinto era un regalo: un espacio a cielo abierto, tal y como mandaban las normas, con muchas víctimas a las que acercarse en momentos de soledad, sin testigos, con mucho ruido que amortiguarían los disparos. Había observado con detenimiento la actividad de los guardas de seguridad. Su tendencia a confiarse y la naturaleza de su trabajo, que los hacía pasar mucho tiempo solos, los convertía en blanco fácil. Y el escenario brindaba bastantes posibilidades para escapar, siempre y cuando el tiro fuera certero y la víctima no tuviese tiempo de avisar por radio. Por eso, había tomado nota de los cambios de turno, de los itinerarios de las patrullas, de las entradas sin vigilar, de los rincones más solitarios, de las vías de escape, de los guardias más lentos y de los más rápidos, de los medios que usaban para comunicarse y de las armas que portaban. Nunca, ni una sola vez, había visto a un guardia jurado con chaleco antibalas.

«Eres imbécil, Lana —se dijo—. Qué imbécil eres».

58

A los pocos segundos, el móvil de Dulce O'Rourke empezó a vibrar. Era el supervisor de seguridad de la constructora.

–¡Tenemos un guarda herido en la escombrera!

Dulce se apresuró a dar parte a través del intercomunicador.

–Tiene que seguir dentro del recinto.

–Vamos para allá –respondió el Chanclas.

Los ruidos de la construcción habían cesado de pronto. Llegó hasta sus tímpanos el inmediato zumbido de la sirena del falso furgón de Protección Civil. Dulce corría por la acera hacia el acceso principal. Una valla se desplazó ante sus mismas narices. Alguien la empujaba desde dentro. De la abertura surgió una figura pequeña, envuelta en un anorak negro. Llevaba una capucha de la que asomaban una nariz prominente y un par de mechones de pelo gris. Fingía tranquilidad. O'Rourke no tardó en comprender quién era. Sacó la pistola.

–¡Policía! ¡Échese al suelo!

Ele no se echó al suelo. Extrajo su semiautomática del abrigo y apuntó el cañón, aún con el silenciador, contra el rostro de O'Rourke. No quería encontrar más chalecos antibalas. Disparó. Dulce solo tuvo tiempo para un movimiento de la cabeza rápido e instintivo. La bala le rozó la oreja.

Se recompuso. Respondió al fuego con fuego. Pero Ele ya no estaba ahí; se había abierto camino hasta una pala excavadora aparcada. Se puso a cubierto detrás. La pala recibió el impacto de dos disparos de O'Rourke. La asesina tenía la posibilidad de tirar desde una posición privilegiada. Esto obligó a O'Rourke a desplazarse en lateral hasta cubrirse tras unas vallas. Se echó al suelo justo cuando otra bala atravesaba la hoja metálica.

—¡Tienes que retenerla ahí! ¡Ya llegamos! —gritó Álvarez-Marco por el intercomunicador.

Pero O'Rourke no se veía capaz de hacerlo. Si el Chanclas no llegaba rápido, la asesina se esfumaría. O la mataría.

Ele oía sirenas acercarse desde todas las direcciones. Le habían tendido una trampa y había caído como un inocente rebeco. Se adentró en el asfalto del carril de incorporación a la M-30 que tenía a su espalda. Hizo frenar un Audi, apuntó al conductor con el arma y lo obligó a bajar. Subió al coche y aceleró.

—¡Se dirige hacia el norte por la M-30 en un Audi A3 blanco! —anunció la inspectora.

Mientras gritaba, corrió al Impreza. En el coche la esperaba Rodrigo, aún en el asiento del copiloto.

—¿Qué está pasando, por Dios? —clamó, aterrada.

—Lo que está pasando —respondió Dulce mientras arrancaba el coche— es que Patti Smith acaba de cometer su segundo error esta mañana.

Desembragó al tiempo que pisaba el acelerador. Giró las ruedas hasta alcanzar su máximo ángulo. El Subaru salió disparado, dejándose la mitad de la goma de los neumáticos en la carretera. La curva del carril de incorporación se estrechaba debido a las vallas de obra. La fuerza centrífuga empujaba el Impreza contra un furgón que circulaba parsimonioso. O'Rourke no le cedió un centímetro. El conductor tuvo que girar el volante. Tocó la barrera de hormigón. Bocinazos.

—¡Ay, ay, ay! —gemía Rodrigo.

Era un mal momento para circular a ciento sesenta. Comenzaba la hora punta. O'Rourke cambiaba de carriles con precisas correcciones de la dirección. Agotaron el breve tramo de calzada en obras, a cielo abierto, en pocos segundos. El túnel engulló ambos coches.

—¿Puedes verla? —gritaba Álvarez-Marco por el intercomunicador.

—¡Sí, ya tengo el Audi delante!

—Calle 30 ha cortado la entrada a los túneles, pero no pueden hacer nada con los coches que ya hay dentro.

Molowny rebasaba vehículos convertidos en líneas difusas de luz. Buscaba una salida. La calle Segovia. La plaza de España. La carretera de Extremadura. Pero había visto el coche rojo perla veneciano por el retrovisor. No podía abandonar la M-30: encontraría las vías cortadas. Necesitaba hacer algo que nadie esperase. Pisó el freno. Las ruedas del A3 empezaron a emitir humo y el coche cabeceó.

—Joder con la Patti Smith. ¿También sabe conducir? —dijo O'Rourke.

—Ay, ay, ay —repuso Rodrigo.

El Audi estaba efectuando un giro en seco de ciento ochenta grados. Cambió de sentido sin apenas perder tiempo. Aceleró, y avanzó a contramarcha. O'Rourke dirigió el Impreza de frente hacia el morro del Audi. Ele se desvió hasta el arcén del túnel y abrió gas. El Subaru llegó a tocar su aleta trasera. No bastó para detenerla. Sin embargo, el impacto favoreció a O'Rourke: recibió el impulso necesario para trazar un trompo sin volcar.

—¡Vomito! ¡Vomito! —gritaba Rodrigo.

Ahora iban a contradirección. Decenas de conductores que recorrían el suroeste de la M-30 hacia el norte, hacia sus trabajos, se encontraban de frente con dos kamikazes. Se oían frenazos. Bocinas. Ele quería ganar distancia, llegar a una salida de emergencia y frenar en seco. Subir por las galerías de evacuación y perderse en Madrid Río. Pero antes tenía que esquivar todo el tráfico que le llegaba de cara. O'Rourke tan solo respondía a sus reflejos. Freno, acelerador, freno, freno, acelerador. Ya podía ver la trasera del Audi. Ya podía leer su matrícula. Ante la velocidad de los perseguidores, Ele se vio perdida.

Dos turismos circulaban juntos, en paralelo. La irlandesa no trató de esquivarlos. Cuando el Audi se cruzó con ellos, golpeó el lateral del más cercano. Lo empujó contra el otro. Ambos rebotaron. Y uno de ellos perdió el control. Cruzó su trayectoria con la del Subaru. Le impactó en la parte trasera. O'Rourke se halló sin tracción.

El Audi ganó espacio. Ya apenas podía verlo. Ele había memorizado todas las vías de escape de ese gran túnel. Sabía dónde detenerse exactamente. Y solo faltaban cien metros. Ya lo tenía allí, al alcance.

No vio venir la furgoneta de Calle 30. Un vehículo grande, pintado de rojo y amarillo fosforescente. El conductor no dio ráfagas, ni pitó, ni frenó. Se interpuso ante el Audi como si fuera por una vía de tren. Y no se apartó. Ele se colgó del volante para doblar las ruedas. Fue fatal. Percutió contra la pared del túnel. Se elevó. Comenzó a dar vueltas de campana. Acabó boca abajo cincuenta metros más adelante.

El Impreza destrozó aún más los neumáticos para detenerse. El vehículo de Calle 30 había parado unos metros más allá. Dulce O'Rourke se apeó a toda prisa, con la pistola en la mano. Rodrigo tuvo que vomitar. De la furgoneta también se había bajado Mihai Lazăr. Estaba pálido. Parecía no creerse lo que había sido capaz de hacer. Sus compañeros, Sergio Barreda y Lorena Quintana, vigilaban la persecución por la red de cámaras. Él se había situado en una de las estaciones de seguridad del túnel, con el vehículo preparado por si había que cortar el tráfico. Al oír lo que sucedía, no había dudado.

—¡Quédese en el coche, es peligroso! —gritó O'Rourke.

Lazăr obedeció. O'Rourke llegó al Audi. La mujer que se parecía a Patti Smith tenía medio cuerpo fuera del coche. Sangraba por la sien. Parecía confundida. Al ver llegar a O'Rourke, buscó su pistola en el anorak. Recordó que la había dejado en el asiento del copiloto. A modo de rendición, estiró los brazos por delante de la cabeza. Aquello se había terminado.

–Inspectora Dulce O'Rourke –dijo en inglés–. Yo te conozco, ¿sabes? Somos casi compatriotas.

–¡Las manos quietas! –contestó ella en castellano.

–Por supuesto, querida –siguió la asesina, entre jadeos–. Quietísimas. Escucha… Sé que tienes muchas preguntas. Nadie ha estado tan cerca de descubrir toda esta mierda como lo estáis tú y tu amigo Juan Luis Seito. Yo puedo darte todas las respuestas que necesitas. Todas. Pero si las quieres, hay algo que no deberías hacer.

–¿El qué?

–No deberías llevarme a la Jefatura. Vamos a Vallecas, a tu comisaría. Allí te lo contaré todo. Y rápido, tenemos poco tiempo.

–No pienso hacerte ni puto caso.

–Entonces te enfrentarás a una verdad universal: los muertos no hablan.

59

LUNES, 7.50 H. MADRID RÍO.

Seito se hallaba a la altura de la pasarela de Arganzuela, en Madrid Río. Había aparcado el coche a más de setecientos metros, en el paseo de las Yeserías, junto al puente de Praga. Muy lejos del punto donde se desarrollaba la acción. Cuando oyó por el intercomunicador que había un herido en las obras del antiguo estadio, tiró al suelo el cartón de vino blanco lleno de agua y salió corriendo. El empleado del servicio de Parques y Jardines, el que manejaba la sopladora de hojas, lo llamó puerco. Seito no se detuvo a darle explicaciones.

Llegó a Yeserías y alcanzó su coche. No sabía muy bien qué hacer con él. Por lo que oía por la radio, no podía entrar en el túnel. Ni siquiera sabía si era posible llegar hasta la boca. Las consecuencias del corte de la vía ya se estaban notando; los embotellamientos en el puente de Segovia, Pirámides o Puerta del Ángel acabarían por convertirse en inasumibles. En cualquier caso, no tenía más remedio que subirse al coche: ni tenía sentido llegar a pie, ni quería quedarse allí. Sacó del bolsillo las llaves del SEAT y las metió en la cerradura. Nada más hacerlo, alguien le agarró la muñeca.

Era un tipo grande. Su mano le abarcaba todo el perímetro del antebrazo y apretaba con fuerza. Seito lo miró a la cara. Llevaba gafas de sol y el pelo corto. Tenía la tez olivácea. No dijo nada. Se limitó a abrirse la chaqueta para mostrar que llevaba un arma. Al mismo tiempo, sintió que otras dos manos lo abordaban por detrás. Le arrancaron el intercomunicador. Le desabrocharon la cremallera de la trenca y le extrajeron la pistola. Seito giró la cabeza y descubrió que aquellas manos pertenecían a una mujer negra, corpulenta, de gesto torvo. Cuando estuvo desarmado, se abrió la puerta del coche que había aparcado justo detrás de su SEAT. Era un todoterreno gigantesco, un Mercedes. De él se apeó un tercer hombre, de corta estatura y barba crespa.

–Súbase acá –le dijo, con acento latino.

Seito sintió cosquillas en el estómago. Era su sangre, que abandonaba los procesos de digestión, ahora poco importantes, y se centraba en sus mecanismos de huida. Pero no podía huir. Subió a los asientos de atrás. En el coche lo esperaba un cuarto tipo. Un hombre de aspecto blando, ojos muy azules, rostro lampiño y pelo rubio y lacio. Le habló en castellano, con un suave acento inglés:

–Inspector, no sé si insultarlo o darle las gracias. Mis jefes están encantados.

–¿Qué jefes? ¿Quién es usted?

–Aquí todos me llaman el Arquitecto. Tendremos tiempo de conocernos. Bueno, no demasiado, me temo.

SEXTA PARTE
LA RONDA

60

Ahora que estaban frente a frente, O'Rourke podía analizar los rasgos en virtud de los cuales una persona se parece a Patti Smith. Un rostro largo, de facciones duras, unos ojos pequeños, siempre entrecerrados, unos labios gruesos, una boca ancha y recta. Todo ello enmarcado en un cabello largo, blanco y enmarañado, peinado con raya al medio, propio de loca de los gatos o de hippy auténtica. Tras el accidente, le habían dado cinco puntos en la sien, sin cuidar demasiado la sutura. También se notaba que le dolía una mano, levemente hinchada. Pero se sentaba tranquila, por no decir indolente. Con el cuerpo recostado contra el respaldo de la silla y los brazos sobre la mesa.

—Te he traído a la Jefatura y sigues viva, a pesar de tu advertencia —dijo O'Rourke en su impecable inglés—. ¿Cómo lo explicas?

—No voy a durar mucho aquí —contestó Ele—. Hay dos opciones: o me sacas, o me matan. Mientras tanto, solo hablaré si tú estás presente en la sala.

La inspectora respondió con una sonrisa irónica.

—Yo sí podría explicarlo. Crees que somos tan tontos que te vamos a llevar a otro lado, para luego decir que te hemos detenido de manera ilegal, solicitar un *habeas corpus,* salir de rositas y desaparecer.

La mujer soltó una carcajada.

—O'Rourke, ¿de verdad crees que esto va de jueces? Los jueces están hechos para gente como vosotros. Yo estoy en otra liga de otro puto deporte.

O'Rourke no respondió: ya sabía que eso del *habeas corpus* no resultaba muy verosímil. La detenida temía de verdad por su vida.

—Tengo que dirigirme a ti de alguna forma.

Ele alzó la vista. Todos los dioses a los que solía rezar habían acabado por abandonarla.

—Me llamo Lana Molowny. Nací en Belfast, Irlanda, en 1964. Tengo cincuenta y nueve años. Sobre mí pesan órdenes de busca y captura de al menos siete países.

—¿Al menos?

—Puede que haya aumentado la cuenta. Lo digo por México. No puedo remediarlo: me pierde el mezcal.

—¿Por qué delitos te buscan?

—Tráfico de armas, extorsión, intimidación, agresión, robo, atentado, homicidio y, la joya de corona, pertenencia a banda terrorista. Dios salve a la reina.

—El pasaporte que llevabas en el bolsillo dice que te llamas Elisabeth Lindsey.

—Es falso. La pobre Elisabeth es un ama de casa del condado de Cork, en la República de Irlanda, cuya documentación robé y dupliqué. Ahora mismo estará comprando sustrato para las plantas de su jardín en uno de esos miles de viveros deprimentes del sur de la isla.

—¿Y por qué me cuentas esto?

Ele dejó escapar una exhalación. Aquello, que ni siquiera llegaba a suspiro, era lo más parecido a un gesto de vulnerabilidad que había mostrado hasta el momento.

—¿Me puedes ofrecer algo de beber? Una cerveza, por ejemplo.

La inspectora abrió su bolso y extrajo un botellín de agua mineral.

—No tengo cerveza

—¿No podrías ir a buscarla?

—Todavía no sé si tu historia va a merecer siquiera el botellín de agua que te acabo de dar.

Ele sonrió. Pareció aceptar la respuesta.

—Dime, ¿de qué parte de Irlanda proviene tu familia? —preguntó la detenida.

—De Kilkenny.

—Oh, Kilkenny. Precioso. No habrás visto un soldado británico en tu vida, ¿verdad?

—No, lo cierto es que no —respondió Dulce, con una frialdad digna de mérito.

—Bien, yo soy de West Belfast. Me crie en Falls Street en pleno apogeo de los Troubles. ¿Has oído hablar de eso?

—Claro que he oído hablar de eso. Soy medio irlandesa.

—Pero creciste en Madrid. Recuerdo que un día de agosto salí a la calle con sandalias, ¿sabes? Ya conoces la afición que tenemos en la isla a ponernos sandalias en cuanto vemos un rayo de sol. Me encantaban esas sandalias. Las correas eran de piel vuelta color rosa con hebillas doradas. Yo tendría unos doce años. Caminaba distraída por la calle, pensando en mis cosas, hacia el colegio. De pronto, mis pasos sonaron diferentes. Como si pisara pan tostado y cucharillas. Casi al mismo tiempo, sentí unas punzadas en los pies. Entonces miré al suelo. Y me asusté. Mis dedos sangraban. —Ele se interrumpió. Abrió la botella de agua que había quedado sobre la mesa y se la llevó a los labios—. Estaba pisando los restos de un coche bomba esparcidos por la calle. Una miríada de fragmentos de cristal, aluminio, guijarros... Confeti de Belfast, así lo llamábamos. La deflagración había arrancado cuatro ventanas de la fachada. Volví a casa cojeando y llorando. Me dolían los pies. Se me había clavado muy profundo alguna esquirla. Pero lo que más me jodía era que la sangre me había echado a perder las sandalias. Mis preciosas sandalias de color rosa con unas manchas encarnadas, que ya se estaban volviendo marrones, y no se irían nunca.

»Mi madre me sentó sobre la mesa de la cocina, llenó un balde con agua templada, sacó el bote de antiséptico y unas pinzas de depilar. Cada vez que me acercaba las pinzas a una llaga y extraía un cristalito ensangrentado, yo blasfemaba por el dolor. Pero, sobre todo, le pedía, entre lágrimas, que arreglara mis sandalias nuevas. "Las sandalias no tienen arreglo, Lana", me dijo. "Pero podrás lucir esas manchas de sangre como medallas, así los demás sabrán que has hecho un sacrificio por la causa". "¡Que le jodan a la causa, mamá!", grité yo. Solo tenía doce años, pero ya maldecía como una activista alcohólica. "¡Que les jodan a la causa y al IRA!", seguí gritando.

»Mi madre se levantó como un resorte. Me sacudió una bofetada tan fuerte que me dejó las pinzas de depilar marcadas en el pómulo. Yo me quedé petrificada. Lo siguiente que hizo no fue consolarme ni pedirme perdón. Corrió a cerrar la ventana. Vivíamos en un entresuelo y la gente que pasaba por la acera podía oírnos. Luego volvió y se arrodilló junto a mí. Me apuntó con el índice y me dijo: "Podemos sobrevivir a toda esta mierda con unas sandalias sucias, pero no con la bocaza abierta, ¿está claro?".

Ele efectuó aquí una pausa dramática. Se quedó mirando a O'Rourke, sin perder la media sonrisa.

—Es muy conmovedor —respondió la inspectora—. Supongo que eres de ese tipo de persona con un concepto tan bajo de sí misma que necesita pensar que todo el mundo es gilipollas. Pero mira, resulta que no es así. No somos incompetentes, Molowny. Hemos estudiado mentes como la tuya. Te crees muy especial, pero eres igual que otros cientos. No hay un solo asesino que no haya comenzado su declaración con el cuento del duro pasado que lo ha llevado a ser como es. No te confundas, cariño, aquí no eres la víctima. De momento, no me has dicho nada que me pueda llegar a importar una mierda.

–Te estaba explicando por qué he decidido hablar. He decidido hablar porque nunca he tenido la posibilidad de hacerlo, ¿sabes? He visto a los viejos soldados del ejército republicano, aquellos que habían sido nuestro modelo, morir pobres, alcoholizados, traicionados y con la boca bien cerrada. Eso sí, sus retratos siguen luciendo en los muros de West Belfast. Tras los Acuerdos de Viernes Santo, con la traición de Gerry Adams, me prometí dos cosas. La primera, que a partir de entonces no había causas. La única causa era la mía. La segunda, que nadie me iba a obligar a estar callada a menos que encontrase un beneficio en ello.

–¿Y ahora no te beneficia estar callada?

–Ahora estoy mucho más segura en un calabozo que libre y sola en la calle. Por desgracia, no creo que seáis capaces de mantenerme en mi celda mucho tiempo. Lo más seguro es que desaparezca sin dejar rastro en las próximas cuarenta y ocho horas. Y no será porque me haya fugado. Pero si tengo alguna posibilidad de salir viva de esta, la estrategia consiste en contar, gota a gota, todo lo que sé. Y resignarme a pasar lo que me queda de existencia en un pozo penitenciario o en un patético programa de protección de testigos.

O'Rourke estaba perdiendo la paciencia. Sin duda, a Lana Molowny le encantaba escucharse a sí misma. Pero ya pasaba de mediodía y no tenían demasiado tiempo. Tarde o temprano, Álvarez-Marco la convocaría a su despacho.

–¿Por qué dices que solo hablarás si yo estoy presente?

Molowny se inclinó sobre la mesa.

–Porque sé que no estás metida en el fregado.

–¿Qué fregado?

–¿Cómo que qué fregado? ¡Este fregado, querida! ¡El nuestro! El lío que ha estado a punto de costarte la vida y que, muy probablemente, me va a costar la mía.

–Si hay policías implicados en tus crímenes, dime sus nombres.

–No los conozco. No he podido averiguar tanto. Solo estoy segura de que la mayor parte de la información que nos proporcionaban provenía de este edificio.

—¿Y por qué sabes que yo no estoy metida en el ajo?

—Porque Carl Frazier fue a por ti.

—¿Carl Frazier? ¿El hombre calvo?

—Si hubieras estado implicada, no se habría podido acercar tanto, se lo habrían impedido. Sé que eres legal, y también sé que acabarás dándome una cerveza.

Alguien llamó a la puerta de la sala y entró sin esperar permiso. Era Laura Rodrigo. La subinspectora se quedó mirando con curiosidad a Lana Molowny, quien le dirigió una sonrisa de oreja a oreja. Luego le pidió a Dulce que saliera con ella un momento.

Cerraron la puerta a su espalda.

—Toma nota de este nombre: Carl Frazier —dijo O'Rourke—. Es el hombre calvo que me atacó.

—Lo buscaré en las fichas.

—¿Qué está pasando ahí fuera? —preguntó, con un susurro.

—El teléfono mó…

—Chisss, habla bajo.

—El teléfono móvil de la detenida está inutilizado. Igual que pasó con el del hombre calvo, algo lo formateó en remoto.

—Era de esperar. ¿Y qué más?

—El guarda de seguridad herido se recupera en el hospital. El chaleco paró las balas. Solo ha sufrido una crisis nerviosa y una fractura de costilla. Callés y Sevilla han acudido al domicilio de la detenida, en la Colonia del Manzanares. Han encontrado lo mismo que en las otras casas: un ordenador con el disco duro destrozado y un tablero de corcho con un mapa de Madrid y los sectores que ya conocemos de la M-30 marcados. Nada nuevo.

—¿Callés y Sevilla? ¿Por qué no ha ido Seito con ellos?

—Porque no aparece. Nadie sabe dónde se ha metido. No paro de llamarlo al móvil. Está desconectado.

—¿Desde cuándo está desaparecido?

—Desde la detención.

O'Rourke hizo memoria. Habían sucedido tantas cosas aquella mañana que no se había percatado de la ausencia de Seito. El furgón del Chanclas había llegado al lugar del accidente en pocos segundos y los GOES habían rodeado y esposado a la detenida. Le quitaron un cinturón pulsímetro de alrededor del pecho. Le cosieron la sien en la ambulancia; los sanitarios certificaron que, aparte de ese corte y de la conmoción por las vueltas de campana, se encontraba bien. Luego la subieron a un zeta y, en contra de sus advertencias, la llevaron a la Jefatura Superior de la Policía Nacional de Madrid. Al ingresar, le recordó a O'Rourke que, si la dejaban sola en un calabozo, no la verían más y todo lo que podía contarles se perdería. La inspectora, a espaldas de Álvarez-Marco, decidió que no pasaba nada por llevársela a una sala de interrogatorio y empezar a preguntar cuanto antes.

—¿El jefe sigue ocupado?

—Sí, está a punto de explotarle la cabeza. Hemos tenido la M-30 cerrada durante dos horas, tiene muchas explicaciones que dar al Ayuntamiento y a Interior.

O'Rourke celebró oírlo. Así podría interrogar a la mujer sin presión.

—Escucha, Rodrigo, no sé a qué juega esta mujer. Es probable que me quiera tomar el pelo. Pero insiste en decir que, como nos temíamos, hay un topo en este edificio que les pasaba información a los asesinos de la M-30. Y que ese topo amenaza con matarla. ¿Puedes darte una vuelta para comprobar si ves algo sospechoso?

—¿Una vuelta? —respondió nerviosa—. ¿A qué te refieres? ¡Yo no sé dar vueltas! Soy una policía de escritorio, os lo he dicho muchas veces. Bastante he tenido con la carrera de esta mañana.

—Rodrigo, estamos demasiado cerca de descubrir qué pasa aquí para amilanarnos. Esa mujer es la única manera de encajar cada pieza en su sitio. Pero si la matan…

—¿Cómo la van a matar, si estamos dentro de la Jefatura?

—Yo qué sé. Tú eres la imaginativa. La del mapache. Solo te pido que des un paseo por los despachos. Yo no puedo hacerlo, no trabajo aquí. Sonríe a todo el mundo, disimula y, si ves a alguien curioseando, lo vigilas. Y sigue llamando a Seito.

O'Rourke dejó a Rodrigo con la protesta en la boca y volvió a entrar en la sala.

—Mira, Lana Molowny, Elisabeth Lindsey, o quien coño seas. Yo nunca digo palabrotas, ¿sabes? Soy de familia bien. Pero me están entrando unas ganas de mandarte a tomar por culo que no me aguanto. Has dicho que hablar puede salvarte la vida. Pues vale, habla. Soy toda oídos. Dime de una santa vez qué pasa en esta ciudad.

Ele sonrió y se rascó la cabeza.

—Lo que pasa… La mayoría de las veces lo llamamos la Ronda. Hay quien lo llama la Vuelta. Otros, sencillamente, la Partida o el Juego.

—Ronda, Vuelta, Partida… Vale, ¿y qué es?

—¿Has visto unos Juegos Olímpicos alguna vez?

—Espero que sea una pregunta retórica, Molowny.

—La Ronda es como unos Juegos Olímpicos organizados por algunos de los tipos más poderosos del mundo. No me refiero a los que salen en la revista *Forbes*, sino a los que pueden hacer que los que salen en la revista *Forbes* se caguen de miedo. Ellos son los Promotores de la Ronda. Pero en estos Juegos no participa ningún atleta.

O'Rourke se irguió en su silla.

—Entonces, ¿quién?

—Sicarios. La Ronda es una competición de sicarios. ¿Y qué hacemos los sicarios? Los sicarios matamos.

61

Abrió la lata de Mahou con un suave chasquido. La espuma resbaló por la superficie hasta manchar la mesa. Molowny no tardó un instante en llevarse la lata a los labios y darle un buen trago.

—Esto está mejor, querida.

—¿Quién inventó esto que llamas la Ronda y cómo y cuándo lo hizo?

Lana Molowny dio otro buen trago, se limpió la espuma de los labios y comenzó.

—No tengo una respuesta muy precisa. Yo me lo imagino así. Año 1999, o quizá 2000 o 1995. Nos encontramos en... No sé, quizá en el hotel Burj al Arab, aunque también podríamos estar en Cannes o en Ginebra o en las Islas Caimán. Una suite de unos ochenta mil dólares la noche, en cualquier caso. Dos huéspedes están bebiendo coñac. Ya llevan varias copas. A uno lo llamaremos Boris. Al otro lo llamaremos Mohamed, ¿de acuerdo?

O'Rourke asintió. Lana Molowny aprovechó para remojarse de nuevo la garganta.

—Pongamos que Boris es uno de esos rusos que, durante la perestroika, pasó de liderar una banda de revientacostillas a forrarse, por el método de obligar a algún funcionario a venderle campos rebosantes de gas natural a precio de sembrados de patatas. Que no digo que lo sea. Ni siquiera sé si hay algún ruso metido en esto, aunque me extrañaría que no fuera así, dadas las estadísticas. La Ronda es más emocionante que presidir un club de la Premier League, eso te lo puedo asegurar.

—¿Y quién sería Mohamed?

—Pues a lo mejor un sobrino de algún rey saudí, que caga petróleo desde que nació y se aburre tanto que ha decidido invertir parte de su paguita mensual en el tráfico internacional de heroína. ¿Te vale eso?

—Me valen los hechos.

Molowny se encogió de hombros.

—Solo voy a fabular lo que no sé. Luego te prometo que tendrás tus hechos.

—Está bien, continúa.

—Boris le está contando a Mohamed lo bien que le ha ido en una operación en la frontera con Estados Unidos, por ejemplo. Y le comenta que todo estuvo a punto de irse al garete por culpa de un inspector de aduanas un tanto suspicaz. Pero que él tenía al hombre adecuado para solucionarlo. Anatoli, se llamaba. Y él le ordenó a Anatoli: «Anatoli, ve y arréglame esto». Y Anatoli se fue a Estados Unidos y ese inspector de aduanas ya no ha vuelto a dar problemas. Entonces Boris, que quiere impresionar a Mohamed, le dice: «Si tienes algún problema de esta naturaleza, házmelo saber, que yo te presto a Anatoli». ¿Y sabes lo que le responde Mohamed?

—No.

—Mohamed le responde: «No te preocupes, Boris, no necesito a tu Anatoli porque yo tengo a mi Khan; es un tipo duro, miembro de las fuerzas especiales turcas, las mejores del mundo, nadie puede con mi Khan». Pero Boris, que ya se ha bebido varios coñacs, responde: «Vamos, Mohamed, estoy seguro de que mi Anatoli podría mearle en el ojo a tu Khan antes de arrancarle el corazón y comérselo con hojas de parra». ¿Crees que a Mohamed esta respuesta le sienta bien?

—No, no le sienta bien.

—Pues te equivocas. A Mohamed esta respuesta le emociona. Porque, recuérdalo, Mohamed solo ha tenido que temer una cosa desde que nació: el aburrimiento. Y dice, como meditando, en voz alta: «¿Sabes qué estaría bien, Boris? Inventar un sistema para demostrar cuál de nuestros chicos es mejor». Y en ese mismo momento sufre una epifanía. Una visión clarividente que augura emociones, horas de diversión, exaltación del poder y del dinero…

—Y así nace la Ronda.

—Borrachos como cubas, empiezan a hablar apasionadamente. Y discuten los planteamientos. Y luego discuten los detalles. Y llegan a la pregunta última que se oculta detrás de todo aquello. La que los puede llevar a hacer la Ronda realidad o dejarlo todo en un simple delirio etílico. La pregunta es: «¿Por qué deberíamos hacer esto?». ¿Sabes cuál es la respuesta, Dulce O'Rourke?

—Pues no, Lana Molowny, no lo sé.

—La respuesta que se dan en ese mismo instante es la siguiente: «Debemos hacer esto por una única razón. Porque podemos».

62

Los policías Fernández y Alonso estaban acomodados en un par de sillas frente al escritorio del primero. Ambos tenían la mirada fija en la pantalla de un teléfono móvil. Al notar una presencia a su espalda, se incorporaron y ocultaron el dispositivo de manera precipitada. Se volvieron y encontraron a Laura Rodrigo.

—Hola, chicos —saludó la subinspectora, con una sonrisa inusual—. ¿Cómo estáis?

El novato Alonso se había puesto rojo, y Fernández no pudo evitar tartamudear.

—Muy bien, subinspectora. ¿Y tú?

—Bien… Bien… Y vosotros… ¿Cómo estáis? —repitió Rodrigo, sin percatarse.

—Eh… Bueno, pues aquí, hemos tenido una mañana un poco…, no sé…, difícil. Una señora empeñada en que su hermana la quiere envenenar denuncia por lesiones, y yo qué sé…

—Ah, vale, vale. Y ahora ¿qué mirabais?

—¿Ahora… mismo? —preguntó Alonso.

—Sí, sí, ahora mismo.

—Bueno, estábamos… Estábamos viendo unas cosas en el móvil.

El rostro de Rodrigo se iluminó como siempre que le sobrevenía una idea.

—¿Estabais viendo porno?

Los dos jóvenes policías se miraron. Ninguno podía ocultar la turbación. Alonso tragó saliva.

—Sí —contestó Fernández.

—Ah, bueno. Entonces nada —dijo Rodrigo con una sonrisa de alivio. Y se fue.

Llevaba ya más de media hora rondando por las dependencias, como le había pedido O'Rourke. No había visto nada fuera de lo común. Ningún compañero se había acercado a la detenida, ni a la puerta de la sala donde O'Rourke la interrogaba. Nadie mostraba una actitud sospechosa, ni nervios, ni pánico, ni palidez, ni nada.

«Tiene que haber una manera de resolver esto a tu estilo», se dijo.

Se acercó a su escritorio. Empleó unos minutos en consultar el nombre de Carl Frazier en todas las bases de datos habituales. No encontró nada, tal y como esperaba. Volvió a marcar el teléfono de Seito. No hubo respuesta. Rodrigo padecía sequía de ideas, algo de lo más infrecuente en ella. Lo achacó a que aún se encontraba perturbada por el viaje en el Impreza de O'Rourke.

63

LUNES, 16.00 H. JEFATURA SUPERIOR DE LA POLICÍA NACIONAL DE
MADRID

Laura Rodrigo volvió a la sala. O'Rourke le señaló una silla y
Molowny la escrutó con curiosidad de nuevo. Luego la irlandesa retomó la palabra.

—Bien, O'Rourke, te prometí hechos, ¿verdad? —Entonces se
dirigió a Laura Rodrigo—. ¿Puedes prestarme ese lápiz y un papel de tu libreta?

La subinspectora rasgó la última página y se la tendió, junto
con su lápiz.

—Primero, una lata de cerveza, y después, un lápiz —dijo Molowny, con una sonrisa—. ¿Sois conscientes de que ya me habéis
dado dos instrumentos con los que sé matar gente? —Siguió riendo mientras utilizaba la lata de cerveza vacía como plantilla para
trazar un círculo lo más perfecto posible con el lápiz sobre el
papel. A continuación, dividió la circunferencia en doce sectores
idénticos—. ¿Sabéis qué es esto? —preguntó Lana Molowny.

—Es un reloj —respondió Rodrigo.

—¡Un reloj! Exactamente —confirmó Molowny sin ocultar
su admiración—. Sois más listas de lo que pensamos. Esperaba
que me dijerais que es pizza, o un pastel. ¿Y qué me decís de
esto?

Lana volvió a tenderse sobre el folio y dibujó una figura informe, parecida a un corazón de vaca.

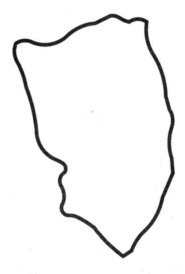

—Es la M-30 —respondió O'Rourke—. Ya sabemos que la puta M-30 es la clave de este asunto.

—Claro. Por eso me cazasteis, ¿verdad?

—Quizá deberías confiar algo más en nuestras capacidades.

—Pero aún no sabéis cuál es el papel de la M-30.

Dulce O'Rourke negó.

—Ahora sí lo sé. Lo supe cuando empezaste a hablarme de… ¿cómo se llamaban? De Boris y de Mohamed. De la Ronda.

Laura Rodrigo se incorporó. Estaba a punto de escuchar la respuesta a la madre de todas las preguntas que daban vueltas por su cabeza: ¿cuál era el patrón?

—Prueba suerte —dijo Molowny.

—Es un circuito o una pista. Una especie de cancha donde esos psicópatas de mierda juegan a ser asesinos.

Lana Molowny sonrió una vez más y sus ojillos quedaron reducidos a dos surcos mínimos en su rostro.

—Nos gusta más decir que es un tablero —matizó—. Como el del parchís, el Trivial Pursuit… Como aquella novela de Julio

Verne: *El testamento de un excéntrico*. ¿La has leído? Supongo que Mohamed pensó que con asesinatos sería más divertido.

Rodrigo no pudo evitar dar una palmada.

—Lo sabía —dijo—. Un juego. Una competición. Algo tan sencillo, tan... ¿patológico?

Rio. A Dulce, sin embargo, no le hacía ninguna gracia. Tenía las uñas clavadas en la tela de la chaqueta, a punto ya de perforarla.

—Bueno, agente O'Rourke —dijo Molowny, y luego dirigiéndose a Rodrigo añadió—: Y tú, como te llames. Ahora mismo vais a aprender a jugar a la Ronda. —Sin mirar a los ojos a la inspectora, Molowny empezó a dividir el boceto de la M-30 en sectores, tal y como había hecho con el círculo—. En primer lugar, tenemos que convertir la M-30 en un reloj. ¿Por qué? Pues porque la Ronda es un juego en el que solo cuentan dos cosas: el momento exacto en que matas y el lugar exacto donde matas. No importa nada más. No importa a quién le quitas la vida, ni si tiene hijos, ni si es soltero, ni si es un maltratador o si es una buena persona. La víctima da igual. Lo importante es matar en el lugar y el momento adecuados. —Cuando terminó de trazar los sectores del mapa, Molowny se tomó el trabajo de añadir las horas—. ¿Qué nos falta ahora? Las fichas, ¿verdad? Como toda obra en construcción, la Ronda tiene Promotores. Tiene un Arquitecto. Tiene Capataces. Y, sobre todo, tiene Peones. Los Peones son los participantes, los que juegan... Los que matan. Hay doce sectores para seis Peones.

Molowny percibió cómo los arcos superciliares de O'Rourke se tensaban. Laura Rodrigo buscó con la mirada a la inspectora. ¿Seis participantes? Hasta ese momento solo habían tenido constancia de cuatro: Jota, Ka, Ele y Eme.

—Ah, ¿te asusta esto? —dijo Molowny—. Seis participantes, en efecto. Eso quiere decir que hay seis asesinos a los que debéis encerrar. Perdón, me equivoco: a dos de ellos basta con enterrarlos. Y a mí ya me habéis cogido. Quedan tres. Y el Arquitecto, por supuesto. Ya hablaremos del Arquitecto. Si cae el Arquitecto, caerán los

Capataces. Son sus guardaespaldas. Lo de los Promotores va a ser más complicado. Bueno, seguro que estás deseando levantarte de esa silla y lanzarte a por ellos, pero, créeme, primero es mejor que te lo cuente con calma. Como decía, somos seis Peones. En el momento de comenzar el juego, se nos asigna a cada uno un sector. Así.

Molowny marcó seis de los doce sectores con una letra, de la H a la M, de las doce en adelante. Entre una ficha y la siguiente siempre quedaba un sector vacío.

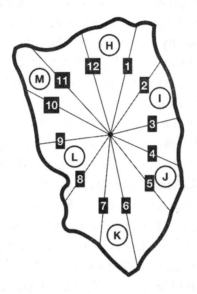

—La posición de partida indica dos cosas: primero, el lugar donde el Peón debe matar por primera vez; segundo, la hora a la que tiene permitido matar. Fíjate por ejemplo en la casilla de la Jota. Le tocó un buen lugar. Jota podía matar de cuatro a cinco de la tarde o de cuatro a cinco de la mañana. Ni un minuto antes, ni un minuto después. Y tenía que hacerlo entre el tramo de la M-30 demarcado por la Quinta de la Fuente del Berro y la avenida del Mediterráneo. Ni un metro más al norte, ni un metro más al sur. Siempre a cielo abierto, nunca bajo techo, y sin alejarse más de diez metros del asfalto de la autovía, ¿entiendes? Además, entre muerte y muerte se debe dejar pasar una semana. Siete días.

O'Rourke entendía. Lo difícil era pensar que esa persona que tenía ante sí estaba hablando de matar, y no de una yincana infantil. Molowny continuó:

—Como bien sabes, nuestro Jota asesinó a un indigente hace algo más de dos semanas, en la Quinta de la Fuente del Berro, a las cuatro y media de la mañana. Conquistó ese sector, y, a partir de ese momento, tuvo permiso para moverse a los sectores contiguos: hacia el norte, al sector de las tres a las cuatro, o al sur, al sector de las cinco a las seis. Como también sabes, escogió el norte: una semana después, organizó un pequeño circo para atropellar a un operario, a las tres y cuarto de la madrugada. Lo increíble es que le salió bien. Así fue como conquistó un nuevo territorio.

Molowny, apretando el lápiz con fuerza, añadió una nueva letra J en el sector inmediatamente superior.

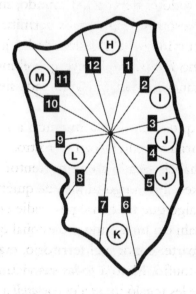

—Cada sector conquistado es un punto. La Ronda dura cuatro semanas exactas. Comenzó el lunes 9 de enero. Terminará el domingo 5 de febrero. Cuando los días de la Ronda se agotan, el que más puntos tenga se lleva la pasta. ¡Y es mucha pasta!

O'Rourke había agachado la cabeza hasta casi rozar el dibujo con la nariz.

—¿Ya está? —preguntó, asqueada—. ¿Así de fácil? ¿Sales a matar gente inocente y te dan puntos por ello?

La voz de Molowny cobró gravedad:

—Si te sirve de consuelo, te diré que no. No es tan fácil. En primer lugar, porque quien crea que salir a la calle, escoger una presa y quitarle la vida es algo sencillo no tiene ni puta idea. Matar a una persona en el escaso plazo de una hora no es como aplastar una hormiga. ¿Recuerdas al Francotirador de Beltway, de Estados Unidos? Yo lo recuerdo. Aquel psicópata recorría las carreteras periféricas en una furgoneta blanca, en compañía de su hijo, con un rifle con mira telescópica. Mataban a personas de manera aleatoria. Se tomaban mucho más de una hora para seleccionar el blanco y decidirse a disparar. Tenían todo el espacio del mundo y todo el tiempo del mundo, sin reglas. Y, aun así, los pillaron. Nosotros no podemos permitir que nos pillen.

—Es lo que ocurrió con el Asesino de los Jueves en Tokio, ¿verdad? —intervino Rodrigo—. Creyó que el juego era pan comido, salir y matar, salir y matar, y así cada siete días. Pero le detuvo la policía.

Molowny se quedó sin habla mirando a la subinspectora. Luego, la fina sonrisa se redibujó en su rostro.

—¿De dónde habéis sacado a este portento? —preguntó, mirando a O'Rourke—. No tengo ni idea de quién eres, pero acabas de conseguir algo que no conseguía nadie en años: sorprenderme. Masao Asahi era un asesino profesional que pensó que lo tenía todo de su parte: conocía el territorio, era habilidoso con el cuchillo… Se confió. Mató a todas sus víctimas de la misma forma, con lo que les regaló un *modus operandi* a los perfiladores. La policía lo pilló como a un vulgar asesino en serie. Por desgracia para él, la ley no es discreta. Seguirnos la pista a nosotros no es fácil, pero seguirles la pista a los agentes es otra cosa. Así que mi amigo Carl Frazier, vuestro hombre calvo, se aprovechó de la investigación para cazar al aterrador Asesino de los Jueves en su hora de riesgo, justo antes de que la policía lo detuviera.

—¿Hora de riesgo?

—Poco a poco, Dulce O'Rourke. No debemos mezclar conceptos. Nuestros topos se las arreglaron para fingir que los agentes habían abatido a Asahi en defensa propia. Si no lo hubiera matado Carl, lo habrían matado ellos. El Arquitecto no permite que un Peón llegue a ser interrogado, ¿entendéis? Tenemos que hacer un trabajo perfecto. —Molowny palmeó la mesa dos veces para señalar que cambiaba de tema—. Ya te he contado las dos normas más importantes: el lugar y el momento. Pero hay más. La Ronda se ha refinado a lo largo de sus ediciones, como cualquier deporte. Nuestros Promotores se reúnen y hacen propuestas para pasárselo mejor. Os voy a explicar algunas normas más.

»La primera de todas, ya te lo he dicho: solo un muerto cada siete días. Cada cadáver adicional no suma, sino que resta. Esto se planteó para que no llegara una antigua terrorista, como yo, y aparcara un coche lleno de amonal en un mercado. Si matas a catorce personas de una vez, no sumarás catorce puntos, sino que sumarás uno y restarás trece. Hace años, prohibieron los francotiradores, que restaban emoción: si se utilizan armas de fuego, solo pueden ser cortas. Y nada de explosivos. Por lo demás, vía libre. Cuchillos, adoquines, ahorcamientos, atropellos... Esas cosas sí valen.

—Por eso Laínez utilizó un coche para matar a su segunda víctima.

—Sí, eso, lo del circo. Es una novedad. Para esta edición de la Ronda, la primera celebrada en la ciudad de Madrid, nuestros aburridos Promotores decidieron añadir un aliciente. La última Ronda, la de París, en plena pandemia, fue un coñazo sin la menor emoción, ¿sabes? Para Madrid se acordó que los métodos más creativos puntuarían doble. Una vez cometido el crimen, se juzgarían su audacia, su ingenio o hasta lo artístico de la ejecución. Jota consiguió ese doble punto con el atropello. Atrajo al técnico taponando la cámara con una bolsa de basura. ¿Qué te parece?

Nadie contestó. Molowny lamentó haber vaciado ya su lata de cerveza. Eructó.

—Como has visto, solo hay doce sectores para seis participantes. No se puede matar en un sector en el que ya se ha matado. Así que, por ese método, solo se reparten doce muertos entre seis sicarios, uno por cada sector. Pero hay otras formas de puntuar. La primera te gustará.

—No lo creo.

—Consiste en liquidar a los otros competidores. A los asesinos. Suena a *Los Juegos del Hambre*, ¿verdad? De esa forma, te apropias de sus territorios y, por tanto, de sus puntos.

—Por eso mataste a Jota —afirmó Laura Rodrigo.

—No estoy aquí para confesar ningún crimen, ¿verdad, O'Rourke? Bueno, para enfrentarte a los demás sicarios también hay normas. Puedes cazarlos en cualquier parte. Pero no en cualquier momento. A un sicario solo puedes ejecutarlo a la hora que marcan los sectores que controla. Mira, fíjate.

Lana Molowny volvió a señalar el dibujo del plano de la M-30.

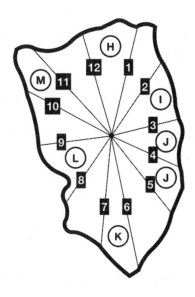

—Por ejemplo, Ka controlaba el sector de las seis. Así que, si yo hubiera querido quedarme sus puntos, solo habría podido matarlo de seis a siete. Jota, sin embargo, controlaba los sectores de las tres y de las cuatro. Así que disponíamos de cuatro horas al día para eliminarlo, de tres a cinco de la tarde o de la mañana. Es lo que llamamos horas de riesgo. Cuanto mejor vas, más horas de riesgo acumulas. Es muy divertido comprobar cómo la psicosis de los compañeros aumenta. Toman más precauciones a medida que avanza el mes. Ahí está la verdadera competición, no en cargarse a un panadero que entra a trabajar a las cuatro de la mañana. Y luego están los *bonus challenges*.

Esa expresión despertó la curiosidad de Rodrigo. Tomaba notas de todo, para no perderse el significado de ningún concepto.

—¿Qué es eso? ¿Reto bonificado?

—Los *bonus challenges* son la forma más rápida de hacer puntos. Cuando el secreto de la Ronda está en peligro, porque hay un testigo o un policía demasiado curioso o un jugador excesivamente torpe, y el Arquitecto no puede recurrir a los medios habituales para taparlo todo, declara a esa persona reto bonificado. Es como abrir un coto de caza. Se le pone precio a su cabeza, en puntos. El primero que lo ejecute se los lleva. Esta edición, Madrid 2023, ha sido un puto desastre. No habían coincidido jamás tantos gilipollas en una misma Ronda…, ni tanto policía listillo, ¿sabes?

O'Rourke notó que el frío se apoderaba aún más de sus huesos y se ciñó contra el cuerpo todavía más la chaqueta con la que se cubría.

—¿Yo soy un reto bonificado?

—Oh, no, O'Rourke. De momento no, aunque no vas mal encaminada. Nadie creyó que tus pesquisas en la estación de mercancías fueran a prosperar. Al Arquitecto no le gusta meterse con la policía. Aunque…

—¿Aunque?

—Tu amigo. El guapo. El de la cara triste.

—¿Seito? ¿Seito es un reto bonificado?

—Si me traes otra cerveza, te explicaré por qué.

Las dos agentes se quedaron mirando a Molowny. Ella notó la perturbación. Les mantuvo el envite. Sonrió aún más.

—No he visto aparecer por aquí a vuestro amigo durante toda la mañana. ¿Qué pasa? ¿Se ha perdido?

Ninguna contestó. Pero su gesto lo decía todo.

—Entonces, tenemos poco tiempo —continuó Molowny—. Tenéis que sacarme de aquí cuanto antes.

—¿Sabes dónde está Seito?

—No.

—Entonces no saldrás de aquí hasta que nos des algo que nos lleve a él.

64

O'Rourke entró en los lavabos y se sentó en el retrete. Intentó llamar al móvil de Seito tres veces. Las tres obtuvo la misma respuesta: ninguna. Se tomó el pulso apoyando su índice en la carótida. Hizo repaso: las horas a las que mató Javier Laínez, el lugar donde lo hizo, la forma en que lo hizo, la hora en que murió, los lugares donde mató el hombre calvo, la forma en que lo hizo, los gráficos que había en su salón, la foto de Seito, las coincidencias con los hechos de París, de Tokio, el lugar donde Molowny apareció, predicho por Laura Rodrigo... Todo aquello cobraba sentido si lo que les decía Molowny era verdad, de la misma forma que el caprichoso movimiento de los planetas en el cielo se había llenado de significado con las leyes de Kepler.

Sacó otra cerveza de la nevera donde se guardaban las bebidas de cortesía para los visitantes. Entró de nuevo en la sala de interrogatorio. Casi arrojó la lata al rostro de Molowny, que la detuvo con reflejos inesperados.

–Seito es reto bonificado porque descubrió lo de los grafitis –afirmó la inspectora–, ¿verdad?

–Por supuesto –confirmó Molowny–. Bastante bien bonificado. ¡Tres puntos! Y... ¿sabéis qué? Si no hubiera muerto en su hora de riesgo, al día siguiente, Laínez habría sido declarado *bonus challenge* también. Lo de esta Ronda, ya os lo decía, ha sido una chapuza. Si quieres jugar una Ronda, el primer requisito es que todo te importe tres cojones. A poco que mantengas una conexión emocional con cualquier cosa, como la de Laínez con su pandillita, dejas de servir. Se lo dije veinte veces al Arquitecto y no quiso escucharme. Ni siquiera tomaron medidas cuando montó el espectáculo del atropello en el puente de Ventas, qué va, aplaudieron como focas y le dieron el punto adicional por creatividad. Y luego, lo de los grafitis... Joder, nadie se estaba enterando de eso.

–Excepto Seito –apuntó O'Rourke.

–Los detectó antes que cualquiera de nosotros. A los Promotores les debió de joder, porque les encantaba Jota, ¿entiendes? Nadie daba tanto espectáculo como él. Jota había ganado con superioridad la última edición, la celebrada en París. Se cargó a cuatro personas, incluido un Peón. Ganó una fortuna y, aun así, no quiso retirarse, decidió participar en la siguiente Ronda. Él siempre estaba hablando de «respeto», menuda gilipollez.

–¿A los Promotores les da miedo Seito?

–A los Promotores no les da miedo nadie. Es más bien cosa del Arquitecto. No le gusta mostrar sus brechas de seguridad delante de sus jefes. Así que ahora lo intenta compensar. A saber adónde lo ha llevado, si es que sigue con vida.

O'Rourke se aproximó a Lana por la espalda y acercó los labios a su oído.

–Dime quién es. Dime quién es el Arquitecto.

La única respuesta de Molowny fue una pausa y un nuevo trago de cerveza.

–Le he hundido la laringe a personas que estaban a más distancia que tú, inspectora. Relájate. Soy lo único que tienes para encontrar a tu amigo. De momento, no te voy a decir quién es el Arquitecto, para que no se te quiten las ganas de mantenerme con vida. Pero sí te diré qué es. Es un grandísimo hijo de puta.

Los Promotores lo contratan para que ponga todo esto en marcha. Acude a las ciudades que acogerán la próxima Ronda con un par de años de antelación. Lleva consigo un entramado de empresas pantalla y una maleta llena de billetes. Se instala en ellas y empieza a trabajar. Diseña los mapas y busca los topos en los departamentos de policía. Por lo general, agentes con necesidades: deudas, drogas, divorcios... Compra los pasajes de avión, mete las armas en el país, la documentación falsa... y nos pone a cada uno en nuestra casilla de salida. Una vez comienza la Ronda, es el árbitro. Cuenta con asesores y peritos para decidir si una muerte puede o no subir al marcador.

—¿Cómo se hace eso? ¿Tenéis un escolta que os sigue día y noche para ver si cumplís las normas?

—Oh, no. ¿Recuerdas que hace un rato me habéis arrancado un cinturón pulsímetro para medir la frecuencia cardiaca? Ese cacharro y el teléfono móvil son fundamentales para que la Ronda funcione. Nadie puede salir de casa sin ellos. Si tu corazón se detiene, el pulsímetro deja de funcionar a una hora exacta y el GPS del móvil envía tu posición. Así saben si quien dice haberte matado estaba en el mismo sitio y a la misma hora.

—¿Y cuando matas a un inocente?

—No es mucho más complicado. El GPS envía la señal: el Arquitecto sabe dónde te encuentras a una hora concreta. Con tu móvil, tomas fotos del escenario del crimen. Cualquier cosa que pueda demostrar que hay un cadáver en un lugar determinado y a una hora determinada será relevante. Luego las subes a una app que todos tenemos instalada en nuestro móvil. Y desde allí, las pruebas llegan al Arquitecto de manera instantánea. En pocas horas, decide si los puntos suben o no a tu marcador.

—Y allí es donde entran en juego los policías untados, ¿no es así?

—Claro. Si se generan dudas, acceden a las pruebas forenses y confirman si la versión del jugador es compatible con lo que determina la autopsia.

En ese momento, Laura Rodrigo se levantó de repente y abandonó la sala sin excusarse. O'Rourke entendió adónde iba. Le deseó toda la suerte del mundo. La vida de Seito podía depender de ello. Por eso mismo, también renunció a interrumpir el interrogatorio en el momento en el que estaba dando mayores frutos. Reprimió el deseo de seguir a Rodrigo y se obligó a fingir frialdad.

—Antes has dicho que nunca me declararon reto bonificado.

—Así es.

—Sin embargo, el hombre calvo vino a buscarme a mi casa.

Molowny sonrió mostrando por primera vez unos dientes pequeños bien alineados.

—Y tú mataste al lobo feroz, Caperucita. Todo el mundo está hablando de esa hazaña, enhorabuena.

—No tuve nada que ver. Lo atropelló un autobús en plena calzada. Como si no lo hubiera oído venir.

Molowny soltó una sonora carcajada. Tan repentina que incluso se le salió un espumarajo de cerveza por la nariz. Siguió riéndose durante un buen rato con muchísimas ganas, sujetándose la barriga y lagrimeando. Tardó varios segundos en recomponerse.

—Perdona... Perdona... Lo mío con Carl era algo especial. Él era un exmiembro del SAS reconvertido en mercenario en África; yo soy una militante retirada del IRA. Tuvimos un encontronazo en las calles de Belfast cuando ni siquiera nos conocíamos. Algo hizo bum en aquella ocasión; la onda expansiva descuartizó a varios de sus compañeros. Y a él le destrozó los oídos. Tendría veintipocos años. Nunca me lo perdonó. ¿Has visto alguna vez *Gran Hermano*? La versión VIP, no la de los concursantes anónimos.

O'Rourke asintió.

—Los productores meten en la Casa a famosos que se llevan muy mal, para aumentar el morbo, ¿verdad? Pues el Arquitecto tuvo la misma idea, hace ya tres Rondas. Oye, ahora que lo pienso... ¡Al final fui yo quien lo mató! Yo le machaqué los oídos, y por eso no oyó el autobús acercarse, treinta y cinco años después. Y, de paso, te salvé la vida, O'Rourke. De nada.

La inspectora procuró hacer caso omiso de este último comentario. Quiso provocar a la asesina.

—¿Y tú, Molowny? —preguntó—. ¿Por qué pasaste de luchar por la reunificación de Irlanda a acabar metida en esta basura para millonarios?

—Porque no son millonarios —dijo riendo Molowny—. Son multimillonarios.

—¿Vas a darme sus nombres?

Molowny tamborileó con los dedos sobre la mesa, mientras imitaba el barritar de una trompeta.

—Verás, hay seis Promotores, y cada uno escoge a su Peón. Su identidad se mantiene en secreto para los participantes. Pero yo los conozco a todos. Tengo mis métodos. Los he investigado, e incluso puedo demostrar su implicación. Esos nombres son mi único chaleco antibalas. Porque, si los quieres, tendrás que mantenerme con vida. Pero si te los doy, me quedaré sin nada con lo que negociar.

—Tienes que darme algo, Molowny. Algo que pueda conducirme a Seito.

Lana Molowny vació lo que quedaba de su segunda lata de cerveza y exhaló un suspiro.

—Te daré un nombre. Solo uno. Si con ese nombre no entiendes la dimensión de todo esto, cerraré el pico y esperaré mi muerte en este triste edificio. En mis tiempos en la causa, yo había hecho mucha amistad con Jackie, nuestro proveedor de artillería en Boston. Después de los Acuerdos de Viernes Santo, Jackie me dijo: «Sal de ahí, olvida esa mierda, el IRA Auténtico no tiene futuro, yo te voy a conseguir un trabajo». Me lo consiguió y, oye, se me daba bien. Digamos que me convertí en la empleada del mes. Un día, Jackie me dice: «No sé qué has liado, pero el jefe quiere conocerte». Tomo un vuelo a Panamá y me veo en una hacienda magnífica, con más seguridad que Buckingham. Me recibe un hombre de pelo blanco vestido con ropa de jugar al tenis. Y entonces me pregunta si sé cómo se llama. Y le respondo: «Por supuesto. Usted es Guillermo Ariza». Un mes después, aterricé en Tokio para mi primera Ronda.

Dulce O'Rourke conocía ese nombre. Ariza poseía una poderosísima flota de barcos. Nada cruzaba el Atlántico sin que él lo supiera. Su poderío logístico le otorgaba incluso la capacidad de hacer bajar y subir precios de materias primas, con las que hundir economías de países enteros.

—Así que ese es el primer nombre que vas a darme: Guillermo Ariza.

—El primero y el último, hasta que pongas mi culo a salvo. Pero no te molestes en buscar a tu amigo en alguna propiedad a nombre de Ariza. El Arquitecto no permitiría semejante imprudencia.

65

Ni todo el café del mundo podía borrar el cansancio del rostro de Álvarez-Marco. Había pasado horas en su despacho. El teléfono no había parado de sonar. Las dos agentes habían irrumpido allí, sin darle un segundo ni para ir al baño. Si todo lo que le decían era cierto, la montaña de problemas en la que se habían metido cuadruplicaba la altura del Everest.

—Dilo otra vez, pero más despacio —le ordenó, con voz cavernosa.

O'Rourke tragó saliva.

—El inspector jefe de la Policía Científica, Ramón Bastero, está metido en el ajo.

—Bien. Ahora repíteme cuál es el ajo.

Laura Rodrigo sostenía la declaración firmada de Lana Molowny.

—El ajo —siguió O'Rourke— es un juego de apuestas de un club de millonarios internacionales, en el que seis sicarios compiten entre sí por ver quién mata más y mejor. Lo llaman la Ronda. Y está celebrándose en Madrid, ahora mismo, mientras hablamos.

Álvarez-Marco tomó los papeles que le tendía Rodrigo. Ya lo había hecho unos minutos antes. Los había revuelto y leído en diagonal. Se los había devuelto a la subinspectora y ahora se los volvía a arrebatar de la misma mano. Para no hacer otra cosa que lo mismo: barajar, hojear, confundirse y restituirlos.

—¿Dónde está la prueba de que es Bastero quien...?

Laura Rodrigo desbloqueó su teléfono móvil y le mostró al jefe una foto tomada en el escritorio de Bastero minutos antes. Una columna de palabras escritas a mano sobre un folio en blanco bajo el teclado del ordenador:

12 - 1: Betanzos - Castellana
1 - 2: Castellana - Cuesta Sagrado Corazón
2 - 3: Cuesta Sagrado Corazón - Avda América
...

Así hasta doce horas y doce lugares. Laura Rodrigo había corrido a los escritorios de los miembros de la Policía Científica nada más salir de la sala de interrogatorio. No había nadie mejor colocado en el Cuerpo que un criminalista para darle al Arquitecto la información que precisaba. Ellos estudiaban el escenario del crimen y la posición del cadáver, y aventuraban con el forense la hora de la muerte. No tardó mucho en encontrar lo que buscaba. Si Bastero era quien debía confirmar que los participantes de la Ronda habían hecho las cosas según las reglas, era normal que quisiera tener esas reglas a mano.

—Ya sé que le sorprende que un compañero como Bastero esté implicado en un asunto como este... No sé qué decir... Solo sé que tenemos constancia de que hay un topo en este edificio, y que esa lista, escrita de su puño y letra, coincide con lo que buscamos.

Álvarez-Marco guardó silencio. O'Rourke percibió la desazón en el rostro de Álvarez-Marco.

—Jefe, ¿Bastero tenía algo que ocultar?

—Solo diré que tu hipótesis es más verosímil de lo que tú misma creías, inspectora.

La verdad era que a él no le sorprendía tanto. Ramón Bastero, un policía intachable, un padre de familia entregado, un hombre serio, era objeto de una investigación de Asuntos Internos desde hacía ya unas semanas. Un asunto muy feo relacionado con la pornografía infantil. A Álvarez-Marco no le habían dado detalles, pero lo habían preparado para una detención inminente y una posible crisis de comunicación en el seno de la UDEV. Eso convertía a Bastero en el miembro de la Policía Nacional más vulnerable al chantaje. El rostro del jefe era el de quien ve un tsunami acercarse y no puede salir corriendo.

—Ahora mismo, ¿cuál es la situación? ¿Dónde está Bastero?

—No lo sabemos. Se fue a su casa a las seis de la tarde, cuando terminó su turno. Pero allí nos dicen que aún no ha llegado.

—¿Y Seito?

—Estamos muy preocupadas. Seito no coge el teléfono y, según la testigo, es...

—Sí, sí... Es «reto no sé qué». ¿Habéis pensado que podría estar en alguna de las propiedades del tal Ariza en Madrid?

—Molowny dice que eso es improbable, que nunca harían nada que incriminase a un Promotor.

—Voy a pedir que alguien se acerque a su casa. Igual está borracho o le ha dado otro ataque a su niño. ¿Y qué hacemos con esa?

—¿Con la testigo?

—Con la homicida, O'Rourke, de momento doble homicida en grado de tentativa, y subiendo. Os intentó matar a ti y a un guardia de seguridad. No te entregues tan rápido al síndrome de Estocolmo.

—Insiste en que tenemos que sacarla de aquí. Según ella, tiene mucha información que ofrecer y no la podrá compartir si está muerta.

—¿Te lo crees?

Dulce asintió.

—Todo lo que nos ha dicho parece verdad. Rodrigo lo ha comprobado.

—Pero podría estar contándonos algunas verdades para escapar cuando la traslademos.

—Sinceramente, no creo que quiera escapar.

—¿Por qué estás tan segura?

—Porque ya lo habría hecho. He visto su historial de fugas inverosímiles.

Álvarez-Marco miró a derecha e izquierda.

—¿Tú que propones?

—Pensaba darle algo, pero no la luna. Quiere que la llevemos a Vallecas. No veo por qué no. He hablado con Juanjo Bazán. Me habilitará un calabozo. Allí no podrá acercarse ningún compañero que no sea del distrito sin hacerse notar.

El jefe lo meditó unos instantes.

—Pediré que preparen unos zetas y…

—No. No sabemos cuántos compañeros implicados hay en el edificio. Mejor que nos ocupemos nosotras, en secreto.

El jefe asintió. O'Rourke y Rodrigo caminaron deprisa por las dependencias hasta la sala del interrogatorio. Encontraron a Molowny derrumbada sobre la mesa. La frente pegada al tablero. Los brazos muertos, cayendo a ambos lados del cuerpo.

—Levanta. Te trasladamos.

Molowny se incorporó y sonrió. Todas las arrugas de su cara se acentuaron como si su piel fuera de pergamino.

—Esa sí que es una buena noticia —dijo.

Laura Rodrigo sostenía un sobre acolchado.

—Antes de irnos —dijo— hay una cosa importante que tenemos que preguntar, por seguridad. Tú ya tienes unos años, ¿no?

—Sí, casi sesenta.

—¿Cómo está tu suelo pélvico?

66

Acababa de comenzar el martes. El pronóstico meteorológico advertía de la llegada de una masa de aire frío, nieblas de madrugada y riesgo de heladas. Había casi treinta provincias en alerta por bajas temperaturas. El camino más corto para llegar desde la Jefatura Superior de Policía hasta la comisaría de Villa de Vallecas era la M-30. Una vez más, la M-30. Todas las ocupantes del Impreza estuvieron de acuerdo en no tomar esa ruta. Arrancaron hacia el este por la calle Raimundo Fernández de Villaverde. A esa hora, el tráfico era fluido. Solo unas cuantas luces rojas, verdes, naranjas y blancas coloreaban la noche cerrada.

El Impreza atravesó la glorieta de Cuatro Caminos por el túnel. Laura Rodrigo viajaba en el asiento de atrás para tener vigilada a la detenida, que ocupaba el puesto del copiloto. O'Rourke no creía que eso sirviese de mucho. Molowny mantenía un sosegado silencio.

—Conozco ese calabozo, es un agujero —le dijo O'Rourke; le ofendía que aquella mujer disfrutase de paz de espíritu.

—¿Te crees que no sé lo que me espera a partir de ahora? Agujeros o nichos.

—¿Y te merece la pena seguir viviendo ante todo? Si tan lista eres, ¿por qué no has intentado escapar? Total, ¿qué arriesgas? ¿Una vida de mierda?

Molowny, por una vez, evitó la mirada de O'Rourke.

—Aunque no te lo creas, aún tengo motivos para seguir respirando cada mañana. Anda, arranca, el semáforo está verde.

Cruzaron el paseo de la Castellana por el puente. Pronto se acercaron a un nuevo túnel: el que pasa bajo la glorieta de República Argentina. Justo antes de entrar bajo tierra, un vehículo las adelantó. Luego, ya en el túnel, el vehículo redujo súbitamente la velocidad. O'Rourke cambió de carril para sobrepasarlo. Le llamó la atención el gran tamaño de aquel todoterreno. De pronto, Molowny se puso a gritar:

—¡No, no, no!

—No, no, ¿qué? —contestó O'Rourke.

El todoterreno se abalanzó hacia el Impreza cuando pasaba junto a él. Quería empotrarlo contra el muro. O'Rourke aceleró para escapar de la trampa. Demasiado tarde. La aleta delantera del Subaru empezó a rozar el cemento, soltando chispas. Al mismo tiempo, la aleta izquierda se plegaba sobre sí misma ante el empuje del Mercedes. Las habían cazado. Las ruedas reventaron. El parabrisas se fragmentó en millones de esquirlas. Antes de que se desprendiera, O'Rourke miró el retrovisor interior. Otro coche se acercaba a toda velocidad por la retaguardia.

—¡Dame un arma! —gritaba Molowny.

O'Rourke tampoco tuvo tiempo de plantearse esa petición. Un objeto cilíndrico, del tamaño de un refresco, color mate, cayó desde la ventanilla del Mercedes. Antes de tocar el capó, se convirtió en luz.

Pura luz.

Tras la luz, llegó el estampido sonoro. Los órganos sensoriales de las tres ocupantes del coche se desbordaron y se convirtieron en una bola de plastilina mezclada, de todos los colores. Los oídos parecían perforados por clavos. Pero lo de los ojos era peor. O'Rourke no se había quedado ciega. Pero, sin importar hacia dónde dirigiera la vista, veía la misma imagen fija en su retina. Como si alguien hubiera pulsado el botón de pausa. Sus células fotorreceptoras habían sido sometidas a tal estímulo que no podían dejar de enviar la misma información al cerebro. Rodrigo se apretaba los ojos con las manos. La piel del rostro les abrasaba por las esquirlas del parabrisas. O'Rourke consiguió desenfundar el arma, solo para darse cuenta de que no sabía hacia dónde apuntar. Giraba su cuerpo a un lado y a otro. Se topaba con aristas de chapa y cristal que le lastimaban.

Rodrigo notó un golpe seco en el costado. Luego, un empujón. Y después, un cuerpo que se contorsionaba en plena lucha, provisto de muchos huesos, muchos codos, muchas rodillas. Entendió lo que pasaba. Molowny, probablemente también sin vista ni oído, se había lanzado hasta ella desde el asiento del copiloto. Iba en busca de la única salida posible: el parabrisas trasero. También oyó el ruido de un objeto contundente que percutía contra los restos de cristal. Entonces, unas manos sujetaron a Rodrigo por el cuello.

Dejó de respirar. Notó un aliento en la sien. Era Molowny. Acercaba la boca al oído de la subinspectora. Y se empeñaba en repetir unas complicadas palabras. Lo hizo cuatro veces, en una mezcla de inglés y burdo castellano. Y, por último, dijo:

—¡Envía ese e-mail y espera la respuesta!

Y después, su cuello se vio liberada repentinamente de las garras que la aprisionaban. Y nunca volvió a oír la voz de Molowny.

SÉPTIMA PARTE
BONUS CHALLENGE

67

Cuando despertó, Seito ya no se encontraba en posición horizontal. La cabeza le colgaba hacia un costado, como la de un títere al que se le sueltan las cuerdas. Un potente destello de luz alumbraba a quemarropa sus pupilas. Notaba un insoportable suplicio en la cabeza y otro núcleo de dolor en la parte trasera del muslo, como una quemadura que se extendía por los nervios de toda la extremidad. Sin embargo, lo peor con diferencia era lo de la mano (la que se había mantenido sana desde la detención de Laínez). Trató de alzarla para comprobar su estado y descubrió que no podía. Estaba atada a algo. Trató de mover la otra, la izquierda, con el mismo resultado.

—Está despierto —dijo alguien en inglés.

—Le molesta la luz. Apágala.

El foco se desconectó. Las pupilas de Seito se sintieron aliviadas de inmediato y la intensidad del dolor de cabeza se redujo. Pero solo eso. Poco a poco, los ojos del inspector recuperaron la capacidad de distinguir imágenes. Se encontraba en la misma nave industrial a la que lo habían llevado el día anterior. Ya había visto aquel inmenso espacio. Lo había cruzado, camino del vestuario en el que lo encerraron: un agujero con dos taquillas herrumbrosas, un retrete convertido en escombro, un banco sueco y, como único respiradero, un ventanuco alto con cristal esmerilado.

Se había pasado el día dando vueltas de pared a pared. José estaba en su mente. No podía sacarlo de ella, como no podía él mismo salir de aquel vestuario. Le habían llevado agua mineral y sándwiches envasados. Cada vez que iban a verlo, lo hacían de dos en dos. El tipo enorme, a quien había oído que llamaban Zahavi, entraba, y el barbudo, ese que hablaba castellano pero no decía nada, custodiaba la puerta. Cuando comprobó que empezaba a oscurecer, no pudo resistirlo más: perdió la cabeza. Se subió al banco sueco y, con el puño desnudo de la mano sana, atravesó el cristal esmerilado del ventanuco. Este se convirtió en una boca llena de colmillos, como de pez abisal. La mano comenzó a sangrar a chorros de inmediato. Zahavi irrumpió en el vestuario. Seito esgrimió un trozo de vidrio en punta. Se abalanzó hacia el guardaespaldas, dispuesto a desgarrarle el cuello, sin importar las consecuencias. Entonces notó la mordedura en la parte trasera del muslo. Un relámpago inundó su sistema nervioso. Cayó a plomo, como un saco. Antes de perder la conciencia, vio el rostro de la mujer afroamericana, que asomaba por el orificio del ventanuco. Portaba una pistola de la que salían unos finos cables que conectaban con la piel de Seito. Le había disparado con un táser.

Ahora la parte central de la nave lucía diferente. La habían limpiado, retirando escombros, fragmentos de chatarra y otros restos. Olía a Volvone. Varias lámparas, de distintas intensidad y textura, se repartían por el recinto. La luz era limpia, nítida. Miríadas de motas de polvo bailaban en suspensión ante los haces de los focos. Al menos tres cámaras dispuestas sobre trípodes encuadraban a Seito desde ángulos diferentes.

Trató de entender su situación. Lo habían atado con bridas y gomas a una cómoda y elegante butaca clavada al suelo. No podía ni soñar con huir de ahí. Entre las sombras que proyectaban los focos había gente. Seito oía voces que charlaban en voz baja, en inglés. No los veía, pues estaban protegidos tras los contraluces.

De pronto, alguien rasgó el telón de oscuridad y penetró en su campo de visión. Colocó una silla plegable a un metro de Seito y tomó una postura distendida, con una pierna cruzada sobre la otra. Era el Arquitecto. Vestía un traje azul claro, un abrigo de paño color coral y una gruesa bufanda verde. Seito pensó que parecía un payaso.

—Bueno, ¿qué le parece? —dijo el Arquitecto en español, con su notorio acento de lord inglés.

Antes de responder, el inspector tragó saliva, solo para comprobar qué tal funcionaban los músculos de su garganta.

—¿Qué me parece qué? —dijo, con voz quebrada.

—Pues este estudio de televisión improvisado que hemos montado aquí, en la base.

Seito volvió a mirar en derredor. Pestañeaba cada vez que la trayectoria de sus pupilas se tropezaba de frente con una lámpara.

—La verdad es que me la suda su estudio de televisión.

—Oh, no será capaz de decir eso cuando lo entienda. ¿Tiene frío?

—No.

—Es por los focos. ¿Tiene ganas de orinar?

—No.

—Muy bien, muy bien. —Apartó la mirada a un lugar al otro lado de la cortina de sombras, y dijo, en inglés—: ¿Estamos grabando?

—¡Sí! —respondió una voz.

El Arquitecto tomó un poco de aire. Parecía nervioso por estar viviendo ese momento y no quería estropearlo.

—Está bien, Juan Luis Seito. Asumo que, dada la eficiencia de la investigación que usted ha llevado a cabo, conoce los rudimentos de nuestro juego.

—¿Juego?

—Así es, señor Seito —respondió el Arquitecto, divertido—: un juego.

—¿Y qué estamos haciendo aquí?

—Verá, una de mis funciones es mantener el nivel del espectáculo. Si le digo a qué me dedicaba antes, no se lo creería. Le daré una pista: la ceremonia de apertura de los Juegos Olímpicos de Londres 2012. Por eso me contrataron en la Ronda.

—¿Ronda?

—Perdón, perdón. Lo seguiré llamando el juego. Mis predecesores hacían un trabajo eficiente y poco más. Sin ningún sentido del espectáculo, ¿sabe? ¿Atlanta 2015? Soso. ¿Buenos Aires 2017? Una carnicería sin sentido. Lo mío es la creatividad. Y la innovación. Yo tengo una intuición imaginativa y la capacidad de detectar tendencias y tecnologías. *Cool hunting*, se llama. Yo digitalicé este juego. Yo ideé una aplicación móvil que ayudase a nuestros Promotores a seguir la Ronda más de cerca, a eliminar aburridos informes impresos, a centrarlo todo en la emoción. Y la creatividad también implica salirse del plan inicial e improvisar… Como el jazz, ¿sabes?

—Odio el jazz. Si me quiero hacer el culto, prefiero fingir que he leído el *Ulises*.

El Arquitecto estalló en risas.

—¡Exacto, exacto! Bueno, nuestro juego, este año, está yendo *chapeau*, *brilliant*, fabuloso. Un verdadero derroche de intensidad y entretenimiento. Solo tenemos un pequeño problema.

—¿Cuál?

—Que va a terminar en empate. Teníamos una ganadora clara, pero está… eliminada. A nadie le gustan los empates, ¿sabe?

—¿Y a mí qué cojones me importa?

—Bueno, desde que a usted se le ocurrió la espantosa idea de enviar la foto de ese grafiti a El Salvador, se ha convertido en lo que llamamos *bonus challenge*. Eso quiere decir que tiene la capacidad de desempatar este juego.

—¿Cómo voy a hacer yo eso?

El Arquitecto volvió a reír con una carcajada desinhibida.

—¡Pues muriendo, cómo si no!

Seito se quedó mirando desconcertado al inglés.

—Ahora le voy a exponer mi idea. Por primera vez, los Promotores van a tener el privilegio de vivir la Ronda en riguroso directo. ¡Qué le parece! Después de estos días agitados, me dije: «Si los Peones no son capaces de llegar al reto bonificado, yo les diré dónde está. ¡Y se lo enseñaré a los Promotores!».

El Arquitecto sacó un iPhone y se lo mostró a Seito. En pantalla podía verse una interfaz nada sospechosa. Parecía una app de comunicación y productividad, como Teams o Slack.

—Este es el texto que recibirán los Peones en una notificación: «Urgente. El objetivo declarado *bonus challenge* y valorado con tres puntos, Juan Luis Seito», es decir, usted, «se halla inmovilizado en una nave del municipio de Tres Cantos. Clic aquí para ver la ubicación exacta. Como novedad, esta acción será grabada y transmitida en exclusiva para nuestros Promotores. Recordamos que, dado el reparto de puntos actual, quien logre anotarse el reto bonificado habrá ganado la Ronda Madrid 2023». ¿Qué le parece, inspector?

Seito no encontró fuerzas para mantener la actitud desafiante sobre la que se había sostenido su dignidad durante la conversación.

—Yo… No entiendo nada de lo que me dice.

—Por supuesto. Se lo explicaré en palabras sencillas. Unos tipos a los que llamamos Peones van a competir por matarlo a usted. Y otros tipos a quienes llamamos Promotores van a disfrutar de la competición en vivo.

—Pero ¿por qué me lo cuenta?

—En esta nave hay cinco cámaras. Y ya están transmitiendo en *streaming*. Aprovecho para saludar a nuestros seis Promotores. Les recuerdo que en la pantalla alternativa de sus dispositivos pueden seguir la posición GPS de los Peones acercándose a la ubicación. ¿Quién llegará el primero? ¿Tendrán que pelear entre ellos para lograrlo? ¡Señor Seito, imagínese que no le digo nada a usted! ¡Que le siento en esta butaca a pasar la mañana! Sería capaz incluso de dormirse y, entonces, nos perderíamos el *acting*. Sus ojos, su angustia… ¡Qué desperdicio! Ya lo sé, parece cruel… Pero entiéndame —dijo, mientras publicaba la notificación—. Es mi trabajo.

68

El teléfono sonó un par de veces. Maurice Lemaitre, Eme, sicario de la mafia marsellesa, dejó sus mancuernas en el suelo y tomó el dispositivo. Maurice tenía que agacharse para cruzar los umbrales de las puertas. Cuando se trataba de algo tan especial como la Ronda, medir casi dos metros y lucir una nariz partida y angulosa, como si la hubieran construido con piezas de Lego, no ayudaba. Además de esa desventaja, a Maurice, Eme, le había tocado un mal sector de salida. La maldita manía perfeccionista del Arquitecto de colocar a todos los participantes por un escrupuloso orden alfabético lo había abocado a cubrir una zona de Madrid con pocas oportunidades. Su segmento de la M-30, desde Puerta de Hierro hasta Arroyofresno, comprendía inmensas superficies silvestres o ajardinadas, donde apenas se podían estudiar las rutinas de la gente. Porque no había gente.

Una noche de la primera semana de la Ronda salió a recorrer la vía ciclista que transcurría pegada la tapia del Club de Golf de Puerta de Hierro. Se asomó por un cierre de cipreses que daba a los campos de golf y avistó a un tipo caminando hacia él en mangas de camisa, a pesar del frío. El tipo, primero, hizo eses. Luego vomitó y, por último, se desplomó. Solo lo tuvo que ayu-

378

dar a recorrer un tramo para introducirlo en el área reglamentaria de la Ronda, a diez metros de la autovía. Evitó arrastrarlo. Si los asalariados de la policía encontraban césped y barro en el cadáver, el Arquitecto podría decretar que Eme lo había matado fuera de rango y que después lo había movido. El hombre iba medio inconsciente y se dejó llevar. Lo sentó con la espalda apoyada contra un árbol.

De pronto, el borracho se sacó las llaves de un Jaguar del bolsillo.

—Mi coche, por favor, mi coche. Tráigamelo —deliraba.

No le costó localizarlo en el aparcamiento del club. Se puso sus guantes para inspeccionar el interior. Encontró los pulpos en el maletero. Cuando regresó, el borracho dormía a pierna suelta bajo el árbol. Miró el reloj. Tenía tiempo de sobra. Pudo, tranquilamente, tomar las fotos del antes y del después. Aquel había sido su único golpe de suerte. Tras lo del club de golf, se habían sucedido dos semanas de absoluta sequía. Sin embargo, aquello acababa de cambiar. Aún vestido con su sudada ropa de deporte, Eme trataba de comprender las dos notificaciones que había recibido en su móvil. En primer lugar, Ele, la indiscutible líder de la prueba tras eliminar a Jota, había sido, a su vez, eliminada. La notificación no ofrecía detalles; ya los averiguaría. Lo importante era que, tras la pérdida de Jota, Ka y Ele, Eme pasaba a liderar el marcador con un único punto.

Lo que leyó en la segunda notificación lo llevó a moderar el entusiasmo. Los puntos que se ofrecían por el *bonus challenge* eran tres. Si los conseguía, sumaría cuatro en su cuenta: ninguno de los otros dos Peones activos podría ya ganarle. La Ronda se cerraría así, con su victoria. Pero si otro participante llegaba primero a la ubicación que señalaba el mensaje, él ya no podría hacer nada por recuperar la ventaja. La Ronda también se cerraría, tres a uno. Ya no tendría la posibilidad de obtener otros dos tantos, a menos que se diera la casi imposible circunstancia de cazar al líder en hora de riesgo.

Tomó las llaves del coche, se ajustó el cinturón pulsímetro al pecho, se puso un anorak ligero. Aún en pantalón corto, salió a la calle. Una espesa niebla, típica de las peores mañanas de invierno en Madrid, lo recibió.

Hache soñaba que un coche con el motor al ralentí lo esperaba aparcado frente a la calle de su madre, en la casa de su infancia. La angustia, el miedo que solo sentía cuando dormía, le despertó. Descubrió que aquel sonido de motor medio gripado no era otra cosa que su móvil vibrando sobre la mesilla. Se frotó los ojos con fuerza antes de desbloquear la pantalla y mirar las dos notificaciones. Corrió al baño, orinó y se arrojó algo de agua fría a la cara. Luego se vistió con la misma ropa del día anterior y se colocó la banda elástica con el pulsímetro alrededor del pecho.

Hernán García Khazri era el más joven de los participantes, el más inexperto. Sin embargo, también disfrutaba de una prerrogativa: era el único español. Eso le daba facilidades a la hora de pasar desapercibido, comprender las rutinas del resto de compatriotas, entender el idioma… Esa circunstancia había llevado a su Promotor a ofrecerle el puesto solo unos meses antes de que comenzase Madrid 2023. Estaba haciendo progresos rápidos en Mocro Maffia, la organización criminal holandesa de ascendencia magrebí. Había pasado de recuperar fardos de hachís en las playas de Algeciras a matar rivales en Marbella. Y de allí, a hacerlo también en las lluviosas calles de Ámsterdam. Sus superiores opinaban que le faltaba crueldad pero le sobraba decisión. Por eso no era bueno para cobrar deudas, pero sí para saldarlas.

Como todos los participantes, tardó apenas unos días en darse cuenta de que la Ronda era mucho más difícil de lo que parecía. Quería conseguir una posición lo suficientemente digna para que su jefe no hiciese el ridículo y le confiase a él la siguiente edición. Por desgracia, su segmento de la M-30, la avenida de la Ilustración, era el único tramo de toda la autovía que, de hecho, no era una autovía. Se trataba de una concurrida calle, llena de tráfico, semáforos y uno de los centros comerciales más populares de Madrid, La Vaguada. Enormes torres de viviendas se apelotonaban, con millones de ventanas, como millones de ojos. Cometer un asesinato en ese tramo, en solo una hora, asegurándose de que no había testigos ni cámaras, y de que no se dejaban pistas era muy difícil. Y a esas dificultades se añadía la hora que marcaba su zona: las doce. Ni a las doce de la noche ni mucho menos a las doce del mediodía era posible encontrar calma en la avenida de la Ilustración.

Estuvo a punto de lograrlo en numerosas ocasiones. Cuatro o cinco personas tomaban en aquel momento sus desayunos sin ser conscientes de cuán cerca habían estado de morir. Una, demasiado cerca de las cámaras de una farmacia. Otra, alejada solo unos metros del rango reglamentario. Otra más, que hizo el gesto de que había olvidado una cosa y se dio la vuelta sobre sus pasos justo cuando se ponía a tiro. Mala suerte. Mala suerte. Mala suerte.

Pero esas dos notificaciones que acababa de leer podían cambiar su fortuna. Tan solo tenía que ser más rápido que los demás.

A las nueve y cuarto, Eme se quedó atrapado en un atasco en la incorporación a la M-40. Las obras de una nueva salida para el futuro barrio de Nuevo Goloso bloqueaban varios carriles. Camiones, excavadoras y obreros trabajaban con intensidad entre la niebla. Se notaba que tenían prisa en levantar todo aquel universo urbanístico por estrenar. Pero Eme aún tenía más prisa. La ventaja que conservaba en el marcador suponía una notable desventaja en el enfrentamiento directo con otros Peones. Eme no podía eliminar a Hache ni a I, porque, al no haber matado a nadie, no incurrían en horas de riesgo. Sin embargo, Hache e I sí podían liquidarlo a él.

El hombre a quien había ahorcado junto al Club de Golf de Puerta de Hierro ocupaba el sector de las diez a las once. Eso quería decir que, si otro participante encontraba a Eme a cielo abierto a esa hora, tenía permiso para meterle un tiro y quedarse con sus puntos. Miró el reloj. No vio en él nada que lo tranquilizara. Al Arquitecto le gustaba el conflicto y habría pensado en ello. Por supuesto, no iba a publicar la notificación a una hora que le diera tiempo suficiente a Eme de resolver el *bonus challenge* sin tener que jugarse la vida.

En la suite presidencial del Kimpton Clocktower, en Mánchester, un hombre acababa de sentarse ante su ordenador. Estaba muy enfadado con ese viaje, en el que se había reunido con los propietarios de uno de los clubes de fútbol de la ciudad inglesa. Pero no había conseguido lo que deseaba. La invasión de Ucrania estaba cerrando muchas puertas a empresarios como él, a los que antes les extendían alfombras rojas. Tampoco el hotel le había parecido satisfactorio, ni la ciudad le había resultado atractiva. Años atrás, en su juventud, habría solicitado el servicio de unas escorts a su secretario. Ahora, nuevas emociones sustituían a las antiguas.

La pantalla de su portátil mostraba un mapa. A la derecha se abrían una serie de ventanas que retransmitían en *streaming* lo que cinco cámaras registraban en un lugar remoto: un inspector de la policía española, atado a una butaca, que a ratos se retorcía para tratar de escapar, a ratos lloraba, a ratos se desesperaba y a ratos se dejaba invadir por una especie de demencia que lo hacía reír a carcajadas. Aquella había sido una de las grandes novedades de esa Ronda, y la inversión había merecido la pena. Sin embargo, era en el mapa donde se concentraba la emoción en ese momento. Dos flechas rojas parpadeaban, señalando el lugar donde se hallaban dos de los tres Peones que quedaban activos. El *streaming* se refrescaba casi en tiempo real, por lo que el hombre del hotel podía ver el avance de ambas flechas rojas en dirección a una tercera flecha, verde, que señalaba la meta, el *bonus challenge*. En ese preciso instante, una de las flechas rojas parecía detenida en un rincón del noroeste del mapa. La otra había tardado mucho más en ponerse en marcha. Sin embargo, ahora se movía con mayor fluidez.

El hombre del hotel estaba deseando que, fuera cual fuera el motivo que mantenía quieta a la flecha de la izquierda, se solucionara. Porque entonces ambas se encontrarían en la misma vía y al mismo tiempo: la carretera M-607 en dirección a Tres Cantos, Madrid, España.

La Honda CBR de Hache le hacía inmune al tráfico de la hora punta. Sentía un frío insoportable, pero en su cabeza se repetía una determinación que le ayudaba a resistirlo: llegar a Tres Cantos, acceder al recinto y disparar al reto bonificado. Contaba con ventaja. I no se asomaría fuera de dondequiera que se hubiera refugiado durante todas aquellas semanas. Y a Eme se le echaba encima su hora de riesgo.

«Seguro que eso te pone nervioso, gabacho», se dijo Hache.

Qué curioso estar pensando en Eme. En Eme, sí. Justo en ese mismo momento. Eme, al que podía ver perfectamente al volante de aquel Hyundai que se acercaba a su moto. Eme, que se lanzaba contra él con su coche. El gigante le cerró el paso. Le tocó la rueda delantera. La moto dio dos vueltas de campana. El cuerpo de Hache rodó a lo largo de la calzada.

En un ático de Park Avenue, en Nueva York, dos hombres se irguieron en sus asientos al ver, en la pantalla de ordenador, que ambas flechas de ubicación se habían encontrado. Que una se había quedado quieta de repente. Que la otra seguía avanzando por la misma carretera. Que, en la ventana de los registros biométricos de Hache, las pulsaciones subían hasta ciento ochenta de golpe. Que luego bajaban a cero.

—¿Se ha matado? —dijo uno.

—No fastidies, se acaba la diversión…

Los dos hombres, los dos Promotores, sabían que Hache se movía en moto por Madrid. Recibían *newsletters* en la app con todos los detalles de la competición, como si siguieran la Fórmula 1. Les contaban hasta qué comía cada uno de los Peones. Ambos habían coincidido en Nueva York por motivos diferentes. Uno estaba en visita de negocios. El otro tenía allí una vivienda que utilizaba cuando quería escapar de la barbarie de su país de residencia habitual. Estaban encantados con el espectáculo. Sus gladiadores se dejaban la piel y ellos contenían la respiración observando el pulso de Hache. Si Eme lo había matado, los dos quedarían eliminados de inmediato: Hache, por motivos evidentes, y Eme por haber ejecutado al contrincante fuera de hora de riesgo. De pronto, el cardiograma de Hache volvió a dar lecturas. Las pulsaciones pasaron de cero hasta ciento veinte. Luego bajaron hasta alcanzar un ritmo de ochenta. Aún quedaba show.

—Estoy seguro de que ha sido un atropello. Pero ha sobrevivido.

—Se le habrá movido el cinturón pulsímetro.

Eme no podía creer la suerte que había tenido. La incorporación a la M-607 lo había dejado justo a la altura de la moto de Hache. No había tenido más que fingir un cambio brusco de carril para hacerlo caer. Rezó para que ningún coche lo atropellara: si moría, él también quedaría descalificado. Hubo suerte. Por el retrovisor vio que el cuerpo de Hache se detenía con suavidad en el arcén sin siquiera perder los zapatos. Algunos conductores paraban para socorrer al motorista. Otros dos vehículos le dedicaron a Eme sonoras pitadas. Vio que incluso tomaban una foto de su matrícula. Pero a Eme le daba igual: si superaba el reto bonificado esa mañana, se pasaría los cinco días que faltaban para terminar la Ronda encerrado en su casa, y tomaría el primer avión a Dubái que saliera el domingo. La policía no tendría tiempo de llegar hasta él a través de esa matrícula falsa.

Pasados unos minutos, cuando menos se lo esperaba, oyó una sirena. Miró por el retrovisor. Era un vehículo de la Guardia Civil. Alguien había llamado al teléfono de emergencias y había dado la descripción del Hyundai en fuga.

Un grupo de personas rodeaba el cuerpo tendido de Hache.

—¡No lo mováis! —decía uno que había sido motero—. ¡Ni le quitéis el casco!

—¿No hay un médico? —se oía de vez en cuando.

—Ya hemos llamado al 112 —respondían varias voces.

Llegó un coche de la Guardia Civil de Tráfico con una pareja de agentes. Uno de ellos pidió a los conductores que regresaran a sus vehículos y reanudaran la marcha con precaución. La niebla podía complicar seriamente las cosas. El riesgo de choque en cadena era alto.

—¡Yo vi al coche que lo tiró! —vociferaba uno.

—¡No muevan al motorista! —gritaba otro.

El segundo agente ya se había arrodillado junto al accidentado. Sin moverlo un ápice, levantó la pantalla del casco. El motorista tenía los ojos abiertos y respiraba. Un chico joven, de más de veinte y menos de treinta años. Llevaba una buena chaqueta de cuero con protecciones, que había evitado males mayores. La moto estaba tumbada unos metros más allá, con un retrovisor roto y el carenado abollado. El golpe parecía aparatoso, pero no fatal. Además, el conductor se encontraba consciente.

—Tú ya sabes cómo va, chaval, no muevas ni un pelo, que ahora viene la uci móvil.

En su mansión de Punta del Este, un hombre de edad avanzada trataba de entender lo que veía en la pantalla de su ordenador.

Había sufrido un ictus dos años antes y aún estaba recuperándose. Le costaba comprender las cosas a la primera. También le costaba que lo comprendieran. Pero se enteraba de lo suficiente para empeñarse en mantener ciertas tradiciones. El hombre anciano era uno de los Promotores originarios. Uno de los fundadores de ese club, el más exclusivo del mundo. Y no le gustaba ese tipo, Phil Cameron, el Arquitecto. Presumía de haber introducido innovaciones en el juego que los demás Promotores celebraban con entusiasmo. Tecnología, pulsímetros, cámaras, aplicaciones móviles... ¿Qué importaba todo eso? Él echaba de menos los tiempos en los que se recibían reportes diarios, en fax o por teléfono, escritos por observadores con buena capacidad de redacción. Uno esperaba el informe cada mañana como un niño espera los regalos de Santa Claus. Sí, es verdad que había que sobornar a muchos más policías, pero aquello era casi como una labor de artesanía.

«Y ahora, ¡fíjate! ¡A qué nos ha conducido la tecnología!». A mirar dos puntos rojos moviéndose por un mapa en una pantalla. El hombre casi anciano seguía sin comprender nada. ¿Por qué demonios el que iba primero abandonaba ahora la carretera mucho antes de llegar al objetivo?

Eme abandonó la carretera a Tres Cantos por la salida 17. Se había despegado lo suficiente del coche de la Guardia Civil. En ese tramo, la niebla se espesaba. Los agentes no podrían contar con cobertura aérea. Eme se encontró con el acceso al campus de la Universidad Autónoma de Madrid. A su izquierda había un campo de rugby cubierto de escarcha. Encontró un espacio libre para aparcar y encajó el Hyundai en una sola maniobra. Salió del coche y cruzó la calle hasta entrar en el desierto terreno de juego. Un pequeño grupo de cotorras argentinas muertas de frío alzó el vuelo desde un árbol, haciendo un ruido infernal. Aún iba en ropa de deporte, shorts muy cortos, camiseta de tirantes bajo un cortaviento que se quitó y dejó tirado en una esquina. Se echó al suelo helado y empezó a hacer flexiones. Desde la calle, la riada de alumnos que corrían a sus facultades apenas prestaba atención a ese gigante vigoréxico que hacía ejercicio sobre la escarcha, a dos grados bajo cero.

Mientras el coche de la Guardia Civil pasaba despacio por la calle que había recorrido el Hyundai, Eme mantuvo la mirada fija en el césped, como si lo único que le importase en ese momento fuera fortalecer sus pectorales. Miró el reloj. Estaba perdiendo demasiado tiempo. Quedaban veinte minutos para que comenzara su hora de riesgo.

La ambulancia se detuvo ante el coche de la Guardia Civil. Dos sanitarios, con mono rojo lleno de tiras reflectantes, saltaron sin perder un segundo. Uno llevaba un maletín.

—Es una moto —anticipó un guardia.

—¿Dónde está?

—Allí, detrás del coche patrulla.

—¿Dónde?

—Allí, hombre.

—¿Allí? Allí no hay nada.

Cuando el coche de la Guardia Civil desapareció, Eme regresó al Hyundai y volvió a la M-607. Condujo hasta la salida 19. Tomó una avenida que atravesaba una zona de magníficos chalés. Pronto, las parcelas ajardinadas y los tejados a dos aguas dieron paso a un urbanismo de polígono: naves cuadradas, desvencijadas, calles amplias mal asfaltadas, gravilla suelta, postes atravesados por marañas de cables, contenedores de escombros. El GPS de la aplicación de la Ronda decía que su destino se encontraba unos metros más adelante. Fue entonces cuando oyó el estruendo de un potente motor a su espalda. No podía ser otra cosa que una moto de gran cilindrada. Miró el reloj: las nueve cincuenta y ocho.

Hernán condujo por la M-607 hasta la salida 19. Tomó una avenida que atravesaba una zona de magníficos chalés. Pronto, las parcelas ajardinadas y los tejados a dos aguas dieron paso a un urbanismo de polígono: naves cuadradas, desvencijadas, calles amplias mal asfaltadas, gravilla suelta, postes atravesados por marañas de cables, contenedores de escombros. Detuvo la moto para poder mirar su móvil. El GPS de la aplicación de la Ronda decía que su destino se encontraba unos metros más adelante. Avanzó en segunda hasta el punto indicado. Al ver el recinto, Hernán entendió de inmediato por qué el Arquitecto lo había escogido como sede. Parecía una edificación industrial casi en ruinas. Pero era una fortaleza. Constaba de un vasto patio que rodeaba por los cuatro costados una gran nave. El patio no se cerraba mediante vallas de malla, sino con muros de hormigón de varios centímetros de grosor rematados con concertinas. El portón de acceso al recinto, entreabierto, parecía acorazado. Había que traspasarlo y, después, una vez en el patio, buscar la puerta de entrada a la nave. Subió la Honda a la acera. Detuvo el motor.

Sintió algo en la muñeca izquierda. Alguien acababa de esposársela al manillar de la moto, nada más quitarse el guante. Con la mano libre, levantó la pantalla del casco. Una figura gigantesca se alejaba, hacia la entrada a la nave, mirando hacia atrás, dirigiéndole una sonrisa burlona y una peineta con el dedo. Era Eme. Había estado esperándolo tras un contenedor de basuras y, en un descuido, se había acercado a él. El casco le había impedido oír sus pasos. Le había colocado las esposas con la velocidad de un carterista. Hache no podía imaginar cómo había burlado Eme al coche de la Guardia Civil que había visto salir en su persecución tras el accidente.

Miró la hora. Las diez. Hora de riesgo.

Otro hombre más, el quinto, se mantenía encerrado en el gran despacho que reservaba para sí en su palacete de Abu Dabi. El turbante *al-hatta* empezaba a empapársele con el sudor de la frente, porque su mujer y su hija le habían apagado el aire acondicionado.

—¡Papá, papá! ¡Llegamos tarde a la ceremonia! —gritaba, al otro lado de la puerta, la hija.

—¡Sal de una vez de tu cueva, mamarracho! —gritaba la mujer.

—¡Un momento, solo un momento! ¡Estoy haciendo algo muy importante!

—¡Qué puede ser más importante que la boda de tu hija, miserable!

El hombre oía las voces de aquellas dos mujeres a las que adoraba. Pero le daba igual. Podía llegar tarde. Podía llegar tarde y decir a todos los invitados que se fueran a sus casas, que la boda se aplazaba hasta el día siguiente. Tenía dinero para hacer desaparecer aquella boda y encargar otra exactamente igual, lista para el día siguiente. Lo prioritario residía en aquella pantalla. Dos flechas rojas, juntas, frente a su destino final. En el momento en que, para una de ellas, comenzaba la hora de riesgo. El hombre quiso imaginarse la escena. Por desgracia, los gritos de su mujer no se lo permitían.

Maurice, Eme, iba a entrar en aquella nave e iba a cobrarse el reto bonificado como un general romano que pasa bajo un arco del triunfo. Hache estaba neutralizado y nadie esperaba a I. Un latigazo le arrancó parte de la piel del gemelo. La rodilla se le dobló y cayó. Miró hacia atrás. Vio a Hache, aún atado a la moto, haciendo lo posible por apuntarle con su pistola. Por suerte, el frío le había mermado la puntería. Volvió a disparar. Eme se movió lo justo para que la bala no le atravesara el cráneo.

«Si seré gilipollas…», se dijo. No se había dado cuenta de que su hora de riesgo comenzaba. Ahora. Ya.

Antes de darle a Hernán una tercera oportunidad para disparar, Eme se introdujo por el espacio que dejaba el portón entreabierto.

El novato Hache estaba descubriendo que jugar a la Ronda no solo era cosa de sigilo y de velocidad. También tenía mucho de estrategia. En aquel mismo instante, Eme creía llevar la iniciativa con sus últimos movimientos. Sin embargo, no era así. A Hernán ya no le importaba llegar el primero a cobrarse el reto bonificado. Lo que quería era que Eme hiciera el trabajo sucio. Y, luego, pegarle un tiro, para robarle todos sus puntos. Tenía una hora entera y un recinto industrial a su disposición, desierto, sin testigos, para lograrlo. Tan solo tenía que desencajar la maneta de embrague de la moto para liberar su mano. Pan comido. Se quedaría con todo el trabajo de Eme y ganaría la Ronda después de haber matado a un único hijo de puta en todo el mes. Desatornilló la maneta con las herramientas que guardaba bajo el sillín y quedó libre.

Una vez hubo cruzado el portón, se halló en una pista asfaltada que separaba el muro de las paredes de la nave. Desde ahí, el edificio no mostraba ninguna abertura, por lo que supuso que la entrada principal se encontraría en el lado opuesto. Había un rastro de sangre de Maurice que conducía en esa dirección. Hernán no tenía la menor intención de seguirlo. Examinó el terreno. Solo existía una salida: aquel portón que habían cruzado.

Hernán localizó una discreta entrada alternativa a la nave, en un costado del edificio. Una portezuela entreabierta que dejaba ver unas escaleras metálicas ascendentes. Sobre la portezuela había un balconcillo, por lo que supuso que las escaleras le llevarían allí. Un lugar perfecto para apostarse a esperar el regreso de Eme. Cruzó la portezuela con la pistola desenfundada. Fue suficiente.

La mano de alguien oculto tras ella agarró el arma por el cañón. De un tirón, introdujo a Hernán como si fuera un muñeco de peluche. Se fue de cabeza contra las escaleras metálicas. Luego una fuerza inconmensurable lo agarró por la nuca y le golpeó la cara contra un peldaño dos veces seguidas.

Cuando Hernán estuvo medio atontado, Maurice se detuvo. Se quedó con su arma. Se aventuró al exterior, cerró la puerta tras de sí, cruzó una barra metálica por el tirador. Estaba atrancada. El cazador había sido cazado.

—¿Te ha gustado la trampa? —preguntó Maurice, con alegría.

—Hijo de puta… Hijo de puta… —decía Hernán, al otro lado de la puerta.

—No te enfades, no ha sido nada personal. Solo quería asegurarme de que me dejabas en paz de una puta vez. Por cierto, no te molestes en subir las escaleras: el acceso al balcón tiene un cerrojo. Estás totalmente encerrado. —Dejó pasar unos instantes para que Hernán se calmara y volvió a preguntar—: ¿Duele?

—No —respondió Hache—. ¿Vas a matarme ahora?

—¿A matarte? Déjame que lo piense. Dime, ¿cuál es tu hora de riesgo?

—Ninguna. No tengo ninguna hora de riesgo.

—Claro que no la tienes. Porque eres un gilipollas y no has conseguido matar a nadie. Seguro que tu Promotor está feliz, ¿verdad? Él es el que querrá matarte. A mí no me serviría de nada.

—Te descalificarían de la Ronda.

—¡Exacto! Lo que voy a hacer es dejarte ahí encerrado hasta que encuentres una forma de salir. Dale aviso al Arquitecto, por favor, no sea que te mueras de sed y digan que te he matado yo al emparedarte. ¿Sangras?

—Creo que está parando, pero aquí dentro no hay mucha luz.

—Bien, bien. Tienes tu teléfono, ¿no? Supongo que algún

Capataz vendrá a buscarte. Ya me contarás qué tal te ha ido. En cuanto a mí, aguza tu oído, chaval. Dentro de un par de minutos, cuando oigas un disparo, sabrás que así es como suena un hombre al hacerse millonario. ¡Nos vemos en 2025!

El sexto hombre flotaba en un yate de treinta y nueve metros de eslora en mitad del mar Adriático. Se encontraba a solas, tumbado en la cama del camarote principal, con el ordenador portátil sobre la barriga. Las vacaciones estaban siendo un coñazo. Demasiado sol. Demasiada familia. Demasiados aduladores. Demasiado pescado. Sin duda, el tener que fingir que uno disfrutaba de esas cosas era lo peor de ser rico. Lo mejor, por el contrario, era la garantía de que, incluso en mitad del mar, uno iba a poder disponer de conexión a internet y acceso a la app de la Ronda. Le habrían fletado su propio satélite, de haber sido necesario. La velocidad de conexión le permitía tener abiertas todas las ventanas HD que mostraban a Seito en diferentes encuadres. En apenas unos pocos segundos, uno de los participantes entraría allí y le pegaría un tiro para ganar la Ronda. El acontecimiento del año. El momento decisivo. En directo ante sus ojos. La venganza perfecta contra el policía que había causado la muerte de su Peón y, sin embargo, amigo, Javier Laínez.

Eme caminó con muchísima tranquilidad hacia la entrada principal de la nave. La pantorrilla herida le escocía y el frío le mantenía la piel de las piernas desnudas dura como el esmalte. Pero el reguero de dopamina y endorfinas impulsado por su corazón aliviaba cualquier dolor.

Empujó la puerta de entrada con el cañón de la pistola. El espacio de la nave se encontraba desierto. Muy típico del Arquitecto, dejar al reto bonificado solo, atado, esperando la muerte, como hacen los malos de las películas de James Bond. Vio los focos iluminando, todos a una, la butaca. Un hombre agotado, Juan Luis Seito, volvió la mirada hacia él. Localizó rápidamente las cinco cámaras que registrarían ese momento glorioso. Los seis Promotores, seis de las personas más importantes del mundo, atentos a sus pantallas, iban a contemplar cómo él, Maurice Lemaitre, tocaba el cielo.

Entró en la nave. Se acercó al hombre atado a la butaca. El cautivo no se molestó en gemir. Sonó el disparo.

69

El Chanclas fue el primero en bajarse de la furgoneta. Golpeó dos veces en la caja y las puertas se abrieron con energía. De ella salieron otros cinco agentes con el equipo de asalto. Habían llegado al polígono justo a tiempo de ver cómo un hombre joven se liberaba de los grilletes con que lo habían esposado a una moto y corría tras un tipo que era una mole. El grupo se desplegó y se adentró en el recinto casi amurallado. Formaron dos grupos de tres que avanzaron hombro con hombro. En ambos tríos, quien quedaba en el centro sostenía un escudo blindado. Los de los extremos mantenían los subfusiles en alto. Había marcas de sangre en el suelo. Provenían de la herida que el gigante tenía en la pantorrilla.

En el momento en que el tipo herido desplazó la hoja de chapa de entrada a la nave, los seis GOES ya habían conseguido recortar la distancia otros diez metros. El trío del Chanclas dobló la esquina del edificio abriéndose para hallar ángulo de tiro, mientras el otro trío quedaba a resguardo junto a la pared. Comprobaron que, al entrar, el sicario se había dejado la puerta abierta. El sospechoso avanzaba muy despacio. Estaba nervioso. Llevaba la pistola con silenciador levantada y apuntaba a todas partes, como si no acabara de fiarse. El interior de la nave se hallaba mucho mejor iluminado que el exterior, donde las nubes bloqueaban los rayos del sol. De no ser así, ningún miembro del GOES habría sabido qué sucedía dentro, por el contraste entre luz y oscuridad. Sin embargo, la puerta abierta era como una televisión en alta fidelidad. Allí dentro había un tipo atado a una butaca, varios focos lo apuntaban. Lo reconocieron en cuanto levantó la cabeza.

El Chanclas golpeó el hombro de un agente, que se arrodilló de inmediato y se llevó la mira del subfusil al ojo. Apuntó al grandullón, que se acercaba al objetivo, al reto bonificado, atado a la butaca. Se oyó el grito:

—¡Policía, suelte el arma!

El asesino se volvió. Disparó hacia el equipo, en un gesto instintivo. El proyectil impactó contra el escudo blindado que sostenía el Chanclas, a pocos centímetros del rostro del GOES que apuntaba. Este dejó volar el dedo índice. Sonó la detonación. Un blanco fácil a esa distancia. El gigante cayó al suelo. La bala le había atravesado el corazón.

Ahora, en el marco que formaba el gran umbral de la puerta, solo estaba Seito, atado a un butacón grande y blando. El inspector no hablaba, pero el agente que lo observaba por la mira telescópica supo comprenderlo: el inspector giraba el cuello a derecha e izquierda como si estuviera presenciando un partido de tenis. Dirigía la mirada a dos puntos a cada lado de la puerta, como señalando con las pupilas.

—¡A cubierto! —gritó el GOES.

Una lluvia de balas salió expelida desde la nave. El Chanclas se arrodilló, clavando el escudo en el suelo, y los dos agentes de su trío se refugiaron rápidamente detrás. Mientras tanto, el otro trío doblaba la esquina y comenzaba a avanzar sin perder el cobijo de la pared. Adivinaron que había dos tiradores, uno tras cada jamba. El Chanclas aguantó cuatro, cinco, seis impactos de balas que quedaban aplastadas contra el escudo blindado. Los cañones de los subfusiles de los GOES apenas tenían tiempo de asomarse para efectuar un disparo. Además, podían darle a Seito. Cuanto más tiempo permanecían allí agazapados, más posibilidades tenían de caer.

Por suerte, el otro trío se deslizaba hacia la puerta sin ser visto. Un agente tomó la iniciativa. Separó su cuerpo de la pared solo un paso. Un movimiento seco y rápido. Ganó el mínimo ángulo necesario. El GOES vio a un tirador pegado a la jamba, disparando a discreción con una Ingram contra el grupo del Chanclas. Le bastó con ese instante para apretar el gatillo de su viejo MP5. El hombre del Arquitecto cayó fulminado.

Quedaba otro. Debía de tener una automática de gran calibre, un Kaláshnikov por lo menos. Se cubrió tras la hoja del portón abierto y disparó, perforando la chapa, con intención de alcanzar al segundo trío. Uno de los agentes cayó herido. Los otros dos se arriesgaron a continuar. El de vanguardia clavó el escudo y el otro lo siguió. El trío del Chanclas avanzó de inmediato.

Pero el otro hombre del Arquitecto había reaccionado. Se había situado en el lugar más incómodo: delante de Seito.

—¡Tira el arma! —insistió el Chanclas; ahora podía ver a un tipo moreno, de ojos fieros, que no parecía ni tan siquiera sudar. Retrocedió hasta encontrarse a la altura de Seito. Y entonces se refugió tras la butaca convirtiendo al inspector en su escudo humano.

—¡Quiero que me traigan un coche y que me dejen salir de aquí! —se puso a gritar en inglés—. O mato a este tío.

El cañón del 38 corto de Dulce O'Rourke se apoyó en la nuca del Capataz. Este, agachado tras la butaca, miró con el rabillo del ojo y llegó a ver la figura erguida de la inspectora.

—Tira esa mierda de arma, hijo de puta —dijo O'Rourke en inglés—. O te meto una bala por el culo.

70

Seito supo mantener la compostura unos segundos. Respiraba con inhalaciones cortas, irregulares. Las manos le temblaban lo poco que las bridas permitían. Sin embargo, toda aquella apariencia se derrumbó al suceder algo que no esperaba: O'Rourke se lanzó hacia él y lo abrazó. Lo hizo con la inexorable idea de que, a pesar de todo, el mundo era mejor con Seito que sin él. Al inspector le empezaron a manar lágrimas. Aún estaban abrazados cuando dos GOES regresaron a la nave, tras un reconocimiento. Habían ido a buscar al tipo de la moto que estaba encerrado tras una puerta metálica. Pero habían encontrado la puerta abierta y el interior vacío.

—¿Y la moto? —preguntó el Chanclas.

—Sigue ahí, pero no hay ni rastro del sospechoso.

En aquel momento, eso era lo que menos le importaba a Seito.

—¿De dónde coño has salido, O'Rourke? —consiguió decir.

—He encontrado una ventana rota en un vestuario, me he colado por ahí y he pillado a este tío por la espalda.

—No, no, quiero decir que cómo habéis llegado hasta aquí, hasta este lugar.

O'Rourke sacó su móvil del bolsillo y le mostró a Seito lo

que se veía en la pantalla: un mapa similar a los de Google con una flecha de ubicación que señalaba su ubicación actual.

—¿Te suena esto de algo?

Sí que le sonaba. Era la interfaz de una app de geolocalización. Seito la había usado tan solo unos días antes para encontrar el coche de Laínez en un aparcamiento cercano a Ventas. El director de la agencia de alquiler de vehículos R-Car le había dado todos los detalles de su funcionamiento. Y le fue de gran utilidad.

—¿Dónde colocasteis el localizador GPS?

—Estaba en un sobre, en tu escritorio, como parte de las pruebas del caso. Rodrigo lo vio y tuvo una buena idea. Le pedimos permiso a Patti Smith para metérselo… en la… vagina.

Seito no pudo contener un gesto de estupefacción.

—¿Y la dejasteis escapar con eso metido en el coño? ¿Y ella os trajo hasta aquí?

O'Rourke resopló.

—No es tan sencillo.

Explicarle todo lo sucedido a Seito, ciertamente, no era en absoluto sencillo. No había estado presente durante el interrogatorio con Molowny. No sabía qué era la Ronda, ni cómo funcionaba. No tenía ni idea de cuántos asesinos merodeaban aún por Madrid, buscando víctimas para su juego sádico. Mientras le quitaba las bridas de las manos, tuvo que escoger qué le contaba primero.

Tras el asalto con el todoterreno y la granada aturdidora, O'Rourke y Rodrigo tardaron unos minutos en recuperarse. Les pitaban los oídos. Les costaba enfocar la vista. El olor a magnesio quemado anegaba su sentido del olfato. En cuanto notó que las piernas le respondían, Dulce salió a través del marco dónde debería encontrarse el parabrisas, la única vía de escape posible. Se arrastró sobre el capó y cayó al asfalto. El mareo se apoderó de sus piernas y tuvo que arrodillarse. Luego vomitó. Se palpó los oídos. Uno le sangraba. Se palpó la cara. Notaba puntos húmedos: heridas, heridas por todas partes. Miró su coche. Nunca saldría de aquel túnel por sí mismo. La carrocería, como una cajetilla de tabaco que se arruga antes de tirarla a la basura. Los ejes, torcidos. Todos los asaltantes habían huido en el enorme Mercedes todoterreno. Y se habían llevado a Molowny.

O'Rourke estiró el brazo para ofrecer su ayuda a Rodrigo. Al salir del coche, la subinspectora no dijo una sola palabra. Se limitó a tomar su móvil con urgencia. Abrió la aplicación que previamente se había descargado y vinculado al microdispositivo antirrobo del Cupra Formentor de Javier Laínez. Sobre el mapa que apareció en pantalla se iluminó un aviso en rojo: *Low* GPS *signal*, decía.

—¡No da señal! —gritó Rodrigo, alarmada.

—¡Salgamos del túnel!

Corrieron al exterior. Rodrigo miró el telón de nubes que ganaban espesor en el cielo. La previsión meteorológica lo había anunciado. De madrugada se cerraría la niebla.

—Ese dispositivo GPS es pequeño y, con estas nubes, no tiene potencia suficiente para conectar con el satélite. Más aún al estar escondido en la vagina de una mujer con un suelo pélvico envidiable para su edad.

En efecto, la aplicación insistía en que la señal GPS era débil.

—Mierda —se limitó a decir O'Rourke.

—Llamaré a la Jefatura.

—No, no, Laura, espera. No podemos llamar a la Jefatura: los topos se enterarían de lo del geolocalizador y lo desconectarían.

—¿Y qué hacemos?

—Primero descubrimos adónde van y luego damos aviso a Álvarez-Marco. Tú sigue tratando de conectar con la señal de GPS. Yo voy a conseguir un coche.

—No, O'Rourke, tenemos que dar aviso ahora que no se habrán alejado mucho, y aún se puede bloquear alguna calle. Si no, la van a matar.

O'Rourke miró a lo lejos. Tan solo podía ver el chorro de la fuente de los Delfines de la plaza de la República Argentina. Le sorprendía que no se hubiera congelado ya, atrapando a esos seis cetáceos de bronce en su interior.

–¿Es que no lo entiendes, Rodrigo? Ese geolocalizador podría indicarnos dónde han metido a Seito. Podría salvarle la vida –dijo O'Rourke, y a punto estuvo de añadir «si es que sigue vivo», pero logró contenerse–. ¿Molowny? ¡A Molowny, que la follen! ¡Es una psicópata!

–Está bien, está bien. Que la follen.

–Eso es –culminó O'Rourke–. Que la follen. Y ahora voy a conseguir un puto coche.

Un cuarto de hora después, el rugido de un motor de competición irrumpió en el barrio. El Octavia blanco, como un taxi, el mismo que había utilizado O'Rourke en la carrera ilegal, sin una sola pegatina que desvelase su verdadero espíritu, entró en la rotonda. Dulce le hizo señas desde la acera. Frankie aparcó en doble fila. Dulce sonrió al verlo bajar torpemente del incómodo habitáculo. Frankie, por su parte, la miró horrorizado al encontrarla llena de heridas y suciedad.

–Dulce, pero ¿qué…? Vamos, vamos a un hospital y...

–¿Qué tal la rubia? –cortó O'Rourke.

–Pero ¿qué rubia?

–La que vi que salía de tu taller hace una semana.

–No estoy con esa rubia. Y si estuviera con ella, la mandaría a la mierda a cambio de que me dejaras llevarte a un hospital y decirte…

No tuvo tiempo de seguir. Rodrigo irrumpió a la carrera, con el móvil en la mano.

–¡Tengo una ubicación! ¡Tengo una ubicación! –gritaba.

–Debería celebrarlo –murmuró Dulce–. Pero me cago en todo.

Entonces miró fijamente a Frankie. Se abalanzó sobre él y empezó a besarlo. El mecánico tardó en reaccionar. En cuanto comprendió que podía creerse lo que estaba pasando, rodeó a Dulce con los brazos. El beso terminó, porque todo termina, especialmente lo bueno.

—¿Y... esto? —preguntó Frankie.

Aquella pregunta no era fácil de responder sin haber estado en la piel de O'Rourke durante las últimas veinticuatro horas.

—Es que he empezado a decir palabrotas otra vez y, ya te lo he contado: cuando pierdo el control del puto lenguaje pierdo el control de todo lo demás.

Frankie se quedó mirándola, tratando en vano de pronunciar alguna palabra, mientras ella se subía al viejo Octavia y le indicaba a Rodrigo que ocupase el asiento del copiloto.

—Tengo que decir palabrotas más a menudo, joder —dijo para despedirse.

Luego arrancó y pisó el acelerador. El coche salió disparado hacia la ubicación que indicaba la app antirrobo.

Frankie se quedó solo en mitad de la glorieta, observando la luz intermitente de los coches de la Policía Municipal detenidos en la boca del túnel donde habían hallado un amasijo rojo perla veneciano vacío.

—¿Y ahora cómo vuelvo yo a casa?

71

MARTES, 11.00 H. TRES CANTOS

La niebla había empezado a disiparse cuando Rodrigo irrumpió en la nave. Verla le produjo a Seito una alegría insólita. Casi deseaba uno de sus consejos: cuidado con el efecto del estrés en los esfínteres o con la sepsis en la boca, favorecida por la sequedad. Pero ella se limitó a decir:

—Tenéis que ver algo.

Los condujo hasta un destartalado cuarto de mantenimiento lleno de polvo y veneno para ratones. En el suelo había dos bultos envueltos en plástico de burbujas. El tamaño de ambos coincidía con el de una persona. Seito se arrodilló junto al más pequeño, a la altura de lo que debía de ser la cabeza. Las profusas vueltas que le habían dado al plástico alrededor del cadáver impedían reconocer sus rasgos. O'Rourke encontró un cúter sobre una estantería y se lo tendió al inspector, que cortó el envoltorio, con cuidado de no alcanzar la piel de la víctima. Tras unos segundos, el rostro quedó al descubierto.

En ese estado, pensó Seito, ya no se parecía nada a Patti Smith. Había perdido todo el gesto de pasión, la inteligencia en los ojos, la actitud en la pose. Allí no había fuerza. Se había convertido en palidez e hinchazón.

—No habrías podido salvarla —le dijo Seito a Rodrigo en voz

baja, recordando lo que Dulce le acababa de contar–. Pero me habéis salvado a mí.

Para eludir cualquier posible comentario, Rodrigo hizo una pregunta:

–¿Tenemos que recuperar ahora el microdispositivo GPS?

–Ya se encargará otro –respondió O'Rourke.

Seito se sirvió otra vez del cúter para descubrir el rostro del otro cadáver. Cuando lo hizo, se quedó lívido.

–Me cago en su puta madre –murmuró.

O'Rourke y Rodrigo tampoco eran capaces de articular palabras mucho más inteligentes. El inspector jefe Ramón Bastero, de la Policía Científica, los miraba con unos ojos inertes, sin brillo. Seito volvió a sumergirse en un estado de estupor similar al que había sentido cuando estaban a punto de ejecutarlo.

–Durante las últimas horas han pasado muchas cosas, Seito –explicó O'Rourke–. Bastero era el infiltrado. O, al menos, uno de ellos. Le encontrarás sentido cuando escuches la historia completa. Pero aún tenemos cosas que hacer.

–¿Aún tenemos cosas que hacer?

–Sí. Por lo menos quedan dos asesinos activos en la Ronda.

–¿La Ronda?

–Sí, sí, ya lo entenderás. Quedan dos asesinos activos: el que se ha fugado de la nave y otro que no conocemos. Pero, sobre todo, tenemos que localizar al Arquitecto. Tampoco sabemos quién es.

Para sorpresa de O'Rourke, esta frase no desencadenó ningún gesto de confusión en Seito. Todo lo contrario.

–Yo sé quién es el Arquitecto. Ha estado aquí, conmigo, hace unas horas. Es un tipo rubio, inglés, blandito…

Los tres policías se precipitaron fuera de la sala de mantenimiento. O'Rourke echó un vistazo. El aroma a pólvora no se había desvanecido. El olor a hierro de la sangre comenzaba a competir con él. Los focos del rodaje permanecían encendidos. Los dos cadáveres, el del gigante y el del otro Capataz, seguían allí. El superviviente continuaba esposado a una tubería. Seito sabía que se llamaba Zahavi. Tomó la delantera. A medida que avanzaba hacia Zahavi, se concentró en la ira, el miedo y la impotencia que había sufrido aguardando la muerte. Y los impulsó a través de los nervios hacia los músculos del pie derecho. Le estrelló la puntera del zapato en el mentón.

–¿Adónde se ha ido tu jefe, hijo de puta? –le gritó.

El Capataz escupió a la cara del inspector una flema roja cargada de grumos que se estrelló contra sus ojos. Seito notó que algo afilado le arañaba la córnea. Entendió que era la raíz de un diente que acababa de desprenderse del interior de la boca del esposado. O'Rourke intentó hacer el papel de poli bueno, o poli no tan malo, hablándole en inglés.

–Mira, imbécil, por esa cara que estás poniendo, supongo que crees que estás protegido –dijo, y se dispuso a usar las armas que Molowny le había entregado, incluyendo el único nombre que conocía–. Piensas que, porque todopoderosos como Guillermo Ariza están en el ajo, saldrás de esta de rositas. Pero no es así. Sabemos qué es la Ronda y cómo funciona.

El tipo, con rostro burlón, fingía no entender nada. Murmuraba entre dientes palabras en un idioma extraño, como si se estuviera contando un chiste a sí mismo.

–Tú comprendes mejor que nadie lo que le ha pasado a Molowny –siguió O'Rourke–. Tenemos información, ¿entiendes? Ella nos ha contado más de lo que crees. No nos costará nada decir que el chivato has sido tú.

–Sois idiotas, españoles –respondió, por fin, en inglés–. ¿Veis todas las cámaras aquí instaladas? Ellos lo han visto todo. Saben lo que valgo. Y saben lo que valía Molowny, esa zorra bocazas. Lo saben todo.

O'Rourke tomó a Seito del brazo y lo separó unos pasos.

–Es inútil, Seito –le susurró–. No le damos miedo. No más que sus jefes.

–¿Y qué quieres que hagamos, que dejemos escapar al responsable que planeó mi ejecución?

—No, no… Nosotros no le damos miedo. Pero se me ocurre que aquí hay alguien que igual sí.

Ambos lanzaron una mirada simultánea al Chanclas. Se encontraba en la puerta, junto a dos de sus hombres. Habían ayudado a introducir al agente herido, para protegerlo del frío. Le daban ánimos. La herida no era letal.

—¿Dónde coño está la ambulancia? —gritaba uno, con mucho dramatismo.

Los inspectores abordaron de frente al jefe del equipo.

—¿Qué son esas caras? —preguntó el Chanclas.

—Ahí dentro… —dijo O'Rourke, señalando la puerta del cuarto donde descansaba el cadáver de Bastero.

—Para, para, para —lo interrumpió el Chanclas con su voz ronca—. Sea lo que sea que haya ahí dentro, ¿está vivo y va armado?

—No.

—Pues entonces no es mi trabajo. Ya he tenido suficiente con vosotros esta semana.

El Chanclas se levantó y salió a tomar el fresco. O'Rourke lo persiguió.

—Uno de los cadáveres que hay en el cuarto de mantenimiento… es Bastero.

el Chanclas dio media vuelta y se quedó mirando a O'Rourke. Tres intervenciones en cinco días, dos agentes heridos, Seito salvado en el último minuto, O'Rourke y Rodrigo con los rostros salpicados de cortes… Y, ahora, un compañero asesinado.

—O'Rourke, ¿qué cojones está pasando aquí?

—Necesitaría toda la mañana para explicártelo.

—Pero ¿por qué no me lo explica Álvarez-Marco?

—No lo sé. Supongo que porque él tampoco lo entiende.

—¿Quién es el responsable de todo esto?

—No conocemos su nombre, pero Seito puede identificarlo.

—¿Dónde está?

—El tío que está esposado al radiador podría decírnoslo. Pero se niega.

El Chanclas examinó desde lejos al Capataz, que seguía sonriendo y murmurando para sí. Estaba claro que el GOES comprendía lo que le estaba pidiendo O'Rourke.

—El tipo es grande —comentó con indiferencia.

—Sí que lo es —contestó O'Rourke.

—Si supiéramos someterlo a un interrogatorio profesional, calculo que tendríamos un cincuenta por ciento de posibilidades de hacerlo hablar. Como no sabemos, nuestras posibilidades aumentan hasta el noventa por ciento.

—Eso pienso yo —contestó O'Rourke.

—Esperad fuera. Cuando los GOES intervienen, los demás dejan paso.

El Chanclas les hizo una seña a sus hombres. Cerraron la puerta de la nave.

Seito, Rodrigo y O'Rourke quedaron a la intemperie. Parecía que algún mínimo copo de nieve quería escapar de aquel manto de nubes. Pero no rompería a nevar. Desde el interior del edificio comenzaron a oírse gritos.

—¿Has vuelto a la llamar a la Jefatura? —le preguntó O'Rourke a Rodrigo.

—Sí —contestó la otra, fingiendo que no oía el alarido—. Solo me han dicho que esperemos, que están en camino.

—Seito —dijo O'Rourke, mientras le tendía el teléfono a su compañero—, ¿por qué no llamas tú al jefe y le dices, al menos, que estás vivo?

El inspector aceptó el teléfono. Marcó de memoria el número de Álvarez-Marco.

—También le interesará saber que Bastero está muerto.

Álvarez-Marco contestó de inmediato. Su voz sonaba alarmada, como quien tiene un familiar en urgencias y espera noticias.

—¿O'Rourke? —preguntó el jefe, sin saludar.

—Jefe, soy Seito.

Por la línea se oyó un suspiro de alivio tan poderoso que casi podría haber llegado a oídos del inspector sin necesidad de teléfono.

—Alabados sean Dios y todos los santos —dijo Álvarez-Marco—. Joder, joder, joder. ¿Estás bien?

—Físicamente, sí. Pero me he cagado en los pantalones. Jefe, tengo que decirte… Hemos encontrado un cadáver. No sé cómo explicarlo, porque ni yo mismo lo entiendo muy bien. Es Bastero.

Álvarez-Marco mantuvo un prolongado silencio.

—De acuerdo —dijo por fin, pero entre dientes, como si hablara solo—. Ya no podemos hacer nada por él. Todo ha terminado.

—¿Cómo que todo ha terminado? ¡Aún tenemos que pillar a ese tipo, al Arquitecto!

—¿Qué?

—El Arquitecto, el organizador, el maestro de ceremonias, o como quieras llamarlo. Yo lo he visto, conozco su cara, podemos cogerlo.

—Ya sé quién… Seito, Seito, Seito… No —contestó Álvarez-Marco con mucha suavidad, como si intentase consolar a un niño que se ha hecho daño en la rodilla—. Volveos a la Jefatura, de eso se encargará otra unidad.

Seito había elevado el tono. El estrés de las últimas horas seguía abasteciéndole de ira.

—¿Otra unidad? ¿Qué coño dices, jefe?

—Esto ya no nos compete.

—¿Qué otra unidad? ¿Información? ¿La UCE-2? ¿El CNI?

—No, no… No sé.

—Pues coño, dime algo. Algo convincente, porque me he pasado la noche atado a una silla, esperando que vinieran a matarme.

—Volved a la Jefatura, Seito, ahí te explico.

En ese momento, se abrió con violencia la puerta de la nave. El Chanclas asomó medio cuerpo.

—El tipo que buscáis está en la Terminal Ejecutiva del aeropuerto. Un vuelo privado lo llevará a Dubái. Despega dentro de media hora.

Al otro lado de la línea, el jefe seguía hablando:

—Seito, volved a la Jefatura, por favor.

—¡Manda a todos los efectivos que puedas a la Terminal Ejecutiva de Barajas! —gritó Seito antes de colgar.

72

El viejo Skoda Octavia de Luis Climent avanzaba hacia el aeropuerto como un niño por un tobogán. Seito se agarraba adonde podía cuando Dulce daba volantazos al adelantar o esquivar. Unos granos de sal, dispersos por el asfalto para evitar placas de hielo, repiqueteaban contra el parabrisas. O'Rourke tomó la última rotonda con un espectacular sobreviraje. Así accedieron al aparcamiento de la Terminal Ejecutiva. Se acercaron al estupefacto guardia de la garita de seguridad. Lo que este vio fue un taxi que petardeaba por el tubo de escape; al volante, una mujer con la cara llena de cortes que sostenía una identificación de la policía, acompañada por un hombre lívido con ambas manos envueltas en vendas ensangrentadas. Les abrió la barrera sin hacer preguntas.

En el aparcamiento, O'Rourke detuvo el coche. Señaló un vehículo estacionado en la zona de bajada de viajeros.

—Es el Mercedes que nos embistió en el túnel de República Argentina.

Seito lo reconoció enseguida.

—También es el Mercedes en el que me llevaron a la nave de Tres Cantos.

La ventanilla del todoterreno estaba abierta. En su interior, Seito identificó a dos personas. La mujer afroamericana que ha-

408

bía disparado el táser contra él y el hombre bajo, moreno y barbudo que le había hablado en castellano mientras lo retenían en el vestuario.

—Son guardaespaldas del Arquitecto —dijo el inspector—. Si nos enfrentamos a ellos, le estaremos regalando un tiempo precioso para escapar. ¿Dónde están los refuerzos?

O'Rourke miró el reloj.

—El vuelo embarca dentro de cuatro minutos. No podemos esperar más.

Seito suspiró.

—Necesitaríamos lanzarles un misil para impedir que bajasen del coche.

O'Rourke alzó las cejas y dejó aflorar una sonrisa.

—¿Sabes, Seito? Estás sentado sobre uno.

—Joder, O'Rourke, no me jodas, estás loca…

Ella metió primera. Pisó el acelerador. Y soltó el embrague de golpe. El coche salió como un cañonazo. Apuntó contra el costado del Mercedes, como un Zero japonés buscando la santabárbara de un portaaviones en la batalla de Midway. Justo un instante antes del impacto, O'Rourke se volvió a Seito y le dijo:

—¡Loca, tu puta madre!

El morro se insertó bajo la batalla del Mercedes a tal potencia que lo levantó y lo hizo volcar. Aplastó un cubo de basura y tronchó el asta de una bandera española que cayó sobre el vehículo con gran solemnidad.

La cabina de aquel Skoda Octavia era una caja blindada de barras antivuelco, para salvar la vida de conductores que circulaban a doscientos por los caminos de Kenia. Los ocupantes del Mercedes, que fumaban despreocupadamente con las ventanillas bajadas, no contaban con semejante protección. Su esqueleto crujió, su cuello se dobló como un junco azotado por un huracán, su cerebro rebotó en las paredes del cráneo. El Mercedes quedó boca abajo, los guardaespaldas pegados al techo. O'Rourke y Seito apenas tardaron unos segundos en recuperarse de la conmoción y abandonaron el Skoda por su propio pie. Ella echó una última mirada al coche de Luis Climent. Todo el morro había quedado aplastado. El motor asomaba, como una fractura abierta que dejase ver las costillas.

—Tenías razón, Frankie, me lo he cargado —dijo—. Siempre tienes razón en todo.

Corrieron al interior de la pequeña terminal. La recepción parecía la de un hotel, no la de un aeropuerto: mármol pulido, jarrones chinos, sofás de cuero. Un distribuidor conducía a varias salas vip, con paredes de cristal. Tras una de ellas pudieron identificar el rostro abizcochado del Arquitecto. Hablaba por teléfono, desinhibido. Sus finos labios del color del jamón de York lucían una sonrisa satisfecha. Se acercaron al mostrador de pasaportes y se identificaron ante dos agentes de la Policía Nacional.

—La persona que espera en esa sala es un peligroso delincuente internacional —señaló Seito— y está implicado en varios homicidios. Necesitamos ayuda para detenerlo.

Los dos agentes les dirigieron una mirada incómoda.

—Por favor —intervino O'Rourke—, pedid refuerzos, el sospechoso tiene guardaespaldas a su servicio. Están ahí, en el aparcamiento...

Los policías no reaccionaban. Uno de ellos tragó saliva.

—Ha habido un accidente —insistió O'Rourke—. Quizá estén heridos... ¡Ese hombre es un asesino!

—¿Qué cojones está pasando aquí? —gritó Seito—. ¿Por qué no han llegado los apoyos?

Una voz ronca contestó a sus espaldas:

—Los apoyos están aquí.

Al volverse, se encontraron cara a cara con Joaquín Álvarez-Marco. Tenía aspecto de no haber dormido en meses, legañas en los ojos y el pelo grasiento. Parecía cargar con el peso del mundo a sus espaldas.

—¿Jefe? ¿Qué coño es esto? ¿Dónde está la gente?

—Yo soy toda la gente que necesitas, Seito. Estoy aquí para

evitar que os suicidéis. Te lo he dicho por teléfono. Esto se ha acabado.

—¿Cómo que se ha acabado?

—Se ha acabado.

Seito estrelló un puño contra el mostrador del control de pasaportes. Los dos policías nacionales se irguieron, poniéndose en guardia. Álvarez-Marco los tranquilizó con un gesto de la mano. Les pidió a los inspectores que lo acompañasen frente a la puerta de los aseos. Cuando se aseguró de que nadie podía oírlos, dejó que Seito se pusiera a gritar:

—¡Me he pasado toda la puta noche amarrado a una silla, esperando a que me mataran!

O'Rourke creyó caer en la cuenta. Colocó una mano sobre el antebrazo de su compañero.

—Seito, ¿no lo entiendes? —susurró—. Es él... Álvarez-Marco es el infiltrado, el topo. Lo ha sido todo este tiempo.

El inspector se quedó petrificado. Fulminó a su jefe con la mirada. Pero antes de que dijera nada, el otro se adelantó.

—Yo no he sido el topo durante todo este tiempo, tontos de la polla. Soy el topo desde esta madrugada. Desde hoy mismo, a las seis de la mañana, cuando se han presentado en mi puta casa unas personas tan importantes que si os dijera quiénes son nos matarían a todos. Me lo han explicado. Me han contado lo del juego, lo de los muertos, lo de los implicados. Me han desvelado algunos nombres. De todas esas personas que Lana Molowny decía conocer, ahora yo conozco a unas pocas. Las suficientes para estar tan acojonado que me gustaría veros en mi lugar. Así que esto se acaba aquí. Ese tipo, al que llamáis el Arquitecto, se va de este país. El juego termina. Las investigaciones se cierran. Y todo vuelve a la normalidad.

—¿Cómo que las investigaciones se cierran? —O'Rourke no daba crédito.

—Se cierran, inspectora. Laínez mató a dos inocentes, Molowny mató a Laínez, el hombre calvo mató a Abraham Castro,

411

alias Pollito, y un autobús mató al hombre calvo. El accidente de moto fue un accidente de moto. El suicidio del Club de Golf de Puerta de Hierro fue un suicidio. De los dos Peones de Tres Cantos, el primero, el que se ha fugado, no ha existido nunca. Y el equipo del Chanclas ha abatido al segundo para liberar a un rehén. El otro fiambre de la nave, que aún no sé ni cómo coño se llama, ejecutó a Molowny. Bastero cayó en cumplimiento del deber. Y solo queda uno, el alto de pelo al rape. Y ese se va a comer todos los demás marrones por mis pelotas. Caso cerrado.

Seito soltó una risa nerviosa.

—Eso es imposible. ¿Cómo van a silenciar tanta mierda? No pueden.

—Pueden y lo harán. Lo venderán como asesinatos entre mafias.

—¿Y nosotros vamos a guardar silencio?

Álvarez-Marco levantó el índice y apuntó con él a la cara de Seito.

—¿Sabes cuánto tiempo he estado negociando con esa gente? Horas. ¿Sabes lo único que me han concedido? Que los GOES acudieran a la llamada de O'Rourke para impedir tu asesinato, Seito. Al principio me estaban ordenando que les dejara hacer. Pero les dije que, si tú morías, tendrían que matarme a mí también, porque acudiría a la prensa.

—Oh, eso es muy humano por tu parte, jefe —ironizó Seito.

—Eso les importó un carajo, inspector. Que yo muriese o que acudiese a la prensa... ¿Sabes lo que respondió uno de ellos? Se puso muy contento, como quien acaba de tener una gran idea. Y dijo: «Bueno, ahora que ya están todas las cartas boca arriba, seguro que a los Promotores les divierte que intervengan los Cuerpos Especiales por sorpresa, ¿no creéis?». El resto de los presentes asintió entusiasmado. Así que estás vivo de milagro, por lo que te aconsejo que te subas a un taxi y vuelvas a tu casa.

En aquel momento, los dos guardaespaldas que ocupaban el Mercedes entraron en la terminal. La mujer cojeaba. El hombre tenía un derrame en un ojo y se palpaba el cuello dolorido. O'Rourke reaccionó llevándose la mano a la pistolera. Álvarez-Marco la detuvo de inmediato. Los guardaespaldas les lanzaron miradas desafiantes. El hombre incluso les dirigió una sonrisa. Se plantaron ante el control de pasaportes y presentaron su documentación. Cuando el policía les devolvió el pasaporte y les franqueó el paso, el barbudo apuntó con el dedo a Seito y fingió disparar. La mujer rio. Ambos fueron a reunirse con el Arquitecto a la sala de espera.

—Esto no puede estar pasando —dijo Seito.

—¿Por qué han eliminado a Bastero?

—Le habían dado órdenes de matar a Molowny en la Jefatura si detectaba que estaba hablando más de lo conveniente. No se atrevió. Intentó escapar y, cuando lo encontraron, estaba borracho como una cuba y disparó contra los guardaespaldas del Arquitecto. No le dieron la más mínima oportunidad. Eso ha obligado a los Promotores a tomar medidas.

—¿Qué medidas?

—El descaro. El dinero. El poder. No les importa tanto la clandestinidad, porque son inmunes.

Álvarez-Marco sacó su teléfono del bolsillo. Desbloqueó la pantalla y mostró a los agentes el titular de un periódico digital: «La inversión en Nuevo Goloso, ahora en duda». Seito tomó el teléfono y leyó:

—«Flecos sueltos en cuanto a la seguridad jurídica de la operación lleva a los inversores del proyecto de Nuevo Goloso, el trust internacional Belluz, a replantearse la inversión multimillonaria en Madrid. De detenerse el proyecto, eso supondría un mazazo para la reindustrialización de la región y de la ciudad, que se estima en cuatro mil nuevos puestos de trabajo directos, los cuales...».

—¿Lo quieres más claro, Seito? —lo interrumpió Álvarez-Marco—. Esa fue su amenaza. Si lo de la Ronda trasciende, adiós a Nuevo Goloso.

Seito se llevó una mano al bolsillo de la trenca. Palpó el folleto de aquella promoción de viviendas que le había entregado Gabriel hacía más de una semana y que aún conservaba los restos de serpentina de la *troupe* de @MataMeCamión. Comprar sobre plano. Tener una buena casa a un buen precio. Un hogar adecuado para las necesidades de cualquier familia, incluso para las grandes necesidades de una familia con un hijo con discapacidad. Así actuaban, pensó Seito. Compraban hasta las esperanzas de la gente.

—¿Y los inocentes que han muerto? —añadió Seito.

La pregunta irritó aún más al jefe.

—¿Crees que me gusta? ¿Crees que no voy a cargar con esto en la conciencia lo que me queda de vida?

Algo comenzó a moverse en la sala de espera. El Arquitecto se levantó, tomó su maletín y se colgó el abrigo del antebrazo. Los guardaespaldas se dispusieron a seguirlo. El avión privado tenía permiso para salir a la pista. Había llegado la hora del embarque.

—Esto no va a quedar así —dijo Seito—. Vamos a ir allí y vamos a detener a ese hijo de puta. Lo vamos a llevar a la Jefatura, porque yo puedo redactar un informe con el que meterlo en la cárcel de por vida. Y si a ti no te gusta, jefe, hazte a un lado.

O'Rourke asintió con seguridad. Ambos arrancaron a caminar hacia la sala. El Arquitecto se dio cuenta y la sonrisa se le borró del rostro. Álvarez-Marco los llamó.

—Seito, yo se lo advertí. Les advertí a esos tipos que te pondrías cabezota. Que te negarías a dejarlo todo tal y como está. Pero me dijeron: «Si el inspector Juan Luis Seito no se aviene a colaborar, usted dígale solo una palabra».

Seito miraba intrigado a su jefe.

—Esa palabra es la siguiente: Caudilla.

El inspector se quedó helado.

—¿Qué es eso? —preguntó O'Rourke—. ¿Una contraseña?

—No. No es una contraseña —respondió Seito.

Se guardó para sí la verdad: Caudilla no era una contraseña, ni una persona, ni una cosa. Caudilla era un pueblo situado a una hora de Madrid, en la provincia de Toledo. Un municipio de poco más de mil habitantes, con un castillo derruido, muchas casas abandonadas y una iglesia consagrada a santo Domingo de Silos. Caudilla era el pueblo en el que, desde hacía casi una semana, José y Marga esperaban, en la vieja casa de la familia de Gabriel, a que las aguas volvieran a su cauce. Seito intentó reanudar la marcha. Intentó que sus pies respondieran a un impulso digno. Pero ese impulso no llegó.

O'Rourke aguardaba a unos metros de distancia.

—Seito... —lo llamó.

Él bajó la mirada, avergonzado. Entonces O'Rourke se dirigió a Álvarez-Marco:

—¿Tienes también alguna palabreja que vaya a detenerme a mí?

—Lo siento, O'Rourke —dijo el otro—. Creo que no te tienen tanto miedo a ti como a Seito. Ya sabes.

—Sí, ya sé. Son unos putos machistas.

—Sí que lo son.

O'Rourke desenfundó su arma.

—Me han jodido dos coches. Me han matado el perro. Y me tienen hasta el coño.

Se volteó y se dirigió hacia la zona de control de pasaportes con la identificación en una mano y la pistola en la otra.

—¡Policía! ¡Queda detenido! ¡No dé un paso más!

El Arquitecto se mostró nervioso. Los dos Capataces lo cobijaron. O'Rourke, dando unos pasos a la derecha, encontró ángulo de disparo. Levantó el arma. Apretó el gatillo. Bien sabe Dios que apuntaba a la cabeza. La mujer guardaespaldas recibió el impacto. La bala atravesó su hombro, haciendo astillas la clavícula, y salió desviada; rozó el abrigo del inglés, reventó un jarrón que había pocos metros más allá. O'Rourke se preparó para hacer un segundo disparo. Pero algo se la llevó por delante. No había reparado en que los policías del mostrador habían ido a por ella. El primero se lanzó contra sus piernas. El segundo le inmovilizó la mano que retenía la pistola. Por la puerta de la terminal estaban entrando los de seguridad privada, acudían para ayudar a reducir a la inspectora. Seito echó a correr hacia la montonera. Le dio un puñetazo a un guarda jurado. Comenzó de inmediato a sangrar por las heridas de la mano. Pero no se daba ni cuenta.

—¡Dejadla! ¡Dejadla, hijos de puta!

O'Rourke, en el suelo, se removía, pataleaba. Pero no servía de nada. Cada vez había más agentes. Seito ya estaba inmovilizado. Ambos oyeron el clic de las esposas al cerrarse en torno a sus muñecas. El Arquitecto desaparecía por la puerta de embarque.

EPÍLOGO

73

La inyección de morfina que Andrés Murcia le había aplicado horas atrás a Lauryne Jones empezaba a perder su efecto. La chica, dormida, comenzaba a gemir de nuevo. Los conocimientos de medicina del colombiano, adquiridos durante la guerra contra las FARC, no llegaban muy lejos. Había cortado la hemorragia y le había cosido la herida, pero la fiebre subía, lo que indicaba que quizá alguna esquirla metálica de la bala seguía alojada entre los huesos de la clavícula. A Murcia le quedaba una buena dosis de morfina, pero no se la podía suministrar.

El Arquitecto, Phil Cameron, no había querido saber nada del asunto. Ocupó una de las butacas más adelantadas y esperó a que le bajara la frecuencia cardiaca. Exigió una botella de agua con gas, pues el ambiente seco de cabina le deshidrataba las vías respiratorias. El sobrecargo satisfizo sus deseos, a pesar de que era más necesario sosteniendo el apósito mientras Murcia cosía a Jones. El Arquitecto se puso unos tapones en los oídos y un antifaz en los ojos. Reclinó el asiento y se durmió como un bebé.

Despertó unas horas después. El sobrecargo le dijo que estaban sobrevolando el mar Egeo. Aquello lo puso de buen humor. Guardaba buenos recuerdos de Santorini y de Creta, que había visitado en su juventud, sin límite presupuestario ni cortapisas morales. Para alimentar aún más su alegría, vio en la pantalla del móvil que alguien lo llamaba: Saul White, el Promotor. Se apresuró a contestar. Conectó el manos libres para compartir con el resto de la tripulación las felicitaciones que se llevaría él, personalmente.

—¡Saul! ¿A qué debo el honor?

—Ya sé, ya sé que no deberíamos estar hablando. La Ronda acaba de cerrarse y hay que mantener la discreción. Pero escucha, Phil, tenía que decírtelo: estamos todos entusiasmados.

—¿En serio?

—Te lo juro, chico. Lo del *streaming*, ¡joder! Nunca habíamos visto algo así. ¡Incluso se ha juzgado conveniente aplazar una boda para disfrutar de este momento histórico!

Cada palabra que escuchaba impulsaba la sangre por los capilares de su rostro, y su piel enrojecía de orgullo.

—No sabes cuánto te agradezco que me lo cuentes, Saul. Yo tenía mis dudas, dado que ninguno de los tres Peones consiguió el reto bonificado.

—¡Estás de broma, chico! ¡Hemos presenciado un rescate de un equipo de los Cuerpos Especiales!

—¡Gracias! —repetía el Arquitecto, con entusiasmo.

—Bueno, ¿y qué pasa con el ganador? ¿Qué pasa con I?

—¿Isaiah Rasmussen? Ni siquiera le he comunicado aún su victoria.

—Pero ¿está consciente ya?

—A ratos. Sufrió un traumatismo muy severo.

—Caerse por una escalera. Tiene cojones. ¿En qué coño estaba pensando?

—A juzgar por la hora y el lugar donde ocurrió, queremos creer que estaba a punto de cazar a su primera presa y tropezó, o algo.

—Eso es mucho suponer —dijo White riendo—. Rasmussen es tonto del culo.

—Para serte sincero, yo opino lo mismo. Y su Promotor, Ly-shenko, también. A veces pienso que lo puso ahí para reírse de él. ¡Ha estado torturándolo desde que sufrió el accidente! El otro día me hizo enviar a una actriz al hospital para hacerle creer a I que era su madre, y que, por el golpe en la cabeza, la había olvidado.

—¿En serio? ¿Y lo hiciste?

—¡Pues claro! Me pareció una gran idea. Estas cosas aportan brillo en la memoria final de la Ronda. Y al imbécil de I se le olvidará la ofensa cuando cobre sus millones en bitcoins por haber pasado un mes dormido en un hospital español.

Saul White dedicó unos cuantos minutos a reír con ganas, hasta casi quedar extenuado.

—Sí, Phil —concluyó—, has conseguido hacernos sentir de esa forma que solo te hace sentir la Ronda: especiales; diferentes; mejores.

—Pues esperad a escuchar mis nuevas ideas para la siguiente. En la próxima edición, los Promotores podrían tener acceso continuo a cámaras espía alojadas en las solapas de los Peones. Tan solo hay que escoger un destino con una red 5G bien desplegada. Imagínate. Veinticuatro horas continuas de emisión online, con notificaciones para advertir a los Promotores en los momentos de mayor tensión dramática.

—¡Guau!

—¡Eso es! ¡Guau! ¡Los texanos siempre encontráis la mejor palabra para definir las cosas!

—Eso podría hacer mucho ruido, Phil.

—¡Claro! ¡Sería espectacular!

—Por supuesto que lo sería. Y vamos a tenerlo en cuenta. ¡Haremos ruido! Como en esta Ronda, ¿verdad? Quién lo iba a decir. Madrid… También hemos hecho ruido, ¿no? Qué maravilla.

—Exacto, Saul. ¡Mucho ruido! Ha sido inigualable.

—Por supuesto, estamos felices. El problema de haber hecho tanto ruido es que ahora vamos a tener que estar calladitos una temporada.

—Oh —respondió el Arquitecto con tono socarrón—. Pero vosotros podéis hacer lo que queráis. ¡Sois ricos!

—Bueno, no te creas que tanto —prosiguió White, con una sonrisa—. La Ronda es nuestro mayor vicio, la protegemos porque vale la pena. Por eso, entre otras cosas, hemos presionado mucho para que no te detuviera la policía española. ¡No tienes ni idea del dinero que nos ha costado sacarte de Madrid!

—Una vez más, Saul, no sabes cuánto os lo agradezco, a ti y al resto de los Promotores. Por eso quiero que la próxima Ronda sea verdaderamente especial. ¡Para saldar esa deuda con vosotros! —El Arquitecto impostó una voz de presentador de circo—: ¡El mayor espectáculo del mundo!

El Arquitecto tardó unos instantes en darse cuenta de que el señor White no estaba riendo. Solo él soltaba extáticas carcajadas llenas de ensoñación.

—No, en serio, Phil —interrumpió White—. Lo que ha pasado en Madrid no va a volver a pasar. Sabes mucho. Te conocen. Estás marcado. De verdad que lo siento.

Al Arquitecto solo le dio tiempo de mutar de la felicidad a la sorpresa. Luego sintió que el brazo de Murcia le rodeaba el cuello. Y que una aguja se le clavaba en la arteria carótida. Mientras la morfina hacía efecto, el señor Saul White continuaba:

—Phil, lo has hecho bien, muy bien. No te lo tomes como algo personal. Has sido el mejor. El mejor. ¡Y haremos caso a tu idea! ¡Cámaras en las solapas! ¡Es la hostia! Quería que lo supieras. ¡Ha sido un placer!

74

Madrid en primavera. La luz hacía resplandecer la ciudad hasta altas horas de la tarde. La gente asaltaba bares, terrazas y parques. Aquel día, a Seito le había tocado turno de mañana en la Jefatura. No había prolongado la jornada ni un minuto. No tenía guardia. Nadie lo forzaba, nadie lo presionaba. Álvarez-Marco le pasaba casos facilitos, muertes violentas con todos los indicios de suicidio, desapariciones que muy probablemente serían breves fugas… Él los aceptaba, los resolvía, se largaba a casa. Empezaba a convertirse en uno de esos funcionarios aislados que solo buscan cotizar hasta el momento de la jubilación. En apariencia, nada lo diferenciaba ya de Carlos Callés.

Corrían muchos rumores. Seito y el Chanclas se evitaban. En cuanto a los otros compañeros, los que habían participado en la detención de Molowny aquella mañana en Madrid Río, no sabía qué les había contado el jefe para hacerles olvidar el asunto. Ni lo sabía ni lo quería saber.

Tras salir de la Jefatura, condujo la Volkswagen Caddy hasta el colegio de José. Recogió al niño pronto. El patio de entrada aún estaba tranquilo. Gabriel apareció, empujando la silla. En cuanto José vio a Seito, empezó a hacer aspavientos y a emitir sus grititos de ilusión. Seito le dio un beso y le abrazó largamente.

—Últimamente se pone muy contento cuando te ve —comentó Gabriel.

—Nos estamos tomando las cosas con más calma —contestó Seito.

El inspector no sabía qué significaba eso. Probablemente nada. Había hecho algún cambio, pero en realidad sus rutinas eran casi las mismas de siempre. Quizá solo había modificado el punto de vista: se había percatado de que, de la vida, ya solo esperaba vivir. Así no había forma de equivocarse.

Seito recorrió con la furgoneta todo el paseo de la Castellana, de norte a sur. Llegó a la Puerta de Alcalá y giró a la izquierda. Aparcó en una plaza reservada a personas con movilidad reducida y empujó la silla de José a través del parque del Retiro. Llegó hasta el estanque. Dejó que José riera viendo un espectáculo callejero de títeres. Los muñecos, con su colorido, y las cómicas voces que les otorgaba el titiritero, llenas de rimas, despertaban la alegría del niño. Al terminar el espectáculo, el artista salió a saludar al público desde detrás del escenario portátil. Seito depositó dos monedas en su cestillo.

—Me encanta ver que lo ha disfrutado —dijo el titiritero, tras dirigirle un gesto amable a José.

En otra época, Seito habría fingido indignarse. «Claro que lo ha disfrutado, ¿por qué no lo va a disfrutar? Es un niño».

—A mí también me encanta —se limitó a decir esta vez—. Haces un buen trabajo.

Se sentó en un banco y sacó una tableta de chocolate cremoso de una bolsa de tela. Se la mostró a José, quien, una vez más, volvió a emocionarse.

—No se lo cuentes a mamá —dijo.

Forró el cuello de José de papel de cocina y estuvo un rato acercándole onzas a la boca. El hecho de que creciera el número de pequeños placeres que José disfrutaba le provocaba a su padre una inesperada y benigna sensación. Algo que podía identificarse con el alivio, pero también con el orgullo.

—Hola, Seito, ¿cómo estás?

El inspector volvió la cabeza para observar a la persona que se había detenido frente al banco. Lo miraba con alegría, pero también con inseguridad, como si no supiera cómo iba a responder Seito a su saludo.

—¡O'Rourke! ¿Qué haces en Madrid?

Dulce señaló a la persona que lo acompañaba. Era Frankie. Seito no lo había visto nunca, pero había oído hablar de él.

—Ha salido un interesado en el traspaso del taller de Frankie.

—Ah —respondió Seito—. Entonces, lo de quedarte en Cádiz va en serio.

—Muy en serio, Seito. Muy en serio.

Pocas horas después de que los detuvieran en la Terminal Ejecutiva de Madrid-Barajas, los inspectores fueron puestos en libertad sin cargos. Álvarez-Marco los reunió en su despacho. El jefe estaba tan nervioso que ni siquiera bebía café. Se lo dejó muy claro: «No voy a volver sobre lo que ha sucedido; voy a hablar de lo que va a suceder». Y les explicó que le habían conferido poderes para ayudarlos a hacer todo cuanto quisieran. Siempre y cuando no se volviera a hablar de la Ronda, ni de Promotores, ni de Arquitectos, ni de nada de aquello.

—Va a repetirse, jefe, en otro lugar, en otro momento, la Ronda va a repetirse. ¿Y lo vamos a permitir?

—No lo podrías detener ni aunque contrataras a los marines americanos.

Dulce no podía seguir allí. La placa le pesaba demasiado. La oferta que le había hecho Alfredo Lavín, el antiguo amigo de su padre, para dirigir el equipo de seguridad privada de Puerto Sherry, en Cádiz, seguía en pie. No tardó ni un minuto en decidirse. Pidió una excedencia. Se le concedió. A la semana se marchó al sur. Lo que sucedió con Frankie es otra historia, pero fue igual de rápido.

—¿Y qué tal la vida en Cádiz?

—Llevo semanas sin decir una sola palabrota.

—Mucho viento, para mí.

—Claro, Seito —respondió ella sonriendo.

Frankie empezó a hacerle cucamonas a José. Tenían efecto: el niño sonreía.

—¿Y el trabajo en el puerto?

—Vivo una ardua batalla contra los ladrones de cobre. En realidad, mi puesto es testimonial. En Puerto Sherry atracan millonarios y, como tales, quieren saber que sus propiedades están seguras. Paradójico, ¿eh?

—Paradójico, ¿el qué?

—Que después de lo que sabemos yo...

Al ver que Dulce dudaba en terminar la frase, Frankie la interrumpió:

—Oíd, ¿por qué no os alejáis un poco y habláis de vuestras cosas? Yo le sigo dando chocolate a este colega, que le he caído bien.

—Te va a manchar de arriba abajo —advirtió Seito.

—¡Soy mecánico, tío! Estoy acostumbradísimo a mancharme.

Seito se había propuesto no rechazar más ofertas de ayuda, así que aceptó la de Frankie. Se alejaron unos pasos.

—Escucha, Seito —dijo O'Rourke—. Siento mucho si te he juzgado por quedarte en la Brigada Central. Al principio me sorprendió mucho que fueras capaz de ver las mismas caras, todos los días. Pero ahora yo veo mi vida y... No es que me queje, ¿sabes? No lo cambiaría por nada, ni siquiera por los buenos tiempos en Leganitos. Pero ¿quién me paga y para qué? ¿Entiendes?

Seito dirigió la vista al otro lado del estanque, donde una multitud de jóvenes se dispersaba por el césped, en grupos o en parejas, sin nada más que hacer que observar el agua y sentir la hierba del parque bajo sus cuerpos. Esos jóvenes merecían un buen legado.

—Dulce, piensa en ello. ¿Qué hemos aprendido de la Ronda? Que el mundo tiene propietarios. Los demás solo somos dueños del suelo que pisamos. Pero, si es así, al menos somos dueños de algo. El suelo que pisamos es una superficie mínima. Pero es nuestra. Y podemos tomar decisiones sobre ella, ¿me entiendes?

Dulce trató de localizar con los ojos aquello que estaba mirando Seito con tanto interés al otro lado del estanque. Pero no lo encontró.

—Sí, te entiendo —mintió.

Él consultó el reloj.

—Perdona, tengo que irme. A José le toca baño.

—¿Tienes que irte ahora hasta el Cañaveral?

—¡No! Mi amigo GraFino me ha encontrado un piso accesible aquí cerca, en Pacífico. Tiene un bar debajo que ponen una música cojonuda, ¿te lo puedes creer? Y voy a la Jefatura en metro. No tengo muchas ganas de conducir por Madrid últimamente.

—Oye, ¿sabes algo de Rodrigo? ¿Qué tal le va en Lyon?

—Ni idea, pero ya la conoces: la Interpol era su destino natural.

Seito le ofreció a Frankie una toallita húmeda para limpiarse la mano. Y luego se la estrechó. Levantó el freno de la silla de José y empezó a caminar por la avenida. Cuando ya había avanzado unos metros, se volvió hacia la pareja, que aún lo observaba. No pudo resistirse a decirlo.

—O'Rourke, ¿sabes lo que se rumorea?

—Espero que no sea que nos seguimos acostando.

—Se rumorea que Álvarez-Marco se jubila el año que viene.

—Ah, ¿sí? ¿Tan joven? No veo en qué nos podría afectar eso a ti y a mí.

—Bueno, hay ciertas cosas que el año que viene aún no habrán prescrito, ¿no?

O'Rourke guardó silencio. Seito levantó la mano para despedirse. Empujando la silla de José, se perdió entre los visitantes del parque, que disfrutaban del mejor mediodía de sus vidas. Que aún tomaban decisiones, aunque solo fueran decisiones sobre el suelo que pisaban. Igual que hacía Seito. Controlar aquello que estaba a su alcance. Su entorno. Su vida privada, claro. Pero también su vida profesional, aunque fingiese lo contrario.

427

La Jefatura. Ese era el suelo que pisaba. Y entre cada uno de los casos marginales que le tocaba resolver, aún podía tomar el control sobre ciertas cosas. Una semana después de su detención, se plantó ante el escritorio de Carlos Callés. Llevaba con él una ofrenda. Una bolsa con una docena de pares de calcetines de hilo de Escocia del Corte Inglés. El mismo modelo que aquel había acabado impregnado de mierda en la basura del baño, por una ingesta de bollos con gluten. Callés los aceptó con gesto reticente. Pero no tardó en comprobar que el hacha de guerra quedaba enterrada. No volvió a sufrir cólicos debido a su celiaquía.

Por el contrario, la salud de Álvarez-Marco empezó a deteriorarse a ojos vistas. La gente de la Brigada comenzó a sospechar que estaba perdiendo la cabeza. Su energía se apagaba. En ocasiones, al otro lado de la pared de cristal de su despacho, lo veían hacer cosas insólitas, como dar cabezadas en la silla y despertar sobresaltado. Perdía las llaves del coche una y otra vez. Cuando no perdía el mismo coche. No era capaz de leer los informes y se levantaba para ir al baño cada quince minutos. No solo era motivo de comentarios, sino también de hilaridad. Todos pensaban que había envejecido años de golpe el último mes. Que sufría senilidad prematura. Que todo le costaba un esfuerzo incomprensible. Que andaba taciturno, como triste, preocupado por sí mismo.

—Yo quería aguantar hasta los sesenta y cinco años, Seito. ¿Crees que debería pensar en jubilarme ya? —insistía en preguntarle.

—Yo creo que estás de puta madre, jefe. Lo que pasa es que trabajas mucho.

Pero quien de verdad trabajaba, aunque no lo pareciera, era él: Seito. Había recorrido todas las tiendas gourmet de Madrid en busca de un café descafeinado que se pareciese en algo al fortísimo mejunje que ingería el jefe a todas horas. Para su alegría, descubrió además que, si diluía en él un poco de Lasix, solo un par de píldoras de ese potente diurético, no se percibía el sabor. Cambiar las lentes de las gafas de presbicia, que el jefe abandonaba sobre el escritorio, por unas de menor graduación fue más sencillo. Igual que esconderle las llaves del coche todos los días y luego volver a colocarlas en lugares bien a la vista. O incluso copiarlas, para poder cambiar el coche de plaza cuando hubiera ocasión.

Ese era Seito, empeñado en dejar un buen legado a los jóvenes del parque, y a su hijo, José. Ese era Seito, haciéndose dueño del suelo que pisaba.

75

UNAS HORAS MÁS TARDE. PARÍS

Una fina lluvia primaveral caía sobre París, pero si decidieron quedarse bajo la manta fue porque el plan inicial, con independencia de la meteorología, era ese: quedarse bajo la manta. Laura Rodrigo podía recorrer la distancia que separaba Lyon de la capital de la República en apenas dos horas. Tras ocho semanas viviendo en Francia, ya había tomado ese tren de alta velocidad en cuatro ocasiones. La primera fue para conocer en persona, tras tanta conversación telefónica y tanto mensaje de Telegram, al teniente Antoine Galthié, de la Police Nationale. No tuvieron que hablar mucho para confirmar que sí, que estaban enamorados. Lo habían sabido desde su primera conversación, cuando contactaron por teléfono para comentar aquella foto que el asesino Javier Laínez había tomado en una calle que resultó ser los Boulevards des Maréchaux. Rodrigo había descubierto que Galthié era también flaco, como ella, que tenía también la nariz alargada, como ella, y que asimismo lucía una buena cabellera, como ella. Por un momento le asustó la posibilidad de que fueran gemelos separados al nacer.

Galthié ya había hecho espacio en el botiquín a todos los medicamentos de Rodrigo. No tenía un cepillo de dientes propio en su lavabo porque Rodrigo compraba uno nuevo cada lunes y lo tiraba cada domingo. Podía ser feliz, sí. Por fin, tras una temporada tan convulsa.

Rodrigo fue quien más fácil se lo puso al jefe. Tenía los ojos fijos en la Interpol, la institución que manejaba las más jugosas bases de datos del mundo. Al cabo de pocos días estaba mudándose a Lyon. Rápidamente demostró lo que un cerebro como el suyo podía lograr con acceso a información masiva. Su jefa no paraba de colocarle expedientes sobre el escritorio, y ella los devolvía con un informe en el que detallaba cómo los había resuelto. Y además había conocido el amor.

Sin duda podía ser feliz. Sin embargo, todos los días se acordaba de aquello que había dejado sin terminar. Los patrones predecían que la Ronda se volvería a celebrar en 2025. Dibujarían otro tablero sobre otra ciudad. Llevarían hasta allí a sus mortíferos Peones. Volverían a morir inocentes. Y también culpables. Culpables como Molowny.

No sabía muy bien qué clase de hechizo le había inoculado en las venas la asesina irlandesa. Quizá es que nunca le habían pedido un favor como aquel, allí, en el túnel de República Argentina, tras la explosión de la granada aturdidora. Una promesa antes de morir era una promesa antes de morir. Cada vez que la recordaba, no podía evitar tomar su Smartphone, acudir a Gmail y abrir aquella cuenta. Lo había hecho semana tras semana, esperando encontrar en la bandeja de entrada una respuesta que nunca aparecía.

—¡Slainte_Molowny99@gmail.com! —había chillado la irlandesa mientras unas manos venían a apresarla—. Password 12F#. ¡Busca en la bandeja de borradores!

La cabeza de Rodrigo, en mitad del estupor del túnel, memorizó todo aquello. Se tapaba los oídos, se frotaba los ojos cegados y, aun así, entendió y memorizó.

—¡Envía ese e-mail y espera la respuesta! —gritó Molowny cuando ya se la llevaban.

Rodrigo no tuvo ocasión de hacerle comprender que sí, que lo haría. Y eso, probablemente, habría condenado a Molowny a una muerte intranquila, la de aquellos que se van sin haber atado todos los cabos sueltos.

Cuando llegó a su casa, tras la conversación con Álvarez-Marco, probó a abrir la cuenta de Gmail. La bandeja de entrada permanecía absolutamente vacía. Lo más probable era que Molowny hubiera creado la cuenta con un único propósito: remitir el mensaje que aguardaba en la sección de borradores y esperar una respuesta. La dirección de envío ya figuraba en él: anne.claybourne1985@gmail.com. El asunto decía lo siguiente: «Enviar en caso de muerte». En el cuerpo del correo, tan solo había un enlace. Rodrigo no dudó en pulsarlo. En una nueva pestaña del navegador se abrió una carpeta de Google Drive. Contenía un vídeo. Rodrigo lo reprodujo.

En pantalla apareció Patti Smith. Aunque el brillo difuso de sus ojos desvelaba que se encontraba algo ebria, estaba aseada y vestía correctamente.

—«Hola, Pepinillo —decía Molowny—. Si ves este vídeo es porque algo o alguien ha acabado conmigo. Ya, ya lo sé, no me merezco que me lloren. Ni siquiera que me llores tú. Pero me gustaría compensar, en la medida de lo posible, todo el desastre que he provocado en tu vida. Y agradecer toda la ayuda que me has prestado durante estos años, toda esa información… Bueno, ya me entiendes. Quiero que vivas bien. Ya sabes cómo acceder a las criptodivisas. Los primeros seis caracteres de la contraseña son la fecha del mejor día de nuestras vidas. Ese que no vamos a olvidar. Los siguientes son: 34F@sg. En esa cuenta hay dinero suficiente para que no tengas que trabajar durante el resto de tu vida».

Entonces ocurrió algo que Rodrigo no creía que fuera posible. A Molowny le empezaron a brotar lágrimas.

«Debería haber hecho las cosas mejor. Pero ahora ya no hay tiempo, ¿no? Supongo que nunca lo ha habido. Ni tiempo, ni momento». —La irlandesa respiró hondo para sobreponerse y evitar el llanto—. «Escúchame —seguía diciendo a cámara—. Quiero pedirte un último favor. Aún no sé quién te enviará el e-mail en el que voy a insertar el enlace a este vídeo. Lo haría yo misma, pero, ya sabes, estoy muerta... En mi mundo, no es fácil encontrar gente de la que fiarte. Pero si lo recibes, eso es que he encontrado a la persona adecuada para hacerlo. Y si he confiado en ella para hacerte llegar este vídeo, también confío en ella para otra cosa. ¿Recuerdas que te pedí que guardaras en una carpeta toda la información? Quiero que respondas al correo electrónico en el que has recibido este vídeo, y que adjuntes esa carpeta. Con todo. Los informes, las fotos, las cuentas bancarias... No te dejes nada fuera». –Los ojos de Molowny volvieron a brillar más de lo normal. Su voz amenazaba rajarse en retazos imposibles de volver a unir–. Déjame decirte que te he querido. A mi modo, claro, pero te he querido. ¿Qué clase de madre habría sido si no te hubiera querido? Y ahora voy a detener la grabación. No me gusta que me veas llorar».

Rodrigo lamentó haber visto el vídeo. Ahora sentía lástima por una asesina despiadada. Y, sin embargo, no pudo luchar contra aquella pulsión piadosa. Apretó el botón de Send. Envió el e-mail. En algún lugar del mundo, la hija de Molowny recibiría el último adiós de su madre y una fortuna en bitcoins, dinero sucio de sangre.

Había esperado la respuesta semanas y semanas. Todos los días abría la cuenta slainte_molowny99, solo para encontrarla vacía.

Notó que Galthié se había quedado dormido, a su lado, con un libro apoyado sobre el pecho. Así que aprovechó una vez más. Acurrucada contra el cuerpo de Galthié, bajo la manta que ella le había regalado, tomó el móvil de la mesilla, despacio, procurando no despertar a su novio. Sería lo de siempre, claro: entrar en Gmail, consultar el correo, hallarlo vacío y volver a salir. La cuenta se abrió.

El corazón le dio un vuelco. El e-mail había llegado.

Descargó la carpeta. La abrió. Le costó respirar. Allí estaba todo. Todo.

AGRADECIMIENTOS Y CONFESIONES

He procurado ser fiel al Madrid de carne y hueso, escenario de *La Ronda*. Solo en un puñado de ocasiones me he visto obligado a alterarlo para cuadrar el sudoku de una trama tan compleja. Como excusa utilizaré las palabras de Alfred Hitchcock, cuando un ayudante de dirección de *Los pájaros* le advirtió de que los petirrojos no cantan: «En mi película, cantan», contestó. Hay quien replicará que Hitchcock nunca pudo decir eso porque los petirrojos sí que cantan. Sin embargo, en esta página de agradecimientos, los petirrojos no cantan y Hitchcock sí dijo eso. Es el poder de la ficción.

Una de las pocas cosas que me he visto obligado a alterar en la fisonomía de Madrid es la posición de la cámara del puente de Ventas que, como casi todo el mundo sabe, se encuentra en un mástil, y no anclada al pretil. Por muchas vueltas que le di, con la ayuda de Ali, no conseguí una solución que me convenciera para lograr mantener la cámara en su lugar original.

Esta ha sido una licencia creativa aislada, porque mi ambición era describir Madrid sin adulterarlo.

Para ello, además de caminar mucho, he recibido no poca ayuda de personas a las que envío un sincero agradecimiento, además del mencionado Ali. En el Centro de Control de Túneles de Calle 30, Sergio B. me recibió con suma amabilidad, y me dedicó un tiempo que me fue muy valioso.

Belén A. me facilitó el contacto de José Luis D., de Madrid-Abroñigal, quien me puso en las amables manos de Félix, el cual, durante una mañana, me paseó por ese recinto fascinante y soportó mi diluvio de preguntas.

También agradezco los conocimientos del mundo del automóvil que me ofrecieron Juan U. G. y Francisco SM. El primero, sobre las empresas de alquiler de vehículos y los antirrobos de última generación; el segundo, sobre el motor de competición.

Helena B., parisina de adopción, me ayudó a conducir a los inspectores por la pista de los Boulevards des Maréchaux, aunque ella deteste ver el nombre de esta vía traducido al español.

La gente de La Mina me orientó a la hora de escoger las opiniones futbolísticas más burdas y, a pesar de ello, extendidas, para caracterizar a Callés como buen «cuñao» futbolístico.

Si he conseguido mi objetivo de insertar una historia imposible en un escenario posible ha sido gracias a todos estos colaboradores. Y también a muchos otros, como mis lectoras cero, las hermanas B, o los Silexianos, y su apoyo emocional en cada una de nuestras citas.

Por último, gracias a David, Justyna y Jaume (respectivamente, detonante, temporizador y explosivo, o algo así) por espolear este proyecto, de forma para mí totalmente inesperada, cuando yo empezaba a tirar la toalla con lo mío. También a todo el equipo que tanto ha ayudado a mejorar el resultado final.

A ver qué pasa ahora.

ÍNDICE